2021年同济大学研究生教材建设项目出版资金资助出版

(项目编号：2021JC36)

商务印书馆（上海）有限公司 出品
The Commercial Press (Shanghai) Co. Ltd.

德国学研究丛书 | 叶隽 · 主编

资本语境在现代欧洲的兴起

以文学史为线索

叶 隽 主编

图书在版编目（CIP）数据

资本语境在现代欧洲的兴起：以文学史为线索 / 叶隽主编.— 北京：商务印书馆，2023
（德国学研究丛书）
ISBN 978－7－100－21886－3

Ⅰ.①资⋯　Ⅱ.①叶⋯　Ⅲ.①欧洲—现代史—研究　Ⅳ.①K505

中国版本图书馆 CIP 数据核字（2022）第236056号

权利保留，侵权必究。

资本语境在现代欧洲的兴起
以文学史为线索
叶隽　主编

商　务　印　书　馆　出　版
（北京王府井大街36号　邮政编码 100710）
商　务　印　书　馆　发　行
山东临沂新华印刷物流
集团有限责任公司印刷
ISBN 978－7－100－21886－3

2023年8月第1版　开本 640×970　1/16
2023年8月第1次印刷　印张 21
定价：96.00元

取德国以观世界·通学问而见中国
——"德国学研究丛书"总序

作为天才之母的德国，自然是让人心生敬意，彼得·沃森（Peter Watson）撰作皇皇四卷本的《德国天才》，就是为了解释"天才是如何诞生、达到顶峰，并以超出我们所知的方式来形塑我们的生活，或者它致力于揭示：这一切是如何被希特勒所毁灭的，但是——这又是一次重要的转折——其又如何在时常不被人承认的情况下还续存下来。其存续不仅在战后诞生的两个德国——这两个德国从未得到其（文化、科学、工业、商业、学术）成就的全部声望——而且也针对下列问题：德国思想究竟是如何形塑现代美国和英国及其文化的？合众国与大不列颠或许说的是英语，但他们有所不知的事实是，他们以德国方式思考"[1]。所以，"德国天才"不仅塑造了德意志与日耳曼，也对西方乃至世界，都有着覆盖性的深刻影响，哈耶克（Friedrich A. von Hayek）认为1870年之后的六十年间，"德国成为一个中心，从那里，注定要支配20世纪的那些思想向东和向西传播。无论是黑格尔还是马克思，李斯特还是施莫勒，桑巴特还是曼海姆，无论是比较激进形式的社会主义还是不那么激进的'组织'或'计划'，德国的思想到处畅通，德国的制度也到处被模仿"[2]。这里当然是陈述了一个基本事实，但若就时间的范围来说，还是低估了德国思想的影响力，也对"德国天才"的创造力略有认知不足。但至少可以明确的是，哈耶克认定："德国思想家在这个时期对整个世界在思想上产生的影响，不仅得力于德国的伟大物质进步，甚至更得力于这100年中，德国再度成为共同的欧洲文明的主要的甚至是领导的成员时，德国思想家和科学家在这一百年

---
[1] 彼得·沃森：《德国天才》第1册，张弢等译，北京：商务印书馆，2016年，第57页。
[2] 弗里德里希·奥古斯特·哈耶克：《通往奴役之路》，王明毅等译，北京：中国社会科学出版社，1997年，第27—28页。

来赢得的极高声誉。"[1] 德国文化传统里是很注重"荣誉"（Ruhm）和"声誉"（Ehre）的，即将自身的名誉价值和外界评价看得很重，所以"德国天才"所赢得的"声誉"也非仅是一种单纯的世俗褒奖而已，而是意味着更具民族自信力的"自我荣誉"[2]。

要知道，"观念的转变和人类意志的力量使世界形成现在的状况"[3]，这种观念的发展、形成与迁变，乃是一个不断循环的复杂侨易过程，观念有其自给自足的"内循环"，但也不能完全摆脱外界的关联性，即"外循环"同样是存在的，可如何把握好此间的关联和尺度，却是极大难题，非一言可以蔽之。然而要实现对德国的客观认知，则并非易事，往往"仁者见仁，智者见智"。一国族有一国族之态度，一文化有一文化之立场，如何在更为客观中立的角度去认知异者，既能为我所用，又善归序定位，则殊为不易。随着中国日益走近世界舞台的中心，这种学术认知显得似乎不仅必要，而且明显迫切，所以乃有各类的话语声音汹涌如潮，乃至2022年"区域国别学"作为研究生教育的一级学科正式落地。这种态势，即作为需求的区域国别研究之成为主流，当然不难理解；可作为纯粹客观认知的学术则似"风物长宜放眼量"，看看美国在"区域研究"（Regional Studies）领域的发展历程，则可得到一个有意味的参照物，过于"功利致用"的学术取向即便对国家利益来说也可能是一种反作用力。就此而言，洪堡那句话其实振聋发聩："国家不得将其大学视为文理中学或专门学校，也不得将其科学院用作技术或科学团体。整体而言（因为以下将提及大学中必然出现的个别例外），他不应就其利益直接所关所系者，要求于大学，而应抱定这样的信念，大学倘若实现其目标，同时也就实现了，而且是在更高的层次上实现了国家的目标，由此而来的收

---

1 弗里德里希·奥古斯特·哈耶克：《通往奴役之路》，第28页。

2 哥廷根大学之创建者、长期出任大学学监的明希豪森（Gerlach Adolph von Münchhausen，1688—1770）就曾非常明白地说过："我的大学伦理，以声誉和实用为基础。"（Meine Universitätsmoral ist auf das Interesse der Ehre und des Nutzens gegründet.）转引自Helmut Schelsky: Einsamkeit und Freiheit-Idee und Gestalt der deutschen Universität und ihrer Reformen. Reinbek bei Hamburg: Rowohlt Taschenbuch Verlag GmbH, 1963. S.36。

3 弗里德里希·奥古斯特·哈耶克：《通往奴役之路》，第19页。

效之大和影响之广，远非国家之力所及。"[1]

我曾在强调"德国学"的国际视野时，主张此概念"在这里是中国的，是中国人的'德国研究'，是具有中国主体性和在中国的历史语境里生成的'德国学'"[2]。彼时学术语境尚勉强可称"平和"，国别学研究也尚远为得到如此强光灯式的关注，但其所具备的学术成长性则是不言自喻。即便到了2012年，在北京大学德国研究中心、德国学术交流中心（DAAD）主办的"德国、欧洲、中国：不同视角下的世界——自我与他者的理论和实践"国际研讨会上做主题报告 Der „Ich" im Spiegel und die Schönheit im anderen Berg-Die Konstruktion der Deutschlandstudien im Rahmen der chinesischen Gelehrsamkeit und ihre theoretischen Ressourcen der Kiao-Iologie（《"镜中之我"与"他山美人"——中国之德国学建构及其侨易学理论资源》），我仍然强调具有独立中国学术品格的"德国认知"，并凸显了侨易学的理论资源意义。虽然现场效果颇佳，甚至颇引发讨论，但这种一时的"引人瞩目"与真正的"学理建构"仍有相当漫长的距离。[3] 即便是能略有起色，当然也与此前的部分积累有关，

---

[1] Der Staat muß seine Universitäten weder als Gymnasien noch als Spezialschulen behandeln, und sich seiner Akademie nicht als einer technischen oder wissenschaftlichen Deputation bedienen. Er muß im ganzen (denn welche einzelnen Ausnahmen hiervon bei den Universitäten stattfinden müssen, kommt weiter unten vor) von ihnen nichts fordern, was sich unmittelbar und geradezu auf ihn bezieht, sondern die innere Überzeugung hegen, daß, wenn sie ihren Endzweck erreichen, sie auch seine Zwecke und zwar von einem viel höheren Gesichtspunkte aus erfüllen, von einem, von dem sich viel mehr zusammenfassen läßt und ganz andere Kräfte und Hebel angebracht werden können, als er in Bewegung zu setzen vermag. [Homboldt, Wilhelm: "Über die innere und äußere Organisation der höheren wissenschaftlichen Anstalten in Berlin (1809 oder 1810)", in Weischedel, Wilhelm; Müller-Lauter, Wolfgang; Theunissen, Michael (Hg.): Idee und Wirklichkeit Einer Universität: Dokumente Zur Geschichte der Friedrich-Wilhelms-Universität Zu Berlin. Berlin & Boston: Walter de Gruyter GmbH, 1960, S.197] 中译文主要引自陈洪捷：《德国古典大学观及其对中国大学的影响》，北京：北京大学出版社，2002年，第44页。另参见《论柏林高等学术机构的内外组织》，载洪堡：《洪堡人类学和教育理论文集》，弗利特纳编著，胡嘉荔、崔延强译，重庆：重庆大学出版社，2013年，第93页。

[2] 叶隽：《"德国学"的国际视野》，载《中华读书报》2005年6月15日第10版。

[3] "在2012北京论坛'共同的世界，不同的视角'中，一个融合了东西方传统文化的概念'镜中之我'成为讨论中的热点，提出这一概念的就是叶隽。'学术是无用之用''镜中之我'是叶隽在本次北京论坛上阐释的一个基本研究方法，人可以通过观察别人或是自己的意识形态来完成自我评价。"《学问"本"与"真"，视角"异"而"一"——专访中国社会科学院外国文学研究所研究员叶隽》，载《北京大学校报》2013年5月5日第3版。

iii

21世纪初，我在忝为《北大德国研究》学刊主持编务之际，曾尝试推进"德国学"的学术命题，譬如第2卷主题"德国研究在中国"、第3卷主题"德国研究的视野与范式"[1]，思路不外乎希望借助学术会议的便利，以及后续相关的精心补充，组织从更深入的层面上来深入探讨"德国学"。但总体而言，这似乎仍属奢望，作者大多仍限于自家视角，难以进入整体学术讨论氛围。彼时学术环境尚可称相对宽松，较之此后的"资本逻辑"渗入大学骨髓，泥沙俱下，还是要好得多，即便如此尚且不能组织起有效的学术讨论，可见学术推进之难。

相比较集体性的研讨更多受到种种条件限制，那么个体性的著述或许是更易操作的方式。回头想来，我在自己的具体研究过程中其实已不自觉在贯彻一种"德国学"的思路，当然也引起一些关注，留下了一系列的学术讨论印痕，譬如杨武能教授曾批评我将作为日耳曼学或德国学的Germanistik这一学科称谓以偏概全地译成了"德国文学研究"[2]。这里的"德国学"或"日耳曼学"，虽也涉及源自德文的Germanistik，但应并非只是简单将外来概念进行翻译的问题，而更与中国现代学术主体性建构发生关联。无论是关于中国现代学术框架里的"德国学理论"之探索[3]，还是相关学术实践[4]，都显得远远不够。

---

1 北京大学德国研究中心编：《北大德国研究》第2卷，北京：北京大学出版社，2007年；陈洪捷主编，叶隽执行主编：《中德学志》第3卷，北京：北京大学出版社，2012年。

2 杨武能：《不只是一部学科史——谈叶隽〈德语文学研究与现代中国〉》，载《文汇读书周报》2008年11月14日。一个初步的回应，参见叶隽：《"德国学"建立的若干原则问题》，载《中国图书商报》2009年4月14日第7版。

3 叶隽：《德国学理论初探——以中国现代学术建构为框架》，上海：上海外语教育出版社，2012年。顾俊礼研究员评价此书说："呈现在读者面前的这本关于构建现代中国的'德国学'专著，不只是叶隽研究员近年来关于'德国学'这一科学概念的理论思维的有益记录，而且还象征着中国的德国研究发展到了构建现代中国'德国学'的新阶段。"顾俊礼：《构建现代中国"德国学"》，载《中国图书商报》2012年4月24日第15版。关于此书的讨论，另可参考董琳璐《如何理解"德国学"：中国的国别学研究脉络——读〈德国学理论初探——以中国现代学术建构为框架〉》，载《书屋》2014年第6期，第9—11页。

4 叶隽：《文史田野与俾斯麦时代——德国文学、思想与政治的互动史研究》，北京：中国社会科学出版社，2013年。范捷平教授评价此书时很有用意地特别指出了"德国学"方法论问题："叶隽在实践'德国学'方法论的过程中，似乎非常明白纲举目张的道理，在德意志的文史田野中，他抓住了思想史这一条红线，将哲学、历史、艺术、政治、文化等德意志精神现象用文学这一张大网一网打尽。具体地说，作者的理论思考均以文本研究为基础，从文学文本的阐释出发，但又超越了对文本的解读，或曰超越了文学研究中的文本主义痼疾，让人耳目一新。比如，他以（转下页注）

关于"德国学"的命题，是需要在不断的学术对话中锱铢积累、循序渐进的，在如今的"区域国别学"甚嚣尘上之际，对此的研究似更易进入到"各领风骚三五天"的状态，而颇难落实为有本质意义上的学术推进。中国学界之热衷名词，似乎其来有自，但如何能立定于学术伦理之上，建构起真正具有学理意涵的"学科系统"，仍不得不说是任重道远。范捷平教授曾提及2005年时我们之间关于"德国学"的学术讨论："那年他刚三十出头，算是德语文学研究领域中的青年才俊。从外表上看，叶隽温文尔雅，当年似乎略显青涩。而在言谈之中，他新锐犀利的学术思考和大胆的理论构想却让我暗中惊讶。记得我们当时的话题是'德国学'，包括德语文学研究如何才能走出狭隘的语言和文本空间？中国学者该如何从历史和社会发展的纵横两个维度来创新德语文学研究的范式？如何将西方语言文学研究纳入西方社会文化史的研究范畴，从而确定中国学者研究西学的主体性和文化自觉性？我们似乎不谋而合，认为学科交叉整合、知识重构和中国学者的身份转变乃德语文学研究和德国学学科建设的必由之路。"[1]年华易逝，转眼近二十年过去，昔日的青年已知天命，留下的却是中国现代学术的未尽之路，当初讨论的问题及其学术维度，似乎至今仍未过时，需要后来者与局中人共同努力。

虽然具体学科不同，而邢来顺教授亦称："本人最感兴趣的还是叶隽教授体现其宏大学术抱负的建构现代中国的'德国学'的努力。关于中国的'德国学'，叶隽教授有明晰的界定。'作为一种汉语语境中新兴学术概念的'德国学'包括两层含义：从广义上来说，是泛指一切与德国相关的学术研究工作，即近乎宽泛意义上的'德国研究'（Deutschlandstudien）；从狭义上说，是以现代德国（19—20世纪）为主要研究对象的一种跨学科意识为主体的学科群建构，关注的核心内容是德意志道路及其精神史探求。我个人倾向于前一种广义上的'德国学'的定义，而后者则可视为中国特色'德国学'的内在联

（接上页注）俾斯麦的《回忆与思考》、拉萨尔的《济金根》、尼采的《苏鲁支语录》和冯塔纳的《艾菲布里斯特》、托马斯·曼的《布登布洛克斯》等为研究对象，集中聚焦日耳曼精神特别是德国资本主义上升时期的伦理价值观问题，形成了自歌德以来德意志问题的核心，即国家政治与精神文化之间的依存关系。"范捷平：《"德国学"研究探路者》，载《中国社会科学报》2014年4月25日第B04版。

1　范捷平：《"德国学"研究探路者》，载《中国社会科学报》2014年4月25日第B04版。

系的探索和学术升华，也是中国'德国学'的终极学术探求目标。"[1]这里强调的显然是更为宏观的德国学认知和整体性学科理论意识，应当承认，在中国学界，有这样高屋建瓴且能明确表述者已然少见，而因为现有体制的制约和冲击，能身体力行者更属凤毛麟角，而对于《德国教养与世界理想——从歌德到马克思》一书而言，则此种认知无疑是具有"点石成金"之效的[2]。莫光华教授则从另一个角度确认了这种工作的意义，他认为："虽为同时代人，歌德与马克思彼此并无接触，他们中间毕竟还隔着海涅那一代人。况且歌德与马克思各自主要的活动领域，在今人看来，分属于迥然不同的文学艺术领域与政治经济学和社会革命领域，所以，要在歌德这位最伟大的德国诗人、剧作家、小说家、思想家、自然研究家与马克思这位世界无产阶级革命导师、马克思主义创始人、政治学家、经济学家、历史学家和社会学家之间，建立起可资考辩和剖析的切实联系，必须另辟蹊径。换言之，为此要做的，是将当代中国之'德国学'的两个核心领域，即'歌德研究'与'马克思（主义）研究'进行有效的联通。"[3]"马克思学"因其在中国的特殊地位，自然毋庸置疑；"歌德学"的重要性也日益引起关注[4]。而正是需要这些具体学域的蓬勃发展，才有可能"众人拾柴火焰高"，建构起作为一个整体文明的"德国学"。

当然，从相关学科"获取滋养"，甚至是"见贤思齐"，也是很有益的，譬如德国史研究者就意识到"德国学"建构的学理意义，并曾指出过"文史哲"跨学科视野整合的必要性："孟钟捷教授对张建华教授讲到的'中国的俄罗斯学'心有戚戚焉，因为前几年叶隽教授曾在多个场合提出要建立'中国的德国学'。当中国人研究德国时，要有自己独特的视角，并且在此过程中，让文史哲不同的学科视野结合起来，建立更好的认识，这对整个学界的发展

---

[1] 邢来顺：《德意志精神结构的一种新释读》，载《社会科学报》2020年6月25日第8版。
[2] 叶隽：《德国教养与世界理想——从歌德到马克思》，北京：教育科学出版社，2023年。
[3] 莫光华：《多维视野中的歌德研究——以思想史进路的研究为例》，载《社会科学论坛》2023年第1期，第105页。
[4] 可参考一组关于"歌德学与学术史"的专题讨论，叶隽《"歌德再释"与"诗哲重生"——在学术史与知识史视域中重审歌德》，贺骥《中国歌德学百年史述略》，谭渊、宣瑾《作为精神资源的歌德学——文学革命和抗日救亡背景下的歌德研究》，载《社会科学论坛》2022年第6期；莫光华《略论多维视野中的歌德研究——以思想史进路的研究为例》、吴勇立《今天的我们怎样纪念歌德？》、吕巧平《中国歌德学术史之历史分期研究》，载《社会科学论坛》2023年第1期。

是有很大帮助的。"[1] 若无通识则很难出此语，但从"高瞻远瞩"到"脚踏实地"，对于学界而言仍是"难在脚下"，当然也是"路在脚下"。在与"俄罗斯学"的比较维度中，反思"德国学"的意义，对于中国现代学术的"国别学"研究十分有必要[2]，且如何在国际互动的维度中体现中国现代学术的独立立场、文化传统与学理自觉，仍是十分考验学者的"长程考题"，毕竟，学理的系统构建才是最重要的学科建设的标志性符号[3]。

或许，现代中国之转身成型、拔流俗以自振，在某种意义上或亦不妨理解为"应天景命"，确是有其需要承担的历史责任和使命的[4]。对于中国现代学术而言，就更是如此。蔡元培之改革北大，其所宗法的洪堡大学理念，乃是世界范围所公认的"现代大学典范"，至今为止的美国顶尖大学的代表人物仍然承认自己是洪堡的继承人，并将西方大学在世界范围内的胜利归功于洪堡[5]。而陈寅恪之立言清华，既非仅是抱残守缺的迂腐穷儒，更非坐井观天的井底之蛙，他慨然宣告："盖今世治学以世界为范围，重在知彼，绝非闭户造车之比。……夫吾国学术之现状如此，全国大学皆有责焉，而清华为全国所

---

[1] 顾羽佳整理：《张建华教授问答》，微信公众号：澎湃私家历史，2020年8月30日。张建华教授借"娜塔莎之舞"（《战争与和平》的经典场景）以反映俄国人在东方与西方"两种灵魂"之间的撕裂，介绍俄国史学界在语言—文化转向背景下的改变，并讨论了建立"中国的俄罗斯学"的问题。参考顾羽佳整理：《娜塔莎之舞：俄国史的核心意象与研究转向》，https://www.thepaper.cn/newsDetail_forward_8826557，访问日期：2023年3月10日。

[2] 我也曾记录下与张建华教授的讨论，参考《后记》，叶隽：《德国学理论初探——以中国现代学术建构为框架》，第186页。

[3] 一个较新的进展，参考汪磊：《俄罗斯学：跨学科研究新方向——俄罗斯学国际研讨会综述》，载《俄罗斯文艺》2018年第1期。

[4] 郑永年指出："现代中国的大转型，并没有造就中国自己的知识体系，这应当是中国知识界的羞耻。也很显然，在能够确立自己的知识体系之前，中国没有可能成为一个真正的大国。……实际上，知识和知识的实践（制造业）是一枚硬币的两面。只有拥有了自己的知识体系，才会拥有真正的原始创造力。"郑永年：《中国的知识重建》，北京：东方出版社，2018年，第108页。虽然这是至今为止的基本实情，但需要理解的仍是，现代中国转型仍处于过程之中，盖棺论定仍有待一个较长时段的过程。郑永年也指出了某些根本原因所在："要建立中国自己的社会科学，就要避免中国思维的美国化或者西方化。但事实上，西方化已经根深蒂固地被制度化了，因为西方的概念已经深深融入中国教育部门所主导的各种评价体系里面了。"郑永年：《中国的知识重建》，第164页。

[5] Walter Rüegg: "Humboldts Erbe", in Christian Bode; Werner Becker; Rainer Klofat: Universitäten in Deutschland. München: Prestel, 1995. S.14.

最属望，以谓大可有为之大学，故其职责尤独重……实系吾民族精神上生死一大事者……"[1]中国现代学术之志趣和理想，不仅跃然纸上，更借王国维之碑文而传示天下，其对于中国学术的"安心立魄"之功用，不逊《独立宣言》之于美国开国建邦的符号意义，这既是中国一流知识精英与时俱进的"誓师文"，也是中国学术走向世界的"集结号"；这是普遍性世界胸怀的体现，更是中国式"世界理想"的蓝图。而其借纪念王国维而确立下的中国现代学术伦理原则更是振聋发聩："士之读书治学，盖将以脱心志于俗谛之桎梏，真理因得以发扬。思想而不自由，毋宁死耳。斯古今仁圣所同殉之精义，夫岂庸鄙之敢望。先生以一死见其独立自由之意志，非所论于一人之恩怨，一姓之兴亡。呜呼！树兹石于讲舍，系哀思而不忘。表哲人之奇节，诉真宰之茫茫，来世不可知者也。先生之著述，或有时而不章。先生之学说，或有时而可商。惟此独立之精神，自由之思想，历千万祀，与天壤而同久，共三光而永光。"[2]如果说此处的"独立之精神，自由之思想"已毫无疑义地被视为第一学术伦理原则[3]，那么值得进一步发挥的，则尤其应表现在治学范围的"博采四方""兼融会通"上。在我看来，就是如何以"博纳万邦""容量万象"而"成就世界"，具体言之，语文之学固首当其冲，而陈寅恪自是最佳之代表，他深究梵文、求学异邦、融通多元，以语文学为根基而不失治学之宏大气象，国别之学则紧随其后。盖不知各国，焉能成通人？陈寅恪批评其时中国学界谓，"国人治学，罕具通识"[4]，在我看来，这里的"通"，不但要兼及"通古今""通中外""通文理"等多重维度，还应努力趋向"大道会通"，即认知人类社会、学术发展、天道运行的基本规律[5]。

汉代庄忌（约前188—前105）谓："哀时命之不及古人兮，夫何予生之不遘时！往者不可扳援兮，来者不可与期。志憾恨而不逞兮，抒中情而属诗。夜炯炯而不寐兮，怀隐忧而历兹。心郁郁而无告兮，众孰可与深谋？欲愁悴

---

[1] 《吾国学术之现状及清华之职责》，载陈寅恪：《陈寅恪学术文化随笔》，刘桂生、张步洲编，北京：中国青年出版社，1996年，第47—49页。
[2] 《清华大学王观堂先生纪念碑铭（1929年）》，载陈寅恪：《陈寅恪集·金明馆丛稿二编》，北京：生活·读书·新知三联书店，2001年，第246页。
[3] 叶隽：《"寂寞之原则"与"纯粹之知识"》，载《社会科学报》2022年4月18日第8版。
[4] 《陈垣敦煌劫余录序》，载陈寅恪：《陈寅恪集·金明馆丛稿二编》，第266页。
[5] 叶隽：《世界意识与家国情怀的融通》，载《社会科学报》2023年4月24日第8版。

而委惰兮,老冉冉而逮之。居处愁以隐约兮,志沉抑而不扬。道壅塞而不通兮,江河广而无梁。"[1]时命与天命,或许是可以相对映照的一组概念,其所暗含的则是具有不屈意志的主体自强不息、跨越艰难的信念与人生。天命乃是无形中大道的承载,是冥冥中天意的授予;时命则有所不同,它所指向的或许更多是主体的自身因素的重要性,因为虽然所谓"时势造英雄",但英雄之所以为英雄,就因为他能善识时势、破局有度,借胸中良谋而包孕宇宙,成就事业。学术当然更多属于一种文化事业,虽不能说仅是"纸上苍生"而已,但知识、观念和思想终究是可以"影响世界"的。我们不仅需要有观念层面的"雄心勃勃",更需在具体的学术层面"积跬步以致千里"。正是在这个意义上,各个具体的区域国别学的学理建构其实具有极为重要的奠基石意义。就概念建构而言,则德国学、日耳曼学、欧洲学、西方学等皆属"向上看"的体系性家族树层级的展示,当然还有另侧的东方学体系,也同样不可忽视[2]。而向下则需与深植具体学科中的德语文学、德国历史、德国哲学、德国社会学、德国科学史等领域进行紧密结合与互动,此外则需要寻找到一些跨越学科、联动乃至带动各学科"共享"的具体学域,譬如"歌德学""马克思学""卡夫卡学"等都是上佳抓手。总体而言,"德国学"应当是一个比较理想的"中层概念",即向上可以在宏观上追索世界文明的形成规律,向下则可以从微观上具体到个体而"以小见大",如此勾连,或可"既见树木又见森林",不失为一种有机联系、大小兼备的学术之道。

果戈理(Nikolai Vasilievich Gogol-Anovskii)有言:"世界史若就其确切意义而言,并不是由所有各自独立、彼此间缺少普遍联系或共同目的的民族史

---

1 庄忌:《哀时命》,载孙家顺、孔军、吴文溯注译:《楚辞译注评》,武汉:崇文书局,2018年,第243页。

2 近期王向远对东方学的系列研究值得关注,如王向远:《中国"东方学"的起源、嬗变、形态与功能》,载《人文杂志》2021年第6期。王向远:《国外东方学的四种理论与中国东方学的发生》,载《安徽大学学报(哲学社会科学版)》2023年第1期。在西方学方面还是比较欠缺的,但也不是没有,如王铭铭指出:"中国'西方学'之求意在指出,'被研究者'也是认识者,而'认识者'也是'被认识者'。因而,为人们所虚拟的认识者—被认识者关系,应得到历史的反思。作为近代世界关系体系的符号,'西方'这个称谓,已成为'东方人'追求的未来。而当这个意义上的'西方'被放置在诸如中国'西方学'的历史中考验时,则会出现某种有意义的'方位—势力逆转'。"王铭铭:《西方作为他者——论中国"西方学"的谱系与意义》,北京:世界图书出版公司,2007年,第4—5页。

和国家史汇集而成的,也不是由大量时常以枯燥无味的形式表现出来的事件堆积而成的……尽管世界上诸民族或者为时间、事件所分隔,或者为高山、大海所分隔,但世界史必须将所有民族的历史集合为一体,将它们统一成一个协调匀称的整体,并将它们谱写成一首壮丽的诗。"[1] 正是有着如此开阔的胸怀与大度的气象,果戈理才能以作家之感性敏锐而识得世界文明之大美壮观,将各民族历史融汇观之,我们或可将之视为"德国学"发展里程上的重要指针,由中国通往德国,由德国走向世界。屈子谓:"路漫漫其修远兮,吾将上下而求索。"这样一种探研的过程,自然也就是一个求索的过程,是一个跨越雄关铁道的过程!即便具体落实到具有中国风格的"德国学"建构这样一个小目标,落在学者身上的任务仍将是任重道远、路在脚下。只有脚踏实地,才能负重行远,如骆驼般的坚忍不拔,承担使命。在我看来,如何构建中国的德国学(日耳曼学)体系,乃是一项系统、长期而艰巨的大工程,决非二三人等,空有一腔热情便能做好的事,需要胸怀大志、直挂云帆,更需持之以恒、水滴石穿。我们相信千里之行始于足下,我们更相信锱铢积累、青出于蓝。有朝一日,当我们可以自信地将自家的"德国学"著作展示于世,才可不负当年陈康先生为中国学术所发之豪言壮语:"现在或将来如若这个编译会里的产品也能使欧美的专门学者以不通中文为恨(这决非原则上不可能的事,成否只在人为!),甚至因此欲学习中文,那时中国人在学术方面的能力始真正的昭著于全世界;否则不外乎是往雅典去表现武艺,往斯巴达去表现悲剧,无人可与之竞争,因此也表现不出自己超过他人的特长来。"[2] 这也不仅是陈康个体的雄心表述,而更体现出了一流知识精英所共有的宏大理想,见出了中国现代学术的世界胸怀!

叶 隽

---

[1] 转引自斯塔夫里阿诺斯:《全球通史——1500年以后的世界》上册,吴象婴、梁赤民译,上海:上海社会科学院出版社,1999年,第2页。
[2] 陈康:《序》(1942年),载柏拉图:《巴曼尼得斯篇》,陈康译注,北京:商务印书馆,1982年,第10页。

目录

绪论　资本语境在现代欧洲的兴起　　　　　　　　　　叶隽　/　1

　　一、欧洲的"精神三变"及西方现代性的形成　　　　　　　/　1

　　二、侨易视域下的资本语境与资本精神

　　　　——以东方现代性为参照　　　　　　　　　　　　　/　6

　　三、理论框架与研究思路　　　　　　　　　　　　　　　/　11

上篇　资本源起的国族语境

第一章　歌德时代：德意志的"金融帝国"　　　　　　　叶隽　/　19

　　第一节　从"牧歌殇落"到"金融帝国"

　　　　——歌德文学世界表现的经济图景　　　　　　　　　/　19

　　第二节　"漫游情趣"与"田园消逝"

　　　　——漫游者小说中资本语境的阴影　　　　　　　　　/　34

　　第三节　现代驱魔的知识力探索

　　　　——《浮士德》与《资本论》所映射的"双影人"

　　　　或"三影人"　　　　　　　　　　　　　　　　　　/　57

第二章　维多利亚时代：英格兰的"资本年代"　　　　　　　　/　80

　　第一节　狄更斯与资本年代的道德神话　　　　　　乔修峰　/　80

第二节　侨像、冲突与二元三维
　　　　——《南方与北方》所反映的资本语境与文化交域　　叶　隽　/　88
　　第三节　英国状况问题：卡莱尔、恩格斯与狄更斯　　乔修峰　/　107

第三章　第二帝国时期：法兰西的"百货商店"　　王　涛　/　120
　　第一节　资本语境下百货商店的产生　　　　　　　　　　/　120
　　第二节　道路的桥变：从拱廊街、奥斯曼大道到
　　　　百货商店的过道走廊　　　　　　　　　　　　　　　/　138
　　第三节　行走在百货商店的妇女　　　　　　　　　　　　/　154

下篇　多维视域的"资本现象"

第四章　资本语境与词语观念　　　　　　　　　　　　　　/　175
　　第一节　19世纪法国的经济转型与金融现象
　　　　——法国信贷理论嬗变　　　　　　　　　　李　征　/　175
　　第二节　19世纪英国的社会转型与文人的词语焦虑　乔修峰　/　187
　　第三节　资本语境的德国变型与知识人的观念之惑
　　　　——以二元关系和1914年理念为中心　　　叶　隽　/　196

第五章　罗斯金的财富观与资本主义伦理批判　　　乔修峰　/　211
　　第一节　"财富"的词源系谱考证　　　　　　　　　　　/　211
　　第二节　罗斯金的"财富"定义与政治经济学批判　　　　/　219
　　第三节　商人与国民性陶铸　　　　　　　　　　　　　　/　225

第六章　布尔迪厄的"资本论"　　　　　　　　　　刘　晖　/　233
　　第一节　"资本引论"："资本"的再定义与扩展　　　　 /　233

  第二节 文化生产 / 242

  第三节 从文化再生产到社会再生产 / 245

综论 世界文学里的资本语境与侨易空间 叶 隽 / 274

  一、世界文学及其作为资本语境的"诗性载体" / 274

  二、文学世界里表现的家族史 / 278

  三、资本语境的器物符号与侨易空间的成立

    ——在民族文学、家族文学和世界文学之间 / 286

主要参考文献 / 295

索引 / 309

后记 / 315

| 绪论 |

资本语境在现代欧洲的兴起

/ 叶 隽 /

一、欧洲的"精神三变"及西方现代性的形成

尼采在他那部著名的《查拉图斯特拉如是说》里提出了著名的"精神三变",即:"精神怎样变为骆驼,骆驼怎样变为狮子,最后狮子怎样变成孩子。"(Drei Verwandlungen nenne ich euch des Geistes: wie der Geist zum Kamele wird, und zum Löwen das Kamel, und zum Kinde zuletzt der Löwe.)[1]其实,我想指出的是,这一判断其实具有一定的普遍性意义,譬如如果我们将欧洲视为一个文明体的话,那么它也可被纳入这个评价的范式中。"文明研究"具有重要意义,因为作为一个学域,正是在这样一种"子体联构"的过程中,形成了更加联通宏阔的大格局。"文明"一词的含义不仅"在西方国家各民族中各不相同",而且"在英、法两国和在德国的用法区别极大"。在英、法语中,此词"集中地表现了这两个民族对于西方国家进步乃至人类进步所起作用的一种骄傲";而在德语中,此词则"指那些有用的东西,仅指次一等的价值,即那些包括人的外表和生活的表面现象",德语里用"文化"来"表现自我,表现那种对自身特点及成就所感到的骄

---

[1] Friedrich Nietzsche: *Also sprach Zarathustra*. Kritische Studienausgabe Herausgegeben von Giorgio Colli und Mazzino Montinari. München: Deutscher Taschenbuch verlag GmbH & Co. KG, 1999, S.29.中译文参考《查拉图斯特拉如是说》(选译),载尼采:《尼采散文选》,钱春绮译,天津:百花文艺出版社,1995年,第53页。本书引用的外文文献中的文字,如无说明,均为作者自译。

傲"。但如果仅辨析到此,仍然不够。在英、法语中,"文明"可用于政治、经济、宗教、技术、道德、社会等多种领域;而德语中,"文化"则主要指思想、艺术、宗教方面,其所要表达强烈意向就是将此类事物与政治、经济、社会现实做出区分[1]。所以,埃利亚斯(Norbert Elias)此处使用"文明"概念,更注重人类历史演进的一般发展历程。不过,我还是倾向于在这样一种维度上理解"文明",即将其作为一种人类的整体性概念,更具体地说,就是包含了器物、制度、文化等多个层面的具有文化精神层次独特性的"集体"概念。为了凸显这样的"文明史研究",我们就必须于一般的文化思想层面之外,特别关注制度、器物层面的问题,如此就必须要意识到,"我们生活在物的时代",这里的含义是指"我们根据它们的节奏和不断替代的现实而生活着"。[2]这或许是我们特别要理解的资本语境的规定性因素,尤其是发展到了器物支配人本身的生活状态的阶段。在波德里亚(Jean Baudrillard)看来,有两种规律被揭示出了,一种是自然生态规律,还有一种则是所谓的交换价值规律。[3]前者还是关于人类对于自然社会的认知,后者则是人类社会本身发展而产生出的自我规律的延展。这实际上在某种意义上肯定了前面我们所言的器物主导地位的逐渐上升,也就是说很多东西由人所发明创造,可一旦其获得生命之后就具有了自身的生命力,不再轻易为造物主所支配了。

历史与现时最大的不同或许是,"在以往的所有文明中,能够在一代一代人之后存在下来的是物,是经久不衰的工具或建筑物,而今天,看到物的产生、完善与消亡的却是我们自己"[4]。这里指出了一个非常重要的区分,即"古代文明"对于物的观念是"不朽",而"现代文明"对物的诉求则为"更新"。这里还不仅涉及"消亡",更在于如何才能"不朽"。按照这里所举的例子,工具或建筑物显然比人更长寿,但为什么人为万物灵长,而非是物本身呢?或许也可将人理解为物的一种,但毕竟人类不同于一般

---

1 诺贝特·埃利亚斯:《文明的进程》,王佩莉、袁志英译,上海:上海译文出版社,2009年,第1—2页。
2 让·波德里亚:《消费社会》,刘成富等译,南京:南京大学出版社,2000年,第2页。
3 同上。
4 同上。

之物，他是最具有创造性的生物，是文明进程的相对主创者。所以我们在高度重视符号之物的重要性的同时，也始终不能忘记，符号之物与造物之人是相互依存，甚至为主为奴的关系。当然不朽之物一旦产生，它也确实有超越其创制者而获得永恒生命的意义。相比较建筑物的恒常可见，像货币—资本这样的东西虽然隐形潜化，其意义却一点都不遑多让。资本语境的形成就更是这样一种具有重大的文明史进程意义，而且仍在历史进程中的"造物拟像"过程。对这样一种关涉现代性生成，却无法以具体意象呈现的"像物"类型，我们在此书给予高度关注。当然，此类"物符拟像"也并非完全的横空出世，与相关具体概念仍是相互依存甚至是息息相关，譬如这里要提及的"欧洲"。

关于"欧洲"的概念颇多歧义，但我觉得此处用伏尔泰对欧洲的理解或许较合适："长期以来，基督教欧洲（俄罗斯除外）可以视为一个与分为若干邦的大共和国相类似的国家。这些邦之中，有的是君主政体，其余的则是混合政体；有些奉行贵族政治，另一些则奉行平民政治。尽管如此，它们仍然彼此相互来往。它们虽然分属若干教派，但是全都具有同一宗教基础；全都具有相同的、在世界其他地区尚不为人所知的公法和政治原则。"[1] 无论如何具体解释之，其基本要义当在于：欧洲是超越一般意义的民族—国家的一个更高层次的文化共同体，是文明单元的一个重要组成部分，这其中可以包括宗教的区分维度，诸如基督教、天主教、东正教甚至伊斯兰教等，也必然包含民族国家的多元。欧盟的组织和实践则是在经济、政治、文化等综合方面做出的可贵探索。

欧洲的"精神三变"或可做如是观：一变而为"骆驼时代"，由古希腊开端，经历过长时间的负重行远，尤其是中世纪的曲折前行之后；二变而为"雄狮时代"，以大航海时代为开端，到德国古典时代达到巅峰；此后则第二帝国与第三帝国接踵而至，"一战"与"二战"相继发生，欧洲文化的没落演化为西方的没落似成精英之共识，三变则因没落而重生，是乃"婴孩时代"，一切都在重构之中，而又伴随着全球化时代的形成、技术的高速迅猛发展、互联互通时代的开启，这虽是一个重新复归婴孩的时代，却不

---

[1] 伏尔泰：《路易十四时代》，吴模信等译，北京：商务印书馆，1982年，第12页。

再是人类童年的懵懂无识可比。当莫兰（Edgar Morin）开始如此严肃地反思欧洲的问题时，这或许就是一个充满了希望、阳光和未来明天的欧洲的预兆："欧洲那些曾经推到极端和传播全球的狂热追求有：荒唐的'拯救'，宗教不宽容，资本主义，民族主义，极权主义，工业主义，技术官僚主义，对强力和利润的渴求，对发展的崇拜，对人类文化和自然环境的摧毁。欧洲将这些瘟疫传播给了世界，而这些瘟疫则是由牵强的简单化、单边主义，以及激化各种主义并将其付诸现实的因素衍生而来的。我们已经自作自受，我们经历了民族主义和极权主义悲剧的顶点，我们开始一点点产生出抵抗种种自己培育的病毒的抗体，我们将可以帮助世界进行消毒以抵御这些由我们带来的瘟疫。我们开始明白，和最坏的民族主义斗争的最好办法是通过超国家的各种联合方式来维护和捍卫各民族的权利。我们开始明白，和最坏的极端主义作斗争的最好办法是维护发展所有的宗教和精神启示，让各宗教通过对话来揭示它们之间一脉相通的深层联系。我们开始明白，全球性文化完全不需要清一色的世界，相反，全球化要求的是通过复杂形式的对话交流来让不同的文化争芳斗艳。欧洲应该永远不再以一元和唯理化的眼光看问题，相对于其他文化，欧洲文化可以发挥一种意想不到的他者的作用，这即是促进文化之间的了解和自我发展。欧洲应该彻底摒弃处于世界中心的优越感，使自己成为一个思想和创新的中心，为人类开太平，建立与重整和睦秩序，让我们的地球家园盛开文明之花。"[1] 莫兰这段思考可谓振聋发聩，不但总结了欧洲的历史经验和局限所在，而且也以一种非常负责任的思想家高度来厘清欧洲的使命和位置，其实具有重要参考价值。

当拿破仑称中国为雄狮，并提醒不要惊醒这头沉睡之狮时，其实正下意识地显示出他的知识广博和敬畏之情。因为拿破仑才是彼时真正雄狮型的人物，而这个人物承载的更是法国文明和西方文明的精粹，他是法国之狮，更是欧洲雄狮时代的"马背上的英雄"，同时那个"精神界的勇士"可举出多人，包括黑格尔。然而正是因为这种精彩的文明史只有瞬间故而表明了一个基本规律：当雄狮之英相继出现的时候，或许就是"夕阳无限好，只是近黄昏"的时刻，文明的兴衰消长契机在那一瞬之间就已经彰显其迹象了。

---

[1] 埃德加·莫兰：《反思欧洲》，康征等译，北京：生活·读书·新知三联书店，2005年，第141页。

这显然是欧洲人自身的"夫子自道",但或许正是因了这种可贵的反思精神,才显示出欧洲作为人类精神灯塔的价值。所以,美国学者里夫金(Jeremy Rifkin)就将18世纪人类的"美国梦"理想使命转交给了新欧洲,他将其改称为21世纪的"欧洲梦",这个梦想"敢于提出一种崭新的历史观,其所注重的是生活质量、可持续性、安定与和谐"[1],更具体的就是:"欧洲梦注重群体关系而非个体自治,文化多样性而非同化为一,生活之类而非只是财富积累,可持续发展而非无限制的物质增长,深度游戏而非单调的持续劳作,普遍人权及自然界的权利而非只突出财产权,全球合作而非单边主义的霸权实践。"[2]欧洲梦或许也可被称为"婴孩梦",童心清澄,童言无忌,正是这儿童之梦,或许更有可能接近那原初的"道"之所在。但是欧洲可不是真正的婴孩,相比较文明史短暂的国家,譬如美国,欧洲是真正的"老婴孩"。可就是这个曾为"老大帝国",孕育了两希文明,并在文明史上地位显赫的老欧洲,却真的能严格地负责任地在思想上思考自身的来龙去脉和人类文明的共同体建构及自身责任的承担问题。"老顽童"或许并不是一个恰当的比喻,但欧洲这个"老婴孩"的苏醒乃至重生,确实是人类历史上一"大事因缘"。虽然因为诸多限制甚至掣肘因素等,此还不能显出立竿见影的效果,甚至更多表现出似乎倒退的迹象,但正如陈寅恪形容中华文化演进一样,"华夏民族之文化,历数千载之演进,造极于赵宋之世。后渐衰微,终必复振"[3],我们或许可以模仿说:"人类之文明,历数千载之演进,曾造极于若干世代区域,欧洲无疑彪炳者一焉。虽后渐有衰微之象,而若能自强不息、兼容百川,则终必复振。"这种对于人类文明灯塔的守候意识和文化自信,是一流知识精英阶层所应当具有的信念底气。

里夫金提出的问题无疑更加关键:"当我们垂垂老矣,回首一生之际,我们会清楚地意识到,生命中重要的时刻是那些与物质积累没有什么关联,却和我们对同胞的热爱,我们作为个体与人类的关联,与我们所居住的星球

---

1 杰里米·里夫金:《欧洲梦》,杨治宜译,重庆:重庆出版社,2006年,《前言》第XIV页。
2 同上书,第XI页。
3 《邓广铭宋史职官志考证序》,载陈寅恪:《陈寅恪集·金明馆丛稿二编》,北京:生活·读书·新知三联书店,2001年,第277页。

的关联息息相关的时刻!徐徐展开的欧洲梦正在打开通往一个更加深刻的问题的大门,那就是生命的意义。究竟什么是存在于这个世界,存在于21世纪的人类的意义?"[1]这个问题会让我们想起儿时耳熟能详的保尔·柯察金的那段名言:"人最宝贵的东西是生命。生命属于我们只有一次。一个人的生命应该这样度过:当他回首往事时,他不因虚度年华而悔恨,也不因过去碌碌无为而羞耻——这样,在他临死时,可以说:我整个生命和精力已献给了世界上最壮丽的事业——为人类的自由和解放而斗争。"(《钢铁是怎样炼成的》)具体的概念或容具体分析,但就其表达的思路来说,却不无共通之处,也就是说,我们应当将个体的有限生命融入更高层次的人类精神构建的伟大事业中去。而青年马克思同样说过类似的话:"历史承认那些为共同目标劳动因而自己变得高尚的人是伟大人物;经验赞美那些为大多数人带来幸福的人是最幸福的人","如果我们选择了最能为人类福利而劳动的职业,那么,重担就不能把我们压倒,因为这是为大家而献身;那时我们所感到的就不是可怜的、有限的、自私的乐趣,我们的幸福将属于千百万人,我们的事业将默默地但是永恒发挥作用地存在下去,而面对我们的骨灰,高尚的人们将洒下热泪"[2]。正是在这样一种宏大的视域中,我们可以更清晰地定位我们所要研究的对象,具体来说,也就是欧洲精神第二变到第三变过程中的一个核心思考:"资本语境"的形成乃是欧洲成为雄狮的重要背景和发生精神质变的"造境过程",甚至在某种意义上说可称为"利器"。就大历史视角来看,如果没有资本的形成和资本语境的"建势",全球化时代的整体成型是不可能的,整个人类文明的总趋势就完全是另外的路径了。

二、侨易视域下的资本语境与资本精神——以东方现代性为参照

我们耳熟能详的是马克思在《资本论》中所说的那句话:"资本来到世间,从头到脚,每个毛孔都滴着血和肮脏的东西。"[3]然而,究竟何谓资本?

---

[1] 转引自乐黛云:《探讨世纪之交的人生巨变(代序)》,杰里米·里夫金:《欧洲梦》,第Ⅷ页。
[2] 马克思、恩格斯:《马克思恩格斯全集》第40卷,北京:人民出版社,1982年,第7页。
[3] so das Kapital von Kopf bis Zeh, aus allen Poren, blut-und schmutztriefend. [Marx: *Das Kapital*. Marx/Engels: *Ausgewählte Werke*, S.4440 (vgl. MEW Bd. 23, S.788)] 马克思、恩格斯:《马克思恩格斯全集》第23卷,北京:人民出版社,1972年,第829页。

何为资本语境？何为资本精神？这或许还是值得深入追问的。恐怕还是要从货币说起，按照马克思在《政治经济学批判》中的说法，"货币，即一切商品作为交换价值转化成的共同形式，一般商品，其本身必须作为特殊商品与其他商品并存，因为商品不仅在人的头脑中必须用货币来计量，而且在实际交换中必须与货币相交换和相兑换。由此而产生的矛盾，留待其他地方去阐述。正象国家一样，货币也不是通过协定产生的。货币是从交换中和在交换中自然产生的，是交换的产物"[1]。而"货币作为资本，这是超出了货币作为货币的简单规定的一种货币规定。货币作为资本，可以看作是货币的更高的实现；正如可以说猿发展为人一样。但是，这里较低级的形式是作为较高级的形式的承担者出现的。无论如何，货币作为资本不同于货币作为货币。这个新的规定必须加以说明。另一方面，资本作为货币，看来好象是资本倒退到较低级的形式。其实那不过是资本处在这样一种特殊性上，这种特殊性作为非资本，在资本以前就已经存在，而且是资本的一个前提。货币又会在以后的一切关系中出现；但那时它已经不再充当单纯的货币"[2]。在这里，明确了货币变为资本的过程，这可以被认为是一个"物主体"的关键性的精神质变过程，虽不是"破蛹出蝶"，但基本上可以认为非复昔日之"下里巴人"了。因为正是这个建立在原有的货币之像基础上的"资本"，它有着自身完全新式的拟物需求、特性生成和驱动强力，于是就推动人类（这个它的造物主）和社会世界发生了波澜壮阔的巨大变化。虽然大航海时代以来的全球化形成和全球史盛景首先是由于科学技术的进步和部分探险家所勇于尝试开辟的，但如果没有背后更深层的"资本驱动"，恐怕也很难走得这么快、这么远。所以我们研究资本，不仅要研究资本本身作为拟物的具体运作过程，譬如马克思的《资本论》所论述的那样，而且也需要考察其背后的诸多深层因子，譬如西美尔（Georg Simmel）的《货币哲学》所思考的，还需要考察资本语境形成所带来的整体性的社会关联度。笔者认为，对资本语境的若干层面——"物境""币境""势境"应首先略做区分。"物境"自古有之，天生万物，各有其奥妙，

---

[1] 马克思、恩格斯：《马克思恩格斯全集》第46卷上册，北京：人民出版社，1979年，第112页。
[2] 同上书，第204页。

后也有人造之物,而且人造器物会扮演越来越重要的社会角色,所以"物境"之构,不仅应包括大自然的山川江海,也应包括人类社会的诸种器物,诸如碑具钟鼎、各类电器等。在当下与未来社会中,舍却电子网络,尤其如便携式电脑、智能手机等互联设备是不可想象的。"币境"则为资本语境的核心特征,即由货币所主导的经济运行系统。货币本是人造之物,可一旦进入流通之境,就会有其自身"立威发命"的规律性驱动。资本语境说到底就是由货币这个"人造小神"所主导的运行系统的呈现,这是一个自然生成的过程,有点像现在的人工智能,但又并不完全是。"势境"似乎更多可理解为中国人的特点,就是对一个整体的系统观的认同,按照余莲(François Jullien)的说法:"首先是,策略上'局势所产生的可能性'与政治上'势位'具有决定性的特点;其次是,书法字之形体所显露的力量、绘画画面之布局所揭示的张力,及文学作品所展现的效果;最后是,历史中各种情况的演变趋势,及推动自然的大演变的势。"[1]这就要上升到思维模式的分殊,即中国人更看重事物发生过程中的整体观。如果将这个分境况视为资本语境的不同层级,则我们就要区分资本物境、资本币境和资本势境,它们各自有不同的主导特征和倾向,相互有依存乃至转化关系,但毕竟又构成自身需要维系的系统。

当然我们必须承认的是,资本语境的核心问题还是西方现代性的生成标志;而这其中必须考虑到的就是,在承认"多元现代性"的前提下[2],特别关注"二元现代性"结构,即"西方现代性—东方现代性"互动生成的复杂关系。东方现代性虽是在西方现代性的强势袭来之下被迫应对,甚至长期以不同方式接受了西方现代性所赋予的种种规制,但随着时代的发展,它必将重新界定由自身传统整合而来、兼容西方优长的独特概念[3]。东方现代性的明确意识,既是侨易思维的题中必有之义,同时将有助于我们更好地在一个更加宏阔视域中提升自身主体意识。

而以侨易学思维来观照资本问题,则几个最简单的问题必须回答:谁

---

[1] 余莲:《势:中国的效力观》,卓立译,北京:北京大学出版社,2009年,第4页。
[2] S. N. 艾森斯塔特:《反思现代性》,旷新年等译,北京:生活·读书·新知三联书店,2006年。
[3] 参见叶隽:《救亡启蒙与文化转移——比较视域里的近代中国留学史与东方现代性问题》,载《文史知识》2011年第2期,第13—23页。

是侨易主体？侨易语境发生了怎样的变化？侨易空间是怎样构成的？如此则会很自然地延伸出不同的观念，即一个变动中的资本语境将得以呈现出来，一个联通型的资本语境可能让我们思考人类文明共同体的"归一"过程。所以，必须用一种变化的思维来看待资本语境，它不是一成不变的，更不是凝固滞涩的，而应当是流动的、变化的、发展的。此外，侨易思维消解主体的功用不可低估，即对资本语境的源头追溯必然会将问题推向文明史的元问题，如此则东方西方、故代现代都必然进入视野。一方面我们要承认，资本语境是一种客观实际的存在，因为我们日常生活的琐碎细致乃至精雕细刻无不蕴含着"百姓日用而不知"的大智慧，背后的资本驱动力量绝对不可低估。但若借鉴侨易思维，即如果资本能纳入到侨易主体的变与常关系中来考察的话，就必然会导致一方面有对资本镜像的高度关注，另一方面也自然会意识到再强大的主体建构最终都免不了必然被消解掉的宿命；而在消解主体的同时，实际上也更逼近"大道元一"，就是事物背后所藏的那个"真"。

当然强调资本的力量和意义，并非忽视其他关键因子，譬如文化交流同样非常重要，要知道，"欧洲之所以能够展现源源不绝的活力，原因在于不断与外来文化交流和对话，并吸纳对方的优点"[1]。欧洲正是在这样的过程中不断成长的。波普尔曾明确指出：

> "论文化冲突"，涉及一个假定，涉及一个历史猜想。这个猜想是，这种冲突未必总是导致流血的战斗和破坏性战争，而可能也是富有成效的和促进生命的发展的原因。它甚至会导致像希腊文化那样的无可匹敌的文化的发展，后来，当它与罗马文化冲突时，又被罗马人所继承。又经过许多次冲突，尤其与阿拉伯文化的冲突之后，在文艺复兴时期，它被有意识地复兴；因此它成为在进一步冲突的过程中最终改变了世界上所有其他文化的那种西方文化，那种欧洲的和美国的文明。[2]

---

[1] 辜振丰：《布尔乔亚——欲望与消费的古典记忆》，长沙：岳麓书社，2004年，第10页。
[2] 卡尔·波普尔：《通过知识获得解放》，范景中等译，杭州：中国美术学院出版社，1998年，第124—125页。

这里的"冲突",其实并非简单的贬义词,具体到波普尔的"文化冲突"更非绝对的贬义词,他立场鲜明地说:"没有冲突的社会会是无人性的。它不会是人类社会,而是蚂蚁群体。我们也不应忽视伟大的和平主义者也是伟大战士的事实。甚至圣雄甘地也是一名战士:为非暴力而斗争的战士。"[1]这也符合侨易学中对二元关系类型的分析,即"战型二元""竞型二元"等都存在相互转化的关系,没有任何一个事物是僵化凝固、一成不变的。按照马克斯·韦伯(Max Weber)在《新教伦理与资本主义精神》中的说法,明确地以"理性"(Rationalismus)为西方文明的基础,提出"资本主义精神"(kapitalistischer Geist)的命题,在他看来,"资本主义更多地是对这种非理性欲望的一种抑制或至少是一种理性的缓解"[2]。他指出,"获利的欲望,对营利、金钱(并且是最大可能数额的金钱)的追求,这本身与资本主义并不相干",因为道理很简单,"这样的欲望存在于并且一直存在于所有的人身上","可以说,尘世中一切国家、一切时代的所有的人,不管其实现这种欲望的客观可能性如何,全都具有这种欲望"。[3]这个问题的提出以及追问,对我们理解资本主义具有非常重要的启示性意义。因为"逐利原则",确实是人类文明史的核心概念,任何一种理论,不从根本上去认知、探索和解决这个问题,都无疑是空洞的。但韦伯似乎忽略了一点,就是资本主义极大地强化了"利益原则",将这一点作为一切的根本出发

---

1 卡尔·波普尔:《通过知识获得解放》,第126页。

2 "Kapitalismus kann geradezu identisch sein mit Bändigung, mindestens mit rationaler Temperierung, dieses irrationalen Triebes." Max Weber: *Vorbemerkung*. Max Weber: *Gesammelte Werke*, S.5290 (vgl. Weber-RS Bd. 1, S.4). 马克斯·韦伯:《新教伦理与资本主义精神》,于晓等译,北京:生活·读书·新知三联书店,1987年,第8页。

3 Und so steht es nun auch mit der schicksalsvollsten Macht unsres modernen Lebens: dem *Kapitalismus*. »Erwerbstrieb«, »Streben nach Gewinn«, nach Geldgewinn, nach möglichst hohem Geldgewinn hat an sich mit Kapitalismus gar nichts zu schaffen. Dies Streben fand und findet sich bei Kellnern, Aerzten, Kutschern, Künstlern, Kokotten, bestechlichen Beamten, Soldaten, Räubern, Kreuzfahrern, Spielhöllenbesuchern, Bettlern: – man kann sagen: bei »all sorts and conditions of men«, zu allen Epochen aller Länder der Erde, wo die objektive Möglichkeit dafür irgendwie gegeben war und ist. Es gehört in die kulturgeschichtliche Kinderstube, daß man diese naive Begriffsbestimmung ein für allemal aufgibt. [Max Weber: *Vorbemerkung*. Max Weber: *Gesammelte Werke*, S.5290 (vgl. Weber-RS Bd. 1, S.4), http://www.digitale-bibliothek.de/band58.htm] 马克斯·韦伯:《新教伦理与资本主义精神》,第7—8页。

点，并推向极端。这是问题的本质所在。所谓"过犹不及"，说的就是这个现象。再加上西方人对"中道思维"理解不深，惯用二元对立方式思考问题，就加剧了事物之间的矛盾对立，且事实恐怕不仅如此。这一点，在韦伯那里表述得也很清楚，"资本主义精神的发展完全可以理解为理性主义整体发展的一部分，而且可以从理性主义对于生活基本问题的根本立场中演绎出来"[1]。这点对于理解资本主义非常重要。也就是说，作为一种经济形态乃至政治制度，资本主义完全是由思想史发展的整体线索轨迹所规定的，这符合我们"浪漫—启蒙"二元思脉进路的基本判断。作为启蒙思脉的重要标志，理性主义乃是理解现代性的根本特征和思维模式。"资本主义精神"当然可以作为一个核心概念，但笔者这里想更关注"资本精神"，就是相对凸显资本本身而非将其作为一套被系统化的制度的概念，尤其是后来又被加上过多的意识形态色彩，反而不得其真。在这里，"资本精神"与"资本语境""资本制度"等可成一组有效概念，为我们理解以作为人造拟符的资本为主体的另一个"符号世界"提供概念工具。

三、理论框架与研究思路

这项研究以"资本语境在现代欧洲的兴起"为题，就是试图以资本语境概念的新构来介入现代欧洲兴起乃至西方现代性的宏大命题；当然强调以文学史为线索，主要还是为了有一个可以具体进入且能独特观察的角度和知识史积累支撑点。"现代欧洲"其实是一个相当重要的概念，但受学力所限，我们只能将关注的目光局限在若干核心国家，即这里重点探讨的德、英、法。欧洲史的研究领域极为广阔，涉及国家和语种、文化多而繁复，远非任何一个个体学者所能承担，但希尔（Friedrich Heer）撰作《欧洲思想史》的雄心和慧眼为后来者开启法门，他希望自己的书"是在昨天与明

---

[1] Es scheint also, als sei die Entwicklung des »kapitalistischen Geistes« am einfachsten als Teilerscheinung in der Gesamtentwicklung des Rationalismus zu verstehen und müsse aus dessen prinzipieller Stellung zu den letzten Lebensproblemen ableitbar sein. [Max Weber: *Die Protestantische Ethik und der Geist des Kapitalismus*. Max Weber: *Gesammelte Werke*, S.5370 (vgl. Weber-RS Bd. 1, S.61), http://www.digitale-bibliothek.de/band58.htm] 马克斯·韦伯:《新教伦理与资本主义精神》，第56页。

天、过去与未来之间的一篇论文。它试图在欧洲的精神历史中找到一些发展线索和一些可以作为里程碑的事件。它的短期目标是把古代欧洲的精神语言以及其中积贮的心灵经验翻译成现代语言,使科学家能够运用而广大读者能够理解"[1]。更重要的是,他能独抒己见:"欧洲重要思想的历史不是像一条线那样顺序发展的。其中最值得注意的一些思想在欧洲的精神地图上像重叠的光环那样铺开。"[2]所以,虽然有"崔灏题诗在上头",后来者仍可有所依循而进步。关于本书,笔者觉得稍有新意的,则是将"资本语境的形成"之命题抛砖引玉;这当然是与资本的巨无霸地位获得密切相关的,因为如果没有资本的无远弗届的巨大功用,就不可能有相关重要命题的次第展开。其实资本并非在资本主义时代才有,从人类开始利用货币,并且将其放到一个构筑人类经济关系的核心位置上,它就以相应的形式而存在了,当然它如何进一步获得物化乃至拟人化品格,并进而登堂入室,乃至喧宾夺主,成为造币之人的"主人"的,这就需要认真研究了。

本书尝试立足于中国现代学术史的整体框架,从"欧洲学"(Europenology)乃至"文明学"这一特定角度进行把握,提出"现代欧洲"概念的命题,并考察其与资本语境形成的互动维度;复归之于现代中国思想建构的基本立场。具体的操作策略是,借鉴文学社会学、文学史、思想史、侨易学等多种理论资源,以文本细读为基本方法,以体贴精英人物为思路,既考察文本与作者的复杂互动关系,也寻水溯源、清理观念发展脉络,重新审视与建构一个复杂空间内现代欧洲资本语境的形成史。全书除绪论和综论外,共六章,绪论讨论资本语境在现代欧洲的兴起历程,试图对资本、欧洲与现代势境形成的关系略做梳理,从欧洲的"精神三变"角度切入,兼及西方现代性、东方现代性的比较视角,进而凸显侨易视域下对资本语境的理解,勾勒一个初步的理论框架与研究思路。

主体部分分为上、下两篇,前者聚焦"资本源起的国族语境",后者则展示"多维视域的'资本现象'"。上篇三章,分别从国别史角度考察德、英、法资本时代的形成特点,第一章以歌德(Johann Wolfgang von

---

[1] 《作者前言》(1953年,维也纳),载弗里德里希·希尔:《欧洲思想史》,赵复三译,桂林:广西师范大学出版社,2007年,第5页。
[2] 同上书,第1页。

Goethe）时代为主观察德意志的"金融帝国"之形成，其中有对歌德文学世界表现经济图景的概括表述，提炼出从"牧歌殇落"到"金融帝国"的核心意象。

第二章则探讨维多利亚时代英格兰的"资本年代"，这其中有像"狄更斯与资本年代的道德神话"这样的命题，通过分析卡莱尔与狄更斯的诗思对话来考察英国状况，背后自然是资本语境的制约；也有对盖斯凯尔夫人《南方与北方》所反映的工业化时代情爱故事的深入分析，通过侨像冲突与二元三维等核心概念，展现出资本语境与文化交域的深交互作用下的博大画卷。

第三章则观察第二帝国时期法兰西的"百货商店"，其虽然是一个具体的商业建筑意象，却可以牵连出非常广泛的资本语境命题。从最初的资本语境下百货商店的产生，到"道路的桥变"命题的展开，从拱廊街、奥斯曼大道到百货商店的过道走廊，展现出的是在资本语境的"势境"之下可以隐喻资本的世界状态；从室外转向室内、从有形转向无形的道路桥变，展示了资本世界生生不息的动力之一；至于"行走在百货商店的妇女"的画面，不仅展现了第二帝国时期的女性购物者形象，而且探讨了购物如何因"越位消费"的逻辑与女性职责的关系。百货商店作为拜物教圣地成为资本语境的一个缩影，依靠推动变与常的交互流转，既实现资本增值，更在衣食住行的小事上不断改变世界。

下篇三章，则试图通过词语、观念、理论等多重视域来考察内容丰富的"资本现象"。第四章聚焦"资本语境与词语观念"，对19世纪以来法、英、德的情况做了不同角度的切入，其中既有由法国信贷理论嬗变而入手的对19世纪法国经济转型与金融现象的梳理，也有对19世纪英国的社会转型与文人的词语焦虑的考察，还包括了资本语境下德国变型背景里知识人表现出的观念之惑。

第五章则聚焦英国思想家罗斯金的财富观，并将其与资本主义伦理批判相关联，对财富与政治经济学、资本与正义，乃至商人与国民性陶铸等命题都做了深入的追问。罗斯金对"财富"一词背后所含的价值取向深感忧虑，在19世纪60年代写了大量文字重新诠释"财富"概念，锋镝指向了推究"国民财富性质及其原因"的政治经济学，旨在借助"词语系谱学"

重建权威知识话语，挽救世道人心。这番"原富"既反映了文人在变革年代的词语焦虑，也反映了经济学在寻求学科地位过程中因"去道德化"而引起的诸多问题。

第六章则转换为对法国理论家布尔迪厄的"资本论"的梳理和阐释。布尔迪厄扩大了资本的范围，在经济资本之外，还增加了文化资本、社会资本和象征资本，进而从个资本总量与结构的作用角度讨论文化再生产与社会再生产；从资本的悖论讨论文学场与文学生产。明显可看出，职业学者的理论构建和思想家的"奇思妙想"进路不同。

之后为综论，讨论世界文学里的资本语境与侨易空间之命题。一方面以世界文学的概念讨论入手，强调其作为资本语境的"诗性载体"意义；另一方面选择三部德国文学文本，讨论其中表现的家族史，总结出婚姻悲剧—商战兴衰—理想之灭的轨迹。这些强调每一种叙述都离不开个体，离不开家庭；甚至有更大的家族在存在，发生二元交错关系，出现代沟冲突与变异，但具有强力意义的仍是隐在背后驱动的资本语境。最后借助巴尔扎克名篇《赛查·皮罗托盛衰记》讨论侨易视域的意义，一是相关侨易概念的直接运用有助于观察到非常典型的物质位移现象，譬如从南方到北方（盖斯凯尔夫人的《北方与南方》）、从本土到异国（《印度之行》）、从乡村到城市（威廉斯《乡村与城市》）；二是对物境拟符空间的考察，正是在这样一种空间侨易的过程中，我们可以更清晰地展现出资本语境得以具体型构的若干环节，使之得以"节点化"；三是运用侨易观念的元思维将更有助于我们将问题链接到一个更为开阔的大背景和大语境中，譬如立体结构、交叉系统、混沌构序等等，当然最核心的还是二元三维。

就本书所涉猎的宏大问题，我们这里也仅仅是做了一个初步的探讨。考察"资本语境在现代欧洲的兴起"这样一个命题，实在涉及太多太重要的维度和方面，我们在强调自身的宏大视域和知识拓展的必要性之外，也特别重视自身的"看家本领"，即是以文学史为线索，是以一种"诗性"维度来上下求考之的。既然选择以一种文学史路径介入经济史、思想史等的策略，那么就必然在方法论上提出了自我挑战：原有的文学研究方法是否奏效？或者我们仍走老路融新知，还是试图在方法论上有所尝新？我们自然不会满足于既有的知识和范式，但求新也并非易事，必须在脚踏实地、小心求证的基础上大胆假设、合理建构、不断完善。黄仁宇认为,"探究资本主义思想系统之构成,只能从当时人的文字中寻觅各种原始观念,将它们结连补缀而成"[1],此论相当高明。郭沫若在戏剧《卓文君》里借卓文君之父卓王孙之口说道:"世间上除了金钱而外,那一样事情办得到?上而天子王公,下而苍头走卒,都是我们有钱人的傀儡。一碗饭可以养活淮阴侯,五羊皮可以买死秦宰相。任你甚么英雄、豪杰、志士、仁人,离了钱便没了命。"[2]卓王孙还说:"钱可买名,名可卖钱,人生没有别的,就是名与利纽成的一道彩绳!"[3]这些话或许有些偏激,但确实也反映出资本语境所制约和可能局限的"框架"所在。我们还是坚信学术自有其道,必须尊重、认知与遵循,或正如陈寅恪先生所言:"考自古世局之转移,往往起于前人一时学术趋向之细微。迨至后来,遂若惊雷破柱,怒涛振海之不可御遏。"[4]学问之道虽然微薄,但其承载之重却或有未可比拟者,盖文化借此而承传也。

---

[1] 黄仁宇:《资本主义与二十一世纪》,北京:生活·读书·新知三联书店,1997年,第202页。
[2] 郭沫若:《卓文君》,载《郭沫若全集》文学编第6卷,北京:人民文学出版社,1986年,第36页。
[3] 同上书,第37页。
[4] 《朱延丰突厥通考序》,载陈寅恪:《陈寅恪集·寒柳堂集》,北京:生活·读书·新知三联书店,2001年,第163页。

上 篇
资本源起的国族语境

第一章

歌德时代：德意志的"金融帝国"

/ 叶 隽 /

第一节 从"牧歌殒落"到"金融帝国"
——歌德文学世界表现的经济图景

一、"牧歌殒落"——从《赫尔曼和多罗泰》到《威廉·麦斯特的漫游时代》

歌德无疑是那个时代最为敏锐的精神承担者，《赫尔曼和多罗泰》这首叙事诗就是一个很好的例子。歌德在《序诗》中说："我要领你们到德国人宁静的家中。"（Deutschen selber fuhr ich euch zu, in die stillere Wohnung.）这里的德国人，不仅有"宁静"的家，而且"接近自然，陶冶人性"（Wo sich, nah der Natur, menschlich der Mensch noch erzieht）[1]。可以说，这样的田园风景，不仅给我们呈现出一幅宁静怡和的庄园美景，而且也是牧歌时代最后的一缕余晖。可是，在这貌似优美的图像之外，却有完全相反的内容存焉。马克思对这种现象有一针见血的揭示："在真正的历史上，征服、奴役、劫掠、杀戮，总之，暴力起着巨大的作用。但是在温和的政治经济学

---

1 "Hermann und Dorothea", in Johann Wolfgang von Goethe: *Gesammelte Verse und Gedichte*. Geneva: Eurobuch, 1993. S.573. 钱春绮译：《赫尔曼和多罗泰》，载歌德：《少年维特的烦恼 赫尔曼和多罗泰》，杨武能等译，北京：人民文学出版社，2003年，第143页。

中，从来就是田园诗占统治地位。"[1]这里告诉我们的是一般学术的"讳疾忌医"，是对粉饰太平的知识叙述的严重抗议，同时也是揭开历史真相的明确宣言。马克思理论的伟大之处，正在敢于撕开血淋淋的事实，并追索背后的规律。但我们要追问的则是：昔日风光绮丽的田园究竟是如何消逝的呢？德国人在多大程度上还能保有自己的宁静之家？当列车在隆隆黑烟中咆哮而来，当速度以前所未有的迅疾将人类联结，即便德国人自觉地将自己区分于西方之外，可也不能拒绝这样一种全球化的裹挟。歌德似乎是极端敏感而洞察的，在《麦斯特》《浮士德》等代表作中同样表现出了相关的经济图景。在《威廉·麦斯特的漫游时代》中，作为家庭纺织业领导人物的苏姗娜夫人面对机器生产威胁职业的生存恐惧可以视作一例，用她的话来说就是："机器的剧增使我又惊又怕，它如山雨欲来，虽然速度缓慢，但却方向已定，不容抗拒。"[2]以歌德这样通达从容的智者，竟然也感受到机器时代到来背后的那种巨人之力，而发出如此浩叹。真是大势所趋，概莫能外。幸则人的一生岁月有限，否则歌德看到日后的资本驱动和机器裹挟，其速度之迅猛，更远超其想象，真不知其情何以堪？

牧歌是一曲情思悠扬的天人合一之乐，当我们在草原上放马驰骋，观日落月升，看牛羊成群，那是一种何等的欢乐啊！然而，在现实之中，这似乎是永远不可能实现的画面。我们不知道古代人在那样一种时刻是否能感受到后人附加给他们的这种诗情画意，但现代人永远只能在影像复制中感受那种被制造的浪漫牧歌。正如歌德所看到的那样，机器将代替牧歌，技术必然进步，货币将驱动人性……如马克思所言，"一切坚固的东西都烟消云散了"[3]，相比较原始人和古人所曾经拥有的宁静生活，现代人将不得不

1　In der wirklichen Geschichte spielen bekanntlich Eroberung, Unterjochung, Raubmord, kurz Gewalt die große Rolle. In der sanften politischen Oekonomie herrschte von jeher die Idylle. [Marx: *Das Kapital.* Marx/Engels: *Ausgewählte Werke,* S.4375 (vgl. MEW Bd. 23, S.742)] 马克思、恩格斯：《马克思恩格斯全集》第23卷，第782页。

2　Das überhandnehmende Maschinenwesen quält und ängstigt mich, es wälzt sich heran wie ein Gewitter, langsam, langsam; aber es hat seine Richtung genommen, es wird kommen und treffen. [Werke: *Wilhelm Meisters Wanderjahre.* Goethe: *Werke,* S.7635 (vgl. Goethe-HA Bd. 8, S.429), http://www.digitale-bibliothek.de/band4.htm] 此处中文为作者自译。

3　参见马歇尔·伯曼：《一切坚固的东西都烟消云散了——现代性体验》，徐大建等译，北京：商务印书馆，2003年。

面临技术理性所带来的一切。

家庭纺织业与机器纺织业的区别在哪里？因为就获得经济利益而言，两者并无本质区别，家庭纺织也是为了获取利益资源，也是为了求利谋生；但机器的运用是一种无止境的扩张，它大规模地扩大生产，追逐利润，将本来作坊式的生产方式以一种工具理性的极端化方式进行极度扩张，从而获得巨额的利润。当机器成为一种能够将人性不断变异并驱逐的工具时，这种"物器变化"则成一种质性变化的转折，它必将给人类社会带来根本性的转变。只不过，在历史大进程中的个体实在太过渺小，他们的喜怒哀乐其实很难被真实记录下来；然而借助文学文本的"虚构描述"，我们或则能略微逼近历史场景中的某种原相。

麦斯特漫游的，其实已是经历过种种资本刺激之后而迅猛发展的世界，他无法将自己仍停留在田园牧歌之中，所以会有"教育省"的理想及其幻灭。这其实正是歌德对其所处时代巨变的感应及其自身内心痛苦的反映，正所谓"歌德的整个创作好像就是一幅自身陷入分裂的世界的动荡之图像"[1]，诚哉斯言！关于此点，考察一下他的另一部巨作《浮士德》，就可以看得很清楚。

二、"金融帝国"的呈现——以《浮士德》为中心

歌德当然是相当敏锐的，这不仅表现在他对机器工业时代发出的裹挟之声的倾听，而且能对通过纸币发行的资本运作方式实现权力欲望的批判[2]。浮士德的理想当然是获得权力、实现事业，可歌德不仅要帮助浮士德实现他那个是男人就会有的虚荣之梦，还需要"会当凌绝顶，一览众山

1　Goethes ganze Dichtung ist fast nur das Bild der Zerrüttungen einer mit sich selber in Zwiespalt geratennen Welt. [Karl August Varnhagen von Ense: Im Sinne der Wanderer, in Karl Robert Mandelkow (hg.): *Goethe im Urteil seiner Kritiker-Dokumente zur Wirkungsgeschichte Goethes in Deutschland*. Band II. München: C.H.Beck, 1977, S.28]

2　参见M. Jaeger: *Fausts Kolonie: Goethes kritische Phänomenologie der Moderne*. Würzburg: Königshausen & Neumann, 2004. 吴建广：《一部人本主义的悲剧——德意志文化框架中的〈浮士德〉》，载刘明厚主编：《艺术化与世俗化的突围》，上海：上海百家出版社，2010年，第129页。徐畅：《"魔鬼的发明"？——从〈浮士德〉的纸币主题看人本主义批判》，载《外国文学评论》2014年第3期，第140—141页。

小"。他要俯瞰这个世界的来世今生,或许还想努力把握未来,所以他会相当坦然地表示:"人类会变得更聪明,更具识别力,但不会更好,更幸福,更有力,或者至少在某些时代如此。我似已预见到某一时刻的来临,上帝不再能从人类身上获得乐趣,那就必然会毁灭一切,求得更生冲创之力。我相信,这一切都已在冥冥之中早有注定,在遥远未来的某个时日,必将开始又一轮新的恢复冲创之力的时代。但距离那刻肯定仍有漫长的时日,我们依旧可在成千上万的年头里在这块可爱的、古老的土地上享受生活,就像现在这样。"[1]这是魔术师般的预言,然而歌德居然说了,虽然是私下谈话,却振聋发聩。从这近两百年的人类发展史来看,歌德的判断何其准确!这资本主义主导的近两个世纪的历史里,确实创造了无比辉煌的文明成就,尤其是技术的极大发展,使得人类可以享受到更为丰富的物质生活。可人类确实没有变得"更好,更幸福,更有力",甚至人类活得非常可悲,用时髦的话来说,就是"幸福指数"并不高。这真是一种悖论啊,人类的生活幸福究竟要靠什么才能提升?作为一代诗哲的歌德,隐隐约约已经意识到,人类在作茧自缚。很多制度性的设计,都是如此,譬如金融。

如果说现代性的最为核心的器物因素是资本,那么资本制度设计中最关键的环节则是金融。金融是一个非常奇怪的东西,其最大特征就是"虚拟性"。人走到"虚拟世界"这个地步,乃是一件非常悲哀的事情。或许还正如尼采所言:"人是联结在动物与超人之间的一根绳索——悬在深渊上的绳索。"或许说到底还是,"人是应被超越的某种的东西"[2]。歌德在更高

---

[1] „Aber laß die Menschheit dauern, so lange sie will, es wird ihr nie an Hindernissen fehlen, die ihr zu schaffen machen, und nie an allerlei Not, damit sie ihre Kräfte entwickele. Klüger und einsichtiger wird sie werden, aber besser, glücklicher und tatkräftiger nicht oder doch nur auf Epochen. Ich sehe die Zeit kommen, wo Gott keine Freude mehr an ihr hat und er abermals alles zusammenschlagen muß zu einer verjüngten Schöpfung. Ich bin gewiß, es ist alles danach angelegt, und es steht in der fernen Zukunft schon Zeit und Stunde fest, wann diese Verjüngungsepoche eintritt. Aber bis dahin hat es sicher noch gute Weile, und wir können noch Jahrtausende und aber Jahrtausende auch auf dieser lieben alten Fläche, wie sie ist, allerlei Spaß haben." 1828年10月23日谈话,详见Johann Peter Eckermann: *Gespräche mit Goethe-in den letzten Jahren seines Lebens*. Berlin und Weimar: Aufbau-Verlag, 1982, S.600。

[2] Der Mensch ist etwas, das überwunden werden soll. [Friedrich Nietzsche: *Also sprach Zarathustra*. Stuttgart: Alfred Kröner Verlag, 1988, S.8] 尼采:《尼采散文选》,第37页。

的层次上来思考这一问题,他似乎意识到人类的进步与毁灭的双重性交织问题[1],而其连接点或许就在这"虚拟"之中。人类是需要信仰的,人类毕竟不是一般意义上的动物。人类如何才能走向积极意义上的"超人"?在《浮士德》中,歌德似乎做出了最初的尝试。

按照兵部大臣的看法:"士兵们只要有钱,可不管它从哪儿来。"(Fragt der Soldat doch nicht, woher es kommt.)[2] 这里说的是一个简单的道理:"有钱能使鬼推磨!"作为社会底层的军人,他们关心的是"钱"本身,而非获取金钱来源的途径正当与否。还是梅菲斯特这段对金钱的膜拜淋漓尽致:

> Wo fehlt's nicht irgendwo auf dieser Welt?
> Dem dies, dem das, hier aber fehlt das Geld.
> Vom Estrich zwar ist es nicht aufzuraffen;
> Doch Weisheit weiß das Tiefste herzuschaffen.
> In Bergesadern, Mauergrüden
> Ist Gold gemünzt und ungemützt zu finden,
> Und fragt ihr mich, wer es zutage schafft:
> Begabten Manns Natur-und Geisteskraft.

> 世界上哪有什么完美无瑕?
> 不缺东就少西,这里是金钱在匮乏。
> 金钱当然不可能遍地俯身拿,
> 智慧却明白要向最深处去挖。
> 在矿脉之中,在墙垣之下,
> 处处有那金币与金块可细加寻查。
> 如果你们问我,谁能把它掘扒?

1　1828年10月23日谈话,详见Johann Peter Eckermann: *Gespräche mit Goethe-in den letzten Jahren seines Lebens*, S.600。

2　Werke: *Faust. Eine Tragödie*. Goethe: *Werke*, S.4766 (vgl. Goethe-HA Bd. 3, S.155). 中译文见歌德:《歌德文集》第1卷,绿原译,北京:人民文学出版社,1999年,第219页。

| 资本语境在现代欧洲的兴起——以文学史为线索

> 天才者的自然力与精神力值得回答。[1]

宰相显然不愿意屈服在梅菲斯特荒谬的"金钱论"之下,所以他慨然以基督徒的身份驳斥了所谓的"自然和精神论"(Natur und Geist-so spricht man nicht zu Christen)[2],强调"自然是原罪,精神是恶魔,/他们产育下的混血儿就叫疑惧。/我们这里与此截然有异!/古老的帝国只有两系并立,/圣徒与骑士/将皇帝的尊严毅然捍卫;/他们在暴风雨中凛立,/为教会与国家报酬不计。/可另类的暴民精神,/竟会发展成一种叛逆:/异教徒与巫术师!/他们将城市与国家败坏"[3]。宰相提出了针锋相对的一组概念,即为帝国柱石的两大集团"教士和骑士",同时其对立面则为"异教徒和巫术师"。如此,以宗教为基本标志,基督徒—异教徒成为基本对立面;而骑士—巫师的对立同样有趣,因为如此则可彰显政权基础的差异所在。但在梅菲斯特这里,价值标准有了彻底的改变,无论是信仰还是阶级身份已然不再重要,重要的是金钱为标志的资本登场。而资本的出现,不仅是对固有权力结构

---

1 Werke: *Faust. Eine Tragödie.* Goethe: *Werke*, S.4764 (vgl. Goethe-HA Bd. 3, S.154). 此处为作者自译。参见散文体中译文:"这世界哪会样样齐全?要不缺这,就会缺那,只是这儿缺的是金钱。金钱诚然不能俯拾皆是;智慧却懂得从深处把它发现。铸好的和没有铸好的黄金,大都埋在墙根下,矿脉里。你们问我,谁能让它们得见天日:只有靠天才的自然力和精神力。"歌德:《歌德文集》第1卷,第217页。另诗体中译文:"世上哪儿有十美十全?/不缺这,就缺那,这儿缺少的是金钱。/地板下固然刨它不出,/可是智慧却懂得朝深处挖掘。/在矿脉中,在墙垣下,/金币和金块到处可查。/你们要问我,谁能把它掘起?/那得靠聪明人的天资和智力。"歌德:《浮士德》,董问樵译,上海:复旦大学出版社,1983年,第294页。

2 Werke: *Faust. Eine Tragödie.* Goethe: *Werke*, S.4764 (vgl. Goethe-HA Bd. 3, S.154).

3 此处作者自译。Natur ist Sünde, Geist ist Teufel, / Sie hegen zwischen sich den Zweifel, Ihr mißgestaltet Zwitterkind. / Uns nicht so!–Kaisers alten Landen / Sind zwei Geschlechter nur entstanden, / Sie stürzen würdig seinen Thron: / Die Heiligen sind es und die Ritter; / Sie stehen jedem Ungewitter / Und nehmen Kirch' und Staat zum Lohn. / Dem Pöbelsinn verworrner Geister / Entwickelt sich ein Widerstand:/ Die Ketzer sind's! die Hexenmeister! / Und sie verderben Stadt und Land. [Werke: *Faust. Eine Tragödie.* Goethe: *Werke*, S.4764-4765 (vgl. Goethe-HA Bd. 3, S.154)] 散文体中译文见歌德:《歌德文集》第1卷,第218页。另诗体中译文见歌德:《斯泰因插图本浮士德》,郭沫若译,长春:吉林出版集团有限责任公司,2009年,第172页。部分翻译:"天资和智力——不许对基督徒这样谈,/所以把无神论者烧成灰烟,/因为这类话儿极端危险/天资是罪恶,智力是魔鬼,/它们生出个畸形的混血儿,/怀疑就是它的名字。/我们这儿与此迥异!——"歌德:《浮士德》,第294—295页。

24

的威胁，即便对基督教，也是一个重大挑战。

　　因为即使站在基督教立场，我们也会发现，对金钱的态度也颇有自相矛盾之处。《旧约》还说"金钱万能"（《旧约·传道书》10:19），到了《新约》则批评"爱金钱是万恶之源"（《新约·提摩太前书》6:10）。为何新旧之间差别如此之大？我们知道，《旧约》是希伯来人，也就是犹太人所遵奉的基本经典；而《新约》则是欧洲人进一步发展出来的，他们更倾向于以一种本土化的方式来接受《圣经》。这两者对金钱的态度，恐怕正显示出基督教演进过程中的地方性适应问题。如果用侨易学的眼光来看，就是物质位移导致了精神质变，这种变化不仅体现在基督教西征欧洲本土，而且表现在其教义内涵不断发生质性变化。犹太人是个商业民族，他们显然很注重金钱的功用；而欧洲人显然不以经商为然，他们不仅更在意知识与精神层面的提升，而且对金钱要等而下之，其思路似乎更近于孔子"君子喻于义，小人喻于利"（《论语·里仁》）。所以宰相说："撒旦对你们布下了金丝罗网，/他存心不良，你们切莫上当。"（Der Satan legt euch goldgewirkte Schlingen: / Es geht nicht zu mit frommen rechten Dingen.）[1] 如此苦口婆心，可惜有几人能够体会？或许，即便是众生明白金钱是"金丝罗网"，也会像飞蛾扑火般地前赴后继。毕竟，人不是神，人本就是一种动物，一种不断发展的动物；虽然我们自以为是万物灵长，发展出了一般动物所不具备的知识、力量和空间，但人毕竟又还属于动物，所以尼采会说："人之所以伟大，乃在于他是桥梁而不是目的：人之所以可爱，乃在于他是过渡和没落。"[2] 人终究还只是一种过渡，甚至是一种难以摆脱没落的过渡，这一点看看人类对待金钱、金融这种虚拟资本的态度就可以知道了。

　　梅菲斯特力推货币改革，意味着纸币印制的必然实施。一旦钞票发行，就取得了极为神奇的效果，宫内大臣固然是愁眉一扫而空，"所有的欠账都一笔勾销。/高利贷者不再伸出魔爪，/我真摆脱了地狱般的苦恼；/在天

1　Werke: *Faust. Eine Tragödie.* Goethe: *Werke*, S. 4766（vgl. Goethe-HA Bd. 3, S. 155）. 歌德：《浮士德》，第297页。

2　Was groß ist am Menschen, das ist, daß er eine Brücke und kein Zweck ist: was geliebt werden kann am Menschen, das ist, daß er ein *Übergang* und ein *Untergang* ist. [Friedrich Nietzsche: *Also sprach Zarathustra.*, S. 11] 尼采：《尼采散文选》，第40页。

上也未必如此逍遥"[1]。兵部大臣更是欢天喜地："欠饷已分期付清，/全军从新整顿，/雇佣兵精神抖擞，/连酒家和侍女也笑脸迎人。"[2]财政大臣更是描绘了普天同乐的景象："臣等立即将钞票依次盖印：/分为十、三十、五十、一百四等。/陛下想象不到人民多么欢欣。/瞧瞧你的城市吧，原来死气沉沉，/而今却熙来攘往，无比繁盛！/御名固然久已造福世界，/但从未受到人民如此爱戴。"[3]权力在古代乃是无往不利的利器，具有立竿见影的效果；可即便是如此拥有强势权力的高官们，居然也在金钱面前俯首称臣、卑躬屈膝，由此可见，资本之力量是何其巨大了。更重要的是，这种资本的出现，打破了原先的以真金白银为度量工具的"财富"观念，是用作为虚拟货币的纸币来实现的，这是金融的小试牛刀；就其本质而言，是工具理性在起作用，是现代知识的营构之力量在发挥"魔幻之力"。

在一幅如此万物太平的图景前，皇帝虽然自己都心存疑虑："老百姓真会把这当作十足的金银？/可用这支付军队和百官的工薪？"[4]可是撒旦既已被放出，那就不是打开魔瓶者所能控制的了。按照宫内大臣的描述：

要控制这流通的东西势不可能，
它们快如闪电，四散飞奔。

---

[1] echnung für Rechnung ist berichtigt, / Die Wucherklauen sind beschwichtigt, / Los bin ich solcher Höllenpein;/ Im Himmel kann's nicht heitrer sein. [Werke: *Faust. Eine Tragödie.* Goethe: *Werke*, S.4815 (vgl. Goethe-HA Bd. 3, S.186), http://www.digitale-bibliothek.de/band4.htm] 歌德:《浮士德》，第350页。

[2] Abschläglich ist der Sold entrichtet, / Das ganze Heer aufs neu' verpflichtet, / Der Landsknecht fühlt sich frisches Blut, / Und Wirt und Dirnen haben's gut. [Werke: *Faust. Eine Tragödie.* Goethe: *Werke*, S.4815 (vgl. Goethe-HA Bd. 3, S.186), http://www.digitale-bibliothek.de/band4.htm] 歌德:《浮士德》，第350页。

[3] So stempelten wir gleich die ganze Reihe, / Zehn, Dreißig, Funfzig, Hundert sind parat. / Ihr denkt euch nicht, wie wohl's dem Volke tat. / Seht eure Stadt, sonst halb im Tod verschimmelt, / Wie alles lebt und lustgenießend wimmelt!/ Obschon dein Name längst die Welt beglückt, / Man hat ihn nie so freundlich angeblickt. [Werke: *Faust. Eine Tragödie.* Goethe: *Werke*, S.4817 (vgl. Goethe-HA Bd. 3, S.187), http://www.digitale-bibliothek.de/band4.htm] 歌德:《浮士德》，第351—352页。

[4] Und meinen Leuten gilt's für gutes Gold?/ Dem Heer, dem Hofe gnügt's zu vollem Sold? [Werke: *Faust. Eine Tragödie.* Goethe: *Werke*, S.4817 (vgl. Goethe-HA Bd. 3, S.187), http://www.digitale-bibliothek.de/band4.htm] 歌德:《浮士德》，第352页。

第一章　歌德时代：德意志的"金融帝国"

> 兑换店都敞开大门：
> 每张钞票可以自由兑换金银，
> 至于打点折扣，那是本等。
> 钞票从那儿流到肉铺、面包店和酒馆：
> 半个世界似乎只想到吃喝乐玩，
> 另一半又在服装上斗巧争妍；
> 成衣匠在缝，衣料商在剪。
> 酒肆在"皇帝万岁"声中酒如喷泉，
> 又烹又煎，杯盘声叮当不断。[1]

这段描述确实过于形象，货币的力量在此被特别凸显出来，在这里仿佛成了无所不能的"金手指"，可以撒豆成兵、潇洒自如，又如自由的孙行者，可以一个筋斗翻十万八千里，海空天空任其跃。可要知道，货币本是人造之物，甚至仅是一种虚拟意义之器物，竟然能有如许功用，甚至让高官慨叹："控制这流通的东西势不可能！"这究竟又意味着什么？人类已经制造出自身难以驾驭的物器，而这种物器甚至仅是一种虚拟器物。这就难怪梅菲斯特对自己的发明创造十分自负，他说：

> 不用金银珠宝而用纸币，
> 行政便利是人人皆知；
> 既不用讲价，也不用更换，
> 可以任意陶醉在酒地花天。
> 你要金银，随时都可兑现，

---

[1] Unmöglich wär's, die Flüchtigen einzulassen; / Mit Blitzeswink zerstreute sich's im Lauf. / Die Wechslerbänke stehen sperrig auf: / Man honoriert daselbst ein jedes Blatt / Durch Gold und Silber, freilich mit Rabatt. / Nun geht's von da zum Fleischer, Bäcker, Schenken; / Die halbe Welt scheint nur an Schmaus zu denken, / Wenn sich die andre neu in Kleidern bläht. / Der Krämer schneidet aus, der Schneider näht. / Bei »Hoch dem Kaiser!« sprudelt's in den Kellern, / Dort kocht's und brät's und klappert mit den Tellern. [Werke: *Faust. Eine Tragödie*. Goethe: *Werke*, S.4817 (vgl. Goethe-HA Bd. 3, S.187–188), http://www.digitale-bibliothek.de/band4.htm] 歌德：《浮士德》，第352页。

如果不行，就去开掘一些时间。
开出了金链和金盏，
拍卖后立即按票额偿还，
让那些毒骂我们的怀疑者丢脸。
人们用惯了纸币就不要别的东西。
从今后在帝国各地，
珠宝、黄金、纸币都绰绰有余。[1]

这是创造者对自己才智的自负，但何尝又不是一种潘多拉盒子打开之后的沾沾自喜。每个人都会有自己的优点，每个人也都不可能不存在自己的弱点。任何创造物也都是如此，作者此处只不过借梅菲斯特之名而展示出西方逻各斯路径的现代发展的"发明创造"而已。这种东西虽然貌似是"经济学家"的发明创造，但并非没有轨迹可循，譬如在瓦格纳的笔下，阿尔伯里希（Albrich）有这么一段对于魔戒的诅咒："指环通过诅咒落到我手，/指环该同样受到诅咒！/当它的黄金，/给予我无边的权力，/那它的魔力，/将使戴它的人死于非命！"（Wie durch Fluch er mir gerieth, / verflucht sei dieser Ring! / mir-Macht ohne Maaß / nun zeug sein Zauber / Tod dem-der ihn trägt!）[2]这是一种极富象征意义的譬喻，意味着将财富与权力挂钩，表面看去，黄金—金钱—货币不过是经济层面上的定位，可一旦厘清了这种内在逻辑关系也就指向了权力，指向了魔力、魔咒。莱茵黄金确实是一个耀眼

1　Ein solch Papier, an Gold und Perlen Statt, / Ist so bequem, man weiß doch, was man hat;/ Man braucht nicht erst zu markten, noch zu tauschen, / Kann sich nach Lust in Lieb' und Wein berauschen. / Will man Metall, ein Wechsler ist bereit, / Und fehlt es da, so gräbt man eine Zeit. / Pokal und Kette wird verauktioniert, / Und das Papier, sogleich amortisiert, / Beschämt den Zweifler, der uns frech verhöhnt. / Man will nichts anders, ist daran gewöhnt. / So bleibt von nun an allen Kaiserlanden / An Kleinod, Gold, Papier genug vorhanden. [Werke: *Faust. Eine Tragödie*. Goethe: *Werke*, S.4819 (vgl. Goethe-HA Bd. 3, S.188-189), http://www.digitale-bibliothek.de/band4.htm] 歌德：《浮士德》，第353—354页。

2　Das Rheingold.-Vorabend zu dem Bühnenfestspiel: Der Ring des Nibelungen. [*Sämtliche Schriften und Dichtungen: Fünfter Band*. Richard Wagner*: Werke, Schriften und Briefe,* S.2607 (vgl. Wagner-SuD Bd. 5, S.254)]《尼伯龙族的指环》，高中甫等译，载瓦格纳著，高中甫、张黎主编：《瓦格纳戏剧全集》下册，北京：中国文联出版公司，1997年，第89页。

的意象，它以一种财富象征的意象化身为权力的标志。而此处梅菲斯特发明的纸币，则以另一种现代意象给我们揭示了物器无所不能，无所不在的驱动力。

在马克思看来："原始积累的方法可以是其他一切东西，但决不是田园诗式的东西。"(In der Tat sind die Methoden der ursprünglichen Akkumulation alles andre, nur nicht idyllisch.) [1] 浮士德给我们展现的金融帝国，当然可以被认为是原始积累的一种表现形式，因为正是通过现代化的人为设计，货币—金钱—资本—金融，成为一种具有魔力般的制度设计，并转而作用于其发明者——人类，发挥出魔力般的功用。但浮士德毕竟不是一般的创业者，他凭借的是魔鬼的力量，成就的是"填海造田"的辉煌事业。

浮士德在初对海伦之际，感叹道："这儿就是现实，我这儿立定脚跟！/精神可以从这儿和幽灵斗争，/伟大的双重王国已经建成。"[2] 这个"双重王国"的概念值得重视，因为在这里指的应当是现实世界和精神世界。德国人向来重视精神的层面，但再抽象的精神生存也仍然脱离不了物质生存的基本层面，虽然马克思说"物质基础决定上层建筑"或许过于绝对，但总体来说，却有其不可反驳的道理，至少这种表达更具抽象原理的特征。甚至，或还是应当承认"金钱推动世界"[3]？货币虽然本是人类为了更好地生活而发明出的一种物器，但它自诞生之后就随着人类生活和文明史的进程逐步变形，并被附着了不同层面的含义。从货币发展到金钱，已经发生了一种质性的变化，因为货币仅仅是一种物质交换的象征性符号而已，金钱则意味着财富，是一种身份地位的象征；从金钱发展到资本，则更是一种质性的转变，因为金钱还仅是财富象征，资本则进入到一种内在性规律的物自体必然诉求层面，资本已是一个非生物性的却活生生的"物"了，甚至是一种"生命"，以不断追逐利益为使命，它反过来能驱动其创造者为

---

[1] Marx: *Das Kapital*. Marx/Engels: *Ausgewählte Werke*, S.4376 (vgl. MEW Bd. 23, S.742). 马克思、恩格斯:《马克思恩格斯全集》第23卷，第782页。此处为作者自译，略有出入。

[2] Hier fass' ich Fuß! Hier sind es Wirklichkeiten, / Von hier aus darf der Geist mit Geistern streiten, / Das Doppelreich, das große, sich bereiten. [Werke: *Faust. Eine Tragödie*. Goethe: *Werke*, S.4841 (vgl. Goethe-HA Bd. 3, S.201)] 歌德:《浮士德》，第382页。

[3] 《卡巴莱夜总会》(1972年)，转引自尼亚尔·弗格逊:《金钱关系——现代世界中的金钱与权力》，蒋显璟译，北京：东方出版社，2007年，第1页。

其奔命。货币、金钱、资本这三个概念仿佛三位一体，但究其实质，却各有不同。到了资本这个阶段，物器层面已经解决不了这个问题了，就必然要上升到制度层面，资本主义这个概念必须在制度层来理解。

制度的意义怎么高估也不过分，因为制度设定，可以使一种或为偶然的现象进行规律化的运作，而最为关键的则是金融资本的横空出世。在希法亭（Rudolf Hilferding）看来，金融资本乃是资本"自己最高和最抽象的表现形式"[1]。而阿里吉（Giovanni Arrighi）则非常明确地指出："金融资本不是世界资本主义的一个特殊阶段，更不用说是它的最新和最高阶段，而是一种反复出现的现象，标志着中世纪后期和现代早期欧洲资本主义时代的最初开端。在整个资本主义时代，金融扩张表明了世界规模的积累已经从一种体制转换成为另一种体制。它们是'旧'体制不断被摧毁，'新'体制同时被创建的相互关联的两个方面。"[2] 根据立基于布罗代尔（Fernand Braudel）学理基础的思路，阿里吉进而将20世纪重新概括为三大阶段：

（1）19世纪末和20世纪初的金融扩张阶段。在这个过程中，英国的"旧"体制的结构被摧毁了，美国的"新"体制的结构被创建了；

（2）20世纪五六十年代的物质扩张阶段。在这期间，美国的"新"体制在贸易和生产的世界范围的扩张中占据了优势；

（3）目前的金融扩张阶段。在这个过程中，此时成了"旧"的美国体制的结构开始被摧毁，"新"体制的结构很可能正在创建中。[3]

金融资本的出现乃是文明史上的重要事件，因为正是货币到资本再到金融资本，使得人类社会结构发生了根本性的转变，譬如资本主义的出现。歌德当然并不希望看到以前的牧歌时代从此消逝，但他绝不会逆历史潮流而动，乃用如椽巨笔深刻记录了"金融帝国"最初的萌芽状态，这种由诗人

---

1 《前言》，载鲁道夫·希法亭：《金融资本——资本主义最新发展的研究》，福民等译，北京：商务印书馆，1994年，第1页。

2 《前言与致谢》，载杰奥瓦尼·阿瑞基：《漫长的20世纪——金钱、权力与我们社会的根源》，姚乃强等译，南京：江苏人民出版社，2001年，第8页。阿瑞基即阿里吉。

3 同上。

感知力而引发的"史诗叙述",或许才是值得我们再三关注的。

"牧歌殒落"固然给我们描绘出一幅"天苍苍,野茫茫,风吹草低见牛羊"的草原牧歌的一去不返的画面,而"金融帝国"的呈现,也绝不仅是海市蜃楼般的虚幻景象。资本时代以一种呼啸而来的暴风骤雨飘过18至19世纪,但正如阿里吉所描绘和洞察的那样,金融资本时代的出现和鼎盛,将对我们身处的现时代产生极为重要的影响,无论其中霸主如何更迭,以"金融资本"为标志的时代特征将是对西方现代性和东方现代性的重大挑战。

三、现代之殇——从席勒的《审美教育书简》说起

席勒(Friedrich Schiller)将古代希腊人作为典范,认为他们具有性格的完整性,而近代人则不是:"给近代人造成这种创伤的正是文明本身。只要一方面由于经验扩大和思维更确定因而必须更加精确地区分各种科学,另一方面由于国家这架钟表更为错综复杂因而必须更加严格地划分各种等级和职业,人的天性的内在联系就要被撕裂开来,一种破坏性的纷争就要分裂本来处于和谐状态的人的各种力量。"[1] 在与希腊国家进行比较之后,席勒对近代社会做了如下的描述:

> ……如今已被一架精巧的钟表所代替,在那里无限众多但都没有生命的部分拼凑在一起,从而构成了一个机械生活的整体。现在,国家与教会、法律与道德习俗都分裂开来了;享受与劳动、手段与目的、努力与报酬都彼此脱节了。人永远被束缚在整体的一个孤零零的小碎片上,人自己也只好把自己造就成一个碎片。他耳朵里听到的永远只是他推动的那个齿轮发出的单调乏味的嘈杂声,他永远不能发展他本质的和谐。他不是把人性印在他的天性上,而是仅仅变成他的职业和他的专门知识的标志。……死的字母代替了活的知解力,训练有素的记忆力所起的指导作用比天才和感受所起的作用更为可靠。[2]

---

1 席勒:《审美教育书简》,载冯至:《冯至全集》第11卷,石家庄:河北教育出版社,1999年,第36—37页。这里的近代,亦可理解为现代。
2 席勒:《审美教育书简》,载冯至:《冯至全集》第11卷,第37—38页。

仿佛是纯粹抽象的理性思辨，但实际上所有这些典型现象的归纳和总结，都是以极为现实的社会生活基础为支撑的。而这种所谓"精巧钟表的时代"，正是资本时代的代名词，席勒以他作为诗人和史家的敏锐洞察力，非常准确地捕捉到了大时代变化的症候，可谓是"一叶落而知天下秋"，可是他料想不到的或许是，这个已经开启于历史进程中的大时代，将彻底地颠覆以往人类以农耕游牧为主的时代，并将持久地改变和影响着人类的生活和存在方式。牧歌一曲伤逝去，田园将芜何处归？席勒曾悲哀地说："人如斤斤小智小慧，将永远是细人。耳之所营，目之所见，永远是一个轮子的转动，将永远不见全体，永不明大道。"[1] 这真是与老子所谓"大道废，有仁义；智慧出，有大伪"（《道德经》）之说默契相通。素朴诗人显然更表达出席勒的理想："这种诗人出现于世界的少年期：他们庄严而圣洁。"[2] 我曾说过："这种素朴诗人的理想，显然是追求一种和谐的世界，它曾存在于自然之中，却因人类文明的发展而断裂终止消逝，宛如那悠扬温婉的田园牧歌，人未散而曲已终。"[3] 对于理想主义者来说，这种素朴诗人理想，显然是值得追求的一种境界。可问题在于：在资本时代，这种曾经存在于历史事实中的理想情景是否还能"昨日重来"？

虽然颇为隐晦，但我们或许要问：是否有一个歌德、席勒时代的资本德国呢？我认为是有的，虽然可能还只是"形态初萌"，但借助诗人的细微洞察，我们还是不难捕捉其中的蛛丝马迹。譬如在冯塔纳（Theodor Fontane）的小说世界里，我们或许能够更细致地观察到资本德国兴起的详细景观，在曼氏兄弟的后世追述中，我们可以感受到那个时代磅礴崛起的"资本症候"；歌德笔下的资本德国却迥然不同，故此，资本德国虽然与英、法有很大的殊异性，却不能否认其存在。

---

1 转引自里德：《德国诗歌体系与演变——德国文学史》，王家鸿译，台北：商务印书馆，1980年第二版，第149—150页。
2 参见《威尔第的"素朴"》，载伯林：《反潮流——观念史论文集》，冯克利译，南京：译林出版社，2002年，第340—343页。
3 叶隽：《史诗气象与自由彷徨——席勒戏剧的思想史意义》，上海：同济大学出版社，2007年，第403—404页。

第一章　歌德时代：德意志的"金融帝国"

在歌德的资本德国中，似乎一切都还只是"牛刀初试"，但那种"山雨欲来风满楼"的气势则隐含迫人，让最伟大的诗人和思想巨子们都感受到一种"黑云压城城欲摧"的凌厉之气，并不得不调动全身心的知识和思想资源以应对之。如果从现代性缘起问题的重要性来看，他们显然是时代的先知先觉者，而先知总是痛苦的，因为他们总能感受到别人无法感觉到的那种"冲动萌芽"状态。本雅明（Walte Benjamin）说："在马克思着手分析资本主义生产方式时，这种生产方式尚处于初级阶段。马克思是一个弥赛亚式的学者，他的全部努力，在于使他的研究具有预言未来的价值。"[1] 其实任何伟大的时代与国度，都有其预言未来的伟人和圣哲，也就都会有所谓"弥赛亚式的"问题。歌德作为伟大的诗人与思想家自然也不例外，他的敏锐、洞察和烛照力，都堪称"前难见古人，后少见来者"，作为一个已经预见到自己的物种灭亡的人物，却能从容不迫地继续过完自己的俗世生活，并享受之、坚持之、创造之。歌德的文学与知识世界，我认为这是怎么高估都不过分的。但我们必须指出，再伟大的人物也都脱离不出他的时代和环境而存在，他既会深刻地影响和作用于他的时代和环境，同时也避免不了受到其所处时代和环境的限制和影响。从"资本萌芽"到"金融帝国"，这是一个质性的转变，是人类在社会空间建构过程中的一个关键性转折点。虚拟世界的出现其实可区分多个层次，我们正在经历的乃是金融杠杆发展到极端形态的一种表现（尤其以金融衍生品的无序滋生为标志），而歌德那个时代对纸币——这个最初的虚拟价值的呈现形式的警惕和戒厉，歌德以《浮士德》为中心来呈现出"金融帝国"的辉煌景观，表现出其作为一个天才诗人和时代精神代言人的特殊之处。他用诗性资源来展现经济图景与社会真实，以秘索思的路径来更为切中地把握时代脉搏，应该说不但表现出诗人对自己所处国土与国民的忧思关怀以及接续地气的诗人面相，而且也展示了大思想家的敏锐直觉和"纸上苍生"的另类意义。

---

[1]《机械复制时代的艺术作品》，载本雅明：《单向街》，陶林译，南京：江苏文艺出版社，2015年，第74页。

第二节 "漫游情趣"与"田园消逝"
——漫游者小说中资本语境的阴影

一、漫游何所见？

在德语小说中，漫游者是一个非常典型的意象，后来的所谓"成长小说"，其实也大多不脱"漫游范式"。从最早的流浪汉到自觉的漫游者，这样一种因为物质距离而导致的精神变化，使得德国的精神形象赫然而起，有着相当浓厚的典型意味。不过，从"流浪汉小说"（Picaresque novel）到"漫游者文本"（Text vom Wanderer），还是很不一样。最本质的区别，当然还在于其精神世界的不同。

在早期的流浪汉小说里，人物往往是通过其漫游历程而表现出鲜明的性格特征，这从《小癞子》等作品中都可清晰见出。而漫游者则不然，他们是有着非常明确的精神诉求的，他们的长途远行，远走他乡往往不是迫于生计，而更多是出于一种精神上的求索欲望，而毅然选择抛乡背土的远别离。

从西班牙文学里的《小癞子》，到德国文学传统里自己的《痴儿西木传》，漫游者形象显非空穴来风。可到了18世纪以后，当漫游者形象以一种群体性的方式在小说世界里出现的时候，我们情不自禁地要问：漫游者究竟代表了什么？他们究竟会以怎样的方式进入到一个整体的知识和社会场域中去？更重要的是，当田园一旦消逝，漫游是否还能葆有原来的情趣？

有几种不同类型的漫游人，即浪漫思脉的漫游人、古典思脉的漫游人、启蒙思脉的漫游人。后者相对少见，古典思脉的漫游人则有变型，譬如歌德的学习时代的麦斯特和漫游时代的麦斯特，即不同。漫游者的出现，意味着以一种相对闲适的人生态度，来面对大千世界的纷纭万象，当然，也自然包含了应对资本语境的选择和策略。

最典型的，或许就是歌德的《漫游者的夜歌》（*Wanderers Nachtlied*），此诗曾多次被译为中文，不少译者一试身手，确实很有意境："群峰之巅，/宁静一片。/群树之尖，/微风只息君不觉，/群鸟静寂在林间，/且候瞬时君亦眠。"[1]其实这是两首一组的小诗，第一首是："你来自星空，/把人间苦难勾销，/若有人遭受双重苦难，/他应加倍受惠，快乐逍遥，/啊，我已倦于忙碌奔波，/为什么要这样痛苦和苦笑？/甜美的宁静啊，/来吧，请投入我的怀抱！"[2]这两首诗相隔四年，都是漫游之作，但除了题名有"漫游者"之外，全篇无直接相关的漫游词汇，都是对自然物象的描摹与共呼吸，即便是有对人世红尘的感慨，仍是超脱潇洒的姿态。

所以，这又何尝不可视作歌德的自画像，即作为"漫游者歌德"的诗意图？或许，也正是有了这种对于生命历程的诗意感悟和思想升华，于是也孕育了日后著名的小说《威廉·麦斯特的漫游时代》，而从"漫游者"到"漫游时代"，仿佛仅是词语转换，但若透视其精神脉络，可见其仍不可谓是一个巨大的"范式转移"。德勒兹（Gilles Louis Réné Deleuze）认为"哲学研究就是创制概念"[3]，固然略显绝对，但倒也形象地点明了哲学的特殊性所在。但我想强调的是，其实伟大的诗人同样也具备创制概念的能力，甚至是绝不逊色乃至"沉舟侧畔"的意义，不过正如周辅成所言："一等的天才搞文学，把哲学也讲透了，像莎士比亚、歌德、席勒。二等的天才直接搞哲学。像康德、黑格尔，年轻时也作诗，做不成只得回到概念里。三等的天才只写小说了，像福楼拜。"[4]略举实例，譬如歌德所发明的"世界文学"（Weltliteratur），其意义更在于："我们所说的世界文学是指充满朝气并努力奋进的文学家们彼此间十分了解，并且由于爱好和集体感而觉得自己的活动应具有社会性质。"[5]再如席勒的"审美教育"（Ästhetische Erziehung），更是

1　Über allen Gipfeln / Ist Ruh, In allen Wipfeln / Spürest du / Kaum einen Hauch; / Die Vögelein schweigen im Walde. / Warte nur, balde / Ruhest du auch. [Werke: *Gedichte (Ausgabe letzter Hand.1827)*. Goethe: *Werke*, S.412 (vgl. Goethe-BA Bd. 1, S.68), http://www.digitale-bibliothek.de/band4.htm] 作者自译，另参考歌德：《漫游者的夜歌》，载高中甫主编：《歌德名作欣赏》，冯至译，北京：中国和平出版社，1996年，第66页。

2　歌德：《漫游者夜歌》，载魏家国译析：《德国抒情诗》，广州：花城出版社，1990年，第14页。

3　《德勒兹，创制概念的哲学大师（译后记）》，载吉尔·德勒兹：《福柯·褶子》，于奇智、杨洁译，长沙：湖南文艺出版社，2001年，第372页。

4　赵越胜：《燃灯者——忆周辅成》，长沙：湖南文艺出版社，2011年，第22页。

5　Wenn wir eine europäische, ja eine allgemeine Weltliteratur zu verkündigen gewagt haben, so heisst dieses nicht, dass die verschiedenen Nationen von einander und ihren Erzeugnissen Kenntnis nehmen, denn in diesem Sinne existiert sie schon lange, setzt sich fort und erneuert sich mehr oder weniger.（转下页注）

超越康德的"使感性与理性两相对峙,以感性为理性的隶属"之局限[1],努力"平等地对待人生的这两方面,以'美魂'(Schöne Seele)——人生的最高理想去调解它们"[2]。这两个概念,我以为是诗人馈赠哲学(同时也是人类文明)的"大礼"(großes Geschenk)[3]。当然还不仅如此,包括其他一些具有创造性的支脉概念,譬如"漫游时代"(Wanderjahre)就是,这可以视为古典时代的统合性理念"审美世界"(Ästhetische Welt)的重要组成部分。

意想不到的恐怕是,就在歌德感慨吟唱"漫游者之歌"的时候,不过幼童时代的卡斯帕·大卫·弗里德里希(Caspar David Friedrich),似乎穿越了时空之限,聆听到了伟大诗人的"心灵之声",所以日后能创作出《雾海上的漫游者》(*Wanderer above the Sea of Fog*,德文是 *Der Wanderer über dem Nebelmeer*)的图卷,虽然孤立地看此不过是一个画家的一幅图画,但其实与这个大时代密切相关。这幅很著名的背立群峰之巅的形象,也不妨理解为漫游者的最佳诠释图,这是德国艺术与文学、思想相映照的体现,也是资本时代呈现的"小荷才露尖尖角",可以视作代表性的符号性标志。

(接上页注)Nein! hier ist vielmehr davon die Rede, dass die lebendigen und strebenden Literatoren einander kennenlernen und durch Neigung und Gemeinsinn sich veranlasst finden, gesellschaftlich zu wirken. Dieses wird aber mehr durch Reisende als durch Korrespondenz bewirkt, indem ja persönlicher Gegenwart ganz allein gelingt, das wahre Verhältnis unter Menschen zu bestimmen und zu befestigen. [Werke: Die Zusammenkunft der Naturforscher in Berlin. Goethe: *Werke*, S.8612 (vgl. Goethe-BA Bd. 18, S.392)] 范大灿译:《关于"世界文学"的重要论述》,载范大灿编:《歌德论文学艺术》,上海:上海人民出版社,2017年,第379页。

1 《席勒的审美教育论》,载马采:《哲学与美学文集》,广州:中山大学出版社,1994年,第308页。
2 同上。
3 这里是参考了歌德关于以其《埃尔佩诺》赠礼德国人的表述。直到垂暮之年(1828),歌德仍对自己的《埃尔佩诺》念念不忘,在谈话中与别人提及,马尔蒂资(Apollonius von Maltitz)这样记录道:"歌德允许我给他送去这部书,就是《名字向他承诺一切如意》。我同样此前不久刚读了他自己的《埃尔佩诺》;我感到很震惊的说法是他说了这么一段话:'我自己对这部断片有一种偏爱;如果我真想给德国人馈赠一部戏剧的话,我就应该沿着这条道路继续走下去。'" Goethe erlaubte mir, ihm dieß Werk zu senden, indem »der Name ihm alles Gute verspräche«. Sein eigner ›Elpenor‹ hatte mich ebenfalls vor kurzem beschäftigt; ein Ausdruck meiner Bewunderung veranlaßte Goethe zu den Worten: »Auch ich habe eine Vorliebe für dieses Fragment; auf diesem Wege hätte ich fortfahren sollen, wenn ich den Deutschen ein Theater hätte schenken wollen.« 作者自译。《1828年歌德与马尔蒂资谈话》,Goethe: 1828. Goethe: *Briefe, Tagebücher, Gespräche*, S.31051 (vgl. Goethe-Gespr. Bd. 6, S.369), http://www.digitale-bibliothek.de/band10.htm。

如果追根溯源，我们就会发现弗里德里希可被视为浪漫思脉在艺术上的代表，这同样体现了哲学层面的沉思精神，他是有哲思的画家。所谓"德国浪漫主义的一位主要代表卡斯帕·大卫·弗里德里希以其山水画而闻名，这也是他与自然和宗教精神关系的表现"[1]，这段叙述呈现了画家的思想背景，即是存在着丰厚的知识资源和文化脉络的。这幅画里的核心词"漫游者"（Wanderer）显然有着明显的德国文化内涵，譬如歌德的名著《威廉·麦斯特的漫游时代》就是选用的这个词Wanderjahre。即以此画为例，其所表现固然很有些"宇宙无双日，乾坤只一人"的宏阔[2]，在艺术史上更是改变了此前的风格范式，即凸显出以个体为视角的"俯视天地"的自由解放，人在大自然面前不是孤鸿断影，而是以自我作中心而驰骋宇间，大有"寥廓江天万里霜"（毛泽东《采桑子·重阳》）的气魄。

西方的现代化进程，是以"田园消逝"为代价的，虽然仿佛无远而弗届，在全球范围内形成山呼海啸之势，但这未必就是"大结局"。怀念田园牧歌，虽然被嘲讽为逆历史潮流，但我们的"绿色追求""生态重建"，实际上何尝不是一种"复归昨日"的理念再现？中国古人不但有"小国寡民"的简单思想，而且更有"情深意长"的朴素情感，譬如这样的诗："我有一樽酒，欲以赠远人。愿子留斟酌，叙此平生亲。"[3]这种"樽酒远友"的至情直感，不无当世歌曲中"远方有你"的情愫；这一首就更是高妙了："骨肉缘枝叶，结交亦相因。四海皆兄弟，谁为行路人。"[4]在我看来，"行路人"或许可提炼为一个概念，即相对于"漫游者"的相对之词。所谓"四海皆兄弟，谁为行路人"，这句出自汉代无名氏的别诗或许更能代表中国乃至东方人的那种气象[5]，即以

1　A major master of German Romanticism, Caspar David Friedrich is known for his landscapes, which are also an expression of his spiritual relationship to nature and religion. [Klaus H. Carl. *German Painting*. Parkstone International, 2012, p. 119]
2　（宋）普济辑：《五灯会元》下册，朱俊红点校，海口：海南出版社，2011年，第1229页。
3　苏子卿《诗四首》其一，载（梁）萧统编：《昭明文选》上册，北京：中国戏剧出版社，2002年，第279页。
4　同上。
5　当然西方也有类似的表达，譬如席勒在《欢乐颂》中说"五湖四海的众人啊，就可永结兄弟"（Alle Menschen werden Brüder）。此为作者自译，另可参见钱春绮、张威廉译本，席勒：《席勒诗歌戏剧选》，钱春绮等译，北京：人民文学出版社，1996年，第320页。张威廉译注：《德国名诗一百首》，上海：上海译文出版社，1988年，第160—162页。德文本，请参见Friedrich von Schiller: *Gesammelte Werke*. Limassol: Lechner, 1998, S. 117-118。

天下为家，以世人为家人的大爱无疆。所以"谁为行路人"的反问，或许也可进一步引申为"同是行路人"的命题。

有一个例子可以略做阐发，1939年，抗战期间吕凤子在四川乘滑竿，由江津过歌乐山，乃作诗一首："同是行路人，奚为异苦适，肩者吁不已，乘者意殊得。"[1] 复作画一幅《同是行路人》[2]，画面之构图仍是体现了传统风格，即山水阔大而人形微小，虽然也相对凸显了树木葱茏，但在大自然面前仍是渺小的。当然，吕凤子的初衷或许更是对行路历程中各有经验体会不同的表述，甚至是对不得不艰苦求生的劳动者的同情，字面上的"肩者—乘者"可以引申出更深刻的阶级背景，但若就"行路人"本身加以考量，则不啻有些"本是同根生，相煎何太急"的味道来[3]。西方同样也有类似的概念，譬如徐志摩就曾以"行路人"译哈代（Thomas Hardy）的"Walker"，很是富有哲理气息：

一片平原在我的面前，/正中间是一条道。/多宽，这一片平原，/多宽，这一条道！

过了一坡又是一坡，/绵绵的往前爬着，/这条道也许前途/再没有坡，再没有道？

啊，这坡过了一坡又到，/还得往前，往前，/爬着这一条道——/瘦瘦的白白的一线。

看来天已经到了边：/可是不这条道/又从那山背往下蜒，/这道永远完不了！[4]

---

[1] 寿猛生编著：《百年巨匠、一代宗师——吕凤子》，杭州：中国美术学院出版社，2016年，第175页。

[2] 吕去疾、吕去病主编：《吕凤子画册》，天津：天津人民美术出版社，2008年，第148页。

[3] 吕凤子这首诗也很有意味，可以相互参照："劳劳人与牛，斜日淡烟里，往来相推挽，力竭未容已。耕者有其田，人与牛异矣，人亦何尝有，有者有自己。"有论者评价说："凤先生的艺术制作，是中国的传统，中国的诗词，中国的书法，中国的篆刻和中国的哲学熔为一炉，相映成趣，相得益彰。各尽其变，各竭其能，美在异，美在一切生的和谐和幻变的自然状态中，达到了至美的境界。"见吴俊发：《凤先生的美育思想及艺术观》，载吕凤子学术研究会主编：《吕凤子研究文集》第1辑，丹阳，2000年，第137页。笔者认为，所谓"至美"或许过誉，但其诗画相融所体现的中国文化整体意境确是值得关注的。

[4] 哈代：《疲倦了的行路人》，载顾永棣编：《徐志摩全集·诗歌卷》，杭州：浙江人民出版社，2015年，第478页。

A plain in front of me, / And there's the road / Upon it. Wide country, / And, too, the road!

Past the first ridge another, / And still the road / Creeps on. Perhaps no other / Ridge for the road?

Ah! Past that ridge a third, / Which still the road / Has to climb furtherward — / The thin white road!

Sky seems to end its track; / But no. The road / Trails down the hill at the back. / Ever the road![1]

显然,此处的行路人也是需要细品的,虽然展现在诗句里的风景并不繁复,但其背后的思想无疑是富有哲理的,即行路人与道路的关系。徐志摩将road处理为"道",其实不无内涵。因为在汉语当中"道"无疑有多层次含义,既有一般的路、径的意思,也有"大道"的高深意味,还有诸如"言说"的动词功能,所谓"道可道,非常道"(《道德经》)可谓是道尽了这个元概念的高妙和不可言传之意。一方面,诚如有论者所言:"哈代的小说再现了人生道路的艰难。要生存和发展,必须像达尔文主义所宣传的那样:'在丛林中开辟前进的道路。'"[2] 此处以平原映射道路,以坡脊、山背反衬道路,在在显示出"道"的貌似宽阔与行进不易,两者相反相成的关系耐人寻味。而被视为物象的道路其实与人生乃至更为广阔的大道之路径,是有相互内涵之关联性的。作为一名"悲戚而刚毅的艺术家"兼"资产阶级世界末日的人物之一"[3],哈代在卢那察尔斯基眼中无疑具有特殊的社会史价值;而在我看来,"哲学诗人"(the philosophical poet)无疑更符合哈代的内在气质[4],因为他的小说与诗歌,其实无论说故事还是绘物象,也都只是

---

[1] Thomas Hardy: "The Weary Walker", in James Gibson ed.: *The Variorum Edition of the Complete Poems of Thomas Hardy*, London: Palgrave Macmillan UK, 1979, p. 742.

[2] 马克飞、林明根:《一个跨世纪的灵魂——哈代创作述评》,海口:海南出版社,1993年,第21页。

[3] 《托马斯·哈代(1840—1928)》,载卢那察尔斯基:《卢那察尔斯基论文学》,蒋路译,北京:人民文学出版社,1978年,第430页。参考聂珍钊:《悲戚而刚毅的艺术家——托马斯·哈代小说研究》,武汉:华中师范大学出版社,1992年。

[4] 需要指出的是,哈代的"哲学诗人"身份是与叔本华的"诗性哲人"相得益彰的,按照论者的观点:"哲学诗人哈代在诗性哲人叔本华那里重新发现了自己的本质,并从中汲取给养。"(转下页注)

表象，诗人通过文学之笔想揭示或达致的，无疑是更为深刻的哲理层面[1]。而就此诗来说，其所做出的贡献则主要在于"行路人"概念的西方印证。

在中国古人的诗歌里，行路人是一个常见的意象，而且往往蕴含着更为深层的精神现象，譬如传说中"守节寄深意"的苏武，就有这样的吟唱："丝竹厉清声，慷慨有余哀。长歌正激烈，中心怆以摧。欲展清商曲，念子不能归。俯仰内伤心，泪下不可挥。愿为双鸿鹄，送子俱远飞。"[2]此处的行路人，其实不妨理解为作者自身，他的出使匈奴，虽然是官方使命，却同样具有侨行意义，而在被扣押的19年间，始终持节不屈，终归故国，以苏武牧羊的形象而标立青史，也是行路人的特殊呈现形式。行路的过程也是侨易的过程，其中不仅是路漫漫而修远，而且也可能是道阻且长，需要披荆斩棘，乘风破浪。不仅如此，怀念挚友的情感，同样在诗句里得到展布："良友远别离，各在天一方。山海隔中州，相去悠且长。嘉会难再遇，欢乐殊未央。愿君崇令德，随时爱景光。"[3]如此佳句，不配以良图美景难以使人尽得其意，正如李白所言："阳春召我以烟景，大块假我以文章。"（《春夜宴桃李园序》）非亲身经历者，恐怕很难切身感受到苏武的那种良朋别离、

（接上页注）（Hardy, the philosophical poet, found anew in Schopenhauer, the poetic philosopher, his own substance and drew nourishment from it.）Pierre D'Exideuil: *The Human Pair in the Works of Thomas Hardy: an essay on the sexual problem as treated in the Wessex novels, tales, and poems*. Translated from the French by Felix W. Crosse. London: H. Toulmin, 1930, p. 41. 法文原著为 Pierre D'Exideuil: *Le couple humain dans l'oeuvre de Thomas Hardy: essai sur la sexualité dans les romans, contes et poèmes du Wessex*. Paris: éditions de La Revue nouvelle, 1928 (1930).

1 按照卢那察尔斯基的说法："认为重要的写实作家产生于稳定、兴旺、安宁生活的基础之上，是不正确的。这样的生活很少自己认识到自己，它的田园诗、它在文学中如实的自我反映难得富有真正的情趣，一旦时过境迁，就再也引不起人们的兴味了。相反地，最大的作家恰恰出现在生活有了裂缝，许多人纷纷脱离原来的生活基地，整座大厦开始动摇的时候；说得更确切些，这个使一度坚固的大厦变成废墟的过程会出一批人才，或是写实的颓废派，或是颓废的幻想家，最后，或是那样一些人，他们逃出这种结构的社会，有时还可以战胜它：对它加以鞭辟入里的讽刺，甚而直接投奔一个更合时代要求、更富于生命力的阶级。然而在这种解体初露端倪之际，它在文学中的反映格外饶有兴趣。那时，作家对旧事物的眷爱还很热烈，他们怀着很大的悲伤，但也抱着老老实实的态度，来对待衰落的征兆。他们不愿用任何神秘主义观点看待生活。他们以能够预见悲惨结局的医生和充分讲求实际的科学家的敏锐眼光，正视着自己的社会和时代。"《托马斯·哈代（1840—1928）》，载卢那察尔斯基：《卢那察尔斯基论文学》，第465—466页。

2 苏子卿《诗四首》其二，载（梁）萧统编：《昭明文选》上册，第279—280页。

3 苏子卿《诗四首》其四，同上书，第280页。

天各一方的寂寞滋味。但也正是这种超越常人的非凡经验，才能让苏武作出这样诗情与哲思并在的诗句，尤其是那种既爱景光又崇令德的价值选择，让人千载之下犹耸然动容，心向往之。诺瓦利斯说过："世界必须被浪漫化。这样人才能重新发现原初的意义。"（Die Welt muss romantisiert werden. So findet man den ursprünglichen Sinn wieder.）[1] 其实，无论是在理想化的想象中，还是在现实社会的严酷生存里，浪漫化的世界都是不可或缺的，因为它可以寄托太多本来无法处理或安置的"负面情绪"。"漫游"（或"行路"）也正是浪漫化的重要方式，不过中国古人不会以西方诗人这种极端化的表述而出之，而是蕴藏在仿佛优雅恬淡的诗句之中，只是"此中有深意，欲辨已忘言"（晋·陶渊明《饮酒·其五》）。

中世讲究"漫游"，资本主义则强调"工作"，连带而出的"休假"，虽然多少有点漫游性质，但本质仍是完全不同。就德国古典时代而言，当18世纪后期与19世纪初期之际，正是资本主义大规模入侵，并逐渐成为一种主导性因素之时，所以即便是歌德，他虽沉浸在自己所涉及的"漫游时代"的理想世界里时，却仍能具备惊人的"一叶落而知天下秋"的敏锐感知，正如他借助苏姗娜夫人之言行所表达的那样，后者作为传统的家庭纺织业领导人物面对机器剧增而惊惧交加，甚至意识到其如山雨欲来而不容抗拒之大势所趋[2]。

二、田园荒芜胡将归？

田园已然逝去，究竟选择在幻境中重温往昔的自我迷醉，还是勇敢地与时俱进，跟上时代车轮前进的滚滚洪流？资本操控时代的田园，只有了田园的貌相，而不具备昔日田园幽静安闲的旖旎风光。这就是洞穿本质之后的"苍凉风景"。保尔（Jean Paul）在长篇小说《狄坦》（*Titan*，1800—

---

1 转引自 Joseph Leo Koerner: *Caspar David Friedrich and the Subject of Landscape* (Second Edition), London: Reaktion Books, Limited, 2009, p. 7. 此处中文为作者自译。

2 Das überhandnehmende Maschinenwesen quält und ängstigt mich, es wälzt sich heran wie ein Gewitter, langsam, langsam; aber es hat seine Richtung genommen, es wird kommen und treffen. [Werke: *Wilhelm Meisters Wanderjahre*. Goethe: *Werke*, S. 7635 (vgl. Goethe-HA Bd. 8, S. 429), http://www.digitale-bibliothek.de/band4.htm] 此处中文为作者自译。

1803）中[1]，通过对特殊主人公阿尔巴诺的成长经历描述，展现了教育达成的另类表达。阿氏是某小公国的亲王，父母将其送往偏远之地接受教育，从而能远离俗世，尤其是尔虞我诈的宫廷、人欲横流的现实。当这个懵懂无知却充满理想的年轻人进入社会后必然发生种种冲突，而在经历与成熟后最终成为富有责任心和有所作为的小公国统治者[2]。但诚如作者夫子自道："此书要表现的是一种力量与和谐的冲突（der Streit der Kraft mit der Harmonie）。"[3] 虽然主观上是侨居避世，但却仍无法逃脱基本的命运规则，即所体现的是精神质变的基本轨辙，可能是螺旋上升，可终究是百川归海，需要接受基本的"秩序安排"。所以，这自然也不妨视为一种漫游，不过在个体成长与精神成熟之外，可能创造者（作者）本人感受到的是一种远远超越场域本身的那种"宿命规律"，所以他会强调所谓"力量—和谐"间的冲突，在我看来，则毋宁是一种"力量—和谐"二元关系的此消彼长，即"冲突"固是一态，但并非全部，更非绝对，按照侨易学的思路，这是一种"战型关系"的呈现，但也还有"竞型""附型""和型"等不同类型，而且彼此间不是泾渭分明，而是你中有我我中有你。

---

[1] 日内瓦学派的重要人物之一阿尔贝·贝甘（Albert Béguin, 1901—1957）对保尔很是推崇，他甚至认为其为德国浪漫主义作家中最伟大的一位。见雷纳·韦勒克：《近代文学批评史》第8册，杨自伍译，上海：上海译文出版社，2006年，第175页。郭宏安：《从阅读到批评——"日内瓦学派"的批评方法论初探》，北京：商务印书馆，2007年，第134—135页。而德国学者则将保尔、荷尔德林、克莱斯特（包括老年歌德）等人归为另类的"近古典派"（Paraklassik），见Anselm Salzer & Eduard von Tunk (Hrsg.): *Illustrierte Geschichte der deutschen Literatur*. Band 3, Köln: Naumann & Göbel, 无出版年份, S.271. 不过，我认为总体来看，这批人还应归入古典思脉，而非浪漫。Jean Paul: *Titan. Deutsche Literatur von Lessing bis Kafka*, S.50964 (vgl. Jean Paul-W, 1. Abt. Bd. 3, S.11), http://www.digitale-bibliothek.de/band1.htm. 关于保尔，可参考赵蕾莲：《德国作家让·保尔幽默诗学与幽默叙事研究》，北京：中国人民大学出版社，2022年。关于荷尔德林，参考赵蕾莲：《弗里德里希·荷尔德林和谐观研究》，北京：中国人民大学出版社，2017年。

[2] 北京未来新世纪教育科学研究所编：《德国文学史话》上册，乌鲁木齐：新疆青少年出版社；喀什：喀什维吾尔文出版社，2006年，第208页。关于保尔，参考余匡复：《德国文学史》，上海：上海外语教育出版社，1991年，第235—240页。

[3] 转引自 Anselm Salzer & Eduard von Tunk (Hrsg.): *Illustrierte Geschichte der deutschen Literatur*. Band 3, S.275. 当然，可以列举的类似文本颇多，如维兰德（Christoph Martin Wieland）的《阿迦通》、保尔的《狄坦》、莫里茨（Karl Philipp Moritz）的《安通·莱瑟》、荷尔德林的《希腊隐者许佩里翁》、蒂克的《弗朗茨·斯泰恩巴德的漫游》、艾辛多夫的《无用人生涯》等，这里不再一一详述。

第一章　歌德时代：德意志的"金融帝国"

如果说保尔笔下的阿尔巴诺代表了高端阶级的"漫游成长"的话，歌德的麦斯特作为商人之子无疑可代表市民阶层，当然还有更普通的一般阶层。即便是到了19世纪以降，这种因漫游而导致的精神史发展状态，也并未消失。譬如凯勒（Gottfried Keller）在其《绿衣亨利》中描绘的情形就很有代表性。五岁即遭逢父殇的亨利（Heinrich）却对父亲有一种"统绪承继"的自觉意识，所以他以一种充满自豪与欣赏的笔调去描绘父亲的青年时代："十二年前，他是个十四岁的少年，在穷得一无所有的情况下，离开了这个乡村，接着，又在师傅家长年劳动，才熬到学徒期满出了师，然后背着行囊，带着很少的钱，去外地漫游……他从南到北，游历了整个德国，在各大城市做过工。整个民族解放战争时期，正是他的漫游时代，那个时候的文化教养和风气，凡是他能够理解领会的，他都吸收过来。尤其是他也同善良的中产阶级一起，对更美好的生活时代将要到来，怀着坦率的、天真的希望，而并没有沾染上当时在不少的上流社会分子当中流行的过分讲究文雅和追求奇异的生活享乐的风气。"[1] 这里凸显的正是"漫游时代"（Wanderjahre）对个体的重要功用，即便不过是学徒的下层身份，但仍可以"仗剑走天涯"，不是梦想，而是实践，那种对于自由的向往是可以通过制度化的漫游来付诸行动的（参考许巍歌曲《蓝莲花》等）；亨利的求学慕尼黑，其实也是漫游时代的一种表现形式，虽然不像父亲那样四处游历，却通过"异地转换"，获得了新知与新生的可能，最终的归乡选择

---

[1] Man kann wohl sagen ruhmvoll, wenn man bedenkt, daß er vor zwölf Jahren, als ein vierzehnjähriger Knabe, arm und bloß aus dem Dorfe gewandert war, hierauf bei seinem Meister die Lehrzeit durch lange Arbeit abverdienen mußte, mit einem dürftigen Felleisen und wenig Geld in die Fremde zog und nun solchergestalt als ein förmlicher Herr, … Er hatte ganz Deutschland vom Süden bis zum Norden durchreist und in allen großen Städten gearbeitet; die Zeit der Befreiungskriege in ihrem ganzen Umfange fiel mit seinen Wanderjahren zusammen, und er hatte die Bildung und den Ton jener Tage in sich aufgenommen, insofern sie ihm verständlich und zugänglich waren; vorzüglich teilte er das offene und treuherzige Hoffen der guten Mittelklassen auf eine bessere, schönere Zeit der Wirklichkeit, ohne von den geistigen Überfeinerungen und Wunderseligkeiten etwas zu wissen, die in manchen Elementen dazumal durch die höhere Gesellschaft wucherten. [Keller: *Der grüne Heinrich (Zweite Fassung)*. *Deutsche Literatur von Lessing bis Kafka*, S. 58316–58317 (vgl. Keller-SW Bd. 4, S. 13–14), http://www.digitale-bibliothek.de/band1.htm] 凯勒：《绿衣亨利》上册，田德望译，北京：人民文学出版社，1983年，第11—12页。

则让我们更好地去理解《归去来兮辞》中的那份潇洒和无奈,陶渊明感慨:"归去来兮,田园将芜胡不归?既自以心为形役,奚惆怅而独悲?悟已往之不谏,知来者之可追。实迷途其未远,觉今是而昨非。"其实也是一种精神质变的表达,在对另类"田园消逝"的忧思表达,不是因为机器发达而导致的物质性田园的灭亡,而是因主体淡化而引出的"精神田园"的荒芜,这里的"自以心为形役"最好地道出了"文人为官不自由"的现实,所以他最终选择的是"复归田园",或许也是他心目中"桃花源"境界的达致:"寓形宇内复几时?曷不委心任去留?胡为乎遑遑欲何之?富贵非吾愿,帝乡不可期。怀良辰以孤往,或植杖而耘耔。登东皋以舒啸,临清流而赋诗。聊乘化以归尽,乐夫天命复奚疑!"(晋·陶渊明《归去来兮辞》)当然更重要的,恐怕还是精神境界的"天人合一",这样一种"再返田园"表现的其实不仅是对于世俗功名利禄的摒弃,更是对大道之寻的皈依,所以其"天命意识"还是彰显得比较清楚的,或也正因为如此,后人会应和说:"归去来兮,吾生复何之。故园三径在,桃李不成蹊。台榭荒凉已无忧,阶除寂寞人已希。胡飘飘而不返,将役役以奚为。"(宋·陈普《归去来辞》)这样一种通透的自然观,其实也表达出人生观与宇宙观对天人境界的向往和选择。

  从世俗的观点来看,艺术家亨利是失败的,他的画家生涯虽然充满了挑战,却并不成功;可如果从个体精神成长的角度去审视,这种生命史经验无疑仍是可贵的,是一个本来怀有上帝召唤(berufen)的"使命"意识的少年走上"公务员"道路的过程[1],此中之关键环节则为"漫游",若不是经过长达七年的留德,亨利恐怕很难变成后来的模样。虽然学画失败,却收获了极为丰富的社会知识与道理,甚至是爱情,所以有时"功夫在诗外"说的不仅是文字功夫本身而已,也意味着对于人生哲学的重新理解。再举一个较为典型的例子,即便是进入20世纪后,黑塞的歌尔德蒙,即便是有纳尔齐斯这样的青年导师和互补伴侣,也仍是要漫游的。为了完成其艺术家的梦想,他必须进行近乎流浪的漫游生涯,这也是完成自身精神质变的

---

[1] 参考《诗意现实主义——凯勒的〈绿衣亨利〉(1854/55,1879/80)》,载谷裕:《现代市民史诗——十九世纪德语小说研究》,上海:上海书店出版社,2007年,第215—255页。

必经之路，因为"漫长的流浪途中，是颠沛游离、朝不保夕的一天又一天。歌尔德蒙不断体验爱与欲，也不断体验生与死。他经常会在渴慕和享受生活的欢乐之余，陷入孤寂与沉思，思考痛苦、死亡和纷扰人生究竟意义何在"[1]。当然，无论在凯勒，还是黑塞，笔下的形象都不无自己的身影[2]，即"自叙传"的色彩。他们仿佛洒脱与成功的人生背影后，无不深藏着资本时代浓重的阴影。

简举一例，譬如对于这样一种文学描述，有论者显然表示不满，著名的经济学家米塞斯（Ludwig von Mises）就认为，某些作者"总是一开始先勾勒出一副'工业革命'之前田园牧歌般的生活状态。他们告诉我们说，那个时候，社会状态基本上能够令人心满意足。农民们幸福快乐。家庭作坊制度下的产业工人同样幸福快乐。他们在自己的村舍中劳动，享有某种程度的经济独立性，因为他们拥有一块田园，工具也是自家的。然后就是工业革命，对这些人来说，'就好像是陷入一场战争或一场灾难'。工厂制度使自由的劳动者沦落为事实上的奴隶；它把他的生活降低到几乎无法维持生存的地步；它把妇女、儿童塞进纺织厂中，从而摧毁了家庭生活，侵蚀了社会、道德和公共健康的根基。极少数残忍的剥削者则狡猾地将他们的枷锁套在广大民众脖子上"[3]。当然米塞斯主要所指乃是后代学者的故作姿态，但面对其时作家的认真描绘，他又不知做何理解。不过估计他并没有在这样一个维度上充分考虑，而是更直接地引入自家的价值认定：

> 然而，历史的真相是，在工业革命之前，人们的生活状况是极端不能让人满意的。传统的社会制度没有充分的弹性，无法为急剧增长的人口提供充足的生活必需品。不管是农业耕种活动，还是工业行会，都无法安置多余的人手。企业深受传统的特权和排外垄断精神的熏陶，它们只有在获得许可牌照或获得垄断特许后才能做生意；它们的生存

---

1 张介明主编：《外国小说鉴赏辞典》第3册，上海：上海辞书出版社，2010年，第177页。
2 克里斯汀·舒尔茨·赖斯：《那是谁——作家和思想家》，刘捷等译，北京：科学普及出版社，2013年，第93页。
3 路德维希·冯·米塞斯：《对流行的有关"工业革命"的种种说法的评论》，载F.A.哈耶克编：《资本主义与历史学家》，秋风译，长春：吉林人民出版社，2003年，第174—175页。

哲学是贸易限制，是禁止来自国内或国外的竞争。在僵化的家长制制度和政府控制企业的制度下，找不到职业的人的数量急剧增长。于是，他们就沦落为被社会遗弃的人。这些命运悲惨、根本无人过问的人，多数只有靠有权有势阶层的残羹冷炙过活。在收获季节，他们临时给农民帮忙，换点吃的喝的；到了其他季节，他们就只能靠私人慈善和社会贫困救济度日。这些人中间身体最强壮的年轻人被迫参加皇家陆军或海军，很多人在战斗中被杀死或受伤；更多的人则湮没无闻，死于野蛮的军纪惩罚、死于热带瘟疫，或死于梅毒。这些阶层中最大胆、最残忍的人，则成为流氓、乞丐、流浪汉、强盗和妓女，国内到处都是这样的人。而政府除了搞一些救济院或贫民习艺所之外，想不出别的办法来安排这些人。大众普遍地怨恨采用新发明和节约劳动力的设备，而政府也支持这种怨恨情绪，结果使问题更加无法解决。[1]

按照这样一种描述，工业革命不但带来了生产力的极大解放，而且给社会冗余人口以巨大的就业机会，解决了大量的社会问题，资本主义为人类文明带来了崭新的发展契机和辉煌时代。这样一种针锋相对的观点，真是让人又陷入极端困惑的非此即彼之对立困境，即不得不追问：资本主义究竟是历史进步的推动机还是万恶的现代罪恶之渊薮？在这一点上，我觉得米氏的判断似乎过于绝对，不自觉中又落入到西方的简单二元论思维之中，即"光明—黑暗"或"正义—邪恶"的二选一中。这一点甚至不如马克思，即便马氏要宣布共产主义的大同理想，他也仍充分地肯定了资产阶级的进步性方面，看到了资本主义在人类进步史中不可否定的积极意义；而米塞斯的判断，似乎根本看不到一点资本主义的消极意义，这无疑是矫枉过正。

通过诗人的文本描述，我们可以清楚地看到，田园牧歌般的生活状态并非仅出于一种理想中的虚构，而更是工业时代之前的基本生存模式，诗人不过用他们的如椽之笔将其诗意记录下来而已。可在进入近代之后，资

---

[1] 路德维希·冯·米塞斯：《对流行的有关"工业革命"的种种说法的评论》，载F.A.哈耶克编：《资本主义与历史学家》，第175页。

本的"化身人形"确实打破了这种基本的生态平衡方式。虽然是一种看不见摸不着的虚拟物,甚至是人造物,但它却具备非同凡响的特殊意义,这就如同千年狐狸变成精一样,它化为人形,且可以如常人般进行各类人性的活动,就已经不再是原来意义的动物世界的狐狸了,不仅是修炼成精,而且也脱胎换骨。可即便修炼成人了,却也同样有其不能控制的命门所在,像白素贞那样的蛇类变形,且真正具备人性者,毕竟是极少数;而对于器物幻化者,资本的逐利本性,并未因其进入人类世界受到感化收束而降低,反倒似是与人性的负面因素相结合,催生出更为暴劣的面相来。因为人类本身就是一种"一体二魂"的动物,虽然进入文明阶段能够努力克服自身扩张野蛮的兽性一面,但归根结底仍是"本性难移",所以作为人造物的资本表现出那种狰狞嗜血的"人面兽身相"是完全可以理解的,不过有时候它确实走得太远太远,过于极端化了,也就难免出现物极必反的结果。《西游记》里的神魔世界其实可以做很好的注脚,天上的神仙何尝没有妖魔的恶相,那地上的鬼怪多半都有些天上的亲朋好友,这其实不仅是人类社会的折射与反映,也是万物互联的一种存在方式。

纪昀谓:"人物异类,狐则在人物之间;幽明异路,狐则在幽明之间;仙妖殊途,狐则在仙妖之间。故谓遇狐为怪可,谓遇狐为常亦可。"[1]这个将"狐"作为"之间"的定位颇有意味,即有第三维的意思,为什么要设置这样一种类似二元三维的结构出来?这自然是有内在逻辑的,按照徐兴无教授的总结:"狐在仙妖之间,可以视之为怪;狐有成道之狐与未成道之狐两大类别,成道之狐为成人之道;狐多聚族而居;狐之居所为'人家—城市'与'旷野—山林'两大空间,成道之狐居处近于前者,未成道之狐居处近于后者。"[2]这其中有若干环节值得细论,一则由"人物之间"—"仙妖之间",虽然仍处在第三的位置,但已经落定在"怪"的标识上;二则以"成道与否"来界定狐的道行与定位,实在是颇有意味,因为这个"道"字虽然多义,但在中国文化里确实有相当崇高的含义在,用之于狐,总觉略有不伦;三则将空间因素引入,"城市—山林"的二元对峙,不仅显示出人

---

[1] (清)纪昀:《阅微草堂笔记:注释本》,沈清山注,武汉:崇文书局,2018年,第238—239页。
[2] 徐兴无:《狐狸的社区——聊斋志异与阅微草堂笔记中的狐怪故事比较》,https://baijiahao.baidu.com/s?id=1740455435068018904&wfr=spider&for=pc,访问日期:2022年8月16日。

类文明中城乡二元的基本结构关系,也表现出介于两者之间的狐类的中介地位。当然作者并未将话说绝对,而是强调"成道之狐"近于城市,甚至位于"家居"。

城市的意义当然重要,正是在这样一种人造巨物的场所呈现中,让我们看到文明演进的宏大历史场景;可其他的地方也并非可以忽视,譬如乡村之外,还有草原、大漠、海洋。施蒂弗特(Adalbert Stifter)曾如此描绘过草原上的漫游者的形象:"这真是一幅奇特的景象:德国漫游者带着背囊、旅杖和便帽,骑着马,他身边是头戴圆帽、蓄着胡子、身穿裘皮大衣和裤筒肥大的白裤子的瘦高的匈牙利人,两个人在夜色和荒野中骑行。"[1]德国漫游者的形象自然是让人眼前一亮,而有趣的则是加了一个匈牙利人,或许也可称之为漫游者,他们的结伴,构成了一幅亮丽的《漫游者图》,这既是一种超地域的旅行,也是一种跨文化的经验,或者正是这种更接近艺术的绘图式描述,提醒我们有另类可能的出现,就是在城市之外,或许才有更为具有挑战性的"无限风光",而漫游者的探索行程,不仅意味着在象征着人类文明中心的城市,尤其是那些文化大城之间的逡巡和徘徊,也指向了对更多未知世界的探察,所以此处的"荒野骑行"未尝不可视为一种代表性的象征行动,它可以是草原大漠,可以是海洋天空,也可以是星辰宇宙。未来已来,对于始终处于不断发展变化中的人类而言,走向未知既是我们成长的必然,也是文明史不可逆转的规律。

施氏告诉我们:"在人生的道路上,有些事及其相互关系我们往往不能立刻明白,不能迅速探明其根由。于是,它们便会蒙上一层神秘的色彩,产生某种美妙而温柔的魅力,影响着我们的心灵。"[2]这话是饶有意味的,也是非亲历者而难言传,这种"内在因由"以隐性方式出现,其实也是很正常的;但需要注意的是,其再怎样也难脱"六度关联"的规律,暂时隐性替代不了终场大白,有时可能顺其自然就好,到必要之际自然会揭开谜底;此外需要理解的是,因果律本身并没有什么绝对的错误,只不过我们未必将其简单视作为单线因果罢了,在一个更为整体性的"立体结构"与"交叉系统"中去思考问题,则更易豁然开朗。我们可以将其进一步引申为文

---

[1] 《布丽吉塔》,载施蒂弗特:《布丽吉塔》,张荣昌译,桂林:漓江出版社,1992年,第129页。
[2] 同上书,第119页。

第一章　歌德时代：德意志的"金融帝国"

明史的星辰大海之途，即其中的关联性尤其值得探究和揭示，相对于已经比较固定的"城市中心"意识，相对的边缘部分，无论它的名称是什么，都包含另一层的隐喻，即"未成道之狐"。伯林（Isaiah Berlin）曾用"狐狸"与"刺猬"来形容两种学者的类型[1]，其实可以借鉴，即前者重灵活性，后者更具体系感。成道之狐或更是既有本身的灵活性长处，也能稍微兼具体系意识，因为任何的截然二分都是有问题的，关键还在于如何有体自立且兼容并蓄。"有道"二字也不可轻忽，因为"道"本身就是指向体系的。

伯林举例，以普希金为"巨狐"，而陀思妥耶夫斯基则不妨视为"大猬"[2]，但在我看来，更重要的是提出了介于两者之间的类型，即托尔斯泰，"托尔斯泰天性是狐狸，却自信是刺猬；他的天赋与成就是一回事，他的信

---

[1] 原话是这样："希腊诗人阿奇洛克思（Archilochus）存世的断简残篇里，有此一句：'狐狸多知，而刺猬有一大知。'原文隐晦难解，其正确诠释，学者言人人殊。推诸字面意思，可能只是说，狐狸机巧百出，不敌刺猬一计防御。不过，视为象喻，这句子却可以生出一层意思，而这层意思竟且标显了作家与作家、思想家与思想家，甚至一般人之间所以各成类别的最深刻差异中的一项。各类之间，有一道巨壑：一边的人凡事归系于某个单一的中心识见、一个多多少少连贯密合条理明备的体系，而本此识见或体系，行其理解、思考、感觉；他们将一切纳入于某个单一、普遍、具有统摄组织作用的原则，他们的人、他们的言论，必惟本此原则，才有意义。另一边的人追逐许多目的，而诸目的往往互无关连，甚至经常彼此矛盾，纵使有所联系，亦属于由某心理或生理原因而做的'事实'层面的联系，非关道德或美学原则；他们的生活、行动与观念是离心而不是向心式的；他们的思想或零散或漫射，在许多层次上运动，捕取百种千般经验与对象的实相与本质，而未有意或无意把这些实相与本质融入或排斥于某个始终不变、无所不包，有时自相矛盾又不完全、有时则狂热的一元内在识见。前一种思想人格与艺术人格属于刺猬，后一种属于狐狸。我们不必强求僵硬分类，但亦毋需过惧矛盾；我们可以说，根据前述旨趣，但丁属于第一个、莎士比亚属于第二个范畴；柏拉图、卢克莱修（Lucretius）、帕斯卡（Passcal）、黑格尔、陀思妥耶夫斯基、尼采、易卜生（Ibsen）、普鲁斯特（Proust）是刺猬，惟程度有别；希洛多德（Herodotus）、亚里士多德、蒙田、伊拉斯谟、莫里哀、歌德、普希金、巴尔扎克、乔伊斯（Joyce）则是狐狸。"《刺猬与狐狸》，载以赛亚·伯林：《俄国思想家》，彭淮栋译，南京：译林出版社，2001年，第26—27页。

[2] "陀思妥耶夫斯基以普希金为题的那篇演说，一时名论，全篇雄辩撼人、感人至深，却因为把巨狐普希金——十九世纪头号狐狸——谬解为原身正是刺猬的陀思妥耶夫斯基的同类，于是竟把普希金转化扭曲成专志一念的先知、某种一元普遍信息的专差，而那信息原是陀思妥耶夫斯基本人宇宙的中心，与普希金变化无穷的天才所涉猎的多种领域，相去正不可以道里计。所以，凡敏感读者，鲜不认为陀思妥耶夫斯之说非但未能揭明普希金的天才，反倒是照见了陀思妥耶夫斯基本人的天才。因此，若说以普希金与陀思妥耶夫斯基两巨人各持一端，即能度得俄国文学的幅广，并非虚言。"《刺猬与狐狸》，载以赛亚·伯林：《俄国思想家》，第27—28页。

49

念、连带他对他自身成就的诠释,又是一回事;结果,他的理想导使他以及被他的说服天才所赚的人,对他与别人的作为,或者对他与别人所应有的作为,提出了有系统的错误诠释"[1]。虽然他谦称这仅是"假设",但通篇文字以托尔斯泰为主进行讨论,并借其历史观考察其天才本身的思路,就足以说明伯林的第三维意识是如何明确的。这当然和符合侨易学所强调的"二元三维"结构,如果放置在俄国思想史的谱系中,则普希金—陀思妥耶夫斯基—托尔斯泰确实可以构成一组"二元三维"关系,这种诗思史的结构性进程观察无疑也是饶有意味的。若以巨狐为有道,则这自然是一种非体系之道;而大猬则更不可谓无道,因其本身就是冲着体系性建构的目标去的,所以无论是狐狸,还是刺猬,乃至于居间的第三维,都可由自修而致道。

一个不争的事实是,随着资本社会的成为现实,"漫游"变成"速游",古代人所具备的那种闲情逸致,尤其是"慢工出细活"的那种精细品质,似乎已经烟消云散。虽然这首先是因为交通工具的发达导致了速度意识的萌发与普及,所谓"媒介的延伸"绝非空穴来风,马车逐渐为汽车所代替,轻舟也不如轮船迅捷,而铁路上轰鸣的火车,天空中驰骋的飞机,更以其快速便利而不但一统天下,而且深刻地改变了人类与自然的运作方式和生存态度。但这一切都仅是表象而已,交通工具的发达背后是技术的飞速进步,是资本的逐利驱动,是权力的高效追求;当然还有科学与教育的发展,思想与文化的演进,这些未必关涉非常直接的运行效果,但其背后的隐性影响则甚为巨大;当然反之,文化层面的诸领域也受到相应反制甚至反杀。

其实,这点用中国传统的两仪思维就可以看得很清楚,就是双刃剑的两面性功用。资本主义在其发展之初期是必要的,是历史语境的必然产物,是以先进性为主的,它突破了封建时代的种种落后、束缚与窠臼;但它的极度发展乃至被捧上神坛也就决定了其难以逃脱的悲剧结局,这几乎是规律性的,我们或许未必能看到这一天,但这一天终将到来,是不以人的意志为转移的,从这个意义上来说,马克思确实具有极大的预见性。不过,

---

[1] 《刺猬与狐狸》,载以赛亚·伯林:《俄国思想家》,第29页。

我们还是要回到资本初露的那个时代中去，看看漫游者是如何沾染这种大背景的因子并努力超越的。

三、资本成魔何所去？

在所有这些漫游者当中，几乎没有能够真正完成自己的文化使命的人物，或许这也正是"漫游"的非功利性之必然结果。即便是黑塞笔下的那位面临中年危机的荒原狼，他也指望着摆脱在资本语境下窘困迫促的心理病态，而找到属于自己的自由状态。黑塞是在不断地转见中透露他的荒原狼定义的："荒原狼有两种本性：人性和兽性。这就是他的命运，也许这种命运并不特殊，也不罕见。听说，已经有过不少人，他们的性格有很多地方像狗、像狐、像鱼或者像蛇，但他们并不因此而有什么特别的难处。但这些人身上，人和狐、人和鱼和平共处，相安无事，他们甚至互相帮助，有些人有了出息，被人羡慕，他们得以成功更应归功于他们身上的狐性或者猴性，而不是归功于人性。"[1]这是小说主人公哈勒尔读到的一部书《荒原狼——并非为凡人而作》的内容，这种定位，其实反映出人作为个体难以避免的宿命困境，就像歌德借浮士德之口表达的那种两种灵魂（类似于神性—魔性）的关系一样。但此书的主人公哈里却是第三种类型，即"人形狼魂"，具体言之，"哈里却与众不同，在他身上，人和狼不是相安无事，互助互济，而是势不两立，专门互相作对。一个人灵魂躯体里的两个方面互为死敌，这种生活是非常痛苦的"[2]。但所有这些问题，并非只是就人性论人性即可解决，它更多地涉及器物、技术、经济和文化的关系，也就是资

---

1 Der Steppenwolf hatte also zwei Naturen, eine menschliche und eine wölfische, dies war sein Schicksal, und es mag wohl sein, daß dies Schicksal kein so besonderes und seltenes war. Es sollen schon viele Menschen gesehen worden sein, welche viel vom Hund oder vom Fuchs, vom Fisch oder von der Schlange in sich hatten, ohne daß sie darum besondre Schwierigkeiten gehabt hätten. Bei diesen Menschen lebte eben der Mensch und der Fuchs, der Mensch und der Fisch nebeneinander her, und keiner tat dem andern weh, einer half sogar dem andern, und in manchem Manne, der es weit gebracht hat und beneidet wird, war es mehr der Fuchs. [Hermann Hesse: *Der Steppenwolf*. Frankfurt/Main: Suhrkamp Verlag, 1955, S.47] 黑塞：《荒原狼》，赵登荣、倪诚恩译，上海：上海译文出版社，1998年，第37页。

2 黑塞：《荒原狼》，第37页。

本时代的大背景,这才是问题的关键所在。譬如小说中多有留声机形象的出现和声响,对这种舶来之物,哈勒尔直接表达其不满:"留声机败坏了我的工作室里苦行式的充满智慧的气氛,陌生的美国舞曲闯进了我的悉心保护的音乐世界,带来破坏性的甚至毁灭性的后果,而与此同时,又有新的、可怕的、解体的东西从四面八方涌进我迄今为止轮廓分明、自成一体的生活。"[1] 如果说留声机还仅是一种器物意象的话,那么后面的"美国舞曲"则更加直接了,这个机器(在那个时代也是智能机器了)不仅仅是一个简单的进口器物而已,它的功用在于承载文化功能,即带来了远在大洋彼岸的美国歌曲,这似乎被视为一种"文化入侵",即对荒原狼原有的以莫扎特为主的音乐世界构成挑战,从而直接威胁到其安身立命的精神生活。但需要更进一步揭示的是,直接推动留声机迁移发声的动力是什么?恐怕还不仅是文化,更是资本,也就是它作为一种技术性产物,固然有文化的因素,但更首先是资本时代所必然追求的经济收益诉求。哈勒尔甚至宣称"留声机的声音听起来常常像魔鬼的嚎叫"[2],这种"类魔"的比喻,似乎不是无缘无故的,因为如果将留声机视为技术的象征,那么无节制的技术发展就必然导致魔鬼的诞生,从这个意义来说,既有"资本之魔",也有"技术之魔"。

对于资本时代确立的标志,其中最典型的莫过于工厂制度的出现。我们当然得承认,"工厂制度正是在不断地与数不胜数的阻碍的斗争中才发展起来的。它不得不与流行的偏见进行斗争,与根深蒂固的习俗进行斗争,与具有法律约束力的规则和规章进行斗争,还得与政府的仇恨、特权集团的既得利益和行会的嫉恨进行斗争。个人创办的企业的资本设备不够充分,很难搞到信贷资金,信贷成本也非常高昂。他们还缺乏技术和商业经验。大部分工厂主破产了;只有极少数人成功了。利润有时相当丰厚,但亏损也同样巨大。花了几十年,人们才开始普遍地把赚取的利润大部分重新用于投资,从而积累了充足的资金,使生产活动得以大规模进行"[3]。这段叙述

---

1 黑塞:《荒原狼》,第118页。
2 同上书,第118—119页。
3 路德维希·冯·米塞斯:《对流行的有关"工业革命"的种种说法的评论》,载F.A.哈耶克编:《资本主义与历史学家》,第175—176页。

第一章 歌德时代：德意志的"金融帝国"

无疑是让人反味再三的，即作为其时历史语境中变革与新事物代表的工厂制度，曾经是如何的破土而出、艰难生长；可现实则是，在经历过无数的阻挠挫折，甚至是腥风血雨之后，这种工厂形象似乎已经日渐成为资本主义的"剥削符号"，是一种负面的巨型器物。如果没有这样大规模的工业生产机构（场所）的出现，留声机之类的器物是无法成批量生产的，当然也就谈不到流通、售卖并进而影响全球范围的日常生活，所以此类器物—技术—资本的联频环节构成了资本时代的核心要素。当然这是一个较为创新的方面，资本同时也使得传统的环节出现了新的因素，譬如按照狄更斯的说法："在英国人的生活中，除了人身保护令状和出版自由外，很少有什么东西能像牛肉那样得到最广泛的尊重和最热情的信仰。"[1] 这里描绘的显然是19世纪中期的英国，而且十分直白地揭示出物质基础，尤其是必需食品（譬如牛肉）的重要性，但在资本时代的有组织的商业与社会生活环节中，即便是生活必需品如这里的牛肉，也绝不仅是易物交换或付钱购买这么简单。诚如有论者指出的那样："几个世纪的早期现代时期结束时，资本主义生产结构和关系已经在欧洲大部分的农村和城市深深地扎下根了。地主剥夺了许多农民的土地和对共有资源的要求权，企业家控制了许多原先由工匠掌握的工场、工具和原材料。在农场和工场里，欧洲人都集中精力生产供竞争市场销售的商品。土地，劳动和资本市场，越来越多地分配生产要素。基于新的租佃和雇佣劳动形式的降低成本的组织创新，得到广泛的普及。"[2] 虽然"所有这些变化很早就开始了，但是在整个18世纪，国内外具有深远意义的发展加速了这些变化，使这些变化得以推广普及"[3]，这一点说明还是很重要的，因为18世纪是一个重要的转折期，自大航海时代发展至此，已经基本上是全球化的商业时代，"欧洲商人跑遍全世界，中国的汉商也开始向北扩展"[4]。

要知道，"在资本主义经济制度下，个人和群体以货币、信用、土地、

---

[1] 转引自F.A.哈耶克编：《资本主义与历史学家》，第194页。
[2] 杜普莱西斯：《早期欧洲现代资本主义的形成过程》，朱智强等译，沈阳：辽宁教育出版社，2001年，第390页。
[3] 同上。
[4] 王建革：《农牧生态与传统蒙古社会》，济南：山东人民出版社，2006年，第392页。

生产性设备和原材料库存等形式拥有资产。他们用这些资源去雇佣工资劳动者,依靠他们的劳动生产出农业和工业产品(商品),然后将它们在市场上销售,以实现利润。资本家之间的竞争导致并促进了改革,为的是降低成本,提高生产率。在资本主义经济制度下,商品、金融业、土地、劳动力市场、远程贸易和理性的利润追求显得越来越重要。但是,使资本主义制度区别于其他经济制度的是企业主和工人之间形成的关系。企业主可能来自任何阶级、任何职业;工人的劳动则可能是耕田、管理葡萄园和果园、放牧牲畜,或者在工厂、在顶楼、在建筑工地上劳作。这些生产关系从佃农们如何租用农场,以及手工业、工业和农业工人如何受雇、如何领酬上表现出来"[1]。从这段叙述来看,在当时的时代语境中,资本主义确实是一个新兴的制度框架,在经济制度上固然有特殊之处而超越了封建制度,其背后的阶级结构设计也同样值得在哲理上予以思考,即"资本家之间"的内部关系、"资本家—劳动者"的二元关系(外部),但其灵活性似并未能完全得到展开,因为前者之间以"竞型二元"为主,后者之间则是"附型二元",都颇有可能转化为"战型二元"。后者已经很明显,即正是在资本主义内部诞生了它的掘墓人——无产阶级,资本主义—社会主义的制度之争由是拉开帷幕,斗争史不但可谓惨痛,而且也是"血泪史"。前者在资本主义之间亦然,两次世界大战虽然发起者是政治权力拥有者,但如果从更深层次看,政客的背后都是资本集团,所以基本也可视为资本家之间的战争。

所以难怪杜普莱西斯总结说:"从历史的角度来看,这种新的经济制度的产生是一个复杂的、普遍深入的过程,最终涉及整个欧洲经济生活的方方面面。它的产生也是一个持久的过程,贯穿了整个早期近代时期。事实上,虽然资本主义在这个时期在欧洲占据了统治地位,它的演变从中世纪就已经开始了,并且一直持续到1800年以后的相当一段时间。"[2] 不仅如此,至今为止,整个世界仍是处于这一制度的主导之下,不同的是,昔日的新制度新理念,现在已经成为旧制度旧理念,虽然它仍如同历史上所有的权

---

[1] 杜普莱西斯:《早期欧洲现代资本主义的形成过程》,第5—6页。
[2] 同上书,第6页。

力所有者那样要竭尽全力捍卫自己的固有地位，甚至不惜不择手段地采取一切可能的措施。但"夕阳无限好，只是近黄昏"，历史的规律终究无法抗拒，若不能识悟大势，体任天道，及时地采取修补行动，恐怕非但固有地位难保，更会下降沉沦至不可收拾之局。

我们换另一个角度来看一看，"马克思主义者任何时候甚至在最残酷的阶级搏斗中，只要体力允许，就一定不会停止理论工作。如果认为既然资本主义理论的主体和客体在共产主义革命烈焰中马上灭亡，分析研究这种理论是荒唐的，这种反对意见更加不可轻视。这样推论是不正确的，因为了解资本主义体系对于了解目前的局势极为重要"[1]。布哈林（Nikolai Ivanovich Bukharin）的这段论述不仅表达了马克思主义者的斗争意志，而且也深刻认识到对资本主义制度进行学理上的深度研究的重要性。在这方面，共产主义者有非常好的学术传统，马克思即以"揭示现代资本主义社会的经济运动规律"为己任[2]，事实上，诚如布哈林所指出的那样"《共产党宣言》中首次提出的，后来又在《资本论》中得以充分发展的那个预见，已经有十分之九得到绝好的证实"[3]。确实，马克思对资本社会的洞察力不但具有深刻的理论性，而且直觉而穿透，具有非常敏锐的把握和架构能力，这在某种意义上既是通过艰苦的学术努力而达致，同时也是不乏其"天才性"面相的，放置在"德国天才"的谱系中则更易理解。布哈林在此基础上进一步指出："强大的企业家组织、辛迪加和托拉斯的形成，规模空前的银行机构的产生，银行资本向工业资本的渗透，以及发达资本主义国家整个经济和政治生活中'金融资本'的霸权，所有这些只是使马克思所分析的发展趋势复杂化而已。"[4]百年以降，这种判断似乎并不过时，20世纪发展史不过是这种逻辑的一个自然延续，即便是21世纪以来的人类文明史演进也不过是惯性行进罢了，尽管"金融资本"已经日益露出其吞金兽的本质，甚至渗透到人类社会的方方面面，而且其弊端正极度呈现，且难掩其疲惫

---

1 《序言》(1919年)，载尼·布哈林：《食利者政治经济学——奥地利学派的价值和利润理论》，郭连成译，北京：商务印书馆，2002年，第3页。

2 苏树厚：《中国劳动力市场研究》，天津：天津人民出版社，1996年，第42页。

3 尼·布哈林：《食利者政治经济学——奥地利学派的价值和利润理论》，第5页。

4 同上书，第6页。

难继之态，但其主导世界甚至宰制世界的意愿仍未更易。

当然我们应当承认的是，资本并非资本主义的独有物，其他社会制度也会有资本，只要在限度以内，就有其存在的价值。可资本一旦形成语境，成为时代，甚至铸就制度，那就是一种"新魔"的成形了，同样会对各类社会成员形成巨大的压力。而作为向往自由的游弋之人，漫游者一定会一叶落而知天下秋，最为敏感地嗅到这种奇怪的带着铜臭味的气息。道理也不复杂，就其本质而言，"漫游"本就是一种不讲功利、追求个性自由的"侨易行动"；是在资本出世前形成的物质与精神相结合的"制度传统"。在那个资本尚未诞生、生命尚有余裕、精神仍能主动的年代里，其实担负着十分重要的"社会构序"功能。从这个意义上来说，《威廉·麦斯特的漫游时代》的出现何尝不是一把"双刃剑"，它既宣告了资本时代的到来，也意味着田园时代的终结，此处的"漫游时代"多少具备这样的意义，然而作为人类精神奥德赛的漫游，却并不会因此而"黄钟毁弃"。

所谓"生者为过客，死者为归人。天地一逆旅，同悲万古尘"（唐·李白《拟古·其九》），此诗再好不过地诠释了人之作为个体的命运归宿，可个体必然溟灭，人类作为一个具有高度文化自觉的生物类型，则不会那么轻易地绝种（虽然伟大人物如歌德也预言过人类的灭亡）；资本的意义也在于此，其货币自身本是无价值之物，不过是人类赋予其某种价值而已，但其在漫长的发展演变过程中，不但能幻化人形，而且会积之成魔，并进一步制造出可怕的各类器物、技术，譬如两者的混合物"人工智能"；关键还在于这个成魔之资本还找到了一个在世间的载体，就是资本家，这类人虽然很少，却极为抱团，所以它在人类社会结构中占据非常特殊的地位，并在相当程度上能操控或强力影响政府乃至世界的走向。不知资本家中是否也有漫游人的依稀身影，或者早已为成道之魔所吞噬。但不可否认的是，我们重读这些漫游者小说，触摸其背后的资本语境的阴影残存，确实是可以有所深思的，一方面或感慨"田园消逝胡可归"，一方面又或许更应坚定地持守那些伟大前驱者的足迹，"漫游情趣岂可弃！"因为正是在自由的侨移过程中，我们可以寻到漫游的乐趣，我们可以感受自由的精神，我们可以捕捉伟大的传统，我们可以创造不朽的思想！这或许也正是作为侨易过程的漫游人的启迪和价值！

第三节　现代驱魔的知识力探索——《浮士德》与《资本论》所映射的"双影人"或"三影人"

一、魔伴与驱魔——从梅菲斯特到《资本论》的驱魔仪式感

从歌德一代到马克思一代，跨越的不仅是代际迁变的3—4代的精英之变，而且也意味着德国思想终于在现实政治场域发挥起极为重要的影响力，按照马克思的话来说就是："哲学家们只是用不同的方式解释世界，而问题在于改变世界。"[1]马克思自己其实也算不上一个成功的政治家，他那颠沛流离的流亡生涯就足以证明之；可不容否认的事实也是，就是这样一个被欧洲多国政府所追迫的政治犯，却以共产党人的幽灵形象，成功地影响了欧洲乃至世界的历史进程，而且其后世之影响，愈久愈烈，经久不衰。从这个意义上来说，马克思的哲人身份又是超越传统意义上的书斋哲学家的。

在《浮士德》中，梅菲斯特虽然是魔鬼其身，但却未尝没有菩萨心的一面；真正的魔鬼，其实是人性本身那种无穷无尽的欲望。对这一点，歌德心知肚明，所以他会有对"世界小神"的痛切批判，实际上正是对人本身的那种难以克服的动物原罪的深深忧惧。当马克思与恩格斯在《共产党宣言》中以"幽灵"（即魔怪）形象来标示自身时，其实也就意味着他们也多少采取了"自我魔幻化"的策略。

但这种"魔伴"形象的确立，其实也是"驱魔"的必然路径。正如我们对《浮士德》的结局心有疑惑一样，我们怎样才能真正超越作为人的固有的局限和弱点？我们如果将文学文本、学术文本视为同样有效的材料，交互印证，或能见出一幅立体完整的图像来。如果说"共产主义"是一种幽灵形式的话，那么"资本"则是被发掘出的另一个幽灵。或许，参照《浮士德》中"人—魔"二元关系的设置的话，那么"共产主义—资本主义"正可视为另一组二元。在这里，二元关系作为一个基本结构其实很符

---

[1] Die Philosophen haben die Welt nur verschieden *interpretiert*, es kömmt drauf an, sie zu *verändern*. [Marx: *Thesen über Feuerbach*. Marx/Engels: *Ausgewählte Werke*, S.824 (vgl. MEW Bd.3, S.7), http://www.digitale-bibliothek.de/band11.html] 马克思:《关于费尔巴哈的提纲》（1845年），载马克思、恩格斯:《马克思恩格斯全集》第3卷，北京：人民出版社，1960年，第6页。

合实际，但如何处理二元关系却是大有讲究。显然，马克思发明出了"阶级斗争"的概念，他试图用"阶级"概念的新区分，来替代多年以来早成为传统和约定俗成的"种族"界限，譬如犹太人长期在欧洲各国受到歧视、欺凌乃至迫害，虽然其因有自，但毕竟是一个不容否认的漫长历史过程[1]。

魔鬼并非一般人物，在天上序幕中，与天主对话的魔鬼梅菲斯特揭示了这样的真相："我发现人世间凄凉如故，/我心悲悯，忍见世人悲惨度日，/又何忍心，再加苦人儿以痛苦。"（ich find' es dort, wie immer, herzlich schlecht / Die Menschen dauern mich in ihren Jammertagen, / Ich mag sogar die armen selbst nicht plagen.）[2] 更重要的是，他是以理性否定者的姿态而出现在上帝面前，下面这段话表明了他对人类的理性及其滥用的讽刺：

> 我见证人类的自我折磨。
> 世界小神总那样秉性如故，
> 宛如开辟的首日般神妙奇异。
> 得之于你的天光圣辉，
> 反而将他的生命搞得更糟；

> Ich sehe nur, wie sich die Menschen plagen.
> Der kleine Gott der Welt bleibt stets von gleichem Schlag,
> Und ist so wunderlich als wie am ersten Tag.
> Ein wenig besser würd' er leben,
> Hättst du ihm nicht den Schein des Himmelslichts gegeben;[3]

在这种陈述语境中，魔鬼起到的反而是相对正面的作用，即对"一

---

1 埃利·巴尔纳维等主编：《世界犹太人历史——从〈创世记〉到二十一世纪》，刘精忠等译，北京：中国人民大学出版社，2007年。
2 Werke: *Faust. Eine Tragödie*. Goethe: *Werke*, S.4542 (vgl. Goethe-HA Bd. 3, S.17), http://www.digitale-bibliothek.de/band4.htm. 此处为作者自译。中译本参见歌德：《歌德文集》第1卷，第10页。
3 Werke: *Faust. Eine Tragödie*. Goethe: *Werke*, S.4541 (vgl. Goethe-HA Bd. 3, S.17), http://www.digitale-bibliothek.de/band4.htm. 此处为作者自译。中译本参见歌德：《歌德文集》第1卷，第9页。

体二魂"的人类本身构成另外一级[1]。当然我们必须意识到魔鬼也同样具备"一体二魂",其正面的因素正如前述,他在天主面前也会因人世间的凄凉悲惨而表示同情怜悯,仿佛颇有"菩萨心肠";但魔鬼毕竟是魔鬼,干起坏事来也毫不容情,譬如他使用暴力,不惜一把火强行烧毁了林园小屋,让斐列蒙夫妇与过客三人同时葬身火海,为浮士德的"填海造地"事业开辟通道。一般而言,魔鬼的负面形象当然是主要的。所以,我们似乎可以意识到,在具有元结构意义的"阴阳二元图景"中,其中有时可以继续裂分的,即阴元中又有次阴阳二元,阳元中亦有次阴阳二元,仿佛数集,分层无穷。

那么,我们何时需要这种"魔伴",何时又需要"驱魔"?这却是一个不易把握的关键问题。好在另外一位大人物——马克思在其名著《资本论》中开篇就给我们营构了一个"驱魔巨幅"。作为德国思想史上的巨子,马克思的意义毋庸赘言,其《资本论》的价值与其说是在以一种学术态度来探索未知的知识世界,还不如定位于利用现代知识来达到驱魔的目的。对这一点,德里达(Jacques Derrida,1930—2004)讲得很清楚:

> 因此尽管《资本论》一开始就是这样一个宏大的驱魔场面,一个驱魔咒语的竞相叫价,可这个批判的阶段并没有受到丝毫危害,它并没有因此信誉扫地,至少与它的事件和与它创始有关的一切都没有被取消。因为我们在此可以担保,思考决不会压制驱魔的冲动。它反而来自那一冲动。起誓或施魔法不就是思考的机会吗?不就是思考的界限以及命运吗?不就是思考的限定性的礼物吗?除了在几种驱魔法术中间选择,思考还能有任何其他的选择吗?我们知道这一问题

---

[1] 歌德借浮士德之口道出一个思想史上的元命题:"啊!两个灵魂居于我的胸膛,/它们希望彼此分割,摆脱对方/一个执着于粗鄙的情欲,留恋这尘世的感官欲望/一个向往着崇高的性灵,攀登那彼岸的精神殿堂!"(Zwei Seelen wohnen, ach! in meiner Brust, / Die eine will sich von der andern trennen; / Die eine hält, in derber Liebeslust, / Sich an die Welt mit klammernden Organen; / Die andre hebt gewaltsam sich vom Dunst / Zu den Gefilden hoher Ahnen.)[Werke: *Faust. Eine Tragödie*. Goethe: *Werke*, S. 4578 (vgl. Goethe-HA Bd. 3, S. 41), http://www.digitale-bibliothek.de/band4.htm] 此处为作者自译。《浮士德》中译本参见歌德:《歌德文集》第1卷,第34页。

本身——它是所有问题最本体论的、最具批判性的也最冒风险的问题——一直在自我保护。正是它的表达本身筑起了街垒，挖出了战壕，四周围起了屏障，增加了设防。它从不轻率地冒着生命的危险前进。它的形式化以一种魔法的、仪式的和谜一样的方式，运用了一些有时遵循妖术程序的程式。它通过在那里部署一些策略和布置身穿画有辟邪图案的盾牌保护物的哨兵来为自己划定了领地。问题化本身会小心地抵赖并由此去完成驱魔（重复一遍：问题乃是一面盾牌，一副盔甲，一个壁垒，如同它也是研究者必定会遇到的一项任务一样）。批判性的问题化要继续与幽灵们作战。它害怕它们就如同害怕自己。[1]

或者我们可以这样理解，资本就是时代推出的魔鬼，就是类似"共产主义"的幽灵[2]。如果说在歌德的文学世界里，资本还是那半遮半掩、欲出还羞的形象，那么到了马克思笔下，则将其一针见血地板上钉钉："资本来到世间，从头到脚，每个毛孔都滴着血和肮脏的东西。"[3]这种高度文学化的笔法，显然将资本钉在了一个耻辱柱上，但事实则是，无论是货币还是资本，都是人类在漫长的生活社会化和集体化过程中发明的名物，其本身并无善恶之分，关键或仍在使用者的异化过程。弗格森（Niall Ferguson）斩钉截铁地指出："尽管我们对'不义之财'存在根深蒂固的成见，但货币是人类进步的根源。"[4]他进一步认为："金融创新始终是人类进步（从物质极度匮乏到今天令人眼花缭乱的物质高度繁荣）绝对不可或缺的因素。"[5]这个说法似乎从本质上是与马克思的观点相矛盾的。

---

1 雅克·德里达：《马克思的幽灵——债务国家、哀悼活动和新国际》，何一译，北京：中国人民大学出版社，1999年，第226页。

2 "一个精灵，共产主义的精灵，逡巡在欧洲大地上。" Ein Gespenst geht um in Europa-das Gespenst des Kommunismus. [Marx/Engels: *Manifest der kommunistischen Partei*, S.38. Digitale Bibliothek Band 11: *Marx/Engels*, S.2610 (vgl. MEW Bd.4, S.461)] 此处为作者自译。

3 so das Kapital von Kopf bis Zeh, aus allen Poren, blut-und schmutztriefend. [Marx: *Das Kapital*. Marx/Engels: *Ausgewählte Werke*, S.4440 (vgl. MEW Bd.23, S.788)] 马克思、恩格斯：《马克思恩格斯全集》第23卷，第829页。

4 尼尔·弗格森：《货币崛起：金融如何影响世界历史》，高诚译，北京：中信出版社，2009年，第2页。

5 同上。

相比较《资本论》的驱魔模式，那么《浮士德》的魔伴模式就值得回味了。为什么马克思选择了一种类似于决绝的方式彻底否定了"魔鬼"（此处是"资本"）的意义？这其实涉及基本思维模式的差别，即二元论始终是西方的主导性思维方式，歌德、马克思都不例外，深受其传统影响。但相比较马克思冲锋陷阵的一马当先，以及屡遭追捕的命运，歌德的世俗生活显然要幸运得多，这也影响到两者不同的述思方式和经典文本形成的类型结构。所以歌德在经历过青年时代的狂飙突进（浪漫）、中年的理性归位（启蒙）之后，经由魏玛时代的与席勒合作共同走向了第三条道路的开辟，即"古典和谐"的探索。这是"中道"的尝试，是一种冲击其原生思维束缚的"范式更新"尝试，虽然不能说是完全成功了，但其不为既有模式，尤其是具有普遍覆盖性功用的西方元思维模式限制的挑战性尝试则是极为宝贵的。

二、文学与学术文本的互证

看到歌德、马克思的这两个文本无疑是饶有兴致的，如果我们将其与西方经典《圣经》相比较的话，就会发觉出更多的相似之处。因为，如果说我们必须举出这两个形式和写作方法有如此巨大差异的文本的稍许共性特征的话，那么至少可以说两者多少都模仿了"至圣"的气息。如同在《圣经》里展示的那样，仿佛那种神秘气息有一种预卜命运的力量。其实这也不仅是《圣经》的特点，元典时代的那些经典作品似乎都有这种特征，譬如《道德经》就同样显得"神秘莫测"，所谓"道可道，非常道"！而在本雅明看来，"当马克思对资本主义生产方式展开批判的时候，这种生产方式还处在它的婴儿期。马克思运用自己的努力，使之具有了预言的价值"[1]。事实证明，本雅明是具有洞察力的，此语不仅他发言之时有效，即在21世纪的现时代，似乎也在印证着马克思的卓越洞察力与理论建构力。人类所纠结不已的世事无常、乱世悲歌，无论战争、瘟疫还是饥荒，其实恐都仍不脱资本成魔之后的肆虐无忌。

歌德之设立"魔伴"，其实是意识到人类难以克服的天性弱点，即不

---

[1]《机械复制时代的艺术作品》，载汉娜·阿伦特编：《启迪——本雅明文选》，张旭东、王斑译，北京：生活·读书·新知三联书店，2008年，第232页。

可能完全通过个体的力量来实现自身的发展和修行,所以需要能有兼及"刺激"(reizen)与"影响"(wirken)两方面能力的"助手",但这种形似助手者却又需要有相当强的能力(甚至能量),所以梅菲斯特绝非不需报酬,浮士德也不得不付出高昂代价,在这里他是以"灵魂"作为赌注来实现的。这个二元结构思维本身并不错,而且他的思路也是走在"桥易"关系之中的,即在两者之间建构一种可以沟通的桥梁,但问题在于理想的设计并不能覆盖现实中的各种不可预料的风雨,一旦有意外发生,就可能完全打破原有的期待和结构。

浮士德的"魔伴"终究没有成功,因为这几乎是人类作为"地球小神"宿命必然的结局;而在马克思这里,资本作为人类的整体伙伴,或可谓之"资本魔伴",它作为器物,可能是人类发展出的最为奇特也最难操控的作品,因为它不但被造物赋形,而且还附魂于人,即有了体现这种资本意志的人格化(人形化)的载体,即资本家。如果现在传说很多的"人工智能"(AI)是一种伙伴发展的话,那么毋宁说资本更具备这种资格,尤其是从货币资本—工业资本—金融资本的过程,乃是其在不归路上的狂奔过程,然而问题在于,一旦此物出世,它就必然有其自身生发兴灭的内在轨迹与逻辑,不以外界的意志为转移,即便是创物者也不能做到。

本雅明告诉我们:"上层建筑的转变却要比基础的转变慢得多。它花了半个多世纪方在文化的各个方面表明了生产条件的变化。只有在今天我们方能说明这种转变的形式。这些论断应该符合某些预言性的要求。然而,关于无产阶级掌权之后的艺术或关于无阶级社会的艺术的论题,会比那些关于在目前生产条件下的艺术发展趋势的论题,更难为这些要求提供根据。上层建筑的辩证法同经济基础的辩证法同样是可以被观察到的。因此,低估这些论题作为武器的价值是错误的。它们扫除了许多早已过时的概念,诸如创造性和天才,永恒价值和神秘。这些概念如不加控制地使用(而今确是几乎无法控制的)将导致在法西斯主义的意义上加工处理素材。"[1]毫无疑问,无论是学术著作还是文学作品都应归入上层建筑,而且其经典文本也都应属于上层建筑的核心部分,它们的诞生和影响都会在整体系统中发

---

[1] 《机械复制时代的艺术作品》,载汉娜·阿伦特编:《启迪——本雅明文选》,第232页。

生作用力,且持久不息。这也符合本雅明类似系统论的视角,他很敏锐地指出了上层建筑、经济基础皆有各自的辩证法,我们也可将其理解为侨易关系,即由一级级的子系统侨易上升到更高一级,最后必然是在一个整体性大系统里,所谓"道生于一"也。

从歌德到马克思,他们不仅是德国文化精神的象征展示,而且也意味着他们向着真理探索的路径踏出益发坚实的步履。对于作为诗人的歌德而言,他只需要记录诗性真实,发挥诗人哲思即可,不必对其言论必然负责。可马克思就不同了,他试图发现科学真理,甚至将哲学家的任务从阐释世界落实到改变世界,其雄心壮志,是确实不但要颠覆旧秩序,也要开创新时代。虽然这一切并未在他手上亲自实现,但人类史的进程却在沿着他思想的轨迹继续前进。从这个意义上来说,他的话并非蹈空虚论。当然,从理论构建和认知方面来说,对资本的观念也继续得以发展,譬如有现代学者就发现:"金钱、现金、支票、资本、财富、非法收入……不管怎么称呼,这些都和货币有关。对货币的贪婪追逐被基督徒视为万恶之源,被将军视为战争的原动力,被革命者视为劳工的枷锁。那么,货币究竟指什么?是当年西班牙征服者曾经想象中的银山吗?或者只是满足人们需要的泥版和钞票印刷纸?大多数货币已经从我们的视线里消失了,在这样的世界,我们如何生存?货币从哪里来?又都到哪里去了?"[1]这个问题显然锥心沉重,货币的力量无与伦比,这显然是荒谬的,但却是事实。货币存在于任何时代,没有货币,就没有可以成为交换中介的物品,这个社会就很难有效地常规运作。所以,货币之于人类社会,确乎不可或缺。

在《浮士德》的结尾,歌德安排了浮士德被天使接引上天的情节,魔鬼显然最后是未能获胜,但我们是否能说是浮士德获胜了呢?"驱魔"究竟怎样才是成功的呢?甚至我们应当以怎样的标准来衡量这场赌赛的输赢呢?我以为仅仅就文学论文学,就诗剧观诗剧,是很难解答此问题的,而更需要结合学术思想来考察,此处《资本论》无疑是理想文本。马克思在《资本论》中多处引用歌德,包括《浮士德》[2],有论者甚至认为:"为了揭示现代文

---

[1] 尼尔·弗格森:《货币崛起:金融如何影响世界历史》,第1页。
[2] 关于马克思在《资本论》中引用的浮士德,可参见和建伟:《马克思人文精神与西方经典作家关系研究——以但丁、莎士比亚、歌德、巴尔扎克为中心》,北京:中国致公出版社,2019年。

明的内在矛盾与未来趋势,马克思借助了歌德《浮士德》的辩证意象。"[1]确实,通过大诗人的妙手如春,可以更好地为自己的理论大厦添砖加瓦,甚至锦上添花的。但我想马克思并不会只是简单地挪用模仿而已,而是更多地从歌德那里汲取知识资源,甚至是思想的火花,乃至产生"异代而交"的可能。惠恩高度评价《资本论》的学术成就:"将观点和来自神话和文学作品以及工厂视察员的报告和童话的引文并列在一起,这是庞德(Ezra Pound)的《诗章》或艾略特的《荒原》所采用的那种方式。《资本论》如同勋伯格(Schoenberg)那般不和谐,如同卡夫卡(Kafka)那般梦魇化。"[2]这里有一个值得注意的观点,即对《资本论》的述学文体进行了分析,并将其与文学史上的经典名著如《诗章》《荒原》相提并论,甚至进一步将其比拟为音乐作品与现代主义文学经典,这是饶有意味的。《资本论》是一个非常杰出的学术文本,它不但具有重要的经济学意义,而且具有更深刻的思想史功能,甚至我们可以说它是一个有足够分量的跨越领域的知识文本,经典的意义就在于能给后来者不断开启对话之门,并经由此而持续提升,提供这样一个可以凭借的"伟人的肩膀"。

马克思自己其实已经有所认知:"不论我的著作有什么缺点,它们却有一个长处,即它们是一个艺术整体。"[3]这里说的就是《资本论》的整体结构,确实,它不仅是一部学术经典,而且可以被视为一件艺术精品。其实,对于社会现象,虽然作为研究者我们可以尽量努力超越自身的立场局限,尝试以客观的立场去考察之,甚至追求某种近乎科学的精密,但毕竟不得不承认的是,社会现象有其很大的特殊性,它不是自然现象,无法像自然科学那样去绝对求证(即便是科学也有"相对论"),故此再伟大的学者提供的再了不起的学说也不过就是一家之言而已,都很难避免其局限性,甚至是弊端面,乃至于谬误点,对此我们要有清醒的意识。其重要意义或许更在于,我们不过是人类寻道(或曰追求真理)过程中一个必要的环节而已,我们努力成为知识巨链中那个必不可少的节点。就此而言,再伟大的

---

[1] 郗戈:《〈资本论〉与文学经典的思想对话》,载《文学评论》2020年第1期,第14页。
[2] 弗朗西斯·惠恩:《马克思〈资本论〉传》,陈越译,北京:中央编译出版社,2009年,第8页。
[3] 《马克思致恩格斯》(1865年7月31日),载马克思、恩格斯:《马克思恩格斯全集》第31卷,北京:人民出版社,1972年,第135页。

人物也不例外。对于马克思的这种自觉的艺术整体性，尤其表现在对资本概念的一系列整体认知，我们不妨来看一看这段描述：

> 随着资本主义生产方式、积累和财富的发展，资本家不再仅仅是资本的化身。他对自己的亚当具有"人的同情感"，而且他所受的教养，使他把禁欲主义的热望嘲笑为旧式货币贮藏者的偏见。古典的资本家谴责个人消费是违背自己职能的罪恶，是"节制"积累，而现代化的资本家却能把积累看作是放弃自己的享受欲。所以，资本家把自己的私人消费看作是"放弃"自己的享受欲，"啊，他的胸中有两个灵魂，一个要想同另一个分离！"[1]

在这里，马克思将资本主义制度、资本家、资本放在一起进行论述，显然是有其整体考量的，即资本不再是刚从货币、财富演化而来的孤魂野鬼，而是具有了更为人性化情感的"智能资本"，具体则表现在作为其人形载体的资本家身上，将其"积累欲"和"享受欲"关联起来。有论者在分析这段话时就指出："当马克思谈到资本积累时，就综合了席勒的《人质》与歌德的《浮士德》，又将《圣经》人物与巴尔扎克笔下的守财奴并置一处，并插入《国富论》的情节，生动刻画出资本积累与消费的灵肉冲突，营造出虚实相生、复杂矛盾的意境，将神话与现实交织，使历史与未来相通。"[2] 这里指出了这么短短篇幅之内的学术叙述之中引用的知识来源，是很能见出马克思不但涉猎范围广博，而且很善于化用，无论是对经济学名著的引用，还是对宗教经典的娴熟，尤其是对各类文学文本的"拿来"，都体现出马克思作为一个求知者的不拘常规、勇于探索的强势理论建构能力。这其实是学术著述中值得关注的现象，即如何才能"引经据典"，甚至也未必就是经典。对已有文本的有效利用，乃是学术研究的必由之路，我们只有站在前人（巨人）的肩膀上，才能真的做到登高望远、续攀顶

1　马克思：《资本论》第1卷，北京：人民出版社，1975年，第651页。
2　和建伟：《马克思人文精神与西方经典作家关系研究——以但丁、莎士比亚、歌德、巴尔扎克为中心》，第200页。

峰。这首先得需要有足够的知识域积累,虽然知识本身是在那里的,但如何能转化为学者个体著述的强劲动力,甚至在一个更宏大的学术史脉络中成为有效资源,则确实考验着研究者的智慧、韧劲与能力。我们继续来看,马克思是如何非常形象地引申和总结了资本家的"一体二魂"问题:

> 在资本主义生产方式的历史初期,每个资本主义的暴发户都个别地经过这个历史阶段致富欲和贪欲作为绝对的欲望占统治地位。但资本主义生产的进步不仅创立了一个享乐世界;随着投机和信用事业的发展,它还开辟了千百个突然致富的源泉。在一定的发展阶段上,已经习以为常的挥霍,作为炫耀富有从而取得信贷的手段,甚至成了"不幸的"资本家营业上的一种必要。奢侈被列入资本的交际费用。此外,资本家财富的增长,不是像货币贮藏者那样同自己的个人劳动和个人消费的节约成比例,而是同他榨取别人的劳动力的程度和强使工人放弃一切生活享受的程度成比例的。因此,虽然资本家的挥霍从来不像放荡的封建主的挥霍那样是直截了当的,相反地,在它的背后总是隐藏着最肮脏的贪欲和最小心的盘算;但是资本家的挥霍仍然和积累一同增加,一方决不会妨害另一方。因此,在资本家个人的崇高的心胸中同时展开了积累欲和享受欲之间的浮士德式的冲突。[1]

这里明确地点出了上述"一体二魂"的知识来源,并将其命名为"浮士德式的冲突",这正是歌德在《浮士德》中借浮士德之口道出的思想史上的永恒命题。而将资本家的"积累欲"与"享受欲"也以此归结为"一体二魂"的体现形式,可以说是马克思的发明,这确实能体现资本家的内在灵魂的对立面相,一个是无休无止的对于利润的追求,一个则是指向对器物感官的满足攀升,但同样都可以没有止境。前者固然,利润的增长是无界限的,正所谓"韩信将兵——多多益善",资本家也正是由于此种无餍足的积累欲,才能造就他们对技术发达的不断追求,既有推动人类进步的一面(这是不可否认的),同时也带来了过度(甚至极端过度)造成的

---

[1] 马克思:《资本论》第1卷,第651页。

对人类的伤害和灾难。我们从马克思对各类知识的娴熟运用来看，他是充分地资鉴了人类文明史上的各种知识的，尤其是西方知识体系，这不仅包括经济学、政治学、社会学、历史系、哲学、自然科学等必要的各学科领域，也包括了文学。这是非常重要的，因为文学艺术的世界是一个有自身内在逻辑和规律的自足系统，虽然它不要求引经据典、言必出注，但其背后所凭借或依赖的仍是艺术家对于社会和自然的整体性认知，当然更多地需要借助于艺术家天生的敏感性、锐利性以及艺术的言说方式等。而这种将现实世界进行艺术性地描绘、浓缩、提炼并再创造、形象化、普遍性的过程，是艺术家（包括作家等）所独具的"艺匠"能力，也是学者所难以望其项背的，从这个意义上，两者之间是有很大的互补性的。

所以，虽然引用了很多学术文本，马克思接着又直接地、大量地、明确地引用了具体的文学文本来阐释这个问题，看重的应正是艺术家的这种超乎常人、异于学者的特殊功能。在马克思眼中，商品是"一个可感觉而又超感觉的物"（Ein sinnlich übersinnliches Ding）[1]，这是饶有意味的，即作为硬通货之一的商品具有"感性因子"，但又非通常意义上的感知物，或可被引申为更多赋予理性因子的可感觉物。正因为被赋予了超越普通生物的理性因素，同样为物，商品最大的差异性就在于与金钱有关，与资本相连，它是可以通过货币来衡量的物，是有价可估的，是可以进入流通领域的，甚至是可以将远在天涯的人连接在一起的中介物。确实，"在马克思看来，犹太教、宗教、个人主义与金钱都是不可分离的。要想从金钱中解放出来，必须得摆脱所有的宗教，尤其是作为奠基者的犹太教。为了使犹太人脱离所有的宗教身份，人们应当废除一切宗教感情以及资本主义的根基。他为全人类的解放开辟了道路，也为'神学统治'的国家转换成公民社会做好了铺垫，届时，人类将成为一种'世俗化的生命存在'"[2]。在这里，阿塔利（Jacques Attali）其实厘清了一条马克思思路的逻辑轨迹链，即宗教（基督教—犹太教）、资本与人类自由的关联性，这种双重挑战对于人类几乎是天敌，关于新教伦理和资本主义的关系，韦伯有颇为深刻的阐

---

[1] 马克思:《资本论》第1卷，第87页。
[2] 雅克·阿塔利:《卡尔·马克思：世界的精神》，刘成富等译，上海：上海人民出版社，2018年第二版，第51页。

释,如果说宗教还更具有精神上的操控性意义,那么资本的出现则是"百炼成魔",且"幻化人身"了。对于向往自由的人类来说这无疑是巨大挑战,因其客观逻辑就是要"驱人为奴",无论资本主义的理论如何以自由民主制度相标榜,这种在"资本之魔"笼罩下的制度红利可能存在于表象,但终究难改其本质;可以繁荣于一时,可终究免不了大限将至的崩盘时刻,只是需要时间的渐逝罢了。就此而言,马克思可谓时代的预言家,他极其敏锐地捕捉到了资本时代的本质缺陷并尝试理解与阐释其规律,并赋予"解放全人类"之类的理想主义表述,虽然可能过于理想化,但共产主义的蓝图仍是具有号召力的,这也是为何后来的世界正是在这种理念引领下发生天翻地覆改变的根本原因。当然这一进程虽坎坷荆棘,甚至百转千回,但仍旧在长时段的进程之中。

印度学者的雅尔(Murzban Jal)无疑非常敏锐,他指出:"推动辩证法进入整个世界资产阶级头脑中的全球经济危机见之于多种形式。尽管'它的舞台的广阔和它的作用的强烈',如马克思曾经论证过的那样,'甚至会把辩证法灌注进新的神圣普鲁士德意志帝国的暴发户们的头脑里去',但是资产阶级已然变得半聋半神了,他们一半转入资本主义管理的旧式宗教中,另一半则信奉政治神学的新式宗教。管理者与神学家们对于危机分别存有各自的看法,管理者们相信社会工程(social engineering)能使资本主义重新恢复元气;神学家们则认为上帝会再一次动怒。可有一件事是确定无疑的,即管理者与神学家们将携手并进——从华盛顿到伊斯兰堡、喀布尔以及新德里。然而这两群人却都忽略了无产阶级的存在,要知道,无产阶级对于管理经济学和神学都了无兴趣。"[1]这里他实质上涉及了西方理论中的若干个核心二元关系,其中包括资产阶级—无产阶级、旧式宗教—新式宗教、管理者—神学家等,当然最为关键的则是作为方法论的辩证法,即如何来更好地把握二元之间的张力点。接着,他不无嘲讽地写道:"管理者与神学家们登上了世界历史舞台的中心,而我们却被告知马克思主义不复存在了。但是紧接着全球资本主义危机就被搬上了这个小小的历史舞台,

---

[1]《导论》,载穆茨班·雅尔:《卡尔·马克思的诱惑》,齐阔译,天津:天津人民出版社,2019年,第1页。

由这场危机而引发的暴风骤雨无疑把我们的目光一同引向了马克思。社会主义的第二波浪潮已然翻滚起来，它的舞台依旧广阔，且作用仍然强烈。最终所要书写的并不是马克思的墓志铭，而是要将墓志铭送给资本主义，并且这一次必将就此了结。"[1] 结论或许过于斩钉截铁了些，但其提出的问题确实是让人不得不深省，至少，马克思提出的问题至今仍可谓是振聋发聩，一点都不过时，甚至更具前瞻性，现时代所有问题的核心，在我看来，仍不外乎是资本及其异化成魔后的社会衍生百态而已。

要知道，"现代性作为资本主义的现代性，正与诸多幽灵共生共存。马克思在《资本论》中表明，构成商品生产根基的并非是一味强调的科学与技术，实际上恰恰是其反面：神话、神学、神秘主义、魔法以及妖术。商品生产即暗示着召唤死者亡灵的妖术。从浮士德角度来看，我们便会游戏于这些妖术力量周围；而像哈姆雷特那样，我们将始终被死者的亡灵所纠缠。资本的流通乃是这种死亡法则所导致的神经症的不断再生，其中并不存在理性，却满是疯癫"[2]。这段论述堪称佳妙，因其将《资本论》与《浮士德》又有机自然地结合起来，使这两者得以互文，雅尔虽然主要从学术角度出发，但他由作为学术著作的《资本论》所发现的，却不仅是见于表象的商品生产、资本社会，甚至是科学技术，而是深藏于背后的"秘索思"面相，是对理性逻格斯路径的挑战。现代性的本质原来居然不仅仅是西方现代性，更是资本现代性，是"资本之魔"的现代性，是秘索思路径的现代性。需要指出的是，从歌德的文学塑魔到马克思的理论建模，其实他们所试图认识的，都不过是这个客观世界的运行规律而已。浮士德最后是去了天堂，却是在违背上帝之约的前提下，他最终也未能与魔鬼达成和解，但若是就整个故事的诗意进程来看，其实他们也是在某种程度上"媾和"了，因为最后魔鬼似乎也只能不了了之，浮士德似乎是赢了，但事实则也未必，因为这毕竟不符合最初的赌约，所以只不过是又开启了新一轮的赌局博弈而已，这也符合周而复始的天道轮回之规律；马克思则选择了一条在纯粹的知识探索过程中的"驱魔之路"，他似乎相信他的理论建构可以

---

[1]《导论》，载穆茨班·雅尔:《卡尔·马克思的诱惑》，第1—2页。

[2] 同上书，第4页。

拨云见日，甚至是改天换地，所以他开出的药方是具体的，不仅有对资本主义规律的深刻总结，还有对哲学家使命的落到实践，而《共产党宣言》的庄严宣告则是更具有战斗力的，开启了世界范围的共运史，并深刻影响着至今为止的历史进程。

雅尔给我们绘制了这样一幅动画场景："在这样的情境中——人被致以非生命状态，反而资本被赋予了魔法般的生命——资本幻化为一头魔兽。全球化就这样不仅被描绘为是一个由科学与技术统领的繁荣世界，还是一个魔兽世界——资本先生及其周围那些为虎作伥的魔鬼：宗教右翼、战争经济以及集权主义国家，它们正在劫祸整个世界。"[1]这无疑是极为形象的，而且确实也有道理，他继续阐释道："为了抵制这些幽灵的劫祸，马克思通过动员批判哲学、文学以及科学来对抗它们。当我们深刻认识到，宗教右翼和资本积累不过是人本身所创造出的魔兽，并且存在一种哲学上的启迪方式能够降服它们时，这方面的努力也就成了马克思哲学的主要议题，特别是它所具有的扬弃与实现的双重向度。"[2]这确实给我们理解马克思，尤其是《资本论》的基本思想立场提供了一个饶有意味的路向，但不可否认的事实恐怕也是，至少至今为止，这头"资本之魔"远未被制服，甚至还在相当程度上主导着这个世界剧场的舞台。

三、著作史的"影子结构"：双影人、三影人、多影人

对于魔鬼的作用，歌德曾借天主之口明确解释过："人的行动很容易迟缓，/绝对的宁静使他迅即留恋；/所以我想赐他一个伙伴，/他既能挑衅刺激也可产生影响，/那创造的能力还得像魔鬼一样。"（Des Menschen Tätigkeit kann allzuleicht erschlaffen, / Er liebt sich bald die unbedingte Ruh; / Drum geb' ich gern ihm den Gesellen zu, / Der reizt und wirkt und muß als Teufel schaffen.）[3]我们需要仔细品味这里歌德给出的概念，即"伙伴"（Geselle），它是一种具有深刻文化内涵的概念，即德国小说里有所谓的

---

1 《导论》，载穆茨班·雅尔：《卡尔·马克思的诱惑》，第7页。
2 同上。
3 Werke: *Faust. Eine Tragödie*. Goethe: *Werke*, S. 4544 (vgl. Goethe-HA Bd. 3, S. 18), http://www.digitale-bibliothek.de/band4.htm. 中译本参见歌德：《歌德文集》第1卷，第11页。

"双影人"（Doppelgänger）的词汇，让·保罗在《齐本凯斯》（Siebenkäs）中首次以小说成功演绎此概念[1]，施托姆（Theodor Storm）干脆直接题名《双影人》（Ein Doppelgänger）[2]，他笔下的林务官夫人之父汉森，既有对孩子温情脉脉、侠骨柔肠的一面，又有反社会的暴怒狂躁、好勇斗狠的面相，这是否是"双影人"的含义呢？抑或指向那个同案犯文策尔？当然不仅在文学之中，也有与其他学科知识的互动，譬如施尼茨勒被认为是弗洛伊德的"双影人"[3]。一般而言，"双影人基于两个人的身体相似性"[4]在文学里，往往表现在由于偶然或血缘关系的相似性的真人身上，在神话和童话中，则表现为超自然力量的介入[5]。更重要的是，"主题张力的决定性因素是两个同时行动、可能相互排斥的人物的存在，这对他们及其周围环境产生了惊人乃至可怕的影响"[6]。

如果说在《浮士德》中，魔鬼虽然神通广大，但毕竟仍处于配角地位，可到了《资本论》中，魔鬼已化身资本闪亮登场，并堂而皇之地扮演了主角，它不但具有魔鬼的创造力，而且还有类人般的强权力，是以一种奇怪的方式而登场，甚至宰割人世间的。这样的异化，恰恰是在人类文明

---

1 参考赵蕾莲：《双影人主题透视的现代危机——以让·保尔和克莱斯特的作品为例》，载《学术交流》2019年第9期，第177—185页。

2 《双影人》，载施托姆：《施托姆小说选》，关惠文等译，北京：人民文学出版社，2000年，第297—355页。

3 施尼茨勒在致弗洛伊德信中曾坦承受到其思想的启发，参考Birgit Illner: *Psychoanalyse oder die Kunst der Wissenschaft-Freud, die erste Schülergeneration und ihr Umgang mit Literatur.* Bern[u.a.]: Peter Lang, 2000, S.18。

4 Doppelgängertum beruht auf der physischen Ähnlichkeit zweier Personen. [Elisabeth Frenzel: *Motive der Weltliteratur: Ein Lexikon dichtungsgeschichtlicher Längsschnitte.* 6., überarbeitete und ergänzte Auflage. Stuttgart: Alfred Kröner Verlag, 2008, S.92]

5 In der Dichtung wird dieses Phänomen einerseits durch reale Personen verkörpert, deren Ähnlichkeit auf Zufall oder Verwandtschaft, im Bereich von Sage und Märchen auch auf das Eingreifen überirdischer Mächte zurückgeht; schon ein solcher personaler Doppelgänger eröffnet ein weites Feld für heitere bis tödlich ernste Verwechslungen, Stellvertretungen und Unterschiebungen. [Elisabeth Frenzel: *Motive der Weltliteratur: Ein Lexikon dichtungsgeschichtlicher Längsschnitte.* 6., S.92–93]

6 Entscheidend für die Spannkraft des Motivs ist die Existenz zweier gleichzeitig nebeneinander agierender, sich möglicherweise gegenseitig verdrängender Figuren, die auf diese selbst und ihr Umfeld eine verblüffende bis unheimliche Wirkung hat. [Elisabeth Frenzel: *Motive der Weltliteratur: Ein Lexikon dichtungsgeschichtlicher Längsschnitte.* 6., S.93]

史自以为理性发达不断直线进步的过程中出现，甚至是最重要的标志，何以然？

在某种意义上，《资本论》也可被视为《浮士德》的双影人，即在学术著作与文学作品之间也是有着一种有机联系的，当然也可说是文本的互文，但更重要的是，通过这一知识延展过程，学思得以继续，得以发展，得以更上一层楼，这个人类精神的不断娩生过程是极为奥妙的，也是值得探究的。从歌德到马克思的路径，不仅意味着德国精神从哲思走向实践的过程，也指向了更为广阔的知识创造范畴。这种"双影结构"，或许正是二元三维在知识史上的另类表现方式，也是理解人类进程的另类锁钥。那么或许我们要追问的是：这种现实中的"双影"，当然他也可能不仅是"双影"，有无"三影"乃至"多影"的可能呢？就德国天才谱系来说，从歌德到马克思的路径，并不能算是正宗的承传线索，启蒙思脉的发展从康德开始就沿着费希特、黑格尔延续的，马克思虽然剑走偏锋，但作为青年黑格尔派，他从根源上应是属于这条线的；歌德、席勒所开辟的古典思脉，其实更多属于曲高而和寡，他们虽然在早年都有过在浪漫思脉、启蒙思脉上的不同占位，却终究能够不断调试，终于成就出一条虽未明确但基本成形的类乎中庸式的调和路径（不是庸俗意义上的）；如果说马克思是沿着黑格尔的路径，继续启蒙的大业，却在冥冥之中接续了歌德的精神，努力走出自己的方向，那么在右翼的浪漫思脉，其实与歌德、席勒的路数本来是更为接近的，从哈曼—赫尔德—施莱格尔兄弟，他们的浪漫情结和感性凸显是很清晰的。居于歌德、马克思之间的"三影人"[1]，或者可以推为海涅。海涅也是一个典型的定位分裂的人物，他在文学史上素

---

1 哥白尼曾根据光照区分此类概念："正午的太阳影子也是存在差异的，因此有些人被称为环影人，一些人被称为双影人，一些人还被称为异影人。"见尼古拉·哥白尼：《天体运行论》，徐萍译，北京：北京理工大学出版社，2017年，第91页。环影人即"能够接受四面八方日影的人"，双影人的"正午日影落在两侧"，异影人在两者之间，"在中午的影子只投向北方"。见尼古拉·哥白尼：《天体运行论》，第91—92页。这三个类型无疑是饶有意味的，或者我们可以将其引申使用，视为一种可参考的概念，日照射影也是一种象征，即人是需要也可能通过面对阳光或高悬之日来接受能量的，相比较异影人的形单影只（可理解为单向度），虽然可能"对影成双人"，但本质上还是孤独的，双影人则更显丰富，而环影人无疑具备多元的面相。

来以浪漫派代表人物著称，按他自己的说法："尽管我对浪漫派大举讨伐，赶尽杀绝，我依然是一个浪漫派，其程度超过我自己的预料。"[1] 但在思想上，他显然是站在启蒙立场的，且不说他与马克思的亲密友谊，他自己就曾写过这样一段话："未来是属于共产主义者的，这句承认的话，我是用害怕和极度焦虑的语气说的，唉！这个语气决不是假装出来的！确实，我只是怀着厌恶和恐惧想到由这些愚昧无知的偶像破坏者掌权的那个时代：他们将用结满老茧的手无情地打碎我那样心爱的一切美的大理石雕像……我预料到这一切，想到胜利的无产阶级威胁到我的诗歌的破坏情形，我就感到说不出的悲哀，那些诗歌将随着整个古老的罗曼蒂克世界一同消亡。然而，我坦率地承认，正是这个反对我的一切兴趣和爱好的共产主义，对我的心灵，却具有无法抵抗的诱惑力……"[2] 所以我说他是"浪漫其表，启蒙其导"。海涅对歌德虽有批评，但主要仍是推崇有加，称其为"文学中的斯宾诺莎"[3]，并盛赞："歌德的诗歌有一种不可思议的魔力，这是无法言传的。那和谐的诗句象一个温柔的情人一样缠住你的心；当它的思想吻你的

---

1 海涅接着说："我把德国对浪漫派诗歌的思想给予致命的打击之后，无限的思念又悄悄潜入我自己的心里，使我对浪漫派梦幻国度里的蓝花充满了憧憬。" Trotz meiner exterminatorischen Feldzüge gegen die Romantik blieb ich doch selbst immer ein Romantiker, und ich war es in einem höhern Grade, als ich selbst ahnte. Nachdem ich dem Sinne für romantische Poesie in Deutschland die tödlichsten Schläge beigebracht, beschlich mich selbst wieder eine unendliche Sehnsucht nach der blauen Blume im Traumlande der Romantik, … [Werke: *Geständnisse*. Heine: *Werke*, S.5249 (vgl. Heine-WuB Bd. 7, S.99), http://www.digitale-bibliothek.de/band7.htm] 海涅：《自白》（1854年），载张玉书选编：《海涅文集·小说 戏剧 杂文卷》，北京：人民文学出版社，2002年，第247页。

2 Dieses Geständnis, daß den Kommunisten die Zukunft gehört, machte ich im Tone der größten Angst und Besorgnis, und ach! diese Tonart war keineswegs eine Maske! In der Tat, nur mit Grauen und Schrecken denke ich an die Zeit, wo jene dunklen Ikonoklasten zur Herrschaft gelangen werden: mit ihren rohen Fäusten zerschlagen sie alsdann alle Marmorbilder meiner geliebten Kunstwelt, … Ach! das sehe ich alles voraus, und eine unsägliche Betrübnis ergreift mich, wenn ich an den Untergang denke, womit meine Gedichte und die ganze alte Weltordnung von dem Kommunismus bedroht ist—Und dennoch, ich gestehe es freimütig, übt derselbe [—so feindlich er allen meinen Interessen und Neigungen ist—] auf mein Gemüt einen Zauber, dessen ich mich nicht erwehren kann, … [Werke: *Lutetia*. Heine: *Werke*, S.3961-3962 (vgl. Heine-SW Bd. 5, S.232), http://www.digitale-bibliothek.de/band7.htm] 中译本见《路台齐亚》，载亨利希·海涅：《海涅散文选》，钱春绮译，天津：百花文艺出版社，1994年，第279—280页。

3 海涅：《论德国宗教和哲学的历史》，海安译，北京：商务印书馆，1974年，第128页。

时候，它的词句就拥抱着你。"[1] 所以我以为，甚至在某种意义上海涅对歌德也有着自觉的承继意识，这也正是其可以在歌德—马克思之间成为"三影人"的缘故之所在。

当然，将这个谱系延展开去，自然会有"三生万物"的可能，即"多影人"必然也是存在的，在这样一个"多影天才"谱系中，彼此之间相互关联、逻辑内涵、思脉相通，最终构成一幅奇异绚烂的思想史画卷，不仅是"你中有我我中有你"，而且还是珠胎暗结、新思内蕴，如何催珠得蚌，捧得美人归，则是其中的核心问题。这当然也可被视为"观念侨易"的一种景观，在更为开阔的立体结构与交叉系统中，我们可以使"诸神归位"，在思想史的凌烟阁中各得其所。

特莱普陀（Elmar Treptow）就指出："到目前为止，在马克思研究和歌德研究中似乎都忽视了这样一个事实，即马克思保存和发展了歌德关于在自然中的形变论思想，从而为理解社会及其形成提供了丰富的土壤。"[2] 当然，我们需要指出的是，歌德的形变论思想亦非空穴来风，他同样从前贤得到了资源与启迪，譬如他就颇受古罗马诗哲卢克莱修（Titus Lucretius Carus，约前99—约前55）影响，起念作《物性论》长诗，虽然未果[3]，但也可见其对于物性的重视度。正是在知识史与思想史长期演进的"存在巨链"之中[4]，伟大的观念才得以不断沉潜积淀、孕育滋生、茁壮参天，其形成或立名于一人，其哺育则必经历多手众人，甚至是千难万苦，而在我看来，不仅存在着由《浮士德》到《资本论》的异脉连接轨迹，而且从一个更

---

1 海涅：《论德国宗教和哲学的历史》，第129页。

2 Bisher scheint sowohl in der Marx-Forschung wie in der Goethe Forschung übersehen worden zu sein, daß Marx die grundlegenden Gedanken Goethes über die Metamorphosen in der Natur aufbewahrt und weiter entwickelt, indem er sie für das Begreifen der Gesellschaft und ihrer Formationen fruchtbar macht. [Elmar Treptow: "Zu Marx' Aufhebung der Metamorphosenlehre Goethes", in *Zeitschrift für philosophische Forschung*, Apr.-Jun., 1980, Bd. 34, H. 2 (Apr.-Jun., 1980), S.179-189. Hier, S.179]

3 H.B.Nisbet, "Lucretius in Eighteenth-Century Germany. With a Commentary on Goethe's 'Metamorphose der Tiere'", in *The Modern Language Review*, 2005, Vol. 100, Supplement: One Hundred Years of "MLR" General and Comparative Studies (2005), pp. 97-115.

4 参见诺夫乔伊：《存在巨链——对一个观念的历史的研究》，张传有等译，邓晓芒等校，南昌：江西教育出版社，2002年。

长的时段与更宏阔的语境来看，则二者亦不妨视作一组"二元名著"，即"《浮士德》—《资本论》"构成了德国思想史贡献给世界思想的元星座，它们的相互映衬、彼此对释，或可视作一组极有意义的"文—学易体"，即作为文学作品的诗剧与作为学术经典的经济学论著的彼此型构，《浮士德》更仰望星空，《资本论》则脚踩大地，它们联袂而出，在现代世界的思想星空里"挥手抉浮云"[1]，或可更引出未来思想的"哲思尽西来"！

关于德国文学—哲学之间的互动关系问题，自不待言[2]，有论者说："从文学意象向哲学概念的提升或纯化，早已发生在歌德的《浮士德》与黑格尔的《精神现象学》之间，并进而预示着马克思《资本论》的出场。现代性的各种精神主题如启蒙主义与浪漫主义、追寻古典与开创未来，特别是世俗性与神圣性的分裂与和解，等等，构成了歌德与黑格尔之间最深层的问题域关联。可以将《浮士德》理解为《精神现象学》的现代'分裂—和解'主题的预出场，甚至可以进一步理解为《共产党宣言》《资本论》的现代社会自我扬弃辩证法的预出场。《浮士德》的辩证意象深植于现代文明的核心处，以其文学的观察力、表现力和想象力，为黑格尔的思辨哲学开辟了追问方向，为马克思的社会批判提供了美学表达。"[3]是否就是这样的逻辑关系暂且不论，但所提出的经典文本之间的互文性却是有道理的，《浮士德》—《精神现象学》—《资本论》确实是经典著作史上的一条有意义的线索，虽然德国哲学界一般不太重视《精神现象学》，认为其在黑格尔的哲学体系里意义不太大，但其实此书放置在宏观思想史框架中，还是有其不可替代的价值。这就要求我们能在一个知识史的整体框架中来考虑问题，因为这三部书涉及文学、哲学、经济学，跨越的不仅是诗—哲的范畴，而

---

[1] 原诗是："秦王扫六合，虎视何雄哉。挥剑决浮云，诸侯尽西来。明断自天启，大略驾群才。收兵铸金人，函谷正东开。铭功会稽岭，骋望琅琊台……"（唐·李白《古风》）

[2] 巴特勒强调的是德国诗人依赖哲学的面相："一般而言，都是诗人创造生活景观，但是德意志人却要向哲学家寻求灵感。歌德的天才只是斯宾诺莎养育而出；席勒总是要跟康德缠斗；浪漫派诗人深深浸润在费希特和谢林的思想世界；黑格尔则主宰着青年德意志运动。瓦格纳和尼采更成了叔本华的子嗣。"伊莉莎·玛丽安·巴特勒：《希腊对德意志的暴政——论希腊艺术与诗歌对德意志伟大作家的影响》，林国荣译，北京：社会科学文献出版社，2017年，第6页。

[3] 郇戈：《〈资本论〉与文学经典的思想对话》，载《文学评论》2020年第1期，第15页。

且也有人文学与社会科学的界限，如果仅用传统的分科治学眼光是很难看出其奥妙所在的。尤其是《精神现象学》在二者之间的过渡位置，是特别值得关注的，因为黑格尔在此书中提出的"精神现象"其实是有所指的，《精神现象学》完成于1806年拿破仑进攻普鲁士之前，黑格尔针对拿破仑使用了这个概念："我看见拿破仑，这个世界精神，在巡视全城。当我看见这样一个伟大人物时，真令我发生一种奇异的感觉。他骑在马背上，他在这里，集中在这一点上他要达到全世界、统治全世界。"[1] 换言之，浮士德是一种精神现象，拿破仑是一种精神现象，而资本家的形成也是一种精神现象，只不过这种精神现象是随着时代在不断迁变的，而且呈现出彼此连接、相互关联的侨易景观。捕捉时代精神，并将其凝练为一种具体的"哲思叙述"，就是每个时代的大学者义不容辞的责任，既可以说是一种使命担当，也可视作其对于知识探索和世事关注的必然反应。如果说前两者理解没什么问题的话，那么对于资本家何以成为精神现象，或许需要做出些解释。因为，作为人类群体之一的资本家，乃是具有很大的特殊性的，虽然在文明结构中它可以被归入器物—经济层面，在商业层次扮演角色，但普通商人（经济人）与资本家仍有本质区别。借助巴尔扎克的文学世界，马克思将资本家这一时代的精神现象，描绘得不但栩栩如生，而且洞达秘奥，直指资本家的灵魂深处，譬如对其一体二魂的揭示，即"积累欲"与"享受欲"。资本家作为现代社会的主要支柱，他们的经济活动支撑起整个资本主义社会的大厦，带来了现代性的高速发展和发达，但同时不可否认的是，他们也确实是魔鬼附体的那群人，他们的身上怎么清洁和洗白都无法摆脱"资本之魔"的固有印迹，这或许就是卖身魔鬼者的宿命吧。这种深刻的关联性，巴尔扎克作为文学巨子，以其社会历史书记的身份敏锐地把握到了；而马克思也以其大学者的洞察力直觉到了，所以他在《资本论》中甚至直接盛赞巴尔扎克："以对现实关系具有深刻理解而著名的巴尔扎克，在他最后的一部小说《农民》里，切当地描写了一个小农为了保持住一个高利贷

---

[1] 黑格尔在1806年10月13日写给尼塔麦的信，黑格尔：《通信集》，Johannes Hoffmeister 编，Hamburg: Felix Meiner Verlag, 1952年，第119页。转引自《译者导言》，第4页，载黑格尔：《精神现象学》（上），贺麟等译，北京：商务印书馆，2009年。

者对自己的厚待,如何情愿白白地替高利贷者干各种活,并且认为,他这样做,并没有向高利贷者献出什么东西,因为他自己的劳动不需要花费他自己的现金。这样一来,高利贷者却可以一箭双雕。他既节省了工资的现金支出,同时又使那个由于不在自有土地上劳动而日趋没落的农民,越来越深地陷入高利贷的蜘蛛网中。"[1]应该说,这种理论性的分析确实是洞烛机关、入木三分的,甚至未必就是作为书写者的巴尔扎克本人能言说出的道理,而这也正是"双影人"或"双影文本"的价值所在,彼此之间是可以相互关联、相互阐发、相互补充乃至相互成就的。当然,我们也可将此种著作性与思想性的关联,进一步拓展,譬如视为文本史上的"三影人现象"等。

就这三部著作的汉译史而言,可以说都是译家蜂起(相比而言,《精神现象学》较少),如果就代表性来说,则郭沫若翻译《浮士德》,贺麟、王玖兴翻译《精神现象学》,郭大力、王亚南翻译《资本论》都可被视作首个汉译全本。因为这三部书都可被视为大部头,所以真的将其整体译出,并形成经典译本的过程并非易事。此处判断的主要标准,就是全译本的出现,若以此为线索,同样可以有"三影人"的"中国化影"又是如何在东方语境里演化出更新的剧目,无疑是另一个有趣的话题了。而从接受史的角度,我们也可看到另外的证据,譬如作为文艺批评家的缪朗山对这两部著作也是情有独钟,自称其"学通德文得益于背下了两本书——《浮士德》和《资本论》"[2]。若非是这两部著作本身的内在逻辑关联性,也不可能有如此的偶然巧合。

尼采认为:"没有神话,则任何一种文化都会失掉它的健康的、天然的创造力,正是神话的视野,约束着全部文化运动,使之成为一个体系。正

---

1 马克思、恩格斯:《马克思恩格斯全集》第25卷,北京:人民出版社,1974年,第47—48页。
2 缪铁夷:《回忆爸爸缪朗山》,载陈小滢、高艳华编著:《乐山纪念册1936—1946》,北京:商务印书馆,2012年,第241页。缪朗山颇有自己独到之见,他认为:"中世纪文化有其进步的、革命的一面,也有其落后的、反动的一面。在悠长的一千年中,我们看到这两条路线不断的剧烈斗争,此起彼伏,时盛时衰,曲曲折折作波浪式的发展。"缪朗山:《西方文艺理论史纲》,北京:中国人民大学出版社,1985年,第190页。另参考缪朗山:《缪朗山文集》第9册《古希腊的文艺理论・德国古典美学散论》,北京:中国人民大学出版社,2011年。

是依赖神话的救济,一切想象力,一切梦境的幻想,才得免于漫无目的的仿望。"[1]应该说,就文化层面而言,德意志无疑是一个真正具备创造神话能力的民族,这么多的文学经典、学术经典,都是这个"德国天才"谱系存在的必然结果,或者说是必然会开出的硕果。而相比较本文更多谈论的"成魔"现象,尼采提示了另一种"神话"力量,这也是很值得注意的,无论"神—魔",都属于秘索思的力量;相比较现代性之后的表象上的理性宰制,这似乎很过时乃至落后,但其背后或仍有奥义在焉,值得深入反思。

总体来说,作为文学名著《浮士德》与学术名著《资本论》,是德国思想史上的两大伟人的代表作,它们同时也能反映出知识精英应对世变的不同答问方式,即便是停留在"纸上谈兵",可通过的诗意哲思和学术构建却是路径差异极大。强调文学文本和学术文本的互证,其实也是我们来理解先贤、沟通彼此、努力攀升的不二法门,文学语言与学术语言并非道如鸿沟,而是有可能互补互证、兼顾虚实、彼此成就。正是在经典著作的形成史中,我们可以看到作为独立人格的"观念"之伟大,正如"资本成魔"后的一骑绝尘、驭控四方那样,前者更处于一种无冕之王地位。就此而言,伟人之间也是在进行一场接力赛,这其中既有不断追逐知识与哲思境界的寻道之乐,同时也是一种自觉承担的"为万世开太平"的天赋使命。真正的伟人,必然是在跨越时空的精神世界中寻求自己的位置,而非简单地在场域里谋生存、求名利,他们和前代(乃至与后世)的同侪一起在寻道的过程中彼此激励、相互竞争,当然也有"资鉴前贤"与"为后世源"的面相。歌德、马克思通过他们的巨著,奠立了德国文学与学术的基础,

---

[1] 尼采:《悲剧的诞生》,载章安祺编订:《缪灵珠美学译文集》第4卷,北京:中国人民大学出版社,1998年,第94页。Ohne Mythus aber geht jede Kultur ihrer gesunden schöpferischen Naturkraft verlustig: erst ein mit Mythen umstellter Horizont schließt eine ganze Kulturbewegung zur Einheit ab. Alle Kräfte der Phantasie und des apollinischen Traumes werden erst durch den Mythus aus ihrem wahllosen Herumschweifen gerettet. [„Die Geburt der Tragödie", in Friedrich Nietzsche: *Sämtliche Werke-Kritische Studienausgabe in 15 Einzelbänden*. Band I. Die Geburt der Tragödie-Unzeitgemäße Betrachtungen-I-IV Nachgelassene Schriften 1870-1873, Herausgegeben von Giorgio Colli und Mazzino Montinari, Berlin/New York: Deutscher Taschenbuch Verlag GmbH & Co. KG, München: Walter de Gruyter, 1988, S.145]

并深刻地影响了世界文学、世界学术乃至世界历史的进程；更重要的当然还是，我们至今仍受益与荫庇于他们的哲思巨链之下。故此，今日乃至后来的继承人与对话者，我们该当以何种姿态来面对前贤，既能"继绝学于往圣"，又不"负重望于生民"，或许是踵步者不得不反复思量、谨慎于脚下的。

第二章

维多利亚时代：英格兰的"资本年代"

第一节　狄更斯与资本年代的道德神话

/ 乔修峰 /

一

20世纪50年代，哈耶克（F. A. Hayek）编了文集《资本主义与历史学家》，旨在揭示历史学家是如何论述资本主义的。哈耶克在该书的导论《历史与政治》中批评了史学界制造的一个"超级神话"：

> 这个神话说，由于"资本主义"（或"制造业""工业制度"）的兴起，工人阶级的状况恶化了。谁没听说过"早期资本主义的悲惨状况"，进而认为这种制度给原本还算怡然自乐的大众带来了罄竹难书的新苦难？哪怕这种制度只是一度让最贫困且人口最多的阶级生活状况有了恶化，我们也有理由认为它是不光彩的。情感上对"资本主义"的普遍厌恶，与以下信念密切相关：竞争性秩序增加了财富，这固然不可否认，但它却是以降低社会中最弱势群体的生活水准为代价的。[1]

---

[1] F. A. Hayek, "History and Politics", in F. A. Hayek ed., *Capitalism and the Historians* (1954; London: Routledge & Kegan Paul, 2003), pp. 9–10.

第二章　维多利亚时代：英格兰的"资本年代"

哈耶克认为，这个广为流传的神话扭曲了历史事实，工人阶级的状况其实是在稳步改善，但正是由于社会财富和康乐增加了，人们的期望也随之增加，以前能够忍受的苦难变得难以忍受了，而经济上的苦难又格外扎眼，也似乎就更没有正当性了。[1]

哈耶克旨在为资本主义辩护，所言也不无道理，但有两点值得商榷。一是该神话并非全是虚构。哈耶克所说的"史实"，过于偏重总体发展趋势，忽略了劳工生活状况的复杂性。就该书所涉19世纪前半叶的英国而言，"工人阶级"本身就是一个很难细致划分范畴的指称，地区与行业差别很大，统计数据也不够全面，而关于生活水准的评价标准历来就难以统一，实际上很难用确定的语气来描述劳工阶层的生活状况。即便"饥饿的四十年代"这类描述或有不实，但周期性及偶发的经济萧条所造成的恶果并不鲜见于史书。史学家哈里森（J. F. C. Harrison）甚至在《维多利亚时代早期的英国》（1971）中断言："19世纪三四十年代贫苦劳工的生活水平有了绝对下降，而且，工人阶级作为一个整体，在国民收入中所占的份额也减少了。"[2] 实际上，"早期资本主义惨状"并非虚构的神话，至少在某些时期、部分地区是现实存在的。哈耶克论辩中的另一个问题是只看到了该神话给资本主义带来的负面形象，却忽略了它所起的积极作用。其实，这个神话也不是后世史学家杜撰的，当时的文人就已经有了大量评述，如托马斯·卡莱尔所述19世纪三四十年代的"英国状况问题"、恩格斯记录的"英国工人阶级状况"、狄更斯和盖斯凯尔夫人的小说等。这些描述本身就属于历史的一部分。更何况，这个神话所含的道德批判还为英国的改革以及后来福利制度的建立创造了文化氛围和压力，实际上是对资本主义的发展起到了积极作用。

当然，本节主旨并不在于评辨史学家或经济学家的描述孰是孰非，而是通过追溯当时人们的感受，指出这个"神话"的特殊背景和意义。之所以会产生哈耶克所说的"情感上对'资本主义'的普遍厌恶"，至少是两种力量共同作用的结果：一是18世纪以来英国对弱势群体的同情心日益增加，二是现实中的苦难确实更加彰显。

文化史学者彼得·盖伊（Peter Gay）在谈中产阶级文化的形成时提

---

[1] F. A. Hayek, "History and Politics", in F. A. Hayek ed., *Capitalism and the Historians*, p. 18.

[2] J. F. C. Harrison, *Early Victorian Britain 1832–1851*, n. p.: Fontana, 1979, p. 81.

出，19世纪英国继承了18世纪《旁观者》（Spectator）等杂志所倡扬的善待弱者的主张。[1]这实际上也是18世纪英国启蒙运动的结果。美国思想史学者格特鲁德·希梅尔法布（Gertrude Himmelfarb）在《通往现代之路》中谈到，在整个18世纪，英国社会伦理的基础便是一种"道德感"，也即"社会德性"，在不同场合被称作仁慈、同情、怜悯等。她认为，英国启蒙运动与法国的最大不同就在于，前者不是以"理性"为动力，而是以这种"社会德性"或"社会情感"为动力。沙夫茨伯里伯爵（Shaftesbury）、哈钦森（Hutcheson）、休谟（Hume）、亚当·斯密等"道德哲学家"均将这些社会德性视为一个健康的、有人情味的社会的根基。[2]19世纪英国在现代化进程中经历了种种尖锐的社会矛盾，也不乏宪章运动这样的劳资冲突，但仍维持了社会的基本稳定和发展，这种道德感或道德情操所起的作用不容忽视。而由这种道德感生出的批判或内省恰恰是英国资本主义精神的重要组成部分。

二

本节拟以狄更斯的作品为例来审视这种道德感的作用，有两个显见的原因。一是它们参与制造了哈耶克所说的"神话"并体现了上文谈及的道德情操；二是它们深受当时读者欢迎，具有较大的影响力。

狄更斯受欢迎的程度已毋庸赘言，就连他的同行安东尼·特罗洛普（Anthony Trollope）也不得不承认，"狄更斯是我们这个时代最受大众欢迎的小说家，也许是所有时代最受欢迎的英国小说家"[3]。其中一个原因，就是他在小说中勾勒了一个泾渭分明的道德世界，这在现实世界中很难见到。诚如约翰·罗斯金（John Ruskin）在《建筑的七盏明灯》中说，品德之好坏善恶，就像白天黑夜，在分界处是模糊的，有道明暗难辨的暧昧地带，而这个灰色地带又会随社会变迁而变宽或变窄。[4]当代英国史学家艾伦·麦

---

1 彼得·盖伊：《施尼兹勒的世纪：中产阶级文化的形成，1815—1914》，梁永安译，北京：北京大学出版社，2006年，第125—126页。

2 Gertrude Himmelfarb, *The Roads to Modernity: The British, French and American Enlightenment*, New York: Vintage Books, 2004, pp. 6-36. 该书使用"英国启蒙运动"，而非常见的"苏格兰启蒙运动"，指出了斯密、休谟等人更多的是把自己看作"英国北方人"而非"苏格兰人"。

3 Anthony Trollope, *Autobiography*, Oxford: Oxford University Press, 1980, p. 247.

4 约翰·罗斯金：《建筑的七盏明灯》，谷意译，济南：山东画报出版社，2012年，第37页。

克法兰（Alan Macfarlane）甚至在《现代世界的诞生》中提出，近代以来，善恶在根本上已经互相混淆，货币、市场和市场资本主义已经消灭了绝对道德。[1] 我们可以想象现实社会中道德状况的复杂性，同时也无法否认资本主义对前工业社会伦理体系的冲击，但越是这样，就越能感受狄更斯笔下那种黑白分明的道德世界所起的作用。至少，它更容易实现善恶有报的"诗学正义"（poetic justice），让身处变革社会中的读者能够通过阅读的"白日梦"来获得心灵慰藉。这种黑白分明的道德世界体现在人物身上，就是极品的好人和恶人。狄更斯的这些扁平人物之所以能有如此大的吸引力，很重要的一个原因就是他们直接触及人的心灵深处，唤起了读者的同情。

乔治·奥威尔（George Orwell）曾提到，狄更斯实际上并没有具体的立场，却总是鲜明地同情弱者，不管谁处在弱势地位，都会得到他的同情。[2] 这也就是豪斯（Humphry House）在《狄更斯的世界》中所说的"对各种苦难有着敏锐的同情"[3]。这种同情是英国人道德情操的本能反应，也为狄更斯的同代人所看重。1838年《爱丁堡评论》上有文章说："他的作品趋向于使我们真正地做到仁慈——唤起我们对受害者及各阶层人们苦难的同情，尤其对最不为人所见的那些人的同情……"[4] 这个常被忽略的卑微群体在当时还有一个更常用的称谓——穷人。在维多利亚时代的文化社会批评话语中，划分阶层是常见的做法，如马修·阿诺德（Matthew Arnold）所区分的野蛮人、非利士人和群氓，但贫富阵营的二分可能更加常见。霍尔（Charles Hall）在19世纪初就曾指出："文明社会中的人可以分成不同的阶层，但为了调查他们享用或被剥夺维持身心健康的必需品的方式，只需将他们分成富人和穷人两个阶级。"[5] 这种区分至今仍隐含在英国的文化社会批评之中。2012年2月7日西敏寺纪念狄更斯诞辰二百周年，院长约翰·霍尔

---

1 艾伦·麦克法兰主讲，清华大学国学研究院主编：《现代世界的诞生》，上海：上海人民出版社，2013年，第315—316页。

2 George Orwell, "Charles Dickens", in George H. Ford and Lauriat Lane Jr. ed., *The Dickens Critics*, Ithaca: Cornell University Press, 1961, pp. 168-171.

3 Humphry House, *The Dickens World*, 2nd ed., London: Oxford University Press, 1942, p. 46.

4 Philip Collins ed., *Dickens: The Critical Heritage*, London: Routledge and Kegan Paul, 1971, p. 73.

5 Asa Briggs, "The Language of 'Class' in Early Nineteenth-Century England", in M. W. Flinn and T. C. Smout ed., *Essays in Social History*, Oxford: Oxford University Press, 1974, p. 157.

（John Hall）特别强调了狄更斯作品体现的怜悯之情在当时的影响，并希望"这次纪念活动将再度激励我们致力于改善当下弱势群体的命运"。在场的坎特伯雷大主教罗恩·威廉斯（Rowan Williams）也说："狄更斯同情那些穷困潦倒的人，不是出于责任感，而是出于一种愤怒，因为那些人生活中的色彩已经被抹掉了，生活实际上已经被扼杀了。他想让他们拥有生活，让他们的生活扩展到上帝希望人们能够拥有的空间。"

对穷苦大众的同情，在文学世界中并不罕见，狄更斯似乎只是更为激进而已。但放到19世纪英国，却又不那么寻常。史学家艾伦·麦克法兰认为市场资本主义"最核心的表征是让经济分离出来，成为一个专门的领域，不再嵌于社会、宗教和政治之中"[1]。但在市场资本主义已有相当发展的19世纪英国，面临的已经不再是经济从其他领域独立出来的问题，而是其他社会范畴开始受强势的经济领域价值观侵蚀的问题了。对利润最大化的追求以及对金钱的渴望，滋生了对贫穷的鄙视。尤其是当穷人的生活方式与"资本主义精神"不符时，就成了一宗不可饶恕的罪恶。这在19世纪英国文献中俯拾皆是。这说明当时的经济不仅摆脱了伦理束缚，甚至"绑架"或"殖民"了伦理。在这样的语境中，狄更斯作品中对穷人的同情实际上也是伦理对经济入侵的抵抗。他的道德批判能受当时各阶层读者欢迎，不仅说明18世纪以来英国启蒙思想家所宣扬的道德情操并未消失，更对英国资本主义的发展形成了一种压力，加深了英国社会对弱势群体苦难的敏感度。从这个意义上说，哈耶克反对的，恰恰是一种有利于资本主义发展的"神话"。

三

科兹（Annette Cozzi）在《19世纪英国小说中的食物话语》中谈到，看似单调无奇的吃喝实际隐含着盘根错节的权力结构，食物与意识形态一样，既不单纯也不中立。[2] 狄更斯对饮酒风习的描写也不例外，明显地反映了经济与伦理的角力。他作品中对饮酒的指涉之多，可能令现代读者感到

---

1 艾伦·麦克法兰主讲，清华大学国学研究院主编：《现代世界的诞生》，第57页。
2 Annette Cozzi, *The Discourse of Food in Nineteenth-Century British Fiction*, New York: Palgrave Macmillan, 2010, p. 4.

惊讶。曾有人统计说，仅《匹克威克外传》就有295处提到酒。[1] 这固然与酒在当时生活中的重要地位有关，也与狄更斯的宴饮喜好有关，但更能反映他对受经济价值观念浸染的道德偏见的反抗和对理想社会的憧憬。

在狄更斯的年代，饮用水不洁，传染病多发，烧水麻烦，都使人们偏爱以啤酒佐餐。真正让人头疼的还是酗饮烈酒，尤其是杜松子酒和白兰地。由酗酒引发的疾病、家庭暴力和社会不安定问题屡见不鲜，19世纪30年代甚至出现了"完全戒酒"（teetotal）这个新词。法国批评家丹纳（Hippolyte Taine）旅英时，有英国人对他说："酗酒是全国性的可怕恶习。"[2] 狄更斯自然知道酗酒之害，他在《博兹笔记》中写《酒鬼之死》："酗酒已成风尚，这绝对是一服慢性毒药，会让人不顾一切；让人抛弃妻子友朋，将幸福与地位置于脑后；使受害者疯狂地走向堕落和死亡。"[3] 但他似乎更强调酗酒对个人健康和家庭生活的影响，较少提及饮酒引发的社会问题，其中一个很重要的原因就是关于后者的言论经常掺杂阶级偏见。

有社会史学者指出，饮酒与性是当时工人阶级最流行的娱乐（也许是所有阶级的）。[4] 但从维多利亚时代的文献来看，酗酒通常与下层民众相提并论，工人酗酒更是老生常谈。《艰难时世》中的完全戒酒协会就在抱怨"这群下力的人总是不醉不休"[5]。曾有教士告诉丹纳，伦敦街头的工人中，十个有八个是酒鬼。[6] 恩格斯在《英国工人阶级状况》（1845）中也详尽地描述了工人酗酒的普遍程度和由此带来的社会及道德问题。他写道："工人酗酒是十分自然的。据艾利生郡长说，格拉斯哥每周六晚上约有3万工人喝得烂醉。这个数字确实没有夸大，在这个城市里，1830年每12座房子中有一家酒店，1840年更是每10座房子中就有一家。"[7] 恩格斯看到了酒馆数量过多、1830年的《啤酒法案》等因素对酗酒之风的助长。但更多时候，酗酒

1　George H. Ford, *Dickens and His Readers*, New York: Norton, 1965, p. 11.
2　Hippolyte Taine, *Notes on England*, 6th ed., trans. by W. F. Rae, London: W. Isbister & Co., 1874, p. 4.
3　Charles Dickens, *Sketches by Boz*, Oxford: Oxford University Press, 1957, p. 484.
4　F. M. L. Thompson, *The Rise of Respectable Society*, London: Fontana Press, 1988, p. 307.
5　Charles Dickens, *Hard Times*, New York: Norton, 1966, p. 18.
6　Hippolyte Taine, *Notes on England*, 6th ed., p. 270.
7　Friedrich Engels, *The Condition of the Working Class in England*, Victor Kiernan ed., London: Penguin, 2009, pp. 151-152.

风气被归因于劳工的道德品性,以致要诋毁一个人,莫过于给他戴上疯子或酒鬼的帽子。《艰难时世》中的老板庞得贝在谈到某个工人时说:"她酗酒了,丢了工作,卖了家具,当了衣服,大搞破坏。"[1]

这种观念的形成也与清教伦理有关。当时英国有很多白手起家的中产阶级,像前面提到的银行家庞得贝,他们想当然地认为劳工也可以白手起家,如果劳工没有这种动力,那就不妨"改造"他们。因此,很多中产阶级是带着一种道德优越感来批评劳工,用清教伦理所主张的"节俭克制"来要求工人阶级,并且走向极端(如完全戒酒),制造了一种道德压力。如乔治·奥威尔在《英国人》(1947)中所说,大多数工人阶级并非清教徒,禁欲、审慎、不要寻欢作乐等宽泛意义上的清教伦理是工人阶级之上的小商人和工厂主强加的,是出于经济目的,使工人安于多劳少得。[2]实际上,勤俭本来就是绝大多数下层民众安身立命的基本美德,无须中产阶级从旁置喙。这种道德话语一方面剥夺了劳工享乐的正当性,另一方面还转移了人们对国家和富裕阶层所应承担的社会责任的关注。

狄更斯试图揭露劳工酗酒背后更深层的原因。他在《博兹笔记》中说,"好心的先生和仁慈的女士"心安理得地对酒鬼嗤之以鼻,却忘了贫穷也是酒瘾的一个源头。[3]生存的压力会使许多穷苦人沾染烟酒,借以逃避现实。对于曼彻斯特的工人来说,杜松子酒是"逃离曼彻斯特最快的法子"[4]。如史学家屈维林(G. M. Trevelyan)所言,由于工厂和矿区没有健康的社会活动和娱乐,缺少关怀,工人们"除了不从国教者没有朋友,除了酒没有奢侈品"[5]。因此,狄更斯批评曾为他小说做插图的克鲁克尚克(后者于1847年出版画册《酒瓶》,次年又出版《酒鬼的孩子们:酒瓶续集》,主张完全戒酒),不能只是片面地"头痛医头",还应看到政府的失责。[6]他认为,酗酒固然与个人的自制力有关,但能成为一个"全国性的恐怖现象",还有

1　Charles Dickens, *Hard Times*, p. 64.
2　Gorge Orwell, *Orwell's England*, Peter Davison ed., Harmondsworth: Penguin, 2001, pp. 301-302.
3　Charles Dickens, *Sketches by Boz*, p. 187.
4　Richard D. Altick, *Victorian People and Ideas*, New York: Norton, 1973, p. 184.
5　G. M. Trevelyan, *English Social History*, London: Longmans, 1942, pp. 476-477.
6　John Forster, *The Life of Charles Dickens*, London: Chapman and Hall, n.d., p. 532.

第二章 维多利亚时代：英格兰的"资本年代"

其深层的社会原因：一是恶劣的居住和工作环境，二是缺少健康的娱乐活动，三是缺乏知识和教育。[1]这些问题不解决，只是片面强调戒酒，在狄更斯看来，是中上层阶级不负责任的幻想。当喝着下午茶的先生/女士们对隔街就有的酒馆表示忧虑时，狄更斯借博兹之口说，酗酒是英国的一大罪恶，但贫穷是更大的罪恶。如果不能消除贫穷，酒馆会更多、更豪华。[2]

劳工饮酒还关乎他们在工业社会中的共同体生活问题。史学家哈里森认为，劳工阶层的传统文化扎根于前工业时代，不太适应社会经济转变，难以节约使用少量的工资，饮酒习惯就是明显的例子。他认为，饮酒已成为劳工生活的重要组成部分，除了个人习惯，还有各种习俗要求，很多不得不参加的场合都要求饮酒。因此，戒酒不仅是改变习惯的问题，很多时候还意味着抛弃某种共同体生活。从这个意义上说，坚持饮酒也是标榜独立、抵制工业文明使价值同一化的趋势。[3]被看作"穷人灾祸之源"[4]的酒馆也是劳工共同体生活的场所之一，本身就是社会分野的一个标志。当时泡在酒馆里的多是下层民众。他们喝不到下午茶，家里也没有客厅和酒窖，没有高脚杯，更没有仆人烧水调酒，晚上点不起蜡烛，酒馆自然成了理想的欢饮之地。诚如一位社会史学家所言："各阶级都好饮酒，但只有工人阶级到酒馆中喝。"[5]酒馆固然不好，尤其是"杜松子酒店"，售卖性烈而价廉的杜松子酒。但除此之外，穷人还能到哪里寻乐呢？对于缺衣少食的穷人，酒馆不仅"暖和，有人气，有劲大暖胃的酒，一便士一小杯，还能跟人聊天，更有那通明的灯火，照耀着凄凉暗淡的世界"。[6]

狄更斯自然希望工人能摆脱酗酒习惯，但更希望这种摆脱是建立在工作、娱乐、教育等生活环境改善的基础之上，而不是用盛气凌人的道德压力来实现。希梅尔法布注意到，狄更斯笔下"值得尊敬的穷人"，也是遵

---

1 John Forster, *The Life of Charles Dickens*, London: Chapman and Hall, n.d., p. 654.
2 Charles Dickens, *Sketches by Boz*, p. 187.
3 J. F. C. Harrison, *Early Victorian Britain 1832–1851*, pp. 96–98.
4 Kate Flint ed., *The Victorian Novelists: Social Problems and Social Change*, London: Croom Helm, 1987, p. 122.
5 F. M. L. Thompson, *The Rise of Respectable Society*, p. 308.
6 R. J. Cruikshank, *Charles Dickens and Early Victorian England*, London: Sir Isaac Pitman & Sons, 1949, p. 160.

87

从勤劳节俭的德性，但不完全戒酒，只喝穷人常喝的传统啤酒，不喝杜松子酒等烈酒。[1] 在狄更斯看来，小酌一杯也是生活的乐趣，为什么劳工们不能适度享受呢？何况，欢宴畅饮本身还是一种社会黏合剂，不仅是当时劳工共同体生活的重要部分，也可以成为整个社会融聚的重要因素。如狄更斯的"圣诞哲学"，本质上就是借助节日的美酒佳肴构建一个狂欢节广场，打破或暂时忘却阶级差别的拘囿，使社会各阶层的人能和睦相处。他在《圣诞颂歌》中说，在漫漫的一年里，只有那时候人们才"把不如他们的人看成是人生旅途的同伴，而不是同路的另一种生物"[2]。他希望一年到头都是这样的日子，而这样的日子是离不开美酒佳肴的。正如有评论家所说的，狄更斯心中的好日子，就像在《匹克威克外传》中的乡宅里那样，"大量的美酒佳肴和浓浓情意，老少和睦相处，阶级关系不再是个问题"[3]。

狄更斯在描写饮酒风习时流露出的对下层劳工的同情，正是英国18世纪以来强调的道德情操的一种体现。这种道德情操对经济领域价值观念的强势入侵起到了抵制作用，并对英国资本主义的发展起到了积极的纠正作用。

第二节　侨像、冲突与二元三维
——《南方与北方》所反映的资本语境与文化交域

/ 叶　隽 /

一、由南至北与文化体差序

《南方与北方》[4]描绘了黑尔一家从南方到北方，从乡村到城市，在英

1　Gertrude Himmelfarb, *The Moral Immagination: From Adam Smith to Lionel Trilling*, 2nd ed., Lanham, Maryland: Rowman & Littlefield Publishers, 2012, p. 67.

2　Charles Dickens, *A Christmas Carol and Other Christmas Writings*, intro. by Michael Slater, London: Penguin, 2003, p. 36.

3　Robin Gilmour, *The Novel in the Victorian Age*, London: Edward Arnold, 1986, p. 84.

4　盖斯凯尔夫人：《南方与北方》，主万译，北京：人民文学出版社，1987年第二版。后文出自该书的引文，将随文在括号内标出该书简称（《南》）和引文出处页码，不再另注。

第二章　维多利亚时代：英格兰的"资本年代"

伦岛国经历着工业化大时代背景下的迁居安生过程，尤其是女儿玛格丽特的成长经历。对黑尔牧师的选择，我们自然满怀同情甚至敬意，但对因此而给他的家庭所带来的困顿，却不由不感慨遗憾，然而这或许就是社会生存之无奈，在任何国家、任何时代，光明与黑暗的消长、博弈都无处不在，甚至与我们每个人的生活和生存密切相关。其实如果我们放宽视域，看到的就不仅是这一家人的城乡迁徙、南北流动的跋涉历程[1]，还包括全球史进程中的长途漂泊、东西渐近的图卷。就像每一个人的细胞基因都能透露出整体的全息图像一样[2]，部分人的侨动过程也可体现出全球史进程的"立体全息图"[3]；每一个个体也不过就是群体、文化体的一个缩影，如果能通过这种"个体成像"的手段，去观测背后的"全息构图"，无疑是饶有意趣的。

当然，如果我们关注前背景的话，不应忽略玛格丽特伦敦十年的成长经历，也就是说从10岁到18岁的这段至关重要的成长时段，她是在伦敦姨母家中度过的，这也就告诉我们，少女的成长历程中，既有乡村的恬静安逸，也有帝都伦敦的"见世面"，而来到北方工业城市米尔顿（Milton，当指纺织工业城市曼彻斯特），其实并非简单地"由南而北""离乡入城"。当然，这其中自然也包括了城乡纽带的呈现，"玛格丽特的父母住在乡间

1　相关论述，参见周颖：《乡关何处是？——谈〈南与北〉的家园意识》，载《外国文学》2013年第2期，第39—51页；程巍：《反浪漫主义：盖斯凯尔夫人如何描写哈沃斯村》，载《外国文学》2014年第4期，第36—61页。

2　"全息"（Holography）概念产生于1948年。匈牙利科学家嘎伯（Dennis Gabor）和罗杰斯发现了波前再现的两部无透镜成像现象，进而发明了一种新式照相技术，不仅可以拍摄到物体的全方位立体影像，而且可以通过底片的任何碎片来显现整体原像，这就是光学全息术。这样一种局部反映整体全部信息的现象被称为全息现象。参见宋为民、吴昌国：《中医全息论》，重庆：重庆出版社，1989年，第4页。

3　这段论述或可参考，"人口的流动曾经被定义为国家间的越境行为，现在我们把它理解成一种社会过程，人类社会的一种基本状态。流动开始于离开父母去独立生活，从距离上说，有可能等于跨越大洲、远涉重洋的迁徙，一个男人或女人一次迁徙都可能走这么远的路。另一方面，从一个村庄嫁到另一个村庄所需要的适应可能比从一个社会迁徙到另一个大陆的移民聚居区所需要的适应还要多。饥荒和战争造成的流离失所可能导致死亡，或去附近或远方索食，或沦落到很远的地方。在中世纪和现代初期，商人旅行、军人国外服役、政治流亡和学生流动给后来成了永久移民的人提供了信息"。狄克·赫德：《交往中的文化——第二个千年的世界人口流动史》上册，王晨等译，济南：山东大学出版社，2013年，《序言》第1页。

的牧师公馆里。过去这十年,她虽然一直住在肖姨母家,但是快乐的假日一向都是到父母身边度过的"(《南》:4)。说到底,玛格丽特虽有特定出身,却是由城市、乡村的双重文化哺育的"幸运儿"。正是这样一种背景,我们可以理解,为什么在家庭迁徙过程中,玛格丽特比父母亲显得都更有主见,更能在生活磨砺的过程中表现出逐渐成熟的"峥嵘锋芒"。如果说玛格丽特目睹表妹伊迪丝的婚姻欢快,在乡村婉拒亨利·伦诺克斯的求婚,似乎还充分体现着一个衣食无忧的小资产家庭少女的欢乐和从容,那么米尔顿的生存竞争,无疑让她从"牧歌田园"的舒适宜人一下子坠入到社会求生的"鲜活真实"。对她来说,经历的显然不仅是由南到北的自然环境的"风景殊",更有社会语境和家庭条件的巨大变化和差异。

黑尔牧师、工人希金斯、女佣狄克逊等人的形象刻画,让人仿佛身临其境,与他们同呼吸、共命运,共同面对那个时代所不得不遭际的苦难和考验。而"玛格丽特·黑尔更是一个有血有肉的妩媚女主人公;桑顿先生则很有几分勃朗特笔下严厉的工业巨子的派头,而黑尔太太也完全配得上奥斯丁笔下的人物"[1]。这样的夸奖显然是对盖斯凯尔夫人如花妙笔的肯定,作者确实也不负这样的赞誉,在她的笔下,各色人等各就其位,性格丰满,形象鲜明。譬如玛格丽特当然是很有魅力的,其魅力不仅表现在妙龄少女的如花似玉,更在于其有主见和人格的独立。这或许是英国小说中一个颇为明显的特点,不仅玛格丽特如此,伊丽莎白·班纳特(《傲慢与偏见》)与简·爱等都如此,可以看出其时女性主义意识的觉醒。

这种文化体之间的差异和关联,借助费孝通研究中国乡村结构提出的"差序格局"概念,即"好像把一块石头丢在水面上所发生的一圈圈推出去的波纹。每个人都是他社会影响所推出去的圈子的中心。被圈子的波纹所推及的就发生联系。每个人在某一时间某一地点所动用的圈子是不一定相同的"[2]。这样一个"石溅水波"的比喻取象过程很有意味,使得中国乡村社

---

[1] 主万:《前言》,载盖斯凯尔夫人:《南方与北方》,第4页。
[2] 《差序格局》,载费孝通:《乡土中国》(修订版),刘豪兴编,上海:上海人民出版社,2013年,第24页。他是有和西方社会结构做比较的意识的:"西洋的社会有些像我们在田里捆柴,几根稻草束成一把,几把束成一扎,几扎束成一捆,几捆束成一挑。每一根柴在整个挑里都属于一定的捆、扎、把。每一根柴也都可以找到同把、同扎、同捆的柴,分扎得清楚不会乱的。(转下页注)

第二章　维多利亚时代：英格兰的"资本年代"

会里的人际关系很形象地勾连在一起，并形成了"互为主体"的社交网络圈结构[1]，再解释得具体些："以'己'为中心，像石子一般投入水中，和别人所联系成的社会关系，不像团体中的分子一般大家立在一个平面上的，而是像水的波纹一般，一圈圈推出去，愈推愈远，也愈推愈薄。在这里我们遇到了中国社会结构的基本特性了。我们儒家最考究的是人伦，伦是什么呢？我的解释就是从自己推出去的和自己发生社会关系的那一群人里所发生的一轮轮波纹的差序。"[2]这个理论阐释，似乎也可用来形容某种普遍性的人际关系结构时做参考，譬如在解释这种侨出语境和侨入语境之间的差异时，我们似应注意到"差序格局"的价值。

在米尔顿的工业化世界里，这种"差序格局"仍是存在的。如果说桑顿等工厂主构成了一个"群体链条"的话，那么黑尔牧师、桑顿、伦诺克斯等构成了另一个"关系链条"；而玛格丽特、希金斯父女（女儿贝丝和玛丽）等也构成了一个"交往链条"，而且彼此之间并非没有交集。玛格丽特就是一个"中介点"，如此立论并非说桑顿和他的工人如希金斯等没有直接关系，而是说这种关系经由这种"桥节点"发生了变化。或许可以借用"断链点续"的概念，即这种链条并非是一个完整的漂亮的艺术链条，而是一种"差序链条"，即选取某人为中心时所看到的某段链条，但如果超越个体以一种社会网链的角度来看的话，则可以构成一张立体的链条网状体系。

（接上页注）在社会，这些单位就是团体。我说西洋社会组织像捆柴就是想指明：他们常常由若干人组成一个个的团体。团体是有一定界限的，谁是团体里的人，谁是团体外的人，不能模糊，一定得分清楚。在团体里的人是一伙，对于团体的关系是相同的，如果同一团体中有组别或等级的分别，那也是事先规定的。我用捆柴来比拟，有一点不太合适，就是一个人可以参加好几个团体，而好几扎柴里都有某一根柴当然是不可能的，这是人和柴不同的地方。我用这譬喻是在想具体一些，使我们看到社会生活中人和人的关系的一种格局。我们不妨称之作团体格局。"

1　有论者这样解释"社交"："我将不在乎功利或义务的人际关系称之为'社交'，用以加强并扩大其社交原理，甚至运用到政治领域，就是中国儒学思想——'礼'。"《中日文化与社交——为〈社交的人〉中文版作序》，载山崎正和：《社交的人》，周保雄译，上海：上海译文出版社，2008年。

2　《差序格局》，载费孝通：《乡土中国》（修订版），第26页。

二、冲突展开的文明结构层差异：乡村与城市

小说中的最激烈的冲突表现，或许当算是罢工。当以希金斯为代表的工人阶级终于为了自身的利益而组织起来并且发动声势浩大的罢工时，他们一定幻想着美梦成真，可以维护自己预期中的利益；但他们没有想到的是，桑顿先生早已未雨绸缪，从爱尔兰雇用了大批备用工人，这样就使得原来的本地工人不但不可能获得加薪，更面临失业的悲剧结局。到了面临绝境的地步，那么暴力冲突似乎已不可避免。

如果说作为雇主阶级的桑顿与工人阶级的对立，展开了阶级矛盾的第一层级的话，那么，在资产阶级内部，以桑顿为代表的传统工业主，与以伦诺克斯为代表的投机集团，或曰金融阶层，则形成了一组内部矛盾。他们的冲突，当然也不仅是一种利益之争，更是传统与现代之间的矛盾；这就进而引发了更深层面的问题，即不仅是制度层面的矛盾，而且是根本观念层面的冲突。这是截然对立，甚至你死我活的，虽然在小说中并不以血肉横飞、物竞天择为表现，但在现实中就是一种关系到基本生存条件的"存亡之战"。如果说希金斯等组织的罢工运动受挫还仅是展现出工人的激情与弱势的话，那么当桑顿的工厂破产，那可就完全展现出资本食人的赤裸裸的一面，不仅资本家个体遭殃，工人群体同样不可免灾。如此，正如有的论者所指出的，"从阶级矛盾到文化冲突"[1]，这两个维度都被彰显出来，一者是确乎关系到不同阶级的利益之争，但更深层次的则是在文化理念方面的不可调和；二者可以说是一个硬币的两面，缺一不可完全理解事物的本质。借助下面这段叙述，我们或可更清晰地看出这种理念冲突的文化根源：

"桑顿先生，"玛格丽特激动得浑身直哆嗦，说，"这会儿马上下楼去，要是你不是胆小鬼的话。下楼去，象个男子汉那样面对着他们。搭救搭救你引到这儿来的那些可怜的外地人。把你的工人看作人那样对他们讲话。对他们亲切地讲。不要让兵士们前来干预，把逼得发疯的可怜人砍倒。我看见有一个人就给逼得发了疯。你要是还有一点儿

---

[1] 朱虹：《从阶级矛盾到文化冲突——〈南方与北方〉赏析》，载《名作欣赏》1995年第3期，第26—30页。

胆量和高尚的品质，那么就走出去，象一个人对另一人那样对他们讲话。"(《南》：284)

这段话语显然是发生在一种特殊背景下的，却表现出了男女之间的情感、爱恋与崇高价值的关系。其实这是一个重要的转折点，当玛格丽特对桑顿做出这一要求，而且桑顿也确实以自己的实际行动，即让自己置身危地而展现出一个资本家的高尚道德维度，这不但使两人的关系有了一层质变，而且使得作为工厂主的桑顿与工人阶级之间的关系也发生了质变。这其中的关系确实复杂，旧工人（本地工人）—新工人（外地工人）、工厂主—工人、兵士—工人、男人—女人、北方资本家—南方道德家等等，每一个二元维度都不是孤立的存在，而是相互依存、彼此交错、共同用力的。但当桑顿接受挑战，面对本地工人的时候，情境却有了一百八十度的大逆转，原本同情心是在工人这边的玛格丽特反而受到群氓的威胁，结果是桑顿因此反而提高了自己的形象分。这就是事物发展的"倏忽万变"，是合力相融的导向质变。当然这其中不排除作者过于理想化的诗意妙笔成分，但总体上确实还是反映了其时英国工业化的基本语境的。

在19世纪50年代的英国，劳资矛盾极为激烈，由于资本发达而导致的现代社会的剧烈冲突得以集中爆发，阶级之间的矛盾日益凸显和激烈，这也表现在文学界的反映上，有三部作品相继问世——金斯利（Charles Kingsley）的《裁缝诗人奥尔顿·洛克》（*Alton Locke, Tailor and Poet*, 1850）、狄更斯的《艰难时世》（1854）、盖斯凯尔夫人的《南方与北方》（1855），这些作品不约而同地都指向这一主题，显示了大作家对于时代问题的关注和忧切之情。"就像艺术之于古代世界，科学之于现代世界那样与众不同的才能……被正确地理解，曼彻斯特像雅典一样体现了伟大的人类开发和利用"[1]，曼彻斯特作为城市的意义，其实不仅在于其为一个纺织工业的聚集地，而且也表现出它可被视作一种现代性的典型代表。

其实，乡村与城市的矛盾构成形成一组有效的二元关系。鲍德温

---

[1] 迪斯累利:《科宁斯比》，转引自安德鲁·桑德斯:《牛津简明英国文学史》下册，高万隆等译，北京：人民文学出版社，2000年，第601页。

(Stanley Baldwin)曾说过,"英格兰是乡村",这话无疑饶有意味,却言简意赅,盖棺论定;所谓"头脑中的这种乡村绝不是工业社会,它守旧、动作缓慢、稳定、安适和'超凡脱俗'"[1],这种阐释无疑给"乡村"这个概念赋予了特定的含义。其实,还是威廉斯(Raymond Williams)的概括更简洁和经典:"人类历史上的居住形式极为丰富。人们对这些居住形式倾注了强烈的情感,并将这些情感概括化。对于乡村,人们形成了这样的观念,认为那是一种自然的生活方式:宁静、纯洁、纯真的美德。对于城市,人们认为那是代表成就的中心:智力、交流、知识。强烈的负面联想也产生了:说起城市,则认为那是吵闹、俗气而又充满野心家的地方;说起乡村,就认为那是落后、愚昧且处处受到限制的地方。将乡村和城市作为两种基本的生活方式,并加以对立起来的观念,其源头可追溯至古典时期。"[2]如此,则乡村—城市的二元关系可以成立,当然是否就是截然对立,自然不必定论。在我看来,二元结构的呈现乃表现出问题的普适性面相,即它很可能关系到元结构的问题,对此不妨看一看一段玛格丽特和父亲的关于城市和乡村生活的对话:

> "这都怪城市生活。"她说。"不提这些逼仄的、把人拘在里面的房屋,周围的一切的匆促、喧闹和速度,也加强了他们的神经紧张。这些房屋本身就足以惹得人心情郁闷、意志消沉了,在乡间,人们,就连儿童,冬天也大半生活在户外。"
>
> "可是人们必须生活在城市里。在乡间,有些人的思想习惯变得那么呆板,简直成了相信宿命论的人啦。"(《南》:488)

相比较理论叙述的烦冗,这段父女间的日常对话倒显得简单明白,很典型地反映出一般人对其时刚兴起不久的城市—乡村二元生活的看法,城市有城市的缺点,乡村亦有乡村的痼疾,我们应当既看到城市兴起相对于乡村

---

[1] 马丁·威纳:《英国文化与工业精神的衰落:1850—1980》,王章辉等译,北京:北京大学出版社,2013年,第7页。
[2] 雷蒙·威廉斯:《乡村与城市》,韩子满等译,北京:商务印书馆,2013年,第1页。

第二章　维多利亚时代：英格兰的"资本年代"

的进步性和必然性，也要看到乡村之作为人类原初聚集地的意义和价值，两者并非相互替代的关系，而应是共存互补的关系。

问题在于，这种二元结构表现出了一种元结构的意义，即不管什么时代，不管何种思潮，都离不开这样一种基本框架来看待问题，譬如威廉斯就这样说："人们问道，还能有什么样的严肃的运动呢？看看社会主义或共产主义吧。在历史上它们是资本主义的敌人，但就乡村和城市的问题而言，它们在细节上，而且往往在原则上却在继续，甚至是加剧资本主义社会中一些同样的基本进程。这是一个真正的历史和政治难题。托洛茨基说，资本主义的历史就是城镇战胜乡村的历史。在俄国革命伊始关键的几年中，他接着为这样一种胜利勾勒出了一个极大规模的计划并将其作为战胜资本主义、维护社会主义的一种方式。斯大林基本完全执行了这一计划，其规模和残酷程度使得对农民的'胜利'变成了整个乡村历史上最恐怖的词语。地方需求和优先配给变得令人绝望：经济崩溃，食品严重匮乏；乡村资本主义无疑正在以新的形式扩张开去。但这种扩张的方式以及其背后的精神就不仅仅是残酷了，它们利用了马克思主义中意味不明的一处元素，而这一点又对整体社会的特点产生了极大影响。"[1]这一论述和引申显然使原本明晰的问题似乎更加复杂化了，因为牵扯到的不仅是城市—乡村的二元关系，还有资本主义—社会主义的二元，潜在的工人—农民或者统治者—农民的对立。实际上，不管表面的话语形式怎样变化，有些基本结构是始终不变的，譬如城市作为后来者和统治者，一直是高高在上，其对乡村的剥削和统治，有点像不肖的阔家子弟对老仆人或老亲戚甚至老父母的态度。

米尔顿多少就是曼彻斯特的文学符号，甚至可以理解为英国的工业符号在文学世界的体现，其中其所呈现出的工业城市与乡村世界的巨大差异，正以一种无与伦比的凌厉姿态将人彻底异化，工人们固然最是典型，看看希金斯父女的物质生活状态就知道；而资本家又何尝不是如此，桑顿一家的那种"米尔顿气息"就可为佐证；即便是代表南方道德精神的玛格丽特父女，其实在来到米尔顿以后也有相当大的变化，类似"移变"的过程。而按照迪斯累利（Benjamin Disraeli）的说法，则彼此间的差异更犹如鸿

---

[1] 雷蒙·威廉斯：《乡村与城市》，第408页。

沟：“两个民族之间没有交流，缺乏同情，不相了解彼此习惯，观念和情感便如其所住是在不同之区域，甚至仿佛在不同之星球，他们教养各殊，食物不同，风俗有异，甚至所遵守的法律也非一致。"[1]这里显然是指维多利亚时代英国社会中的资产阶级—无产阶级的关系，这种两大阶级之间的距离竟然被比喻成民族文化间的差异，乃至不同星球的差异。然而盖斯凯尔夫人却给我们勾画了米尔顿这样一个既现实又理想的大城市，她让桑顿、玛格丽特彼此走近，沟通和理解，这不仅是两个年轻人的美好交往和"爱情故事"，同时也意味着"南北之间"的相互接近，乡村小镇与工业大城之间的彼此理解，能否有一种超越二元对立之路呢？

三、逆向选择与爱情和解的观念趋同基础

当希金斯在百般无奈之后决定选择"由北向南"时，这样一种逆向选择，最初考虑的或许还是求生的可能，但背后仍牵涉复杂的文化价值观。他对牧师黑尔的求助，其实表现出一个商人在穷途末路时的精神寄托与希望。或者这样一种表述更能显出简洁的线索来：

> 在《南方与北方》故事中，玛格丽特和桑顿各向对方的位置移动：玛格丽特将意外获得的遗产投进了桑顿的企业，由"南方淑女"而变成股东兼厂长夫人；桑顿经过文化陶冶成为一个新型企业家。他善待工人，兴办福利，虽说劳资矛盾不可能消除，但双方学会了对话与妥协。诚然，玛格丽特成熟的过程是与她了解北方的过程相联系的。可是桑顿也不是站在原地不动。桑顿为挽救破产危机南下去法国考察市场，归途中取道汉卜郡专程访问象征南方文化的赫尔斯通教区，在那里感染了曾经哺育玛格丽特的文化氛围，领会到玛格丽特所崇尚的文化教养。他摘取了村里的一枝玫瑰，那是他献给玛格丽特的爱，也表明他终于懂得了美和内在的价值。[2]

---

[1] Benjamin Disraeli: *Sybil or the Two Nations*, Oxford & New York: Oxford University Press, 1981, pp. 65–66.

[2] 朱虹：《英国小说的黄金时代：英国小说研究（1813—1873）》，北京：中国社会科学出版社，1997年，第183页。

这其实相当形象地表现出了一个复杂侨易的过程,即首先是多重二元结构的展开,南北方向的地理位置,男女两性的情爱接近,阶级转化的资本基础,等等。其次是相对位移的实现,即在道衡达致的那个过程里,仅仅依靠单方面的努力,其效用总是有限的,必须是双方互动过程的展开,才有可能更好地打开介于两者之间的"第三"的可能,接近平衡点。在这里主要表现在玛格丽特和桑顿都始于自身的向对方接近,侨移只是表象,意动才是实质。桑顿如果没有经历过破产之后的痛苦,没有对此前经验的反思,恐怕很难意识到妥协的价值,迈出走向玛格丽特,甚至是去其家乡的决定。而玛格丽特同样需要对桑顿有理解的同情,这样才能从根本上改变他的"恶商"形象,才可能走出向对方的那一步。再次是文化系统的交互作用,二元三维位势的形成,如此则逐渐上升到系统层面,由个体逼近整体,如此则由象见道逐渐可能。如何开出第三维,始终是系统平衡的一大难题。盖斯凯尔夫人无疑有着很强烈的浪漫主义和理想主义色彩,她最后用爱情的大团圆来结局全篇,给了我们一个看似圆满的答案,同时似乎也意味着资产阶级内部冲突的和解,然而事实果真如此吗?作为"现代英国小说中最杰出的作品之一"[1],《南方与北方》确实有其不可替代的文学史与思想史价值,笔者或者更要补上一句,这还是一部认知资本崛起与西方现代性历史中不可替代的经典文本,是一部使人类文明不同要素、阶层、地域等之间相互促进、理解、和谐的重要标志。

"相对位移"的展开则是另一个值得注意的现象,即在虚拟世界的构图中,无论是资本家与工人,还是南方与北方,他们作为被象征者都试图靠近彼此。这在桑顿自己的话语中也可得到印证,他在回答科尔瑟斯特的问题时表达了他认知的深度:"我在商业方面失败了,只好当个厂主。眼下,我正在米尔顿寻找一个职位,使我可以在一个乐意让我在这类事情上照着我的方式行事的人手下得到一个工作。我并没有什么先进的理论会很鲁莽地付诸实行,这我可以相信。我唯一的愿望就是,除了和工人的那种'现金交易关系'以外,还有机会和他们建立起某种交往。但是,从我们的一些厂主对这件事重视的程度看,它也许是阿基米德想由那儿推动大地的一

---

[1] 转引自主万:《前言》,载盖斯凯尔夫人:《南方与北方》,第3页。

个点。每当我提出一两个我想进行的实验时,他们总神情严肃地摇摇头。"(《南》:698—699)从这段自述来看,桑顿显然有关于自己的反思和策略,他强调的与工人的交往,或许多少有点"交往理性"的味道,即有点像哈贝马斯的"交往行动理论"(Theorie des Kommunikativen Handelns)[1]。桑顿显然有着更为深入的思考:"因为我相信它们只是实验。我对它们可能产生的结果没有什么把握。不过我认为应该去试一下。我有一种信念,认为没有一种体制——不管它多么周密,不管需要花多少心思去组织和安排——没有一种体制能够使两个阶级像应该的那样相互依存,除非这种体制的制定可以使不同阶级的人进行实际的个人间的接触。这种交往是必不可少的。不可能强使一个工人体会和明白雇主为了他的工人的利益,在拟订计划时费了多大的心思。一项完整的计划就像是一部机器,似乎可以应付各种紧急情况。但是工人们接受那项计划时就像他们接受机器一样,一点儿也不知道使计划那么完善得付出多少心血,经过多少周密的考虑。我倒有一个想法,这个想法要付诸实行,就需要个人间的交往,刚开始可能不顺利,可是每遇到一个障碍,对它感兴趣的人就会多一些,最终它的成功就会成为大伙儿期望的事情,因为大伙儿对于这个计划的形成都出了一份力。但即使这样,我想一旦这个计划不再受到大伙儿的关心时,它管保马上就会失去活力,不再存在,因为那种共同关心总使人们想方设法地互相了解,互相熟悉各自的性格和为人,甚至熟悉各自脾气的好坏和说话的方式。我们应该更好地互相了解,而且,冒昧地说一句,我们应该互相更融洽一点儿。"(《南》:699—700)在这里,其实已将工业化时代的机器生产和对人的异化考虑进去,桑顿试图以个体情感沟通的方式来解决这个问题,但显然过于理想化。或许这仅是盖斯凯尔夫人借助桑顿之口表达的阶级调和的"一厢情愿",但毕竟也显示出其善意和走向中间道路的可能性。所以她用的这个概念是很讲究的,即"实验",一切都只是一种尝试,是一种提供解决问题的可能性的试验。作者有这么一大段描述:

---

[1] "交往行动的概念所涉及的,是个人之间具有(口头上或外部行动方面)的关系,至少是两个以上的具有语言能力和行动能力的主体的内部活动。行动者试图理解行动状况,以便自己的行动计划和行动得到意见一致的安排。"哈贝马斯:《交往行动理论》第一卷《行动的合理性与社会合理化》,洪佩郁等译,重庆:重庆出版社,1994年,第121页。

按实在说，桑顿先生的处境也很窘迫。他的弱点——他为自己树立起的那种商业信誉所感到的自负，使他特别感到了自己这时的困境。他是白手起家、挣下自己的家业的。他认为这并不是因为自己有什么特别的优点或是长处，而是由于商业赋予每个勇敢、诚实、不屈不挠的人的那种力量。他认为这种力量使他能够高瞻远瞩，在世上的这场重大竞争中看清如何去取得成功。说实在的，凭着这种远见，他还可以比在任何其他的生活方式下，发挥更大的力量与影响。远处，在东方和西方，人家绝不会认识他这个人，可是他的姓名却受到注意，他的愿望也得到满足，他的话像金子一样可贵。这就是桑顿先生开始从商的时候对商业生活的想法。"他的商家是王子，"他的母亲大声地念着《圣经》，好像吹着号角那样鼓励儿子努力奋斗。他只不过像其他许多人——男人，女人和孩子那样，注意到了远处的事，而忽略了眼前的事。他想使自己的姓氏在外围和遥远的海外也具有影响，——成为一家名扬后世的商行的创办人。可就连他如今获得的一点儿声名——在他所在的城市里，在他自己的工厂内，在他的工人们中间——也花了他多少个漫长、寂静的年头。以前，他和他的工人们过着一种并行不悖的生活——非常接近，但又毫无接触——直到他偶然（或者似乎是偶然地）结识了希金斯。等他面对面、以一个人对一个人的那种态度和他周围的工人中的一个人接触，（请注意）第一次不再讲什么厂主和工人的身份以后，他们每个人才开始认识到，"我们都有一颗人类的心"。这是打开的一个良好的缺口。现在，当他担心和他新近作为人结识的两三个工人失去联系时，——担心他极为关心的一两项作为实验的计划还没有一试就草率地遭到否定时，——他不时感到的那种不可名状的忧虑就变得从未有过的强烈了。他作为一个厂主，近来对自己的地位感到的兴趣是那么大，那么浓，因为他的地位使他和工人有了那么密切的接触，使他有机会在一大群陌生、精明、无知而又富有个性、情感强烈的人中间享有那么大的力量，可是他以前却从来就没有认识到这一点。(《南》：679—681)

之所以长篇引用，是因为这里揭示出两个阶级之间关系转变的一个节点变化，就是作为工厂主的桑顿的精神质变，他从此前单纯的雇佣与被雇佣的阶级关系转变为"人与人的交往"，这是关系改变的最关键所在。虽然这组关系一直是存在的，但因为态度不同，其关系实质也就是不同的。这其实也是一种相对位移的关系，即在两个阶级之间，存在着一种心理空间，在这样一个非现实的空间里也有位置如何移动和变化的关系，貌似波澜不惊，却可能引发精神层面与阶级关系的巨大改变。而促成这种心理空间的位势更易和质变的，则是多种作用力。对桑顿来说，玛格丽特固然是一个精神催化剂，是促使他迈出向本地工人伸出沟通之手的重要因素，但也不能否认黑尔牧师给他授课之际传达给他的那些人文理念，虽然往往被讥嘲为无用，但实际上也很可能起到潜移默化的作用。当然还有与希金斯等人的实际交往，也让他直观感受到工人们并非简单的对立阶级或资本工具而已，他们也是有血有肉、有情有义、需要生存的人！

或者在我看来，"文化交域"的形成其实至关重要，这里不仅涉及英国内部的南北文化体的交融问题，而且也还有更复杂的人类群体间的交互功能，譬如上面提及的阶级相交。而米尔顿作为工业化时代的象征符号，它从一般城市变成工业中心，其实还另外承担了文化交流的功能。这就是侨易空间中的"中心点"的确立，或许我们可以称之为"交域之城"，在这里不仅南方与北方相遭遇，而且各种错综复杂的势力或个体、群体也是相交相聚，它形成了一种立体空间的复杂侨易过程。譬如盖斯凯尔的父亲是牧师，丈夫也是牧师，可以说她和宗教有着不解之缘；那么表现在这部作品中，也是宗教福音始终在低沉回荡，虽然不是那么强烈，但绝对是若隐若现。男女之情、阶级矛盾、文化冲突，这些是一层层包含在小说内涵深层的因素，也是米尔顿作为"交域之城"的价值所在。

四、比较视域——在奥斯丁"精美世界"体现的西方之源的资本英国映衬下

与盖斯凯尔夫人相比，奥斯丁（Jane Austen）算是前辈了，她无疑是属于那种小家碧玉型的小女子，但其文学世界却虽小犹大。大致说来，她是蒂克、施莱格尔兄弟的同龄人，属于18世纪70年代出生的那批精英人物。不过，相比于德国精英的理想主义叙述，她的现实主义描摹却自有一种令

人感慨万千的"真实再现"。有论者如此概括她的文学世界：

> 奥斯丁以细腻的手法描述摄政时代的英国社会。那个时代横跨18世纪和19世纪，具有特殊性。当时，18世纪早期相对稳定的阶级制度开始瓦解，尤其是中间阶层，他们出于富有影响力的土地贵族构成的统治阶级与工人阶级之间。通常，当社会阶层结构稳定，社会成员相对固定在特定的阶层时，势利现象不会太严重，因为人们知道自己处于什么样的位置。当社会体制开始坍塌，原先的阶层还没有完全消失，这个时候就会出现严重的互相攀比和炫耀门第现象。简·奥斯丁把中产阶级的趋炎附势、炫耀社会地位以及各种偏见作为小说讽刺的对象，展现了一幕幕轻喜剧。[1]

这一描述相当客观地揭示了奥斯丁文学世界的特征，更重要的是，将其由具体的家庭生活、男女情爱和市井巷里引入到更为广阔的社会空间，如此我们可以看到歌德同时代的英国景象，那个资本即将呼啸而出并支配世界的铁律究竟是如何形成的。要知道，英国资本主义的发展，对世界而言都有重要意义，"在19世纪下半叶，世界大部分地区都经历了史无前例的经济增长，连马克思也抵挡不了维多利亚时代中期经济繁荣的诱惑"[2]，他曾如此尖锐地批判了资本主义制度并提出了资产阶级最终灭亡的结论，他自己却不能否认也是那个制度所孕育的产儿。所以，就此而言，陪着奥斯丁，以一种温情的目光去回眸19世纪初期的英国，也是一件颇为惬意的事情。当然，小女子的细腻温柔并不能完全遮蔽住大作家的洞烛机理与大时代的丰富内涵。

必须承认的是，奥斯丁开辟了另外一种类型，即女性作家可以用自己的细腻、温情和原则，去建构一个别有风光的文学殿堂，"奥斯丁与作品保持距离，小心翼翼，从不把社会道德强加给作品"，而正是这一点"使她

---

1 J. B. 普里斯特里：《奥斯丁的小世界：幽默与距离》，载苏珊娜·卡森编：《为什么要读简·奥斯丁》，王丽亚译，南京：译林出版社，2011年，第119页。

2 尼亚尔·弗格逊：《金钱关系——现代世界中的金钱与权力》，第6页。

成为伟大的小说家"。这种成功,在与男性大作家的比较中更能显现特点,"我们说她伟大,不是因为她像托尔斯泰、狄更斯、巴尔扎克那样描绘了宏伟广袤的社会画卷,而是因为,她创造了一个独特的小世界"[1]。如果以我们的"文学世界"概念衡量之,则奥斯丁虽算不上创造了那种"诗哲"气象,却也构建了自己的文学殿堂,在这个世界里,每部小说都遵循一个核心思想展开,或谓"围绕着人物偏离或者恪守奥斯丁的道德观而展开":"《诺桑觉寺》讲述的是关于凯瑟琳·莫兰所经历的道德教育:她懂得了这个世界不是像哥特小说描写的那样。正如小说题目所示,《理智与情感》讲述了一个道德故事:埃莉诺的自我控制与玛丽安娜的自我放纵。《傲慢与偏见》《爱玛》的核心事件都是围绕着女主人公发现自身道德缺陷的过程展开。《曼斯菲尔德庄园》涉及多个道德问题,从家庭戏剧表演到喜新厌旧、另觅爱侣,无一不是与道德有关。《劝导》的故事起点是安妮·艾略奥特牺牲自己的幸福,承担责任,听从拉塞尔夫人的忠告。"[2] 就这样,在自己的6部小说中,奥斯丁温柔而坚定地贯彻了自己的理念,给我们建构出一个小巧而柔性的英国社会,或许这段描述很有代表性:"奥斯丁的世界虽然不大,但合理而有秩序。站在一个合适的距离看,我们发现这个世界实际上并不小。我们看到,雾霭散去之后,视野开阔,万千气象清晰可见。"[3] 可我们不要忘记,这个"小中见大"的世界,正是诞生在资本语境之中,19世纪的英国,正是一个一切混沌初破、破空欲出的世界帝国;而道德原则的坚守,正是与这种资本驱动的剧烈发展过程所博弈的结果。

要知道,"在19世纪中,英国的物价水平非常稳定,没有通货膨胀的现象"[4],这是否是事实,值得追问。但我们至少可以感受到的是,19世纪英国发展是平和的,它没有出现狂飙起落的大发展或大萧条景象,也没有过分地冲击到民众基本生存的安定状态。当然,即便是描绘英国的资本语

---

1 J. B. 普里斯特里:《奥斯丁的小世界:幽默与距离》,载苏珊娜·卡森编:《为什么要读简·奥斯丁》,第122页。
2 詹姆斯·柯林斯:《范妮:简·奥斯丁的道德指南》,载苏珊娜·卡森编:《为什么要读简·奥斯丁》,第186—187页。
3 尤多拉·韦尔蒂:《简·奥斯丁的光辉》,载苏珊娜·卡森编:《为什么要读简·奥斯丁》,第13页。
4 邵义:《过去的钱值多少钱——细读19世纪北京人、巴黎人、伦敦人的经济生活》,上海:上海人民出版社,2010年,第104页。

第二章　维多利亚时代：英格兰的"资本年代"

境，也可以从其他文本中获得印证，譬如狄更斯的文学世界就更具有现实代表性，在那个场域里各种各样的人物与器物都有着仿佛自然的秩序，却蒸腾着一种新鲜的、活跃的、可能爆发活力的时代节奏[1]。可我还是希望能够更多呈现出一种开放性的空间模式，即资本语境的重置也可以是多元化的，譬如从奥斯丁那个"理性秩序"的文学世界到狄更斯与盖斯凯尔夫人的"冲突失序"的工业化世界，或曰"悲惨世界"，其实并非没有轨迹可循的。在奥斯丁的"资本英国"里，仿佛自有其缓步而来的舒缓气息，但其中"不妨缓步徐徐行"的从容并不能完全压抑资本活力的冲之欲出，或许借助狄更斯的小说世界或能更加补足其未显山露水的一面，而盖斯凯尔夫人的文学叙述，也更加具有相当之典型性，因为她的小说具有非常鲜明的写实特色，其对资本语境现场的强烈还原感和摹写能力，确实很有冲击力和代表性。对于世界文学来说，拥有这些伟大小说家的英国真是幸运，他们不仅展示了其时英国的真实社会场景和波澜壮阔的变化，而且也勾连出其时作为世界帝国的更为宏阔的全球语境和背景："其实维多利亚时代小说家的作品不仅可以反映与解释世界，还可以在一定程度上改变世界。"[2]马克思认为："哲学家们只是用不同的方式解释世界，而问题在于改变世界。"[3]显然马克思更看重如何改变世界，因为狄更斯、萨克雷、夏洛蒂·勃朗特和盖斯凯尔夫人等人是"现代英国的一批杰出的小说家，他们在自己的卓越的、描写生动的书籍中，向世界揭示的政治和社会真理，比一切职业政客、政论家和道德家加在一起所揭示的还要多"[4]。或许，这个标准更加重要，即"揭示真理"，知识人应担当起这样的重要职责。从本质上来说，此则为三重使命：其一是描摹现实，即做时代的书记员，能准确形象地构建出时代的文学世界，按照巴尔扎克的说法，"法国社会将要作历史家，我

1　参见赵炎秋：《狄更斯长篇小说研究》，北京：社会科学文献出版社，1996年。
2　转引自陈礼珍：《盖斯凯尔小说中的维多利亚精神》，北京：商务印书馆，2015年，第5页。
3　马克思、恩格斯：《马克思恩格斯全集》第3卷，第6页。Die Philosophen haben die Welt nur verschieden *interpretiert*, es kömmt drauf an, sie zu *verändern*. [Marx: *Thesen über Feuerbach*. Marx/Engels: *Ausgewählte Werke*, S.824 (vgl. MEW Bd. 3, S.7), http://www.digitale-bibliothek.de/band11.htm]
4　马克思、恩格斯：《马克思恩格斯全集》第10卷，北京：人民出版社，1962年，第686页。

只能当它的书记"[1]；其二是阐释世界，即能对社会场域空间发展的方方面面能做出合理的解释；其三是揭示真理，当然这更重要，因为"有思想的人，才是有至高无上权力的人。国王左右民族不过一朝一代，艺术家的影响却可延续好几个世纪。他可以使事物改观，可以发起一定模式的革命。他能左右全球并塑造一个世界"[2]。做到这一点，那我们可以说他是"道在手，跟我走"，但能达到这个标准的似乎确属凤毛麟角。

有论者指出："盖斯凯尔不仅通过自己的小说虚构叙事传承了维多利亚精神，更重要的是，又以自身的文学生产实践参与到英国社会旷日持久的文化领导权争夺战之中。盖斯凯尔的小说叙事反思、批判和推动英国现代化过程中正在成形的新时期社会文化观，成为这一历史进程的构造组成部分。"[3]确实，如果仅看到盖氏形摹现实的一面，未免只是"挂一漏万"；其实小说终究属于"虚构叙事"，无论其还原历史真实的那面有多强，终究还有"登高致思"的面相。维多利亚时代不仅是英国史上"波澜壮阔"的时代，也同样属于人类文明史进程中的"光辉岁月"，1850年后，英国中产阶级的繁荣"终于带来工人阶级生活水平的提高。1850到1870年间，劳动者的实际收入上涨超过25%"，这种经济成就当然可圈可点，但更重要的是，"英国人的国家自豪感充分反映在维多利亚女王身上，这位女王从1837年一直到1901年一直在位，是英国历史上在位时间最久的国王。维多利亚女王有9个孩子，当她81岁去世时，有37个曾孙辈孩子。她的责任感及其可敬的道德反映出她同时代的英国人的态度，维多利亚时代由此而闻名"[4]。

在侨像视域中，我们看到了《南方与北方》所反映的资本语境与文化交域，虽然有些杂乱，不无粗鲁，甚至有血腥暴力的成分，那种无处不在的冲突似乎充斥着平静叙事的背后，而借助侨易学二元三维的方式，或许可以给我们更清晰的视界。就资本语境的型构而言至少可做如下理解：其

---

1 巴尔扎克：《〈人间喜剧〉前言》，载张昌华、汪修荣主编：《世界名人名篇经典》，哈尔滨：北方文艺出版社，1995年，第763页。
2 《论艺术家》，载巴尔扎克：《巴尔扎克论文艺》，北京：人民文学出版社，2003年，第4页。
3 陈礼珍：《盖斯凯尔小说中的维多利亚精神》，第5页。
4 杰克逊·J. 斯皮瓦格尔：《西方文明简史》（第四版）下册，董仲瑜等译，北京：北京大学出版社，2010年，第598页。

第二章 维多利亚时代：英格兰的"资本年代"

一，以资本为内在原动力的因素已经成为一种根本性的规训力量，已经超越了其创造者而可被视为有独立生命主体意义的"元物质"。所有人的生存行为模式都不可避免地与资本挂钩，包括以拯救人的灵魂为业的牧师，黑尔的由南向北迁移其实首先是生存的需要。其二，由于资本的支配，整个社会系统形成了各就其位的分工格局，也就是说即便是作为主体的人也已成为"螺丝钉"，整个人类文明被彻底异化，借用西美尔的说法，"货币经济这一特别现象带有的心理能量是理智，不同于人们通常所谓的感情或情感这样的能量，在那些尚未由货币经济决定的时期和利益范围的生活中，后面这些能量更为突出"[1]，它是通过近乎人类理性的方式来操控人类的。其三，知识精英对此已开始从最初大机器时代到来的"小荷才露尖尖角"的初期反思（譬如歌德、席勒时代）[2]，到比较普遍性的反思。按照伯林的批评就是："维多利亚的英国患的是自闭症，有一种窒息感，而且那个时代最好与最具才能的人，如穆勒与卡莱尔、尼采与易卜生，无论是左派还是右派，都要求更多的空气与光线。"[3]其实与其说他们是感受到精神空间的压抑，还不如说这是由资本语境的近乎极端变化而导致的人性尤其是思想压制，虽

---

1 《货币与现代生活风格》，载西美尔：《金钱、性别、现代生活风格》，顾仁明译，上海：学林出版社，2000年，第18页。

2 歌德借作为家庭纺织业领导人物的苏姗娜夫人面对机器生产威胁职业的生存恐惧说过："机器的剧增使我又惊又怕，它如山雨欲来，虽然速度缓慢，但却方向已定，不容抗拒。"Das überhandnehmende Maschinenwesen quält und ängstigt mich, es wälzt sich heran wie ein Gewitter, langsam, langsam; aber es hat seine Richtung genommen, es wird kommen und treffen. [Werke: *Wilhelm Meisters Wanderjahre.* Goethe: *Werke*, S.7635 (vgl. Goethe-HA Bd. 8, S.429), http://www.digitale-bibliothek.de/band4.htm] 此处中文为作者自译。席勒对近代社会的描述是："……如今已被一架精巧的钟表所代替，在那里无限众多但都没有生命的部分拼凑在一起，从而构成了一个机械生活的整体。现在，国家与教会、法律与道德习俗都分裂开来了；享受与劳动、手段与目的、努力与报酬都彼此脱节。人永远被束缚在整体的一个孤零零的小碎片上，人自己也只好把自己造就成一个碎片。他耳朵里听到的永远只是他推动的那个齿轮发出的单调乏味的嘈杂声，他永远不能发展他本质的和谐。他不是把人性印在他的天性上，而是仅仅变成他的职业和他的专门知识的标志……"席勒：《审美教育书简》，载冯至：《冯至全集》第11卷，第37—38页。他不无悲凉地说："人如斤斤小智小慧，将永远是细人。耳之所营，目之所见，永远是一个轮子的转动，将永远不见全体，永不明大道。"转引自里德：《德国诗歌体系与演变——德国文学史》，第149—150页。

3 伯林：《自由论》，胡传胜译，南京：译林出版社，2003年，第276页。Isaiah Berlin: *Four Essays on Liberty*, Oxford: Oxford University Press, 1969, p. 198.

无法明言,却如幻如行,难以摆脱,只不过"春江水暖鸭先知"而已,尼采之疯癫和死亡,就是最好标志。

然而如果我们只看到资本语境的恶性膨胀与极端发展,就会感到一种绝望的情绪,因为在这里仿佛一切都是货币这人造小神的恶作剧,一切都是围绕着这个"虚构"的器物产生的。然而在《南方与北方》我们还是感到了更多温馨、情意和智慧的东西,这是为什么呢?当然不仅是作者本人的善意,而且体现出地球那种"人杰地灵"的慧根性的功用,或许更准确地说,就是我想说的文化交域的特点:其一是异质性的内部相交,即在一个文化体内部也是有不同的子文化在自行运作的,而一旦两者得以有"金风玉露一相逢"的空间,就有可能产生文化交易的功用,这是促使文明体本身发生质变的基本动因。其二是外部性的民族文化体相交背景存在,这个背景在此书中表现得并不明确,但其实相当重要。维多利亚时代的英国,正是大英帝国拓疆辟土,实现"日不落帝国"辉煌的时期,这同时也就带来多元性的文化交互,英国早期对意大利文化的资鉴、19世纪后对德国学术的学习、近代以来对东方文明的研究是多边侨易的典型案例,都可作如是观。其三是文明结构层次间性的相互侨易,譬如在文化、制度、器物(经济)之间的交互用力。当工人罢工时,桑顿可以雇用外籍工人,当其遭到暴力威胁时,他可以凭借制度保护而使用国家机器,但在具体操作中他又会受到玛格丽特的观念影响,等等,所以总而言之是一种综合力的作用。在这样一种文化交域中,各种势力互现,各自目的不同,却又很难彼此完全摆脱,如此无可奈何地形成一张共享网络,对个体来说则"人如知海",诚如张君劢在谈到他们那代人面对西方学说时的盲目,有这样的描述:"好像站在大海中,没有法子看看这个海的四周……同时,哲学与科学有它们的历史,其中分若干种派别,在我们当时加紧读人家教科书如不暇及,又何敢站在这门学问以内来判断甲派长短得失,乙派长短得失如何呢?"[1]在知识世界如此,在现实的社会世界更是如此。但新的可能也正是在这种混沌茫然之中孕育,规律也正逐渐涌现出来,关键还在于"为主为奴操之在我",借助观侨取象的研究路径以及二元三维的思维方式或许可以提供一

---

[1] 张君劢:《西方学术思想在吾国之演变及其出路》,载《新中华》第5卷第10期,1937年5月。

种有效的方式，正如桑顿、玛格丽特之间关系的破题与修复，彼此终究各自趋近对方，不仅是地理意义上，也是观念基础上的。设若如此，冲突终究是可以超越的。

第三节 英国状况问题：卡莱尔、恩格斯与狄更斯

/ 乔修峰 /

一、英国状况问题

英国小说家乔治·艾略特（George Eliot）在谈到托马斯·卡莱尔的影响力时说："他的影响力之广，可见于以下事实：很多观点在他初次提出时还是极其新颖的，现在已经变成了常用语汇。"[1] "英国状况问题"（the Condition of England Question）便是一个典型的例子。卡莱尔早在《时代征兆》（1829）、《时代特征》（1831）、《旧衣新裁》（1833）等作品中就已经开始探讨英国状况问题，只是到了《宪章运动》（1839）和《过去和现在》（1843）中才更为明确地提出了该说法，用以概括英国工业化进程中出现的社会问题，并很快成为19世纪英国文化中的一个关键词。作为19世纪英国文学和社会批评中的一个重要话题，"英国状况问题"也反映了当时文人面对工业文明所做出的不同反应。

该说法最初用来描述19世纪30年代末到40年代初英国的社会危机。当时英国遇到了工业革命以来首次持续的经济大萧条，尤其是1837年和1842年的两次经济危机，"所引起的不满影响了整个一代人的思维方式"[2]。卡莱尔的《宪章运动》和《过去和现在》分别写于上述两次经济危机之后。1838年秋，他前往英格兰北部和苏格兰，目睹了下层民众生活状况的恶化；而此时的统治阶级不仅坐视不管，继续奉行"放任自由"原则，还推出了

---

[1] Geroge Eliot, "Thomas Carlyle", in A. S. Byatt and Nicholas Warren ed., *George Eliot: Selected Essays, Poems and Other Writings*, Harmondsworth: Penguin, 1990, pp. 343-344.

[2] Asa Briggs, *The Age of Improvement*, London: Longmans, 1959, p. 294.

旨在保护土地贵族和中产阶级利益的谷物法和新济贫法。卡莱尔怀着激愤之情写出了《宪章运动》，第一章的标题便是"英国状况问题"，认为英国工人阶级"满腔的不满已经十分严重和强烈"，"不能再默不作声，不能再袖手旁观"，否则就有爆发革命之虞。[1] 1842年，卡莱尔还在写作克伦威尔的生平，但工人阶级的状况已经随经济危机的爆发再度恶化，他于是转而写起了《过去和现在》。他在1843年1月28日给母亲的信中说，看到身边有人饿死，有两百万人没有工作，而统治者只顾打猎享乐，自己应该站出来说话了。[2]

恩格斯对英国状况问题的思考在19世纪40年代已经成型。1842年，他来到英国，在随后的两年里撰写了一系列文章，题目都叫《英国状况》。其中第一篇评论的就是卡莱尔的《过去和现在》，并认为这是英国当时"唯一能够触动人的心弦、描绘人的关系、展示人的思想踪迹的一本书"[3]。恩格斯肯定了卡莱尔对英国状况的剖析，认为卡莱尔多年来"主要从事研究英国的社会状况——他是英国有教养人士中唯一研究这个问题的"[4]。恩格斯当时并不熟悉卡莱尔的背景，却在这篇文章中准确地概括并评价了卡莱尔的观点，有批评家认为该文是19世纪四五十年代对卡莱尔的作品所做的最严肃、最深入的评论。[5] 恩格斯不久便完成了《英国工人阶级状况》（1844）的写作，从社会史的角度分析了英国的工业化带来的社会问题。他在该书的注释中认为卡莱尔"比所有的英国资产者都更深刻地了解到社会混乱的原因"[6]，但也已经认识到卡莱尔所提出的解决方案有其局限性。

狄更斯于1840年结识卡莱尔，在英国状况问题上受卡莱尔影响颇深。狄更斯在短篇小说《圣诞颂歌》（1843）中特意诠释了卡莱尔所谓的"工

---

1 Thomas Carlyle, *The Works of Thomas Carlyle*, Centenary Edition, vol. 29, Henry Duff Traill ed., Cambridge: Cambridge UP, 2010, p. 119, p. 118.

2 Clyde de L. Ryals and Kenneth J. Fielding ed., *The Collected Letters of Thomas and Jane Welsh Carlyle*, vol. 16, Durham: Duke UP, 1990, p. 38.

3 马克思、恩格斯:《马克思恩格斯全集》第3卷，北京：人民出版社，2002年，第495页。

4 马克思、恩格斯:《马克思恩格斯全集》第3卷，第499页。

5 G. Robert Stange, "Refractions of *Past and Present*", in K. J. Fielding and R. L. Tarr ed., *Carlyle Past and Present: A Collection of New Essays*, London: Vision, 1976, p. 109.

6 马克思、恩格斯:《马克思恩格斯全集》第2卷，北京：人民出版社，1957年，第582页。

业领袖"如何在道德上悔过自新,并在出版前寄给卡莱尔先睹为快。不过,狄更斯在创作《艰难时世》时已经改变了这种看法。尽管他仍把该小说献给卡莱尔,并在给卡莱尔的信中说"我知道,书里写的一切都会得到你的赞同,因为没有人比我更了解你的作品"[1],但如评论家罗宾·吉尔莫(Robin Gilmour)所说,他此时已不再相信中产阶级能够改良英国社会[2]。该小说以英格兰北部工业区为例描述英国状况,是他唯一一部集中描写工业的小说。萧伯纳(Bernard Shaw)认为该小说表明狄更斯真正认识了英国状况,开始批判英国人的自满心态,批判工业文明所带来的恶果。[3]

恩格斯、狄更斯和卡莱尔对英国状况问题的讨论均带有激进色彩,但批判的视角和力度又不尽相同。恩格斯认识到了资本主义制度内在的矛盾,认为社会主义将取而代之,而革命是改变社会制度的重要途径。卡莱尔和狄更斯则在承认现有社会制度合理性的前提下批判其弊病。卡莱尔认为英国能够避免革命,但希望通过一场精神革命来涤除现有的混乱无序状态;狄更斯则批判工业社会的"铁笼"对人的想象和情感的扼杀,并希望通过恢复完整的人性对抗工业主义的"单调"。

二、恩格斯:制度与阶级

卡莱尔并不反对依靠工业来获得财富的社会体制,如评论家罗森贝格(Philip Rosenberg)所说,卡莱尔批判的是工厂的黑暗而非工厂本身[4],他只是要求更为公平地分配这些财富。19世纪上半叶,工业化所带来的财富和工人阶级的贫困形成了巨大的反差。卡莱尔在《时代特征》一文中就已经开始反思工业社会是否在进步:"国家富裕了……国人却变穷了。"[5]他在《过去和现在》的开篇写道,英国状况是世间有史以来最危险也最奇特的

---

1 *The Letters of Charles Dickens*, vol. 7, Graham Storey et al. ed., Oxford: Oxford UP, 1993, p. 367.
2 Robin Gilmour, *The Novels in the Victorian Age*, London: Edward Arnold, 1986, p. 98.
3 Bernard Shaw, "Introduction to *Hard Times*", in Dan H. Laurence and Martin Quinn ed., *Shaw on Dickens*, New York: Frederick Ungar, 1985, p. 27.
4 Philip Rosenberg, *The Seventh Hero: Thomas Carlyle and the Theory of Radical Activism*, Cambridge, Massachusetts: Harvard UP, 1974, p. 152.
5 Thomas Carlyle, *The Works of Thomas Carlyle*, vol. 28, p. 21.

状况之一，英国富甲天下，但英国人还是要饿死。[1] 他继而提出了一个尖锐的问题："英国的巨大财富，到底是谁的？"（*Works* 10:6）他认为英国工业取得了累累硕果，却没有使英国人富裕起来，因而是一种"被施了魔咒的财富"，不属于任何人："我们的财富比古来任何民族都多，但我们从中得到的好处又比古来任何民族都少。我们所谓的辉煌的工业实际上是不成功的；如果我们听之任之，那它就是一种怪诞的成功。"（*Works* 10:5-6, 183）唯有更公平地分配这些财富，才能实现真正的成功。狄更斯在《艰难时世》中也借人物之口说："我想我没法子知道这个国家是不是繁荣，或者我是不是生活在一个兴旺的国家里，除非我知道是谁挣着这些钱，而且我是不是也有一份。"[2] 恩格斯虽然也认为工人阶级"一天天地更加迫切要求取得社会财富中的自己的一份"[3]，但他已经认识到，靠贵族和资本家的施舍是没有希望的，私有制的存在使得这个问题不可能得到根本改善。他在《国民经济学批判大纲》中指出，在私有制下谈"国民财富"没有意义："英国人的'国民财富'很多，他们却是世界上最穷的民族。"[4]

卡莱尔没有看到生产力和生产关系之间的矛盾，他的社会批评更多地采取了道德视角。托利党认为当时的经济困境并非谷物法所致，而是由于大量资本流入工厂主手中引起了过度生产："现在生产过剩，而你们的工人却饿着肚子！"（*Works* 10:170-171）卡莱尔认为这是无所事事的土地贵族对工厂主的恶意攻击，毕竟后者还在努力生产，而前者只顾狩猎寻欢。在卡莱尔看来，生产过剩并不是问题，重要的是工厂主要解决好分配问题，使工人劳有所得。而恩格斯已经发现"资本家的剥削在英国社会中占有根本的重要意义"[5]，而生产过剩则是资本主义自身的弊病，如他和马克思在《共产党宣言》中所说："在商业危机期间，总是不仅有很大一部分制成的

---

1 Thomas Carlyle, *The Works of Thomas Carlyle*, vol. 10, p. 1. 后文出自该卷的引文，将随文在括号内标出该书简称（"*Works*"）和卷次、引文出处页码，不再另注。
2 狄更斯：《艰难时世》，全增嘏、胡文淑译，上海：上海译文出版社，1978年，第70页。后文出自该书的引文，将随文在括号内标出该书简称（《艰》）和引文出处页码，不再另注。
3 马克思、恩格斯：《马克思恩格斯全集》第2卷，第296页。
4 马克思、恩格斯：《马克思恩格斯全集》第3卷，第446页。
5 Michael Levin, *The Condition of England Question: Carlyle, Mill, Engels*, London: Macmillan, 1998, p. 167.

第二章 维多利亚时代：英格兰的"资本年代"

产品被毁灭掉，而且有很大一部分已经造成的生产力被毁灭掉。在危机期间，发生一种在过去一切时代看来都好像是荒唐现象的社会瘟疫，即生产过剩的瘟疫……社会所拥有的生产力已经不能再促进资产阶级文明和资产阶级所有制关系的发展；相反，生产力已经强大到这种关系所不能适应的地步，它已经受到这种关系的阻碍；而它一着手克服这种障碍，就使整个资产阶级社会陷入混乱，就使资产阶级所有制的存在受到威胁。资产阶级的关系已经太狭窄了，再容纳不了它本身所造成的财富了。"[1]

有经济学家指出，《共产党宣言》中的很多经济和历史分析都来自恩格斯的《英国工人阶级状况》。[2]恩格斯在后一本书中分析了资产阶级和工人阶级之间不可调和的矛盾，将英国状况问题的矛头指向了前者，说他们"羞于向全世界暴露英国的这个脓疮；他们不愿意承认工人的穷苦状况，因为对这种穷苦状况应负道义上的责任的，正是他们，正是有产的工业家阶级"[3]。恩格斯认为无产阶级终将推翻资产阶级："他们为什么一定要克制自己的欲望，为什么一定要让富人去享受他们的财富，而自己不从里面拿一份呢？……当无产者穷到完全不能满足最迫切的生活需要，穷到要饭和饿肚子的时候，蔑视一切社会秩序的倾向也就愈来愈增长了。"[4]卡莱尔也意识到，如果英国状况问题得不到解决，很有可能会爆发法国那样的革命，因为法国大革命从根本上说也是"受压迫的下层阶级在反抗压迫的、玩忽职守的上层阶级"[5]。不过，卡莱尔仍认为"玩忽职守"的统治阶级一旦认识到自己的失职，就能负起责任，避免革命。在他看来，宪章运动只是英国状况问题的一种表达，可以警醒信奉"放任自由"原则的统治阶级；而工人阶级所要求的民主也和"放任自由"一样，只会导致混乱和无政府状态。恩格斯认为资本主义社会主要是前述"两大阶级"的斗争；而卡莱尔仍将社会分作贵族阶级、中产阶级和工人阶级，认为国家仍需由"真正的贵族"

---

1 马克思、恩格斯：《共产党宣言》，北京：人民出版社，1997年，第33页。

2 George R. Boyer, "The Historical Background of the Communist Manifesto", in *The Journal of Economic Perspectives*, Vol. 12, No. 4 (Autumn, 1998), pp. 151–156.

3 马克思、恩格斯：《马克思恩格斯全集》第2卷，第297页。

4 同上书，第399页。

5 Thomas Carlyle, *The Works of Thomas Carlyle*, vol. 29, p. 149.

来统治，工人阶级所要求的只是"被引导，被统治"的权利。[1] 但对于谁是"真正的贵族"，卡莱尔的观点也经历过转变。恩格斯看到了这一点，他认为《宪章运动》虽然与《过去和现在》的基本观点相同，但"托利党的色彩更强烈些"[2]，也即更偏向贵族阶级。在写《过去和现在》时，卡莱尔已经对皮尔（Robert Peel）的托利党感到失望，认为土地贵族已经堕落，转而寄希望于工业资产阶级，认为工厂主才是"英国当前的希望"（Works 10:207）。他在给马歇尔（James G. Marshall）的信中提到，英国社会所需要的"真正的贵族"是"工业领袖"，而非"闲人领袖"。[3]

卡莱尔希望"真正的贵族"能实现强力统治，这也是他一以贯之的思想。早在《旧衣新裁》中他就已经指出，未来政治的基石就是英雄崇拜，并由此产生敬畏之心。[4] 恩格斯把卡莱尔的这种思想归因于他的宗教思想，认为卡莱尔的泛神论使之追求一种比人本身更高的东西，因而渴望有超人一等的"真正的贵族"或"英雄"。[5] 雷蒙德·威廉斯则认为，卡莱尔反对社会，但又无能为力，便不自觉地崇拜起了强权。[6] 但更根本的原因还在于他对英国状况的认识。他认为英国处在一种混乱无序的状态，希望"真正的贵族"能够恢复秩序，结束英国工人阶级穷困无助的状态，结束英国人精神上的迷失状态。恩格斯对卡莱尔关于英国现状问题的总结也反映了这一点。

三、卡莱尔：信仰与秩序

恩格斯认为《过去和现在》中包含了卡莱尔早年在《宪章运动》中所谈的一切，而且"谈得更清楚、更展开，结论也更明确"[7]。他对卡莱尔的描述做了如下总结：

---

1 Thomas Carlyle, *The Works of Thomas Carlyle*, vol. 29, p. 157.
2 马克思、恩格斯：《马克思恩格斯全集》第3卷，第499页。
3 Clyde de L. Ryals and Kenneth J. Fielding ed., *The Collected Letters of Thomas and Jane Welsh Carlyle*, vol. 16, p. 39.
4 Thomas Carlyle, *Sartor Resartus*, Oxford: Oxford UP, 1987, p. 190.
5 马克思、恩格斯：《马克思恩格斯全集》第3卷，第522页。
6 Raymond Williams, *Culture and Society*, London: Hogarth, 1990, pp. 76–77.
7 马克思、恩格斯：《马克思恩格斯全集》第3卷，第499页。

第二章 维多利亚时代：英格兰的"资本年代"

寄生的、占有土地的贵族还"没有学会安坐不动，至少还没有学会不惹祸"；劳动的贵族沉溺于玛门主义，他们与其说是一群劳动的领导者和"工业司令官"，不如说只是一伙工业海盗；议会是靠贿赂被选举出来的；单纯旁观、无所事事和laissez-faire等等的人生哲学；宗教被破坏并日益瓦解……人数众多的工人阶级忍受着难以忍受的压迫和贫困，异常不满并反抗旧的社会制度，因此，具有威胁性的民主主义不可阻挡地向前推进；到处是混乱，没有秩序，无政府状态，旧的社会联系瓦解，到处是精神空虚，思想贫乏和意志衰退。——这就是英国状况。[1]

从恩格斯的上述总结可以看出，英国状况的主要特征便是混乱无序。卡莱尔希望能够恢复秩序，一方面要在精神上重树信仰，另一方面则要在政治上形成强力的统治。恩格斯认为这两方面分别为"内在的即宗教的方面"和"外在的即政治社会的方面"，后者是由前者发展而来的。[2] 精神或宗教方面的确是卡莱尔政治和道德思考的出发点。卡莱尔认为人们的日常生活非常精神化[3]，"社会的外在混乱无序正是其精神状况的体现和结果"[4]。由是，他能够"在一个物质至上主义和不信教的世界中坚持从精神方面看世界"[5]。

卡莱尔希望重燃人们的敬畏之心，从精神层面上恢复秩序。他虽然不再相信基督教，但仍保留了宗教情感，如巴西尔·威利（Basil Willey）所说，他崇拜的是自然，景仰的是宇宙，将永恒等同上帝，宇宙等同教会，文学等同《圣经》，英雄等同圣徒，劳动等同祈祷。[6] 恩格斯认为卡莱尔的这种思想依旧属于泛神论，没有进步到无神论。[7] 这与卡莱尔自幼所受的

---

1 马克思、恩格斯《马克思恩格斯全集》第3卷，第510—511页。
2 同上书，第522页。
3 Thomas Carlyle, *Sartor Resartus*, p. 131.
4 Thomas Carlyle, *The Works of Thomas Carlyle*, vol. 28, p. 22.
5 Basil Willey, *Nineteenth-Century Studies*, Harmondsworth: Penguin, 1964, p. 114.
6 Ibid., p. 127.
7 马克思、恩格斯：《马克思恩格斯全集》第3卷，第516页。

加尔文主义的熏陶有关,也是维多利亚时代许多文人的共同选择,同时也是欧洲大陆上的一种趋势(恩格斯也认为卡莱尔的泛神论源自德国文学)。卡莱尔很看重精神层面对社会维系的重要性,他所宣扬的"劳动"的福音便具有打消怀疑、恢复秩序的力量:"劳动吧,在劳动中寻求慰藉。人啊,难道你的心灵深处没有一种主动使事物有秩序的精神、一种劳动的力量吗?……一切无秩序的、荒芜的东西,你都应该使之有秩序,有条理,使之适于耕耘,受你支配,为你带来果实。"[1] 他一直在强调信仰的力量:"人正是靠了信仰,才能挪移大山。有信仰的时候,四肢可能会因辛苦劳作而倦怠,脊背可能会因负重而磨伤,但内心却是平和而坚定的。在最黑暗的时候,有一盏明灯在指引着方向。"[2] 信仰能够给人一种方向,一种希望,一种动力;因此,"就人的福祉而言,信仰应该是唯一需要的","对于真正有道德的人,失去了宗教信仰,也就失去了一切"[3]。这也是卡莱尔思考英国状况问题时的出发点。如评论家西蒙·海弗(Simon Heffer)所说,卡莱尔真正要写的并不是宪章运动,而是导致宪章运动的那个日渐失去上帝、物质至上主义的社会,以及如何来改善这个社会。[4]

在卡莱尔看来,时代的主要特征之一就是信仰失落所导致的"精神瘫痪",没有了宗教,没有了上帝,人也就失去了灵魂,这才是整个"社会坏疽"的中心点(Works 10:137)。人们陷入了怀疑和彷徨之中,"信仰已经死亡","没有了是非观念"[5]。但由于"人生来就是崇拜者"(Works 10:55),各种虚假的信仰便乘虚而入,导致英国人整个价值观念的扭曲。其中最具破坏力的信仰便是拜金主义,也即玛门主义(Mammonism)。卡莱尔指出:"玛门就像火一样,固然可以成为最有用的仆人,但也可以成为最可怕的主人!"(Works 10:289)金钱具有神奇的效力,但也会带来负面的影响,"几乎完全消除了成千上万人心中的道德感"(Works 10:194)。

---

1 转引自马克思、恩格斯:《马克思恩格斯全集》第3卷,第514页。
2 Thomas Carlyle, *The Works of Thomas Carlyle*, vol. 28, p. 29.
3 Thomas Carlyle, *Sartor Resartus*, p. 124.
4 Simon Heffer, *Moral Desperado: A Life of Thomas Carlyle*, London: Weidenfeld & Nicolson, 1995, p. 193.
5 Thomas Carlyle, *The Works of Thomas Carlyle*, vol. 29, p. 151.

卡莱尔批判玛门主义的主要目的是改造英国的工业家，也即"劳动的贵族"。在卡莱尔看来，他们作为"工业领袖"，本应成为国家未来的统治者，却居然狭隘地只将赚钱视为唯一的成功。"全世界一致认为，金钱乃是胜利的真正象征、恰如其分的对等物和同义词"（Works 10:193-194），但获得金钱只是胜利了一半，还要进行公平合理的分配。而且，金钱关系并不是人与人之间的唯一联系；如果认识不到这一点，"无尽的反叛、争夺、仇恨、孤立和憎恶就将伴其左右，直到所有人都意识到，不管他的所得看上去多么辉煌，都不是成功，反而恰恰是没有成功"（Works 10:186）。

卡莱尔认为英国状况问题的解决离不开一场精神革命，尤其是作为未来社会拯救者的"工业领袖"能够抛弃玛门主义，实现道德革新。在他看来，人总需要内心有某种"理想"，有一些"灵魂"，才能改变"躯体"（Works 10:189-190）。罗森贝格认为，卡莱尔、罗斯金、莫里斯（William Morris）、狄更斯等社会批评家要求改革人的心灵和情感，不是因为他们对人性抱有信心，而是因为他们没有其他更有力的途径；但这条路又走不通，因为机器不仅毁了工人，也使工厂主的心胸更加狭隘，资本主义的工业制度恰恰使工厂主不可能自我改善。[1] 这也是恩格斯会赞同的观点，但并不能因此而断言卡莱尔的这种努力只是一种妥协。他和狄更斯等人的社会批评也是维多利亚时代的主流思潮之一，从精神层面切开了现代工业社会的"坏疽"。

四、狄更斯：单调与人性

狄更斯的《艰难时世》也是对19世纪英国工业社会的批判，其副标题便是"写给当今时代"。据评论家克雷格（David Craig）考证，"艰难时世"是1820至1865年英国民歌中非常流行的一个词语，常用来指经济萧条的时期，尤其是食物短缺和低薪失业令日子十分艰辛。[2] 这并不是狄更斯小说发表时的英国状况，但恰恰是卡莱尔提出"英国状况问题"时的情形。狄更斯对英国状况的认识受卡莱尔影响，小说场景又是恩格斯所关注的纺织工

---

[1] Philip Rosenberg, *The Seventh Hero: Thomas Carlyle and the Theory of Radical Activism*, p. 141.

[2] David Craig, *The Real Foundations: Literature and Social Change*, London: Chatto and Windus, 1973, p. 109.

业区兰开夏郡，但狄更斯批判的侧重点却与后两人不同。

狄更斯和卡莱尔一样，也认识到英国状况的混乱无序，希望统治阶级不要继续"放任自由"，而是担起责任，解救困境中的工人阶级。小说第二部第五章描写了"工人与厂主"的碰面，工人斯蒂芬对厂主庞得贝诉说工人的状况是"一团糟"，希望统治阶级不要"置之不理"："这事件不能指望我。也不该靠我来解决这个问题，东家。这是在我之上，在我们其余的人之上的人们的事。要是他们不来做这件事，东家，他们负的又是什么责任呢？"（《艰》：182）但狄更斯并没有塑造卡莱尔所设想的那种"工业领袖"，也不像恩格斯那样认为工人阶级能够主掌未来。恩格斯看到工人阶级和资产阶级有着不可调和的利益冲突，而卡莱尔则希望工厂主能与工人形成永久的共同利益（Works 10:282），狄更斯也在《罢工》（1854）一文暗示这两个阶级有着"共同利益"[1]。在此前提下，狄更斯和卡莱尔一样，希望资产阶级能够改善工人状况。诚如乔治·奥威尔所言，狄更斯并非"革命"作家，他并不想推翻社会，他的主张是资本家应该向善，而非工人应该反抗。[2] 由此不难理解小说中对工会运动的负面描写。狄更斯除了将工会领袖布拉克普儿塑造成一个只会煽动工人的空谈家，还描写了工会如何排斥拒绝入会的工人。从根本上说，狄更斯还是认可了既有的社会等级制度，担心工人阶级会导致马修·阿诺德所担忧的无政府状态。他在小说中透过露易莎的视角将工人比作不可控制的海洋："这些家伙有时会象海洋似的汹涌澎湃，造成了一些损失和浪费。"（《艰》：191）

在批判工业主义方面，狄更斯无疑受卡莱尔影响。《艰难时世》批判的锋镝是功利主义。戈德堡（Michael Goldberg）在《卡莱尔与狄更斯》一书中详细分析了卡莱尔对狄更斯的影响，认为"甚至可以把《艰难时世》看成是卡莱尔最出色的小说"，而主要的影响就在于对功利主义的批判。[3] 弗·雷·利维斯（F. R. Leavis）更是赞赏狄更斯在这部小说中"具有了全面的视野，发现正是一种不近人情的哲学孕育并支撑了维多利亚时代文明中

---

1 Charles Dickens, "On Strike", in Michael Slater ed., *The Dent Uniform Edition of Dickens' Journalism*, vol. 3, London: Dent, 1998, p. 210.

2 George Orwell, *Inside the Whale and Other Essays*, London: Gollancz, 1940, pp. 12–14.

3 Michael Goldberg, *Carlyle and Dickens*, Athens: The U of Georgia P, 1972, pp. 78–99.

第二章 维多利亚时代：英格兰的"资本年代"

的毫无人性之处"[1]。狄更斯也在1854年12月给友人的信中提到："我讽刺的对象是那些除了数字和平均值以外什么都不看的人——他们代表着当代最有害、最强大的邪恶。"[2]小说揭露了只注重事实和计算的功利主义哲学对人的想象和情感的扼杀，人的"心"和"脑"都变成了机器。这正是卡莱尔在《时代征兆》中所批判的"机器时代"的弊病[3]，也即马克思和恩格斯所说的"把人训练成机器"[4]。丹纳在1856年就谈到，该小说中的人物可以根据有无情感分成两类，狄更斯借此对比了"自然的和被社会扭曲了的灵魂"[5]。狄更斯主张在人们心中培养"想象和感情"（《艰》：198），因为"一切闭塞起来的力量都是危险的。有利于健康的空气，使物产成熟的热力，只要封闭了起来，就会成为一种破坏的力量"（《艰》：274）。这种破坏作用在19世纪的一个实例就是哲学家穆勒（J. S. Mill）的成长过程，他在《自传》中记载了想象力和情感陶冶的缺失导致了他早年的精神崩溃。狄更斯虽然和卡莱尔一样批判功利主义，但他认为要改变机器时代对人的灵魂的扭曲，还需要适当的享乐，这是倡导禁欲的卡莱尔所没有谈到的。

　　如果卡莱尔看到的英国状况是"混乱"，狄更斯看到的英国状况便是"单调"。《艰难时世》中对焦煤镇的描写明显体现了这一点。焦煤镇以纺织城曼彻斯特为原型不足为奇，如布里格斯（Asa Briggs）在《维多利亚时代的城市》中所说，在1836年后的经济大萧条时期，曼彻斯特似乎掌握着解答"英国状况问题"的钥匙。[6]恩格斯详尽地考察了这座"现代工业城镇的典型"[7]，盖斯凯尔夫人等"工业小说"作家也以该城为背景来探讨英国19世纪三四十年代的社会问题。狄更斯并不像前两人那样以写实的笔触来描述曼彻斯特，而是把曼彻斯特视为工业时代的象征，正如1835年来此的法国人托克维尔（Alexis de Tocqueville）所做的著名评断："文明在这里创造

1　F. R. Leavis and Q. D. Leavis, *Dickens the Novelist*, Harmondsworth: Penguin, 1972, p. 253.
2　*The Letters of Charles Dickens*, vol. 7, p. 492.
3　Thomas Carlyle, *The Works of Thomas Carlyle*, vol. 27, p. 59.
4　马克思、恩格斯:《共产党宣言》，第44页。
5　Hippolyte Taine, "The Two Classes of Characters in Hard Times", in Charles Dickens, *Hard Times*, George Ford and Sylvère Monod ed., 2nd ed., New York: Norton, 1990, p. 331.
6　Asa Briggs, *Victorian Cities*, Harmondsworth: Penguin, 1968, p. 93.
7　转引自 ibid., p. 94。

着奇迹，而文明人却几乎变回到了野蛮状态。"[1]焦煤镇作为一个象征，概括了工业城镇普遍具有的特征。狄更斯后来在信中谈到自己没有明写曼彻斯特，而是虚构了一个焦煤镇："《艰难时世》的场景定名为焦煤镇。人人都知道那是什么意思，但每个纺织城镇都说它指的是另外一个纺织城镇。"[2]狄更斯说这座被烟灰熏黑了的红砖城镇看上去就像野蛮人涂的花脸，那种阴沉的形象就像他小说中的反复出现的监狱形象，成了遍布整个工业社会一个统摄性的隐喻。更可怕的是它的单调：

> 这是个到处都是机器和高耸的烟囱的市镇，无穷无尽长蛇似的浓烟，一直不停地从烟囱里冒出来，怎么也直不起身来。镇上有一条黑色的水渠，还有一条河，这里面的水被气味难闻的染料冲成深紫色，许多庞大的建筑物上面开满了窗户，里面整天只听到嘎啦嘎啦的颤动声响，蒸汽机上的活塞单调地移上移下，就像一个患了忧郁症的大象的头。镇上有好几条大街，看起来条条都是一个样子，还有许多小巷也是彼此相同，那儿的居民也几乎个个相似，他们同时进，同时出，走在同样的人行道上，发出同样的脚步声音，他们做同样的工作，而且，对于他们，今天跟昨天和明天毫无区别，今年跟去年和明年也是一样。(《艰》: 28)

"大象"和"长蛇"为这座毫无生气的城镇增添了动态画面，但前者突出的却是生活节奏的乏味，后者暗示的则是这种生活的无穷无尽。出出进进的工人已经被这座单调的城镇所同化，丧失了个性，生活也没有了多样性，与没有生命的街道并无二致。而城镇和工人这种单调又是由一种看不见的体系造成的，也即马克斯·韦伯所说的现代文明的单调和机械所形成的"铁笼"。[3]

这种单调违背了自然和人的天性，但只有自然提出了反抗："即使在这

---

[1] 转引自 Asa Briggs, *Victorian Cities*, p. 115。

[2] *The Letters of Charles Dickens*, vol. 11, Graham Storey ed., Oxford: Oxford UP, 1999, p. 242.

[3] Max Weber, *The Protestant Ethic and the Spirit of Capitalism*, trans. by Talcott Parsons, London: Routledge, 1992, p. 123.

一片茫茫的黑烟与砖墙的地方，它也会把季节的变换带了来，而且对那个地方可怕的单调性，提出了唯一的反抗。"(《艰》：109）焦煤镇人又如何才能摆脱这种生活的沉沦？狄更斯的答案便是"马戏团"所象征的娱乐，这是"焦煤镇工人生活中最需要的一件东西"，"他们越是在工作冗长而单调的时候，就越是渴望能得到一点休息——舒畅一下，使精神活泼起来，劲头大起来，有一个发泄的机会——希望有一个公认的假期，在动人的乐队演奏之下好好地来跳一跳舞——间或吃点好吃的东西"(《艰》：31）。这种观点显然与卡莱尔的自我消解、克制己欲的伦理主张相反。如安格斯·威尔逊（Angus Wilson）所言，狄更斯在该小说中开始抛弃维多利亚时代资本主义的自助、勤劳和克己等"美德"。[1] 狄更斯看到，这些禁欲主义的"美德"固然有助于增加物质财富，却也导致了精神和情感生活的贫瘠，进而主张用享乐来打破单调生活对人的本能的压抑，恢复人性的完整性和多样性。

　　卡莱尔、恩格斯和狄更斯在分析"英国状况问题"时，虽然具体指涉的是19世纪三四十年代的英国，但他们批判的主要问题都是工业主义内在的弊端，这些弊端并没有随着时间而消逝。尽管他们各自的思想和文化背景不同，批判的重点也不一致，但都认识到工业革命给人们生活带来的改变并不都是当时的史学家麦考利（T. B. Macaulay）等人所谓的"改善"和"进步"。他们对"时代精神"的批判在当时的文化中也形成了一个传统，本身也是一种"时代精神"。

---

[1] Angus Wilson, *The World of Charles Dickens*, New York: The Viking, 1970, p. 235.

| 第三章 |

第二帝国时期：法兰西的"百货商店"

/ 王 涛 /

第一节 资本语境下百货商店的产生

随着文明的发展，人类的物质生活愈发不能单纯依赖自给自足，而必须进行从事交换的经济生活，而物质生活与经济生活之间那不规则的接触面，就是作为中间环节的交换场所，通过商品的交换、消费，平衡着供与需的关系。从原始的物物交换到如今的网上购物，交换场所历经集市、店铺、商场、百货商店、超市、购物中心、网店等各种形式的变化，甚至在时间和空间上也经历了不定期—定期—随时，或不定点—定点—规模最大化—虚拟化的变化。每一次变化的出现，都对人类的生活构成重大的影响，比如，设立于城市的集市同时也在促进着城市的发展壮大，左右着人的流动和聚集；商店的专业化和等级化也在间接参与社会阶层的划分；而电子信息时代网络购物的普及，更是将宅在家中不出大门的人，也卷入了经济生活之中。如果说商店影响、改变了世界，一点也不夸张。

19世纪五六十年代的法国相继出现了乐蓬马歇（le Bon Marché）、卢浮宫（Grands Magasins du Louvre）和莎玛丽丹（La Samaritaine）等百货商店。这些据说为法国作家左拉（Émile Zola）的小说《妇女乐园》（*Au Bonheur des Dames*）考察原型的百货商店，出现在被美国史学家艾瑞克·霍布斯鲍姆（Eric Hobsbawm）称为"资本的年代"（the Age of Capital）

第三章　第二帝国时期：法兰西的"百货商店"

的时间段（1848—1875）内并非偶然[1]，观念的转变往往是器物、思想文化、制度的合力，对比百货商店产生前后商业经营、投资者的观念，及其背后的因素，可以看出：百货公司的产生，不仅仅是经营理念上的量变，更是因工业革命从基本的器物层面上改变了资本语境，加之一些利于实业和商业发展的思想被当权政府落实到了制度层面，这才带来足以影响法国乃至西方世界的质变。

实际上，根据法国年鉴派史学家布罗代尔的研究，由于长时期的人口增长和经济活动的高涨，供应部门猛烈扩张，销售网点固定和店铺营业时间延长带来的交换加快，以及信贷业的发展，在17至18世纪时，就已经出现了"商店征服（欧洲）世界"的兴旺景象。[2]然而总的来说，从需求的内容来看，此时征服城市、进军乡村的各种类型商店，仍停留在满足直接日常需求的层面，仍然是"有中生有"。真正对这种状况构成革新式改变的，还是要等到19世纪60年代起在法国开始出现的百货公司。

一、百货商店产生前经营者和投资者的观念及其成因

《妇女乐园》中，代表旧式店铺经营者的鲍兑在对他的侄女黛妮丝聊起生意经时谈到，这一行业的策略"不是在于卖得多，而是要卖得出价钱"[3]。这其实应当正是传统商店经营者，乃至传统商业投资者的经营观，他们所关注的利润，往往就是单纯的最大化差额。然而，既然这种经营策略被鲍兑称为"艺术"，而鲍兑夫人又在回忆中想到这家店曾是"这一区里最兴隆、最殷实、顾客最多的"店铺，至少可以说明，在"妇女乐园"这样的百货商店出现之前，传统店铺在这种观念指导下的经营，曾经是成功的。

---

[1] 霍布斯鲍姆将现代世界史分作了四个阶段，即革命的年代（the Age of Revolution，1789—1848）、资本的年代（the Age of Capital，1848—1875）、帝国的年代（the Age of Empire，1975—1914）和极端的年代（the Age of Extremes，1914—1991），并各撰写专著一部，合称为"霍布斯鲍姆年代四部曲"。
[2] 参见费尔南·布罗代尔：《15至18世纪的物质文明、经济和资本主义》（第2卷），顾良译，北京：生活·读书·新知三联书店，1993年，第51—58页。
[3] 左拉：《妇女乐园》，侍桁译，上海：上海译文出版社，2003年，第19页。后文出自该书的引文，将随文在括号内标出该书简称（《妇》）和引文出处页码，不再另注。

121

在法国会形成这种经营和利润观念,可能有这样几个原因:

首先是地理位置和运输成本方面。从大航海时代起,就是沿海国家的商业最先发展起来;到了第一次工业革命时,虽然蒸汽船的出现加快了海路运输,但像法国这类相当部分领土为内陆的国家,受地理条件的限制,运往内陆的时间并没有获得快速的缩减,产品销售市场的扩大也无法深入到内陆地区。而且运输成本过大,也必然会影响流通货物的数量和种类;而内陆地区对外部世界认识的局限,也会使得购买商品的需求无法快速增加。

而最重要的还是资金方面。直到19世纪上半叶,大部分企业采用的还是私人筹措资金的方式,也就是说,包括法国传统店铺在内的经营者们,其运营资金大部分来自经营者的自家财产和以往的利润。[1]不要说《妇女乐园》中那些靠积蓄、嫁妆、房产苦苦支撑的小商店,即便是妇女乐园的经营者慕雷,起初也是将几乎全部赚来的钱都再次投入,甚至让大部分职工将他们的钱也存放在店里,用于投资(《妇》:19)。这种"疯狂的行径"令他的竞争对手鲍兑依照常理做出了妇女乐园必然会崩溃的预测,可见在以往,若无充足的资金,休说扩大经营范围,就连想要购置更多的商品都成问题。

在这种资金、货物种类和数量、消费需求、运输速度和成本都受局限的情况下,期望在数量必然有限的交易活动中获得最大化的差额,自然也是顺理成章的。

当然,也不是所有的商人都没有赚足足够的资本。比如巴尔扎克笔下的葛朗台和高老头,然而这两位箍桶匠和面条商出身的富商,却都不是靠常规的商铺经营本身发家的。实际上,翻开19世纪上半叶甚至更往前的法国文学史,不难在巴尔扎克等作家的笔下,看到"资本的年代"到来之前,法国商业经营者的发家方式主要都是靠高利贷、地租、公债、囤积居奇、哄抬物价、大发国难财,甚至走私偷税、销赃、贩卖人口。[2]按照马克斯·韦伯的观点,这些依靠大规模投机、特许权猎取,热衷于发战争

---

[1] 艾瑞克·霍布斯鲍姆:《资本的年代:1848—1875》,张晓华等译,南京:江苏人民出版社,1999年,第289页。
[2] 参见柳鸣九主编:《法国文学史(第二卷)》(修订本),北京:人民文学出版社,2007年。

财的发家方式，无疑均带有非理性的痕迹，而他心目中理性的工业组织应当是与固定的市场相协调，而非与政治的或非理性的投资盈利活动相适应。[1]

而这些人在获得了资本原始积累之后，又主要会采取何种对待财富的方式呢？法国大革命前16至18世纪间，经商致富的"绅士"（gentry）[2]还可能因卖官鬻爵的制度成为"长袍贵族"（Noblesse de robe）[3]或"包税人"（tax farmer）[4]，但大革命之后就只能用这笔财富努力成为或是去攀附握有实权（尤其是在七月王朝）的银行家等金融贵族（如高老头）了。此外，他们中相当一部分人会像葛朗台、高布赛克一类吝啬鬼一样，如同拜物教信徒般，单纯将资本视为夜晚偷偷把玩的金币，或是长年累月积压在贮藏室里发霉的抵押品。他们即便投资，也往往更青睐于国家公债、土地和房地产，甚至经常将资金投往国外，而对于那些规模及产值不断提升但开支巨大的工业，如铁路、冶金等，却往往不屑一顾，以至于损害到了本国的工业，致使法国的工业发展速度明显落后于英国等竞争对手——工业尚且如此，更不要说与日常生活更加相关的店铺经营了，资本自然也就根本无从在交换、消费环节中发挥更为神通广大的作用。[5]

对于形成这种观念的原因，韦伯和桑巴特（Werner Sombart）从宗教文化方面给出了各自的解答。在韦伯看来，这些商业经营、投资者大多有新

---

1 马克斯·韦伯：《新教伦理与资本主义精神》，于晓、陈维刚等译，北京：生活·读书·新知三联书店，1987年，第11—12页。

2 "绅士"主要指那些靠父辈或祖辈经商致富进阶上层的法国资产阶级，但到了他们这一代，已不再开设店铺或商行，而是经营大片土地，开展金融业务和捐纳官职，把官职作为勤俭和保守的世家祖产留给后代。参见费尔南·布罗代尔：《15至18世纪的物质文明、经济和资本主义》（第2卷），第528—529页。

3 又译穿袍贵族，因其履行公务时的着装而得名。与以战功封侯晋爵的"佩剑贵族"相对，指脱胎于平民等级的显官，不以手艺或经商为生，虽然以贵族的方式生活，但并不属于真正的贵族。其出现有助于缓和特权等级和平民等级之间的对立，从而起到一定的淡化社会矛盾作用。

4 由于这之前法国并没有建立中央集权的财政制度，所以无法通过财政秩序和计划对收支各环节进行真正的控制，因而国家的财政取决于负责收纳各种捐税和债款的中间人，即"包税人"。这些包税人可以是巴黎里昂一类城市、省三级会议、教士会议、间接税包税人，以及征收直接税的财务官。国家或国王王室需要钱时，先向这些包税人借贷，再由允许他们通过征收人头税、什一税或人口税的方式偿还，并默许他们从中获利。

5 艾瑞克·霍布斯鲍姆：《资本的年代：1848—1875》，第289页。

教的背景，出身较为低微，成长环境较为艰苦，在近代经济生活中拥有较多所有权和管理权的他们，养成了勤劳节俭的习惯，拒绝财富所带来的游手好闲或是享乐诱惑，谴责欺诈和贪婪；不唯如此，他们更是以一种禁欲主义的态度，强烈拒斥着消费，尤其是奢侈品的消费，并由此将新教伦理与资本主义精神关联起来。[1] 而与韦伯同时代的桑巴特却认为，这些中产阶级的美德与新教教义无关；他将资本主义精神与犹太教的教义及其宗教领袖的商业精神关联起来。[2] 抛开宗教精神上的分歧，韦伯和桑巴特的理论至少都在试图说明：节俭、禁欲的确有利于财富的有效、快速积累。

也许两位德国社会学家从宗教文化角度的解释未必完全适用于法国的情形，那么不妨回到葛朗台、高布赛克们所处的资本语境对他们的行为做出解释。法国的吝啬鬼们对囤积点数金币那么热衷，贵金属的相对稀有是原因之一。从经济学的角度上说，任何有通缩特性的货币都会鼓励囤积行为的出现，囤积的人越多、量越大，钱就越值钱，但产出的价格也就相对下降，随之产生的结果就是需求和工资的下降，这又导致产出价格的进一步下降，从而形成所谓"螺旋形通缩"（deflation spiral），所以尽管在一定时期内有利于财富的积累，却最终会限制经济态势的总体发展。

而且，作为贵金属首选替代品的纸币，其发行也需要足够的真金白银储备作为准备金。18世纪初苏格兰人约翰·劳（John Law）曾在奥尔良公爵的摄政政权支持下在法国推行纸币，一度让法国经济短暂复苏；然而这个负债累累的国家不顾只有5亿利弗的金银库存，泛滥地发行了30亿利弗的纸币，最终导致约翰·劳的信用货币制度破产，法国经济几乎全面崩溃，只有土地这种不动产没有受到严重损害。纸币和银行在法国信誉扫地，这一巨大创伤使得国民更加依赖真金白银，同时也不愿投资实业，使得法国的实业发展落后于西欧好几十年。[3]

这种不愿投资实业的普遍经济风气在复辟王朝和七月王朝也同样存在，

---

[1] 马克斯·韦伯：《新教伦理与资本主义精神》，第23—25、123—132页。
[2] 参见菲利普·西格曼：《〈奢侈与资本主义〉英译本导言》，载维尔纳·桑巴特：《奢侈与资本主义》，王燕平等译，上海：上海人民出版社，2000年，第236—238页。
[3] 皮埃尔·米盖尔：《法国史》，桂裕芳、郭华榕译，北京：中国社会科学出版社，2010年，第157—158页。

大小资产阶级在经营中仍谨小慎微，在不够成熟的金融市场中从事着旧式的交易，对于逐渐到来的工业革命，"大资产者害怕亏本，小资产者惧怕竞争"，既不鼓励生产，又抵制机器，使得工业化进程始终畏缩不前。[1]

在这种投资背景和实业发展的状况之下，也就自然不允许百货商店一类的存在，即便有什么都卖的店铺，也是以小城市及附近村庄居民为顾客的杂货店（mercier），经营的商品也以满足日常生活需要的小成本商品为主，并没有什么奢侈品。

二、百货商店的思想文化层面成因

左拉小说中"妇女乐园"的发家史，正可以视为法国百货商店发展的缩影：从1822年一家专营绸缎、全部资本只有50万法郎、只有一面橱窗的小商店，发展到小说开始时的19个营业部、400多名职工的中等商店，到结尾时更发展成为拥有50个营业部、3000多名职工，每天的营业额甚至突破百万法郎的超级商场，镶有"妇女乐园"招牌的货车在法国的所有线路上奔驰，整个欧洲的订单都源源不断地涌来。这彻底改变了原先的小商店经营品种单一、货源匮乏、资金不足、管理理念陈旧等问题，将出售货品和消费品的市场扩大至全国乃至欧洲。

社会观念的质变背后，往往是思想文化、器物、制度等各个方面的合力，法国这一零售业的巨大变革亦是如此。首先我们从经营者的思想观念方面探究百货商店的成因。

《妇女乐园》中，于男主人公慕雷颇显混乱的私生活当中，我们很难看出新教的禁欲伦理，能将宗教活动视为广告宣传的他，显然也不会是虔诚的信徒。而且，与临死前还想抢神甫镀金十字架的葛朗台们截然不同的是，慕雷在偶遇他的昔日同窗、小贵族瓦拉敖斯时一再强调"赚钱并非就是一切"，整部小说中既看不到他爱抚、点数金银，也看不到他将赚更多的钱当作自己最大的人生目标，给他更大乐趣的是，"你有一个主意，你便为它去奋斗，像用锤子把这些东西锤进人们的脑袋里去，你看见它扩大和胜利"，这种"行动的快乐"，才是他"人生的一切乐趣"，因为他是"生活在他

---

[1] 皮埃尔·米盖尔：《法国史》，第225、241页。

的时代里"的(《妇》:55—56),每次营业额的突破也许能让他欣喜一时,但真正能令他从心底悸动的,却是创建巴黎最大百货商店的雄心。而与他对话的瓦拉敖斯,那曾经的优等生的精神状态,却恰恰和慕雷这当年的劣等生形成鲜明的对比——前者活像一个带有几分"世纪病"患者色彩的闲人[1],终日感受不到人生的乐趣,只能期待着亲戚的遗产或是能够带来嫁妆的婚姻。不难看出,他正是左拉在评说慕雷时忍不住去批评的那类人:

> 在从事这么大事业的时期,当整个世纪向前迈进的时候,一个人拒绝工作,一定是体格不健全,头脑和四肢都有了毛病。所以他(指慕雷)嘲笑那些绝望的人,那些孤高傲世的人,那些悲观主义者,嘲笑那在我们的新兴科学里一切病态的人,他们在现时代广大的活动天地里,现出了诗人般哭哭啼啼的样子,或是怀疑论者的冷淡神情。一个人,站在别人的劳动面前疲惫地打着呵欠,真是又聪明又妥当的漂亮角色!(《妇》:56—57)

鉴于左拉社会学家般的气质,这两类人无疑在1848年后的法国的确存在的。左拉设计这样两个人的偶遇,无疑是在对慕雷的主张行动、推崇实干加以肯定,而对百无一用的旧式贵族和游手好闲者表示轻蔑。这两点其实恰恰与法国思想家圣西门(Claude-Henri de Rouvroy, Comte de Saint-Simon)推崇实业制度、批判游手好闲的旧贵族的思想颇为吻合。

针对复辟王朝对待工业化保守的态度,圣西门提出放手发展工业,以改变世界,而要做到这一点,显然就要对当时法国存在的问题有破有立。在圣西门看来,法国社会的矛盾在于非生产者和生产者彼此的地位关系上,非生产者是指"贵族、过着贵族生活的财主、高级僧侣、大官僚、军事将领"这些闲散、寄生或食利的阶层,而生产者是指"实业经营者、实业领

---

[1] "世纪病"是孕育于18世纪末法国浪漫主义文学中的一种典型形象,风行于19世纪初,蔓延于20世纪世界文坛的一种文学现象。"世纪儿"在法国主要指拿破仑时代长大的一代人,王权和神权的恢复使他们失去信仰,无所追求,在厌倦和无聊中打发日子;或者生性孤僻,内向,忧郁,在现实生活中找不到自己的位置,找不到生命的意义,代表了一代青年人的精神状态;与俄国的"多余人"较为相近。

导人、艺术家和学者"[1]，而后又将实业家的解释确定为农民、工厂主和商人三类[2]。生产者一方在人数、品德、推理和想象能力及政治才干方面，均超过非生产者，掌握着几乎全部能对社会发生作用的基本实证力量和政治工作能力，却被置于末位；而非生产者却掌握着实权，不但游手好闲，接受着国家的供养，还依靠特权和暴力妨碍着生产、违犯着实业家的利益。[3]

在批判的同时，圣西门主张取消贵族享有公有财产的特权，并创立实业制度，由"生产者"，即实业家、艺术家和学者的统治取代传统政府，掌握社会政治、经济、文化各方面权力的社会制度，同时将采纳现代科学技术、实现工业化、推进法国实业即经济发展为中心任务。[4]

当然，没有迹象表明，在"普拉桑学院"这种很可能有教会背景的公学里，慕雷受到过圣西门思想的影响。但慕雷曾提到，他的同学很多都去做了律师或医生，而法学院或医学院学生、商行职员恰恰是最先视圣西门为导师的人群。更何况，尽管圣西门1825年便已驾鹤西去，他的思想却通过这样三股力量推动和传播开来：与他有密切关系的大银行家和实业家，如拉菲特（Jacques Laffitte）、佩雷尔兄弟（les Pereire）等人；巴黎综合理工大学（又称综合工科学校）的毕业生，如谢瓦利耶（Michel Chevalier）、莱赛普斯、普尔内尔等人；有社会主义倾向的圣西门学派积极分子，如罗德里格、圣阿芒·巴扎尔（Saint-Amand Bazard）、巴特勒米·安凡丹（又译昂方坦，Barthélemy Enfanti）等人。[5]其中，罗德里格等圣西门派信徒于1825年创办了一份《生产者》（*Le Producteur*）日报，向信徒和广大读者介绍、宣传圣西门的思想；尽管次年《生产者》就被迫停刊，但到1830年前

---

[1] 圣西门：《论蜜蜂与胡蜂的不和或生产者与不事生产的消费者的彼此地位》，《圣西门选集》（第三卷），董果良、赵鸣远译，北京：商务印书馆，1985年，第149页。

[2] 圣西门：《实业家问答》，《圣西门选集》（第二卷），董果良译，北京：商务印书馆，1982年，第51页。

[3] 参见圣西门：《论蜜蜂与胡蜂的不和或生产者与不事生产的消费者的彼此地位》，《圣西门选集》（第三卷），第147—152页；圣西门：《实业家问答》，《圣西门选集》（第二卷），第51—52页。

[4] 圣西门：《实业家问答》，《圣西门选集》（第二卷），第51—56页。参见圣西门：《加强实业的政治力量和增加法国的财富的制宪措施》和《论实业体系》，《圣西门选集》（第一卷），王燕生等译，北京：商务印书馆，1979年。

[5] 董煟：《圣西门的实业思想与法国的近代工业化》，《中南民族大学学报》2004年第1期。

夕，该流派仍发展至拥有约3500名门徒，七月王朝建立后，他们又取得了从前空论家的喉舌《地球》（*Le Globe*）杂志，他们召开的很多会议都吸引了大批民众参加。[1]

到了被人称为"马背上的圣西门"的拿破仑三世治政期间，圣西门派的思想更是进一步开花结果——佩雷尔兄弟、谢瓦利耶和安凡丹等科学工程师与金融精英出于资本与领导结合的观念，纷纷成为第二帝国统治、行政与资本积累结构中的主要人物，不少路易·波拿巴的家族成员同样也是圣西门主义的信徒，他们实际上将发展实业和推进法国工业化当作了第二帝国经济上的主导思想。[2] 在他们看来，只有把流动的资金用于活动、劳动和生活，才是对金钱的合法使用；金钱带来的不应当只是利润，而是行动加利润；如果利润能够帮助人们生活得更好，就不该受到诅咒，相反，有钱而不加以使用无异于偷窃。[3]

因而，在1825年至第二帝国成立初期的时间段内，无论是社会精英甚至政府官员的推崇，还是追随者在民间的传播和推广，作为小说作者的左拉和小说世界中的慕雷，都是很有可能对圣西门的思想有所了解，甚至受到一定影响的。

与圣西门不支持生产者或实业家们通过暴力手段夺取主导地位相仿，小说中慕雷在实现自己雄心的过程中，并没有在商业竞争中使用不诚信或违法的卑鄙手段，甚至在第一次见到女主人公黛妮丝时，便诚恳地让她转告鲍兑："我始终非常喜欢他，他不该怨我，要怨的是新兴的商业情况。你还可以告诉他，如果他顽固地保持那种可笑的老式做法，他终归要被淘汰的。"（《妇》：47）即使是在扩建商店需要买下雨伞商布拉的店铺，也一直在不断提出合理的价钱，遭遇顽抗而导致工程无限期推延后，他也没有雇用打手之类进行人身威胁，而是通过持有债权得到的布拉破产证据，通过

---

1 安东尼·德·巴克、弗朗索瓦丝·梅洛尼奥主编：《法国文化史Ⅲ——启蒙与自由：十八世纪和十九世纪》，朱静、许光华译，上海：华东师范大学出版社，2011年，第182页。
2 乔治·杜比主编：《法国史（中卷）》，吕一民等译，北京：商务印书馆，2010年，第1077页；大卫·哈维：《巴黎城记：现代性之都的诞生》，黄煜文译，桂林：广西师范大学出版社，2010年，第78—79页。
3 参见皮埃尔·米盖尔：《法国史》，第267页。

第三章　第二帝国时期：法兰西的"百货商店"

破产管理人，用500法郎买下了他10万法郎都不愿放弃的店铺——尽管看起来残忍，但并没有脱离正常的竞争法则。

正因如此，慕雷才可能得到黛妮丝的爱慕，尽管慕雷击垮了她的伯父鲍兑，以及她的恩人布拉和罗比诺，尽管慕雷发明出的这个粉碎旧世界的机器的野蛮运转令她愤慨，黛妮丝却仍为他宏伟的工作而爱他，为被这种合乎逻辑的事业选中而受宠若惊。到后来同样深谙经营之道的她明白，慕雷不过是在从事他的时代的工作，在这场大店家同小买卖进行的斗争之间，她清楚地认识到大店家终究会胜利，鲍兑、布拉和罗比诺们的崩溃不可避免，因为这"是正当的，为了巴黎的未来的健康，这些悲惨的肥料是必需的……一切革命都要有一些殉道者，只有踏着这些死人才能前进"，这是"商业的一种自然的进化"，而即便慕雷"糊涂到果真关闭了乐园，另一个大店便会在隔壁开出来，因为这种观念是由天空的四面八方散布的，这个工业城市的胜利是由世纪的风撒下的种子，它消灭了旧时代摇摇欲坠的建筑"（《妇》：168，173—177，326—327，339）。

在这里，左拉显然将慕雷看作"时代精神"的体现者，并将他的胜利视为一场摧枯拉朽的革命。那么，慕雷、黛妮丝，乃至左拉的这一系列有关新兴、进步、进化和淘汰的观念是从何而来，又是如何被商业经营者和大众逐渐接受的？从黛妮丝有关"蜘蛛吃苍蝇、莺吃蜘蛛"（《妇》：326）的噩梦当中，我们不难看出弱肉强食、优胜劣汰的进化论思想痕迹。

尽管进化论因查尔斯·达尔文（C. R. Darwin）而举世瞩目，但它却并非由达尔文提出的新观念，事实上，早在法国大革命期间，达尔文的祖父伊拉斯莫斯·达尔文（Erasmus Darwin）和英国人赫顿（Hutton）就已经以诗的体裁提出一套相当完整的地球以及动植物物种的进化理论；1809年，法国人拉马克（Lamarck）也提出了第一套有系统的现代进化论。只是因为宗教信仰的原因，进化论者虽然在19世纪上半叶人数众多，可在传统势力的打压下，在与人的起源问题休戚相关的生物学方面却始终小心翼翼；尽管如此，进化理论却仍将自然科学与人文社会科学连接了起来（尽管这些术语当时尚未诞生），甚至推动了社会学学科的出现，并在政治经济学、语言学研究方面取得了惊人进步。而达尔文的贡献则在于，他首次为物种起源提供了一种令人满意的解释模式，并且是用非科学家也丝毫不觉陌生

129

的术语做到这一点的,而这些术语恰恰是与自由经济最熟悉的概念——竞争——遥相呼应的。[1]

多少与此相关的是,19世纪50年代末60年代初,进化论思想逐渐因更多证据出现而被资产者、中产阶级广泛接受。不过,尽管进化论对商业竞争胜利者的肯定倾向无疑在那个时代已经在欧美国家蔓延开来,给勇于进取的资产者以合乎逻辑的鼓励,也给了资产阶级以自信,但单就法国而言,其更为广泛传播,似乎应当是在百货商店大批出现之后,所以不能很确定地说,进化论思想推动了百货商店的诞生。而鉴于达尔文和孔德(Auguste Comte)影响了丹纳,而丹纳又影响了左拉的思想线索近乎公认,倒是可以确定地说,是左拉在1883年以前创作《妇女乐园》时运用带有进化论思想的眼光,得出了百货商店符合商业竞争规则,甚至代表时代革新的判断。

三、百货商店的器物层面成因

如果说思想观念对百货商店产生的影响力还不是非常充分,那么器物方面的转变,却显然提供了更为扎实的基础。"资本的年代"中资本的胜利,尽管更多的还是有赖于现代科学为基础的各种技术和理性的资本核算、调节及组织方式,但理性和技术的力量毕竟还是要落实到具体的器物之上,因为正是技术改变了器物的世界,才为市场层面的改变奠定了基础。

比如铁路网的建设对于前述地理和运输成本问题的克服,截至1845年,欧洲和美洲拥有铁路的国家分别为9个和3个,其中长度在1000公里以上的则分别只有3个和1个,而到了1875年,欧美两洲拥有铁路的国家已分别增至18个和15个。[2]单就法国来说,1848年只有4000公里长的铁轨,5年内便增加一倍,18年内增加四倍,第二帝国初期法国拥有的机车头还不到1000部,到帝国末期则增加了四倍。从巴黎到地中海乘火车只需16小时,而乘公共马车则需要一星期。[3]这种突飞猛进的变化使得物资、资本和人力均得以有效、及时地流动起来,自然也就拓宽了产品的销售市场和交易效率。作为

---

1 参见艾瑞克·霍布斯鲍姆:《革命的年代:1789—1848》,王章辉等译,南京:江苏人民出版社,1999年,第389—392页;艾瑞克·霍布斯鲍姆:《资本的年代:1848—1875》,第345、353—356页。
2 艾瑞克·霍布斯鲍姆:《资本的年代:1848—1875》,第64页。
3 皮埃尔·米盖尔:《法国史》,第268页。

第三章　第二帝国时期：法兰西的"百货商店"

整个新铁路网的中心，巴黎也因此成为法国的首要市场和制造业中心，经济的群聚效果为巴黎不断吸引新的运输投资和新形式的经济活动，货物的运输成本也就获得了更多的削减，降低了资本周转率。因此，《妇女乐园》中首先映入眼帘的便是进站的火车，它令无数像黛妮丝一样希望在巴黎这样的大城市寻找新生活的人，得到快速的迁移，更使得妇女乐园这种建于巴黎的百货商店能够畅通无阻地从世界各地引进各种消费商品获得了保障。

同样成倍扩大经济的地理空间范围的还有邮政和电报业。电报系统在1856年还付诸阙如，但十年后却已铺设了2.3万公里。它们不仅改变了个人之间、家庭之间、国家与公民之间的交往方式，更进一步促进了商业的联系，使得人们可以持续取得远方的商品信息，这无疑大大促进了远程贸易的交易量和次数。[1]于是，《妇女乐园》中那动辄每天几百封的邮购信件开始出现，报刊上也渐渐出现了各种商业广告；根据"建议"及时配送产品到四面八方日益成为可能。

科技的发展使物的汇集成为可能，发行通货和越来越频繁的商品交换，也使得世界（尤其是欧美世界）逐渐整合为一，而赞颂世界的整合，正是万国博览会创办的原因之一。1855年和1867年巴黎曾两度举办万国博览会，除展示了各种技术革新产品、奠定了现代巴黎的城市格局之外，更令当时的人见证了突破国家疆界的新世界的产生。[2]尽管《妇女乐园》中并未直接提及万国博览会，但它在商业方面的促进作用却是不言而喻的。而且，在小说中，慕雷、雨丹等人都被称为陈列高手，甚至还有流派之分，让人不免联想到两次巴黎的万国博览会是否也让商店的经营者们有了更多关于陈列、展示技巧的心得？

不过相比之下，百货商店在器物层面的成因中，最重要的因素还是在于资本。事实上，霍布斯鲍姆之所以将1848至1875年称为"资本的年代"，正是因为"资本主义的全球性胜利，是1848年后数十年历史的主旋律"[3]，也就是，这是资本的逻辑开始在世界范围内无往而不利的年代。法国的商业经营者们之所以不再像葛朗台们那样普遍地囤积以贵金属为主的货币，加

1　大卫·哈维：《巴黎城记：现代性之都的诞生》，第118页。
2　同上书，第124页。
3　艾瑞克·霍布斯鲍姆：《资本的年代：1848—1875》，《导言》第1页。

利福尼亚、澳大利亚等地的黄金大发现是不容忽视的要素之一。这些新出现的黄金供应除了开辟并活跃了环太平洋地带的经济活动，有助于建立以英镑为基础的稳定可靠的金本位制度外，更使得欧美国家流通金币的数量不断增加，引起价格持续上涨，鼓励了人们不再囤积，而是去投资创业，促进了私有企业的自由化，进一步推动了工业进步。[1] 然而正如早在13、14世纪同样也出现过新的白银资源，贵金属的发现绝非成就这一时代的独特主因，何况也不能解释百货公司为何会在法国出现。

真正较为独特的，是与商品流通速度不断加倍相适应的利润观和资金筹措方式的改变。小说中，在鲍兑看来，起家于绸缎店的妇女乐园，不过是个"什么都卖的百货市场"（《妇》：19—21），而他对付大商家的理想方式，就是小本经营的商人联合起来，结成反抗同盟。而同为旧式店铺代表的罗比诺和布拉采取的竞争方式则是价格战。实际上，这正是鲍兑等传统小本经营者没有认清妇女乐园一类百货商店不同之处的表现。后者的不同，不仅仅在于经营种类多、运营资本更为雄厚，更在于其经营者在器物层面的变化基础上，产生了与物品流通速度匹配的资本流通意识，有了新的利润估算的理性方式。在慕雷们看来，最重要的不再是每笔交易成本与收入差额的最大化，而是尽快让资金成倍地流通起来，商品流通的速度也就会因此成倍地增长，即便有些商品的销售利润很小，甚至是赔本经营，但海量的业务最终只会带来巨额的利润（《妇》：273）。加上与厂家签订了长期供货合同，大商家不但争取到了牢靠的货源，以及各式符合自身要求的产品，更将价格上的盈亏控制在股掌之间。因此，当后面罗比诺和布拉先后与妇女乐园掀起价格战时，即便他们的商品做工再精细，再富有艺术感，也不过是自断生路、加速灭亡——因为他们的利润就只是在有限的商品销售中获得有限差额。

在与小商店的价格战和不断扩建商店、增加经营部门的"疯狂行径"中，慕雷一类百货商店经营者之所以没有迎来鲍兑所预想的那种崩溃，除了孤注一掷般的大倾销的胜利外，更是因为获得哈特曼男爵背后的新型银行网络的支持。

推进工业革命需要资金，发展实业需要资金，兴旺商业乃至国际贸易

---

[1] 艾瑞克·霍布斯鲍姆：《资本的年代：1848—1875》，第39—40页。

第三章 第二帝国时期：法兰西的"百货商店"

也需要资金，加利福尼亚、澳大利亚等地的黄金流入法国，流通金币的数量不断增加，民众手中也多少有了些许积蓄，如何吸收这些过剩的资本实现前述的那些目标，在刚刚经历了经济危机后的法国，是摆在拿破仑三世及其政府面前的问题。而深受圣西门影响的皇帝及他的顾问——佩雷尔兄弟、安凡丹等人均认为，只和富裕朋友合作、只认黄金为真正货币、为家族利益只承担有限风险的老奥尔良派银行，如罗斯柴尔德家族（Rothschild Family）的银行，显然无法解决这一问题，为此就必须摧毁老式的银行，建立新的银行网络。[1]

1852年11月，在拿破仑三世的推动下，佩雷尔兄弟成立了动产信贷银行，最初成立的宗旨是为了给铁路建设提供资金，但随即它就变成了一家投资银行，持有汽船航运等代表时代实业的公司股份，为他们募集必要的资金，同时也像一般大众发行债券，由此吸收小额储蓄，成为无数小额储蓄人和各种产业公司之间的中介，几年后强烈反对他们的对手（如罗斯柴尔德家族）都开始被迫采用这种新方法。动产信贷银行成立一个月左右，土地信贷银行随即成立，规定只要缴头一次抵押品即可发放长期贷款，这些贷款主要用于城市建筑投资，从而为土地和不动产抵押市场带来合理性与秩序，也成为佩雷尔兄弟的盟友，共同对抗只做短期商业票据及贴现商业交换票据业务的法兰西银行。不动产公司、工业信贷总公司等与土地和房地产休戚相关的银行也纷纷乘势而起，风靡一时。之后，政府又公布一项法律，允许不经批准便可成立有限股份公司，全国性大型工商业银行——里昂信贷银行由此得以成立。与此同时，主要经营工业和交通业股票的证券交易所也呈现出前所未有的兴旺景象。由此，资本的抽象化形式——金融资本得到更为长足发展，经济生活中作为支付手段和信贷的"银行货币"也呈现出越来越充足的供应。[2]

了解了这种背景，就不难理解《妇女乐园》中，慕雷在寻求决定性资金支持时所依赖的两个人，即情妇戴佛日夫人及其保护人哈特曼男爵代表

---

1 皮埃尔·米盖尔：《法国史》，第267—268页。
2 左拉的小说《金钱》中的金融战争，正是参考了佩雷尔兄弟和罗斯柴尔德家族之间的这场争斗。参见大卫·哈维：《巴黎城记：现代性之都的诞生》，第127—131页；艾瑞克·霍布斯鲍姆：《资本的年代：1848—1875》，第289—290页；皮埃尔·米盖尔：《法国史》，第267页。

的意义——他们一个是参议院议员的女儿兼证券经纪人寡妇,另一个则是不动产信托公司的总经理,一个佩雷尔兄弟似的金融家。在现实历史中,虽然"拱廊街计划"搁浅,但佩雷尔兄弟却接受了将整个购物区合并成一家大型百货公司的提案,百货公司初期经营不善,最终却在佩雷尔兄弟的资产重组后扭亏为盈。[1]而在小说中,慕雷正是抓住了哈特曼男爵所做的类似佩雷尔兄弟施行的工程计划的机遇,说服后者将原本计划建造大旅社改为资助自己扩建妇女乐园(《妇》:59—66)。也就是说,正是由于新兴金融体系的支持,以及这一体系对于房地产等不动产的介入,妇女乐园一类的百货商店才得以在产生之后,得到持续的扩张和壮大。

结　语

不难看出,本节将分析的侧重主要放在了器物层面,尤其是资本语境的探讨上,因为这一方面无论是从事实论据还是从理论逻辑上,都是更加充分完整的。当然,本节对于百货商店成因的讨论并非完整的,至少还可以从供需的角度,对为什么妇女乐园这样的百货商店是从一家绸缎店发展起来进行解释。这首先与18世纪末以前纺织业就成为先导工业有关,而背后又是因为奢侈的需要在推动,甚至在桑巴特看来,资本主义就是孕育于奢侈的[2];而根据美国经济学家、制度经济学鼻祖凡勃伦(Thorstein B. Veblen)的"有闲阶级论",奢侈是早已植根在人类社会中的经济机制,犹如一种符号秩序,旧有的王室贵族衰落了,但资产阶级新贵们若想彰显地位,仍需要遵照游戏规则,继续甚至变本加厉地对奢侈品的消费加大需求,说到底还是在一个较长的时段内存在一种与器物相关的规律。

根据法国年鉴派史学家布罗代尔对资本主义经济活动三个层次的区分,即物质生活、市场经济和资本主义,资本主义并不是一朝一夕之间出现的,必须从"长时段"(long-period)中的日常物质生活中去寻找,实际上就是包括衣食住行在内的商品,与技术革新相关的运输等在内的器物层面,在这个层面之上,才是以形形色色的交换为主的市场经济层面,没有器物层

1　大卫·哈维:《巴黎城记:现代性之都的诞生》,第130—131页。
2　维尔纳·桑巴特:《奢侈与资本主义》,第215页。

面的改变，交换和消费环节的变化也就无从谈起，以百货商店出现为标志的零售业革命也就不会出现，在更高一层级上谈资本主义的发展也就只会是空中楼阁。[1]

而叶隽在其"侨易学"（Kiao-Iology）理论中也提出，在质性文化差结构的不同地域之间发生的物质位移，在一定的时间量条件下，会产生精神质变。如果不是物质层面的足够变化，有些精神层面的观念很难发生变化，即使是有些预先提出的前瞻性思想，也很难落到实践层面。当商品能够得以不断集中，可以经营的商品品种日益繁多，逐渐被丰盛的物所包围时，器物也必然对人的观念产生影响，百货商店引领的零售业革命才可能出现。而且，正如侨易学中所说的"物质位移"，指的也不仅仅是器物在空间层面上的地理位置位移，同时更包含着复杂而抽象的精神、文化要素；资本的年代中，铁路、邮政、电报网络的兴建固然为包括商品、资讯在内的物质打开了高速的位移空间，但商品、资讯的物质背后，则是原本异质文化的接触、影响乃至交融，所以万国博览会中展示的也不仅仅是物质，更有精神层面的融合，甚至一度给雨果都带来了欧洲统一的文化错觉。[2]进一步说，经营世界各地商品的百货商店，是否也与万国博览会一样，在心理层面上缩短了国与国之间的距离，将原本异质性的不同文化，经由商品交易的过程，展现为某种共通性了呢？

在《15至18世纪的物质文明、经济和资本主义》中，与资本相关的货币、信贷工具，同样被布罗代尔归入物质生活的第一层次。因而如果姑且将百货商店的产生视为法国的一个不大典型的"侨易现象"，那么考察其资本语境方面的变化，无疑也是必要的——甚至对于资本的年代以降所有的侨易现象、资本语境变化的探究，都可以作为首要的考量之———因为

---

1 参见费尔南·布罗代尔：《15至18世纪的物质文明、经济和资本主义》（第1卷），顾良、施康强译，北京：生活·读书·新知三联书店，2002年，第19—22页。布罗代尔认为历史可区分为短时段、中时段和长时段。短时段是在短促的时间中发生的历史偶然时间，具有欺骗性的特点，处于历史的表层；中时段是一种社会时间具有局势性的特点，如人口增长、利率波动等；长时段是一般以百年为段的地质学时间概念，在相当时间内起到作用的一些因素，如地理格局、气候变迁、社会组织等。1958年，他写有专文《长时段：历史和社会科学》阐明上述观点。

2 参见叶隽：《变创与渐常：侨易学的观念》，北京：北京大学出版社，2013年，第90—91页；大卫·哈维：《巴黎城记：现代性之都的诞生》，第124页。

正是对于利益最大化的追逐，这一资本逻辑的根本驱动，促进着不同主体之间的贸易（如国家之间的远程贸易），于其间进行交互相关的"交易"，此亦为这一变易过程中的关键性环节。

需要说明的是，叶隽在"侨易学"中，特意在"易"之"三义"，即"简易、变易和不易"的基础上，增加了一个"交易"。这里的"交易"，并非专指经济活动中的买卖、交换，而是交互作用的合力产生并导致变化发生，这一生生不息的过程，有了这一交互相关的一面，才有变易的可能，因而所谓"侨易"，"实际上更多体现为交易的内容"，正是相关研究的核心层面。[1] 而尽管此"交易"非经济贸易之交易，可实际上又往往与经济贸易休戚相关，尤其是与巴黎这样集政治经济文化中心为一体的世界贸易都市关系密切，因为除去刚刚提到的参与世界贸易的各国商品，其本身也在符号象征或是实际功用方面，带来了背后蕴含的异文化精神层面内容或价值观念，越是这样的大都市，形形色色属于异质文化的人的迁移、聚集就越是频繁，越具一定规模，就会带来更多的"侨易个体"或"侨易群体"，也就自然更能提供产生交互作用的机会。

叶隽的侨易学，其实是要在器物、制度和文化三个层面上分别考察物质、制序和精神现象。百货商店中被交换的商品自然属于器物层面，而其背后的资本，以及同样因循资本逻辑的金融债券交易场所、餐馆、咖啡厅等，甚至它们共同构成的巴黎本身，也是更大意义上的器物，以资本逻辑重建的现代性都市巴黎，以其空间营造出一种资本语境，孕育着不断再生产的可能，并进而牵动着精神层面的改变。

当然，这种作用不是直接的，正是在资本逻辑（器物层面）的需要下，圣西门思想的知识观念（精神文化层面）在接受这一思想的政府的行政机关及其颁布的法律保障下，将其影响落实到了制度层面，从而形成一种叶隽提出的、介于精神和物质现象之间的"制序现象"，在这个中介点上，为推动在法国的实业和商业经营上的观念性转变形成了合力作用。正是制度保障催生了金融改革，建立了新的金融体系，而这一体系又随即进一步促进了资本流通和信贷的极速发展，使得实业和商业的发展不断得到源头

---

[1] 参见叶隽：《变创与渐常：侨易学的观念》，第4—6页。

活水。事实上，对于百货商店的产生而言，金融革命的影响更重于技术革命，这一点在这之后分期付款、超市在美国出现的情况中再一次得到了印证。而某种意义上说，新金融体系的建立和百货商店的出现，又是观念转变后，落实在各自领域内的某种制序现象。

妇女乐园最后的发展规模，已不啻一座微型的城市。它的不断扩张，客观上也推动了城市规划和建设的发展，不但催生了电梯和升降梯，更令一座座新建筑在地价昂贵的土地上拔地而起。而当黛妮丝初到巴黎，坐在黯然无光的鲍兑小店中向大雨中黑暗而又寂静的巴黎望去时，燃起一排排煤气灯的妇女乐园在她看来，就像一座灯塔，"是这个城市的生命和光明"（《妇》：23）。而拥有妇女乐园这样百货商店的巴黎，也逐渐发展成为足以影响法国、欧洲乃至世界的经济中心，其通过商品的输出，也向世界不断提供产生交互作用的"变易"——比如法国的服装对于欧洲很多国家而言甚至带有明显的"启蒙"意味，到后来更是成为时尚的风向标。

布罗代尔在提到将日常生活纳入历史研究范围的用处和必要时提到："日常生活无非是些琐事，在时空范围内微不足道。你愈是缩小观察范围，就愈有机会置身物质生活的环境之中；大的观察通常与重大史实相适应，例如远程贸易、民族经济或城市经济网络。当你缩短观察的时间跨度，你看到的就只是个别事件或者种种杂事；历史事件是一次性的，或自以为是独一无二的；杂事则反复发生，经多次反复而取得一般性，甚至变成结构。它侵入社会的每个层次，在世代相传的生存方式和行为方式上刻下印记。"[1]

这段话其实也可以视为如本节一类研究的意义。首先，文学作品，尤其是现实主义的文学作品，正是以描写日常生活为主的，小自日常琐事，大至与重大史实相关的事物；若是将这些文学作品标记的时空前后延长，在文本的世界中做一种较长时段的考究、对比，就很可能"发掘出常人难见的诗性与历史维度"，发现那些润物细无声的结构性印记，或是观念变化的过程及成因。当然，文学作品不总是完整的历史记录，所以我们不但要在作家和作家之间互证（比如左拉和巴尔扎克），还要与史家互证，借助"史学家的缜密与坚实"，再辅以"社会学家的概括和理论、人类学家

---

[1] 费尔南·布罗代尔：《15至18世纪的物质文明、经济和资本主义》（第1卷），第27页。

的嗅觉和洞察",甚至"政治学、经济学、教育学、心理学等作为相应手段",最终达致"哲学家的体系与高度","以资鉴于今世,将之应用于具有普遍意义的问题"。[1]

实际上,在本节探讨的年代之后,不难发现一些演进式的"反复",比如汽车、飞机之于铁路,快递等新形式的物流之于邮政,电话、电视、网络之于电报,无不在加速物质位移速度的同时,拉近各类主体之间的距离。而百货商店到超市到购物中心再到网店,也是在不断改变着人和商品之间的关系,让人越来越陷入商品及有关商品的资讯之中,前不久支付宝理财与传统大银行的理财之争,也多少有着佩雷尔兄弟和罗斯柴尔德家族之间金融战争的影子……不断的变化之中,总是会留有一些不变的规律,而无论是这变,还是不变,同样都是值得去深究的问题。

第二节 道路的桥变:从拱廊街、奥斯曼大道到百货商店的过道走廊

根据城市历史学家的研究,在人们生产出剩余食物之前,是不可能产生城市的,因为只有剩余食物的存在,才会使一个部落与其他共同体间发生贸易关系;在早期象形文字中,"城市"的某些表意符号就由一个"十"字外加一个圆圈组成,圆圈代表城墙或护城河,而"十"字代表街道的交叉;正是各路人马聚集交易之地,渐渐地便成了交换和贸易所在的集市。[2] 若果如此,就说明交换的需要驱使着拥有交叉路口的道路产生,而由此渐渐形成的集市,又逐渐构成了城市的要素。法国年鉴派史学家布罗代尔也曾说:"活动作为城市的一大职能在集市上尤为明显……任何城市首先必须是一个集市,没有集市,不能想象还会有城市。"[3] 如此看来,城市、交易与

---

[1] 参见叶隽:《变创与渐常:侨易学的观念》,第23、27页。
[2] 理查德·利罕:《文学中的城市:知识与文化的历史》,吴子枫译,上海:上海人民出版社,2009年,第15页。
[3] 费尔南·布罗代尔:《15至18世纪的物质文明、经济和资本主义》(第1卷),第595页。

道路的关系，可以说是密不可分的。

而今，"逛街"早已成为都市人的一种生活方式，且常与购物行为关联在一起。但若回顾人类走路的历史，荒郊山间、花园小径、湖畔田间均在几百年间留下漫游的脚步，可西方城市内的道路，却是很晚才成为人们单纯为了消磨时光的闲逛所在地。在古代欧洲城市里，街道通常是肮脏、危险、黑暗的，城市管理者因此常常对市民实施宵禁，在黄昏时关上城门；虽然到了文艺复兴时期，欧洲城市开始了对道路的改善，力图使其变得更加卫生、安全，可直至18世纪初，即便是在巴黎或伦敦这样的城市里，夜晚外出也十分危险。到了18、19世纪之交，藏污纳垢、暗流涌动的黑夜才终于随着煤气街灯的出现被人类征服，街道也因此开始变得干净、安全、明亮，适宜闲逛。[1]

然而对于19世纪的人来说，无关交易、缺少商品在场的街上闲逛是无趣的，正如波德莱尔抱怨布鲁塞尔时所说："没有商店橱窗。闲逛是许多具有思想力的民族都喜欢做的事情，在布鲁塞尔却不可能做。没有什么东西可看，街道没的可逛。"[2] 若将目光投向文学的世界之中，就不难发现吕西安走过的拱廊街木廊商场（巴尔扎克《幻灭》），克洛德和加地娜闲逛的奥斯曼式大道（左拉《巴黎之腹》），以及巴黎女性们徜徉的百货商店过道走廊（左拉《妇女乐园》），这些不断变化的闲逛之路，使得商家利用闲逛招徕了越来越多的顾客，获得了越来越惊人的利润。

那么，这一系列的变化是在何种经济、文化的动因之下出现的呢？见证了哪些社会的质性变化？背后又有着哪些相对规律化的常态呢？我们不妨通过文学的世界，尝试结合叶隽的侨易学和美国制度经济学家凡勃伦的"有闲阶级论"，对这些问题进行一一解答。

一

侨易学的基本理念就是因"侨"致"易"，"侨"之"迁移"正与侨易学关注的导致精神质变的物质位移相对，这种最容易直接理解的"侨移"

---

1 丽贝卡·索尔尼：《浪游之歌：走路的历史》，习筱华译，北京：新星出版社，2013年，第191页。
2 转引自瓦尔特·本雅明：《巴黎，19世纪的首都》，刘北成译，北京：商务印书馆，2013年，第116页（译文有改动）。

往往需要一种中介,于是叶隽在进一步阐释"侨"之四义时,借"侨桥相通",取字而补新义,得出了简称"桥"的"侨系",以此借来之意指两种文化或两种类型事物间架设桥梁的功用。[1]

道路,作为一种中介,在人、物、空间以及资本之间搭建着各种连接,其实也是一种"侨系"之"桥"。对于考察"物质位移产生精神质变"的"侨易现象"的侨易学来说,在文学世界中可能最容易直观地体察到人的"移变"与"移交"[2]——以巴尔扎克的《人间喜剧》和左拉《卢贡-马卡尔家族》中的文学世界为例,虽然前者将作品分成了外省生活场景和巴黎生活场景,后者描写的也是个外省家族,可相关人物却纷纷来到巴黎这个中心谋求发展;运用侨易学理论,尤其是叶隽新近阐发的"移易四义"显然甚为合宜。然而人的移变、移交往往并非孤立,而是常常受力或受助于中介的变化的,无论是《家常事》的慕雷,还是《妇女乐园》的黛妮丝,都是在小说一开头乘火车来到巴黎的,而使人得以移动到城市的铁路——乃至而今城市外围的各种高速公路、海路以及看不见的航线,其实都可以视为城市内部道路因交易而产生的各种延伸——出现本身就可以被归入叶隽所说的"桥变"之列,而仔细探究巴尔扎克和左拉的文学世界,不难发现这类迁变,其实同样存在于复辟王朝、七月王朝和第二帝国时期巴黎闲逛者的脚下;探讨"桥变"的道路,也许会更有助于理解行走于其上"移变"的人,解释中介的变化是如何缩短人与商品、资本以及世界之间的距离的。

正如本雅明所说,在第二帝国时期奥斯曼(Georges-Eugène Haussmann)对巴黎进行翻天覆地的改造之前,宽阔的人行道仍然很少,狭窄的街巷也

---

[1] 参见叶隽:《"侨易二元"的整体建构——以"侨"字多义为中心》,载叶隽主编:《侨易》(第二辑),北京:社科文献出版社,2015年,第189、192页。叶隽在该文中以"侨易二元"的整体建构为出发点,以"侨"字多义为中心,阐发侨元建构的四层意思,并阐发进而总结"侨元四义—易元四义",即"移仿高桥,变常简交";该文还对由其组合相生的十六义进行归纳,减去意义相对逼近大道之藏的"高简"二义为主的若干组合,将核心变为九义,即移变、移常、移交;仿变、仿常、仿交;桥变、桥常、桥交。其中,"移变"指"移动导致变化","移交"指"移动发生异质文化相交","桥变"指"连接双方的中介变化";相关的还有"桥常"指"中介是恒定原则","桥交"指"在中介之外再发生交易过程,是理想的相交过程"。

[2] 参见叶隽:《"侨易二元"的整体建构——以"侨"字多义为中心》,载叶隽主编:《侨易》(第二辑),第193—194页。

让人无法躲避车辆,若是没有拱廊街,闲逛也不会变得那么重要[1],更不要说在闲逛的过程中进行消费了。拱廊之前虽然也有18世纪80年代奥尔良公爵重建的罗亚尔宫(Palais Royal)可视为拱廊的雏形,但这座拥有高档商店、咖啡店、剧院和马戏场且对外开放的著名王宫,却无疑仍主要服务于宫廷贵族。对于几乎紧随着煤气街灯和瓦斯灯出现的拱廊街,本雅明借用1852年的一份巴黎导游图描绘说:"拱廊是新近发明的工业化奢侈品。这些通道用玻璃做顶,用大理石做护墙板,穿越一片片房屋。房主联合投资经营它们。光亮从上面投射下来,通道两侧排列着高雅华丽的商店,因此这种拱廊就是一座城市,甚至可以说是一个微型世界。"[2]

拱廊街的价值虽然是本雅明在对波德莱尔的研究中重新发掘的,但后者的诗歌更多描写的其实是"闲逛者"(Flâneur)[3],对拱廊街本身的描写,似乎尚不如《幻灭》中"木廊商场"的一节详细。这个建造在罗亚尔宫附近的木廊商场虽是巴黎享有盛誉的名胜之一,从1789年法国大革命到1830年法国七月革命期间,成交了巨额生意,也对巴黎的生活起过极大影响,却远没有本雅明描绘的那般高贵典雅,而是被巴尔扎克称为"下流、污秽的厂棚",这个由三排铺子构成的两条走廊,空气恶浊,屋顶的玻璃永远脏乱,没有让多少光线进来,即便是通往法兰西剧院的漂亮石廊,屋顶也盖得十分马虎,和另外那条木廊一样经常漏雨。可这却并未妨碍它成为巴黎的艺术、社交和政治中心之一,每天下午三点开始,廊街里画廊、书店、咖啡馆和餐厅,以及附近的法兰西剧院和交易所,吸引着贵族、证券交易所的商人们、身着华服的花花公子、各阶层的知识分子、学生在此闲逛;傍晚时分直至深夜,这可怕的商场更是"诗意大爆发","巴黎各个角落的妓女都得到这儿来'做王宫生意'"——石廊是付过捐税的特权妓院的地盘,木廊则是一般妓女的公共场所——和各式各样的江湖术士、赌徒、口技表演人、皮条客一起谄媚招客。在这个"令人厌恶又给人欢乐的地方","上流人士和杰出人物,同凶神恶煞般的汉子,相互擦肩而过。这种畸形的

---

[1] 参见瓦尔特·本雅明:《巴黎,19世纪的首都》,第100页。
[2] 同上。
[3] Flâneur一词还有游荡者、漫步者、浪荡子、游手好闲者等多种译法,各有依据和侧重,本节为体现这一系列人物形象与"闲"之间的关联,选择"闲逛者"的译法。

集会具有不知怎样的刺激,最冷漠的人也为之动心"。[1]

到了19世纪40年代末,巴黎已有大约一百条这样的廊街,大大小小的奢侈品店铺组成了商品的迷宫,仅威罗-多达和全景这两条拱廊街上就开设了各种时装店、新品店和首饰店,随后又出现了货币兑换商和高级妓女,作为提供购物和娱乐的所在,拱廊街内的商品和休闲都异常丰富,而这些商品中的很多其实都不是生活必需品,甚至只不过是之前没见过的新奇玩意儿。[2]

在这些拱廊街当中,主要的消费者还是有闲绅士和被波德莱尔归为闲逛者的"浪荡子"(dandy,又译为丹蒂)们。波德莱尔曾这样描述浪荡子:"一个人有钱,有闲,甚至对什么都厌倦,除了追逐幸福之外并无他事……足以毫不迟疑地满足各种非分之想……只在自己身上培植美的观念,满足情欲,感觉以及思想,除此没有别的营生。这样他们就随意地,并且在很大程度上拥有时间和金钱。"[3]这完全可以令人联想到凡勃伦所讨论的"有闲阶级"[4],在他那里,不需要从事固定生产性劳动的"休闲生活",正是有闲阶级财力强大的决断性证据之一;这里的"休闲"不是慵懒或毫无作为之意,而是指非生产性的消耗时间[5]。

当然,光有这样的"炫耀性休闲"是不够的,还要有与休闲生活相称的品位,为此,有闲绅士们需要"能就所消费的物品;在高贵与低俗上进行某种精准的辨识","在价值不等的山珍海味、男性饮料及配饰、适当的衣饰及建筑、武器、竞赛、舞艺和麻醉剂方面成为一名鉴赏家",同时"必须知道如何以恰当的方式来消费"这些超出维持生活必需的物品,尤其是奢侈品;如此一来,作为"炫耀性消费"的贵重物品也就成了有闲绅士们博取声誉的必要手段或"权利"。[6]

---

[1] 巴尔扎克:《幻灭》,郑永慧译,北京:国际文化出版公司,2005年,第192—195、193页。
[2] 帕特里斯·伊戈内:《巴黎神话:从启蒙运动到超现实主义》,喇卫国译,北京:商务印书馆,2013年,第198—199页。
[3] 波德莱尔:《波德莱尔美学论文选》,郭宏安译,北京:人民文学出版社,1987年,第499页。
[4] 凡勃伦认为,在"未开化文化"(如封建时代的欧洲)的较高阶段便发展出了有闲阶级及相应的制度,有闲阶级主要指拥有足够的资产,不需要从事固定的生产性劳动,主要从事社交娱乐一类休闲生活的上层阶级,往往通过"炫耀式休闲"和"炫耀性消费"来证明自己的地位和财力。
[5] 凡勃伦:《有闲阶级论》,李华夏译,北京:中央编译出版社,2012年,第41页。
[6] 同上书,第61页。

第三章　第二帝国时期：法兰西的"百货商店"

事实上，在大革命之前，巴黎就已算得上一座奢侈的城市了，18世纪旅法的荷兰人梅西耶（L. S. Mercier）就曾在《巴黎写真》（*Tableau de Paris*，1783）中写道："巴黎那些富人的巨大灾难就是疯狂的消费，他们总是花得比预计的要多。奢侈以如此可怕的消费形式出现，以致没有哪份私有财产不被其逐渐消耗掉。从没有一个时代像我们现在这样肆意挥霍！"[1] 只不过，此时进行炫耀性消费的主体，是宫廷贵族、大小官员、公共信贷人以及地租受益者等，支出所用的资金，也主要是国家收入、贵族爵位封地收益和国债地租的收益，他们的奢侈浪费，恰恰是触发法国大革命的导火索之一。[2]

在引领大革命的资产阶级度过了伴随工业革命的原始资本积累阶段之后，经历了种种风云变幻、靠资产赢得地位的新贵们，也越来越难以再将勤俭作为美德了，因为在"拥有足够的财富后，他们为之奋斗的东西，即利润，已不再是他们催马加鞭的动力"[3]，大批悠闲的阶层开始出现，他们也越来越有意识地希望在获得了财富和权力之后，赢得并维持社会中他人的尊重，而若想如此，就必须提出证据证明。既然他们大都已不再生活在物资匮乏、经济拮据的家庭中，并开始拉近与上层社会的距离，还有什么能比一掷千金更能显示出他们作为"新贵"的优越之处呢？[4] 德国社会学家桑巴特甚至提出，正是奢侈"生出了资本主义"[5]。炫耀性消费作为早已植根在人类社会中的经济机制，犹如一种符号秩序，旧有贵族衰落了，但新贵们若想彰显地位，仍需要遵照游戏规则。看似是在模仿旧式贵族的生活方式，实际上是在遵循一种更为古老的机制。拱廊街的出现，无疑满足了这些新贵将"炫耀式休闲"和"炫耀性消费"结合在一起的需要。

二

然而，拱廊街略显昂贵的商品价格显然更适合成为精英级别的消费者，而非真正服务于大众。大革命以及随之而来的几次革命在不断地警示着资

1　转引自维尔纳·桑巴特：《奢侈与资本主义》，第83—84页。
2　同上书，第37页。
3　艾瑞克·霍布斯鲍姆：《资本的时代：1848—1875》，第322页。
4　同上书，第321页。
5　维尔纳·桑巴特：《奢侈与资本主义》，第215页。

产阶级，在技术革命导致的商品供应相对充盈的情况下，只有更广泛地将更多的人纳入到消费增长的行列之中，实现奢侈的相对大众化、民主化，而非再任由少数权贵奢侈浪费，才是尽量避免社会矛盾激化、稳定中求收益的资本逻辑。

何况，倘若闲逛的乐趣更多消耗在探险、猎奇般的逛而非消费之中，也是不利于进一步扩大收益的，更不要说弯曲的廊街小巷远远算不上便利。比如巴尔扎克笔下的木廊商场，不论是石廊还是木廊，地面上都是"巴黎天然的泥地，再加上走路人靴底和鞋底带来的一层人造泥土。一年四季商人们不停地打扫，变硬了的泥土构成坑坑洼洼，踏在上面磕磕绊绊，新来的人必须习惯以后才能行走"[1]，这显然不利于加快人、商品，以及最重要的——资本的流动。以上种种的因素，都呼唤着道路的进一步嬗变。

于是，1852年起，对巴黎摧毁和重构并存的大规模改造应运而生，受命于拿破仑三世的奥斯曼拆除了大量中世纪和文艺复兴时期的建筑，开辟市中心的林荫大道，重新规划了巴黎的城市空间。奥斯曼林荫大道与以往封建君主制时代道路的最大不同在于，对后者来说，建筑物是主要的，道路是否需要连通取决于相关建筑；而前者的林荫大道却是典型、笔直的交通要道，道路旁曾经作为重要标志物的教堂等反成了大道的装饰，重要的只是铺满碎石、令运货马车和公共运输工具于其上熙来攘往的大街本身。[2]

左拉的文学世界记录了奥斯曼式大道带来的种种改变。在故事始于1858年的《巴黎之腹》中，离开多年后重返巴黎的弗洛朗被中央菜市场地区无数的大道、无穷无尽的车轮与物流弄得晕头转向、手足无措；就连城市的观察者、画家克洛德，也在"气派宽阔的人行道，高大的房子，豪华的商店""感到一种独创的艺术已经来临"，并为无法表现它而烦恼。[3] 精明的肉食店女主人莉莎则在朗比托街上选定了新店的地址，因为"中央菜市场就在对面，顾客会多3倍，巴黎四面八方的人都会知道这座房子"；更不惜血本地花掉3万法郎在新店大理石、玻璃橱窗和镀金的装饰上，不久前络绎不绝来观赏新店的人们就渐渐成了令新店生意兴隆的顾客，五年之后

---

1 巴尔扎克：《幻灭》，第193页。
2 帕特里斯·伊戈内：《巴黎神话：从启蒙运动到超现实主义》，第174页。
3 左拉：《巴黎的肚子》，金铿然、骆雪涓译，北京：文化艺术出版社，1991年，第176—177页。

第三章 第二帝国时期：法兰西的"百货商店"

就有了将近8万法郎的盈利。[1]而到了约描写1862至1864年间事的《家常事》中，就连胡乱投机、败光家产的老瓦勃先生都注意到了证券交易所广场到新歌剧院之间将开辟一条新大道的消息，慕雷更是清楚地看到了大道背后成倍滚动流通的资本前景，萌发了在这条向更为广泛的大众敞开的新大道上建立现代新式商店的念头。[2]在这里，道路的桥变作为一种动力，引发了人的观念变革。

与奥斯曼对巴黎城的改造相互成就的，还有1855年在巴黎举办的万国博览会。尽管这届博览会的观众仅有500万，还不到《娜娜》中为人们津津乐道的1867年巴黎博览会的一半，但也足以在赞美人类文明的进步、宣告巴黎正是这进步的核心力量同时，向巴黎人展示由于技术能力的飞速提升，工业化生产已经使绝大多数人的经济能力都能够承受原先昂贵的日常生活用品了。[3]难怪本雅明会说，"世界博览会是商品拜物教的朝圣之地"，它"推崇的是商品的交换价值"，"造成了一个让商品的使用价值退到幕后的结构。它们成为一个学校，给在消费上遭到排斥的大众灌输商品的交换价值观念"。[4]

就在林荫大道不断开辟和博览会呼唤着零售业进一步变革的同时，经历了1818至1845年全盛时期的拱廊街逐渐风光不再，待到1860年"王子拱廊街"落成时，拱廊街已彻底走向衰落。而见识过博览会的商家们，却纷纷开始将拱廊街中已开始广泛使用的玻璃橱窗，以及博览会中的展示手段发扬光大。在《巴黎之腹》中，大胆使用玻璃橱窗的不仅是莉莎，加地娜闲逛于中央菜市场附近的街道时，玻璃橱窗已随处可见于面包房、"法兰西工厂"门市部、首饰店，令人垂涎的食物、高级衣料、金光闪闪的首饰更为直观地展现在这个16岁的轻浮姑娘眼前，仿佛唾手可得，刺激着她的欲望。[5]此情此景，正好说明了为什么几年后《家常事》的慕雷会视那些没有橱窗的店铺为洞穴，毫不掩饰对这种缺乏陈列、阻断人与商品亲密连接的旧式经营的鄙夷之情（《家》：18，199）；更早早预示了《妇女乐园》中，

---

1 左拉：《巴黎的肚子》，第52—53页。
2 左拉：《家常事》，刘益庚译，北京：人民文学出版社，1989年，第199—200页。后文引自该书的引文，将随文在括号内标出该书简称（《家》）和引文出处页码，不再另注。
3 参见帕特里斯·伊戈内：《巴黎神话：从启蒙运动到超现实主义》，第335、340—341页。
4 瓦尔特·本雅明：《巴黎，19世纪的首都》，第41页。
5 左拉：《巴黎的肚子》，第178—179页。

鲍兑家那种只有两个深深的橱窗，而且还黑暗多灰，仿佛潮湿阴暗的地窖般的老店，只会在商业竞争中被无情的淘汰；取而代之的，必然是妇女乐园一类更加精通于用各种展示手段拉近商品与人之间的关系，吸引从普通市民、劳工、仆人到百万富豪的各阶层顾客的百货商店。

正如本雅明所说，"百货商店利用'闲逛'来销售商品"，而当总是试图在人群中寻找自己避难所的闲逛者走进微型城市般的百货商店，融入消费的人群当中时，在街道上闲逛的必要也就不存在了。终于，百货商店成为最后的闲逛场所[1]，拱廊街的小径也终于变成了百货商店的过道走廊。

三

19世纪60年代发展壮大起来的几家百货商店，均如慕雷的妇女乐园一样，利用了新大道的开辟不断扩张，既侵入拱廊街青睐的右岸，也占据了拱廊街曾经不屑一顾的左岸，贩卖着从低廉日用品到昂贵奢侈品等各种商品，用明码标价的方式向所有阶层提供他们能够支付的商品，让人们越来越少关注商品的实用价值而更多注意到它的价廉，更用尽陈列、展览的手段，让顾客彻底陷入商品的世界。诡谲如慕雷的商家，会故意打破货物的分类，摆放得零乱而非均衡和谐，让顾客眼花缭乱，甚至每隔一段时间就重新布置店内商品的布局，使得过道和走廊仿佛成倍地增加，用这种增加相对路程的方式，让店内流动的人数增多——为了购买相关商品不得不来回奔走，途经其他部门；再不停地用一些其他诱惑迷住顾客，他们每一次徘徊都可能再一次向商品布局的规则屈服，终于在不知不觉当中购买远超预计的商品。这种变化其实也完全可以视为道路桥变的一种延续，即正是在这种桥变下，人与商品、人与资本的逻辑之间产生了桥交——闲逛逐渐彻底变成消费，颇有独立品性的闲逛者也渐渐被诱导、操纵成消费者。

作为一种空间化的中介，道路的桥变其实也是与日常生活中公共空间和私人空间之间变化相关联的。根据法国史学家主编的《私人生活史》，18世纪法国的公众和私人空间之间的差距缩小了，由国家支配的公众领域甚至一定程度上趋于消失了，然而法国大革命却中断了这一演进的过程，

1　瓦尔特·本雅明：《巴黎，19世纪的首都》，第48页。

加大了公众和私人领域间的差异,以透明度来清除私人领域中可能危害公共生活的阴谋。[1]而到了热爱家庭生活的"公民国王"路易·菲利普当政的时代,居住的住宅逐渐和工作场所区分开来,私人空间再度与公共空间分离,并取得了某种优先地位;无论是政局的动荡还是商业竞争的硝烟,都留在了办公场所,而居室则成为人们暂时远离现实的避风港。本雅明曾说,这个时代的资产阶级总是在四壁之内寻求城市公共空间,"私生活逝水无痕而造成的遗憾。尽管资产阶级不能使自己的尘世永垂不朽,但他们似乎把永久保存自己日常用品的痕迹当作一桩光荣的事情。资产阶级乐于获得一个物品主人的形象。因此,他们要把拖鞋、怀表、温度计、蛋杯、餐具、雨伞等罩起来或者放在容器里"[2]。正如逃避警察巡查的娜娜回到豪宅时获得的安全感一样,空间被象征性地分开了,内部意味着家庭和安全,外部意味着陌生人和危险;成为家中一切物的主人,使得居室成为人的"扩大",在这里,她"主宰一切和享受一切","占有一切也因此可以摧毁一切"[3],而为了在物品的簇拥下感受到自己的力量及内心的舒适,人们就会不断产生购买室内装饰品的需要。[4]

如果说从前的街道是彻底的公共空间,那么有着玻璃顶棚的拱廊街就像是"街道和室内的交接处",甚至也是一半的私人空间,为有财力闲逛于其中的人们提供适度的安全感,整个七月王朝也恰恰都处在拱廊街的全盛时期当中。而到了奥斯曼林荫大道那里,透明的玻璃橱窗继续模糊着私人与公共空间的界限,让林荫大道也变成了室内,令人在诸多商店的门面之间,就像"在自己的私人住宅里那样自在……闪亮的商家珐琅标志至少也是一种漂亮的墙上装饰,正如资产阶级市民看着自家客厅挂的一幅油画;墙壁就是他用来垫笔记本的书桌,报摊就是他的图书馆,咖啡馆的露台就是他工作之余从那里俯视他的庭院的阳台"[5]。

---

[1] 菲利浦·阿利埃斯、乔治·杜比:《私人生活史4:星期天历史学家说历史》,周鑫等译,哈尔滨:北方文艺出版社,2013年,第3页。

[2] 瓦尔特·本雅明:《巴黎,19世纪的首都》,第112页。

[3] 左拉:《娜娜》,郑永慧译,北京:人民文学出版社,1985年,第295页。后文引自该书的引文,将随文在括号内标出该书简称(《娜》)和引文出处页码,不再另注。

[4] 菲利浦·阿利埃斯、乔治·杜比:《私人生活史4》,第317页。

[5] 瓦尔特·本雅明:《巴黎,19世纪的首都》,第100—101页。

然而，正如大卫·哈维对波德莱尔散文诗《穷人的眼睛》所分析的那样，咖啡馆一类的场所并非对所有人准入的空间，只有可以消费的人方能进入，实际上成了私人占用的公共空间。[1] 相比之下，不一定非买不可、对各阶层平等开放的百货商店，才更体现了针对所有阶层的"民主"，如此一来，它变成了所有阶层的公共空间。而由于本身就在"室内"，其不断用电梯、小吃部、阅览室等努力营造出的舒适感，又令顾客产生活动在私人空间当中的错觉。此时，"商品景观逐渐跨界支配了公共/私人空间，并且有效地将两者合二为一"[2]，而且最重要的是，这种统一终于成功地得以将女性顾客招徕到百货商店之中。

以当下的经验来看，将购物当作消遣，显然是女性更容易乐在其中的，且往往被视为时尚口味的权威，然而这其实也是在历史中慢慢形成的。回看波德莱尔笔下众多闲逛者，不难发现其中除了妓女以外，几乎都是男性化的形象——可实际上随着19世纪的家庭分工，购物的责任越来越少落在有更多社会责任的男性身上，他们也是很难习惯于在闲逛的同时进行购物的。于是免于从事一般生产劳动的渐进过程，也就通常会随着家庭经济实力的增长，首先从退回到家中掌管家庭事务的妻子开始。对于这种以妻子为主执行炫耀式休闲的情形，凡勃伦命名为"越位休闲"（vicarious leisure）。[3] 于是，家庭主妇的角色便相应地逐渐发生转化："过去是真正操持一个家，如今是要显示并炫耀她丈夫使她享受豪华、舒适、悠闲生活的能力，而且她还必须表现出她嫁给她丈夫是高攀了。"[4]

这些相对于妓女而言的"良家妇女"，在私人空间和公共空间的区隔重新于19世纪上半叶出现后，是被视为属于私人空间，而且也仅限于丈夫主宰的家庭居室之内的，女性如果与"公共"活动或专属男性的私人空间有任何瓜葛都会有名誉受损之虞[5]，更不要说在大街上闲逛了。在这种情况下，拱廊街、林荫大道尽管已经逐渐私人空间化，对于各阶层的家庭主妇却仍然不是友好开放的，上流社会的妇女自有专属的供货商，或可以让仆

---

[1] 大卫·哈维：《巴黎城记：现代性之都的诞生》，第232页。
[2] 同上书，第228页。
[3] 详见凡勃伦：《有闲阶级论》，第48—51页。
[4] 艾瑞克·霍布斯鲍姆：《资本的年代：1848—1875》，第323—324页。
[5] 菲利浦·阿利埃斯、乔治·杜比：《私人生活史4》，第295页。

人帮忙购买商品,而普通市民家庭的女性和妓女也不可能自在地多做驻留。

而百货商店出现的桥变,却终于使得连接女性和商品之间的中介彻底打开了,由于此是室内,且并非专属男性的私人空间,女性顾客完全可以在没有男伴陪同的情况下任意徜徉在百货商店的过道走廊上;吸引孩子的小吃部,和可供休息的阅览室,加之购物过程中提供的种种便利,更可以让店家如慕雷一般毫不亏心地宣称:"这些女人不是在我的店里,是在她们自己的家里。"(《妇》:216)百货商店不仅模糊了公共空间和私人空间的界限,也模糊了阶级和性别,为包括中产阶级的女性在家庭之外提供了一个合法的社交空间,除了购物,她们还可以会友、八卦,甚至像《妇女乐园》中居巴尔夫人一样会见情人。随着这种奢侈的民主化,百货商店开启了商家巩固女性作为主要消费者,再借助各种宣传手段诱导、操控女性的套路模式,成为延续至今的机制[1],桥变的道路空间于其间所提供的动力作用,是不容忽视的,而这空间背后主导的灵魂,无疑正是资本。

四

道路空间的桥变固然有许多现实政治考量,正像大卫·哈维揭示的那样,奥斯曼重构巴黎时的种种举措,自然是受命于拿破仑三世及其幕僚,可事实上也要通过资本家社团才能进行,比如铁路网的中心设于巴黎,表面上看是出于政治与战略的原因,可实际上完全是为了使巴黎成为法国首要市场和制造业中心,铁路网中心带来的群聚效果也能为巴黎工商业在与其他各国间的竞争中取得出口市场[2];没有金融业的变革与支持,零售业的革命也是很难出现的,《妇女乐园》中慕雷和哈特曼男爵的合作,也正是现实中百货公司经营者和不动产公司投资商不动产银行家间合作的翻版。正如美国史学家艾瑞克·霍布斯鲍姆指出的那样,"19世纪第三个25年,可说是为工业发展测试资金调动的结果期。除英国这个明显的例外,大多数调动资金的做法无论如何都会直接或间接涉及银行,所谓间接就是通过当时很时髦的信用动员

---

1 米卡·娜娃:《现代性所拒不承认的:女性、城市和百货公司》,收入罗钢、王中忱主编:《消费文化读本》,严蓓雯译,北京:中国社会科学出版社,2003年,第184页。

2 大卫·哈维:《巴黎城记:现代性之都的诞生》,第120页。

银行"[1]。于是，通过拆迁和提高房价，哈特曼男爵们用手中资本的权力逐渐将"有害的"工业和贫穷的"危险阶级"驱除出市中心，重新划分了等级阶层的空间界限，大批资产阶级这才得以从西区回迁到巴黎城区，从路易·菲利普时代龟缩在私人空间之内转为大胆回归市中心的公共空间，逐渐将室外作为其炫耀性消费的最佳舞台。所以说，奥斯曼的初衷的确是"将巴黎打造成法国的现代之都，甚至成为西方文明的现代之都。然而最终，他只成功地让巴黎变成了一座由资本流通掌控一切的城市"[2]。

大卫·哈维的有关资本空间性的讨论可以说很大层面上源自列斐伏尔（Henri Lefebvre）有关"空间生产"（production of space）的讨论，在他看来，"空间"并非单纯物质性的场所，而是包含了资本主义生产关系的，"空间"这个资本流通的媒介，本身也可以作为生产对象来生产；他甚至认为，资本主义正是通过对空间关系不断地生产和再生产，才摆脱了各种危机，存活至20世纪。以这种视角看待巴黎这一现代性都市崛起开始后的历史，城郊的差别、宗主国和殖民地的分工、全球化中的发达国家和发展中国家的分工，种种中心与边缘的空间区划，其实的确可以视为空间生产的结果。[3]

这里，不妨引入叶隽在阐发侨易学时借用法国学者于连（François Jullien）的概念"势"（propension）；对于侨易观念核心处理的"变"与"常"之间的关系，叶隽将"势"作为变化与常道之间的过渡、连接，甚至是可以转圜的第三者，"它不仅是一种客观存在的情境或语境，它还是具有能动性的运动之力量"，它犹如太极图中阴阳互动变化的流力作用，不断推动"变而复常""常而复变"。[4]

如果将列斐伏尔可以生产和再生产的空间，以及大卫·哈维的资本的空间性换成"资本语境"下的表述，就不难发现它正是一种被叶隽理解并阐发出大势、具势和气势这三层的"势"。[5] 对于19世纪中后期的巴黎这个

---

1 艾瑞克·霍布斯鲍姆：《资本的年代：1848—1875》，第289—290页。
2 唐晓峰：《创造性的破坏：巴黎的现代性空间》，载大卫·哈维：《巴黎城记：现代性之都的诞生》，《序一》第Ⅲ页。
3 参见汪民安：《现代性的巴黎与巴黎的现代性》，载大卫·哈维：《巴黎城记：现代性之都的诞生》，《序二》第Ⅸ页。
4 叶隽：《"侨易二元"的整体建构——以"侨"字多义为中心》，载叶隽主编：《侨易》（第二辑），第204页。
5 同上书，第201页。

发展中的现代性都市而言，世界资本主义经济就是整体背景的"大势"，作为国际金融和商业中心的巴黎城就是具体场域的"具势"，而铁路网汇聚的资本、人力、物资等带来的群聚效应就是它的"气势"；而对于拱廊商店、百货商店这种交易场所，或是拱廊街、奥斯曼的林荫大道或百货商店的过道走廊这类道路中介而言，变动中的巴黎城是其"大势"，作为交易场所的百货商店是其"具势"，而各种手段的广告宣传，及汹涌的购物人群形成的群聚效应则是其"气势"。

在资本语境的"势境"作用下，第二帝国的资产阶级新贵们延续了"有闲阶级"这一古老的机制，继续进行着炫耀性休闲和消费，但同时又通过推进道路空间、交易场所等中介作为具势的"桥变之势"，以由此引发人、商品、空间、资本间的各种"交易"，进而凭借这一"桥交之势"带来的动力，推动、实现奢侈的民主化、民众化，并将女性逐渐转化为主要消费群体，而这些变化又进而被常态化，成为资本语境中新的经济机制。即便是凡勃伦提出的、从掠夺型文化萌芽时期就存在的有闲阶级制度，也是在紧接着的财力阶段有了全新及更充实的内涵，并终于在这个时期成形[1]，也就是说规律化的经济制度本身，也并非一成不变，而是在不断更新中生发出新的内涵的，由此周而复始，延绵至今。当然，在资本语境之"势"中，各种移变、移交、仿变、仿交也不难体察，比如对于女性顾客缘何走入百货商店，又受到了哪些影响，完全可以另行撰文做进一步讨论。

结　语

正如侨易学关注的物质位移不一定是地理位置上的空间移动，实现位移及沟通作用的中介之"桥"，其实也不一定必须是物质性的实体，因为叶隽在原有易之三义之外额外增加并强调的"交易"，才是不同文化或不同类型事物间迁移、沟通，以及生生不息变易之关键环节。作为达到目的的"手段"或是"因"，中介实现的位移其实是相对的。例如在本节讨论的问题中，既涉及通过铁路侨入巴黎的外省之人，也涉及一直居住于巴黎，但因城市本身的内部变化而产生相对空间位置变化的巴黎人。对身处巴黎中的人而言，他们的移动因道路的变迁而越来越便捷，他们与整个世界的商品乃至其背后各

---

[1] 凡勃伦：《有闲阶级论》，第38页。

种异质性精神文化影响因子的距离也越来越短,当闲逛者经过拱廊街、奥斯曼大道相对室内化的道路桥变,最终被"捕入"百货商店这个真正的室内时,世界是被不断加速度地拉近到他们身边的。此时,尽管一方面商品的流动仍需要各种实体的物流通路修建、革新,但另一方面对于人而言,他们所需要行走的道路却越来越短,并最终从有形趋于无形、虚拟。直至今日,随着百货商店发展到超市,再到复合型购物中心,并终于发展到了不需要实体依托的淘宝网店和微博微信等社交平台上各种营销账号,人们完全可以脱离室内店铺实体的过道、走廊,宅在家中,通过网络这一闲逛之路虚拟、无形的桥变变体,或目的明确地选购心仪之物,或在浏览信息、社交聊天中不自觉地接收各类宣传信息,逐渐产生购买需要,然后轻点鼠标、坐等快递上门。

道路的这种无形桥变,似乎将人的斗室生产成为具有"内部无限性"的空间,进而言之,依靠网络和各种物流道路共同构建起来的资本全球化世界,也就成为彼德·斯洛特戴克（Peter Sloterdijk）在《资本的内部:全球化的哲学理论》一书中所提出的"(资本的)世界内部空间"（Weltinnenraum,英译为In the World Interior of Capital）[1];而其理想的建筑隐喻形式,就是从陀思妥耶夫斯基的《地下室手记》借来的、指涉西方文明的"水晶宫"[2]。斯洛特戴克认为,"随着水晶宫的建成,内部这一原则迈过了一个临界状态的门槛:从那个时候起,它意味着既非资产阶级抑或是贵族的居所,又不是前者在城市购物走廊球面上的投影——它更多的是把作为整体的外部世界移动到一个神奇的、由于奢侈和宇宙政治主义而变得容光焕发的内部性当中去了"[3],而且这个"19世纪有着巨大前瞻性的建筑样式","已经为集中的、体验为导向的、大众化的资本主义做好了物质准备,广泛地将外部世界吸收到一个完全精确计算的内部空间里来……它的

---

1 彼德·斯洛特戴克:《资本的内部:全球化的哲学理论》,常晅译,北京:社会科学文献出版社,2014年,第308页。
2 水晶宫本系1851年5月1日在维多利亚女王亲自主持下对外开放的巨大建筑,1854年移至伦敦南部的西德纳姆,显示了大英帝国的威仪与财富。陀思妥耶夫斯基1862年在伦敦参观了规模更超水晶宫的南肯辛顿万国博览会,立刻抓住了这座杂合式建筑无法测量的、象征式的纬度,并将水晶宫的称谓移至这座没有名称的建筑头上。
3 彼德·斯洛特戴克:《资本的内部:全球化的哲学理论》,第265—266页。

纬度足够大，以至于也许人们根本不用再离开它了"[1]。他也因此提出，同样是以建筑的外在形式作为钥匙去解释资本主义的世界状态，本雅明的拱廊街研究远不及陀氏的水晶宫隐喻，后者显然能比前者的意象更能展示"更大、更抽象的内部"，而本雅明那种将傅立叶乌托邦式的社群也看作"由拱廊街组成的城市"的视角是无法看清的。[2]

诚然，本雅明将第二帝国实际上已进入衰败期的拱廊街，而非百货商店视为象征消费主义初期的空间想象，虽有其诗意和哲思的根基，但也的确存在一些问题；可斯洛特戴克这个引自陀氏的水晶宫隐喻，固然可以被视为全球化消费社会的一种绝佳隐喻，可也自有其悖论。

一方面，如果这个技术的穹顶覆盖下的世界是封闭、自足的，那就难逃斯洛特戴克自己也承认的"排他性"，当前也只能"将近70亿人口的不到三分之一以及地理上陆地面积的十分之一不到"包括在内，这样的世界主义，究其本质，也就可以说"不过是被宠坏了的人的地方主义"[3]；从而成为与城郊、宗主国和殖民地、发达国家和发展中国家这种类似的二元对立。

另一方面，水晶宫封闭、自足的理想状况，会容易让人忽视其动力所在，也令人误以为可以真的不用与"外部"进行桥系。而在叶隽的阐释中，侨系之"桥"与"交易"之"交"，也有呼应对称之义的，桥梁之变往往可以带动"桥交"中不同事物之间交互作用的产生，亦即促进交易过程的发生。拱廊街的单一意象也许不足以隐喻资本的世界状态，但从拱廊街到百货商店的过道走廊，乃至今日的虚拟网路，这一系列从室外转向室内、从有形转向无形的道路桥变，以及由此引发的一次次桥交的脉络，较之封顶的水晶宫似乎更能显示其生生不息的动力所在。

有鉴于此，只要资本和市场还要在经济发展中发挥作用，不同文化间的沟通交互还要继续，人类还要继续在变革、更新中审慎前行，那么不论什么主义，各种注重有形基础建设和无形技术变创的道路桥变，就必然还要不断产生。

---

1 彼德·斯洛特戴克：《资本的内部：全球化的哲学理论》，第274—275页。
2 同上。
3 同上书，第306—308页。

第三节　行走在百货商店的妇女

在法国作家左拉的文学世界中，当慕雷尚未成为《妇女乐园》中大百货商店的拥有者，而还只是《家常事》里那个闯荡巴黎的绸布店店员、想靠女人上位的花花公子之时，便已开始酝酿这样一个充满雄心壮志的计划：挤走附近的小手工艺品店及其他服装类店铺的竞争对手，在新辟出的大道上开设一家新式商场，把橱窗布置到街头，设置一批现代化大柜台或特制货架，在水晶宫似的店堂里堆满妇女们的奢侈品，白天进出万金，夜晚恍若出席皇家盛宴（《家》：192—193，199—200，275）。到了《妇女乐园》中，丧妻后独掌商店的慕雷靠一次次大胆的革新，终于实现了当初看似疯狂的计划，将最初那个专门经营绸缎的小店铺，建立为日进百万法郎、雄踞整个街区、势力范围超出巴黎、闻名欧洲的大百货商店。

慕雷成功的原因自然是多重的，但从目标顾客定位的角度来看，他的成功在于准确地将主要顾客群体定位为女性——早在《家常事》中酝酿计划时他设想的就是"堆满妇女们的奢侈品"，到了《妇女乐园》中向不动产信托公司总经理哈特曼男爵寻求扩张的决定性资金支持时，他更是直言不讳地说出成败的关键就在于女性顾客，有了她们，"你连世界都卖得出去"（《妇》：65，273），因为在他看来，巴黎是属于女人的。

那么，在慕雷所处的时代，绝非一家之主的女性是如何成为百货商店最主要的目标顾客的？在妇女乐园这样的大型百货商店从无到有，并迈向一个又一个成功的过程中，是什么样的变化使得消费主体愈发转向女性顾客，并进而对她们构成了哪些影响的呢？

一、中产阶级家庭主妇的职责与越位消费

在无数中国女性为马云缔造阿里巴巴百亿神话的今天，女性更容易将购物当作消遣，且往往被视为时尚口味的权威，这看似是个常识。据20世纪末的有关研究估计，80%以上的购买决定都是由女性做出的，这种情况甚至从20世纪初就已经开始了。[1]然而，这种如今看似约定俗成的消费规律

---

[1] 详见米卡·娜娃：《现代性所拒不承认的：女性、城市和百货公司》，收入罗钢、王中忱主编：《消费文化读本》，第184页注释。

却并非历史悠久的传统。

就近代法国而言，尽管路易十五时代的蓬巴杜夫人、杜巴丽夫人和路易十六的王后玛丽·安托瓦内特都是著名的奢侈女性，甚至左右着法国的相关工商业，可她们所代表的女性毕竟只是极少数的皇室贵妇或情妇。从商业经营者的角度看，若只是将事业发展寄托在她们身上，兴衰成败也可能是转眼变幻之事——安托瓦内特就因为常常从国外进口服装面料而非采用由国内生产的传统丝绸，给依赖于宫廷的法国丝绸生产商带来重创[1]；更不要说她们的铺张奢侈，正是18世纪极少数显贵特权的象征，不断激化着法国社会与政治矛盾，并最终成为燃爆法国大革命的导火索之一。由此可见，左拉笔下第二帝国时期的商人们，如果在历经革命动荡的巴黎想要获得商业上的巨大成功，绝不能只将目光锁定在王公贵族、大金融家或是显贵绅士等上流社会家庭之上，人数更为众多、较为富裕，或至少是有稳定收入来源的中产阶级家庭才是他们开疆拓土急需争取的群体。

在《妇女乐园》女顾客的众生相中，既有参议院议员女儿兼证券经纪人遗孀戴佛日夫人、财政部次长妻子布尔德雷夫人这类经济实力应当颇为雄厚的女顾客，也有法院名律师之妻居巴尔夫人和养马场总监勃夫伯爵的夫人这类经济实力尚可，也有一定社会地位的主妇，更有公立中学教师之妻玛尔蒂夫人，以及每次都要攒好几个月钱、从遥远偏僻乡下赶到妇女乐园将钱花光的布塔莱尔太太，一个可说是下层中产阶级的家庭主妇。这些甚至有些标签化的女顾客，几乎囊括了中产阶级家庭的各类主妇，她们显然才是妇女乐园一类百货商店的主要消费群体。

在相当长的一段时间里，人们的居住和工作场所是合二为一或相去不远的，尤其是对许多靠经营起家的资产阶级来说，在家族生意中，主妇长时间扮演着工作助手、记账员的角色，此时主妇与男主人一样生活在缺少私人空间的场所内。根据当代史学家的研究，到了18世纪，法国出现了由国家支配的公共空间逐渐消失的趋势，但大革命却中断了这种演进的过程，私人空间再度成为轻易被人窥尽的半公开空间。[2] 而到了路易·菲利普当政的时

---

1 详见卡罗琳·韦伯：《罪与美：时尚女王与法国大革命》，徐德林译，北京：商务印书馆，2013年，第210页。

2 菲利浦·阿利埃斯、乔治·杜比：《私人生活史4》，第3页。

代，居住的住宅逐渐和工作场所区分开来，私人空间开始取得了某种优先地位，居室成为人们暂时远离现实的避风港，也就是从这个时候起，主妇逐渐从工作场所的助手向居室内的"主管"转型，也开始了从缺少私人空间的工作/公共场所向居室之内私人空间的侨动。不过，直到19世纪上半叶，还是有不少中产阶级家庭的妇女参与家庭的生意，甚至投资实业；但到了19世纪五六十年代，中产阶级的主妇大部分已退出生意场，返回到家庭当中，当然这更多的还是与工作场所与家庭的分离程度相关，时间并非绝对的分界线。[1]

从19世纪上半叶为巴黎的都市女性准备的各种流行指南、手册中，可以看到当时社会对于家庭主妇职责的"规划"，正是以往的贵族女性所竭力避开的角色——家务的管理者，她们理应学习如何以合理的方式来分配时间和理财，定期将家庭成员召集到餐桌旁，作为家庭内部空间的秩序创造者，还要负责保证家庭内部具有合理的规律和纪律，护卫家庭的隐私等。[2] 当然，与平民家庭的主妇还要照顾孩子、操持各种具体家务甚至为家庭寻找额外补贴不同，中产阶级家庭的主妇渐渐普遍拥有仆人来为她分忧，管理仆人做好各项事务而非事事亲力亲为，成为她们的职责所在。

就当时而言，中产阶级家庭通常会雇用三个仆人：女仆、贴身男仆和厨子。仆人越多，就越能宣示更高的财富和地位。即便一个中产家庭的经济实力再差，也至少要有一名女仆，因为这可说是一个家庭进入更高社会阶层的标志。[3] 这便解释了《家常事》中，尽管左瑟朗一家为维持外表体面的生活早已力不从心，却直到最后都没有辞退那名邋遢、粗笨的女仆阿代尔，因为若是没有了她，这家人就算正式"降级"了。

有了足够的仆人分担家务事，女主人也就有了看似可以自由安排的"闲暇时光"。然而那些日常闲暇中所做的事，却往往并非纯粹的消遣，恰恰是与主妇的职责休戚相关的；比如不时地接待来访或是拜访他人，因为"组织协调好社会关系是一个中产阶级家庭生活中的重要方面，也是家庭主妇的职责所在，她必须保持与其他家庭主妇进行沟通的渠道畅通无阻"[4]，这就是《家常事》《娜娜》中经常会出现一些由主妇主持的社交聚会或是沙龙

---

1 菲利浦·阿利埃斯、乔治·杜比：《私人生活史4》，第166页。
2 同上书，第235—236页；参见大卫·哈维：《巴黎城记：现代性之都的诞生》，第202页。
3 详见菲利浦·阿利埃斯、乔治·杜比：《私人生活史4》，第204、237页。
4 同上书，第242页。

的缘由。这些礼节及礼节规范除了宣示关怀与善意，也是在博取或保持声誉，亦即凡勃伦所谓"有闲阶级"所做的"炫耀式休闲"。在他看来，礼节正是炫耀式休闲的一个分系。[1]

工业革命之后，法国第二帝国时期相当一部分中产阶级不再生活在物资匮乏、经济拮据的家庭中，也不再生活在距上流社会非常遥远的社会阶层中，"拥有足够的财富后，他们为之奋斗的东西，即利润，已不再是他们催马加鞭的动力"[2]，如何在获得财富和权力之后，赢得并维持社会中他人的尊重，对于越来越多家庭来说，才是更大的问题。

然而中产阶级家庭的男主人通常是从事具有经营性质的行业，或是有着这样那样的社会责任，很难经常性地进行炫耀式休闲活动——这应当是他们与真正顶层上流贵族之间的差别。不过，相比休闲，炫耀性消费也许更适合那些意欲夸耀成功的资产阶级，不管他们是否掌有作为一个阶级的政治权力，再没有比一掷千金更能显示他们已迫使其他阶级俯首称臣了。于是，他们的生活方式便不可避免地告别了以往的节俭。第二帝国的显贵们在仿效波旁王朝贵族的生活，财力水平不等的各种中产阶级在仿效第二帝国显贵的生活，而城市平民阶层又在仿效中产阶级的生活。这一系列往往更直观地体现在炫耀式消费活动中的生活作风改变，可以借用叶隽侨易学中所谓的"仿变"来理解，即"带有变化性的模仿，更多的是一种具有借鉴性的创造"[3]，表面上看却往往只是器物、行为方式上简单的模仿变化，但其背后却总有"大道至简"的根本性规律。此处的规律，就是凡勃伦所说的，"每一阶层的成员都会把上一阶层的时尚方式作为其礼仪的理想境界，并且竭尽所能按照这个理想来生活"[4]。中产阶级是否以及有多少可以位列有闲阶级也许有待争议，但正是因为这种模仿的规律存在，"有闲阶级论"的许多相关论述也就同样适用于他们。

与休闲的情况类似，消费的职责自然还是会交给掌握财政大权的主妇们，于是就有了凡勃伦所说的，"贵妇及家庭其余成员在食物、衣着、住所

1　详见凡勃伦：《有闲阶级论》，第45页。
2　艾瑞克·霍布斯鲍姆：《资本的时代：1848—1875》，第322页。
3　参见叶隽：《"侨易二元"的整体建构——以"侨"字多义为中心》，收入叶隽主编：《侨易》（第二辑），第195页。
4　凡勃伦：《有闲阶级论》，第67—68页。

及家具上"进行"越位消费"(vicarious consumption),这种消费在理论上等同于男主人本身的消费,并不真的属于家庭主妇自身。[1]

尽管妻子负有监管仆人之职,可她在经济职能分化过程中被指派的任务从本质上说却与仆人一样,都是显示其主人的支付能力。法国1804年公布并长期施用的《民法典》中以自然的名义赋予家庭中丈夫和家族中父亲以绝对优越的地位,而妻子和母亲则在法律上被剥夺了权利。经济上不独立的女性,即便身处再高的阶层,在婚前也是受父亲监护的,婚后即便有丰厚的嫁妆,某种意义上也仍是丈夫的一种动产,在法律地位上如同未成年人,均无权处置自己的收入,直到1907年法国的法律才在这方面放松了限制。[2]事实上,在与有闲阶级的兴起休戚相关的所有权形式中,最早也是最主要的所有权,就是男性对女性的所有权。[3]在慕雷那句对哈特曼男爵所说的"巴黎不是属于女人的吗"之后,还有一句:"而女人不是属于我们的吗?"(《妇》:273)

反过来说,男性也有必要尽心尽力地投身工作,以足够的财力来供妻子替他中规中矩地展示出,他在当时社会中公认应有的相应越位休闲和消费程度,即便是家境如何不好,妻子也是最后被委派执行越位消费和休闲的,就连表面上的休闲都不能被妻子所享受,也很少会有家庭会舍弃他们自认为应有的炫耀性消费,即便"在抛下财力礼仪最后一项点缀或最后的巧饰前,得忍受许多的脏乱及不便"[4]。对此,诸如左瑟朗一家"只能买些次等肉,才得以在饭桌上放束鲜花,橱里只有一些描金的菜碟,可碟子里却都空无一物"(《家》:27),这种打肿脸充胖子的窘相,正是最好的注脚。而倘若有财力却不照此规则屡践,便很容易被冠以吝啬的坏名声,贝尔特与奥古斯特婚后三个月就开始不断发生冲突,就是因为妻子贝尔特受母亲左瑟朗太太从小的灌输,认为丈夫理所应当每月给她500法郎服装费,只有把妻子打扮得像个女王,才不会显得他在生意上太过无能;而奥古斯特则难以理解贝尔特为什么要连续不断地外出访友、购物、散步,涉足于戏院、庆典和展览场所,远远超过了他现有的财产和地位(《家》:262,282)。

---

1 凡勃伦:《有闲阶级论》,第28、57页。
2 详见菲利浦·阿利埃斯、乔治·杜比主编:《私人生活史4》,第145—146页。
3 详见凡勃伦:《有闲阶级论》,第26—27、135页。
4 同上书,第65、68页。

第三章 第二帝国时期：法兰西的"百货商店"

德国社会学家桑巴特曾这样定义"奢侈"："任何超出必要开支的花费都是奢侈。"[1]在他看来，"奢侈发展的集体模式代替纯粹的个人模式"，正是19世纪以降的新经济时代"特有的公共生活模式"[2]；在物质条件允许的情况下，只有奢侈更加"民主化""大众化"，才能在尽量避免社会阶级矛盾激化的前提下，保证资本的稳步收益。然而大部分曾经参与经营或是出身于从事经营家庭的中产阶级家庭主妇，大都还有着勤俭持家的观念，在理智上认为至少不应当在不必要的生活支出上花费过多，如贝尔特或玛尔蒂夫人那般的虽然在不断增加，但毕竟在百货商店兴起之初不会是多数。《妇女乐园》中，布尔德雷夫人虽身为财政部次长的妻子，但在妇女乐园购物的初期，却始终带着"聪明而又实际的小市民的眼力，一直走向便宜货的地方去，拿出一个能干的家庭主妇的非常手腕，尽量……给自己节省下大笔的开销"（《妇》：67），居巴尔夫人更是走几个钟头都不买一件东西，单单享受眼福。这些显然是百货商店诞生之前她们就已经养成的消费习惯。

除了勤俭持家的观念外，还有另一种抑制中产阶级家庭主妇们进行炫耀性消费的因素，那就是随着私人空间和公共空间的区隔重新确立后，回到家庭的"良家妇女"是被限定在丈夫主宰的家庭居室之内的，如果与公共活动或俱乐部、赌场等专属男性的私人空间有任何瓜葛都会有名誉受损之虞[3]，更不要说闲逛在大街上了。如此一来，主妇们大多会倾向求助于专门的供货商，或是让仆人代为购置一些日用品，商店虽然还是会去，马车也能让她们尽量避免抛头露面，可实在很难在那里自在地过多驻留。

解决居室之内的家庭主妇"走出去"问题的，是道路的"桥变"[4]。作为一种在人、物、空间以及资本之间搭建各种连接的中介，道路背后的资本语境为不断将最广大的顾客群体纳入消费队伍当中，一直在推动着道路的"桥变"，从拱廊街到奥斯曼的林荫大道，再到百货商店的过道走廊，一步步将曾经的公共空间转化为室内，模糊了公共空间和私人空间的界限，终于令

---

[1] 维尔纳·桑巴特：《奢侈与资本主义》，第79页。
[2] 同上书，第135页。
[3] 菲利浦·阿利埃斯、乔治·杜比：《私人生活史4》，第295页。
[4] "桥变"指"连接双方的中介变化"，相关的还有"桥交"，指"在中介之外再发生交易过程，是理想的相交过程"。参见叶隽：《"侨易二元"的整体建构——以"侨"字多义为中心》，收入叶隽主编：《侨易》（第二辑），第197页。

原本专属于家庭居室之中的家庭主妇们得到了一个合法的购物、社交空间。[1] 百货商店中如妇女乐园那般设置电梯、服务台等服务设施,以及小吃部、阅览室、儿童游乐区等各类休息场所,另有贴身服务、送货服务等服务措施,以及鲜花、气球等礼品馈赠活动,这无不增强了购物女性们的舒适和愉悦感。何况百货商店中既有华丽昂贵、饱含异域风情的奢侈品,也有廉价的日用品,主妇们可以自如地在游逛中打量和比较商品,不必受到必须购买的压力。如此一来,就像慕雷毫不亏心地宣称的那样:"这些女人不是在我的店里,是在她们自己的家里。"(《妇》:216)主妇们可以在不需要男性陪伴和监护的情况下,利用闲暇时间完成职责内的炫耀性消费,从而最终使得闲逛逐渐转变为彻底的消费,令百货商店变为本雅明口中闲逛者的最后场所。[2]

随着中产阶级家庭主妇们走进百货商店的脚步,提防奢侈浪费的观念问题也逐渐得到了解决。以往,那些超出维持生计最低需求以外的消费品,尤其是那些被列为禁忌的稀有物品,中产阶级原本是难以负担,或是根本不被允许消费的。1855年巴黎万国博览会的召开,宣告了工业化生产已经进步到足以使绝大多数人都能够负担起原先昂贵的商品,这些消费上的限制也就随之渐趋消失了——几年前包法利夫人还要花400法郎才能从鲁昂的商贩手中购买的印度开司米羊绒如今只需20法郎,曾经的奢侈品纷纷变成了寻常日用品。[3] 难怪本雅明会说,万国博览会"是商品拜物教的朝圣之地",它"推崇的是商品的交换价值","造成了一个让商品的使用价值退到幕后的结构。它们成为一个学校,给在消费上遭到排斥的大众灌输商品的交换价值观念"[4]。当是否购买一件商品的首要考虑从使用价值和实用性,逐渐变成了"我是否负担得起这个价格"时,逐渐偷换的观念也就悄悄打开了哪怕是最节俭的主妇的荷包。至于那些仍然要价不菲的奢侈品,也不愁吸引不到戴佛日夫人这类既有足够经济实力又具有艺术趣味的贵客。

如此一来,就不难解释妇女乐园一类的百货商店采取的明码标价、廉价倾销甚至"亏本销售"等一系列销售策略,对中产阶级家庭主妇们是多

---

1 参见王涛:《桥变的闲逛之路:从拱廊街到百货商店的过道走廊》,《江苏师范大学学报》2015年第4期。
2 详见瓦尔特·本雅明:《巴黎,19世纪的首都》,第48页。
3 参见帕特里斯·伊戈内:《巴黎神话:从启蒙运动到超现实主义》,第340页。
4 瓦尔特·本雅明:《巴黎,19世纪的首都》,第41页。

么具有杀伤力了。正如左拉在《妇女乐园》中所写到的那样："各家店铺激烈地进行竞争就是为了女人，而被陈列品弄得眼花缭乱以后继续陷进它们的便宜货的陷阱里去的也是女人。它们在女人的血肉里唤起了新的欲望，它们是一种巨大的诱惑，女人注定要被征服，首先情不自禁买一些家庭实用的东西，然后受了精美物品的吸引，然后是完全忘了自己。"（《妇》：65）而退货制度更是用欲擒故纵的方法打消了主妇们最后一丝犹豫——尽管这件商品可能不实用，但反正可以退货，于是心安理得地将商品买回家了，却很少有人会像居巴尔夫人一样真的把商品再退回来。

然而，即便有更多的人像玛尔蒂夫人一样，购买了足以让自己倾家荡产的不实用商品，就其初衷和实际效果来讲，与凡勃伦所说的炫耀性消费也还是略有不同。急需更多的奢侈来推动的各种工业，也需要另外一种动力，它就恰好从与中产阶级家庭主妇有所交集，但又不尽相同的一群女性那里源源不断地生发出来了。

二、女性的仿变与时尚的仿常

《妇女乐园》几乎囊括了中产阶级家庭的各类主妇，却似乎少了一类在奢侈品消费中极为惹人注意的未婚女性群体，那就是娜娜那样的情妇或高级妓女。娜娜从走红到病故的时间是在1867至1870年间，这已是作为妇女乐园考察原型的乐蓬马歇、卢浮宫、莎玛丽丹等百货商店兴盛起来的时期。娜娜在被米法伯爵包养后，新公馆内各式充满异国情调、价格昂贵的日用奢侈品（《娜》：266—269），虽然在小说中似乎未必都购置于百货商店，但现实中不断在奢侈品方面推陈出新的百货商店，无疑是娜娜们的主要选择。

蓄养情妇绝非19世纪的产物，17、18世纪，随着"城镇女郎"数量的持续增长，在巴黎这样的文化中心，在合法配偶之外养一个文雅的情妇，甚至用情妇取代合法配偶就已成为最时髦的事情。于是，正如桑巴特归结的那样，"一个新的女人阶层出现于受尊敬的女人与放荡女人之间。在罗曼语中这种女人有很多名称：宫娥、宫廷情妇、姘妇、女主人、情人、轻佻的女人以及由情人供养的女人"[1]。在《卢贡大人》《家常事》《娜娜》等一系

---

1 详见维尔纳·桑巴特：《奢侈与资本主义》，第67页。

列小说所处的第二帝国时期,这种蓄养情妇的"风尚"早已再度兴起,其实正是财力支撑下对以往贵族生活方式的另一种"仿变"——多出一个人执行越位消费,甚至干脆让情妇僭越原配妻子越位消费的做法,在当时看来更能体现男性财力和地位,就连并不十分富裕的中产阶级甚至城市平民阶层男性都开始以拥有情人为荣,尽管他们往往要为此付出惊人的代价,却仍然对此趋之若鹜。最极端的例子就是娜娜,她奢侈浪费的生活几乎毁掉了身边的每一个男人,一文不名、流离海外、家门败落、贪污入狱、自杀身亡者比比皆是,却依然前仆后继。

尽管在娜娜的挥霍中,饮食上的巨大浪费,随心所欲地整套更换家具,仆人中普遍的贪污,造成的花费都是惊人的,但给她带来最为直接的声望的,还是她俨然穿出自己风格的服装。这是因为衣食住行中最容易眼见为实的证据之一就是服装,它能直观地令旁观者一眼看出"穿戴者有足够财力进行随意和毫不节约的消费以外,还同时透露出他或她没有汲汲营营谋求生计的必要"[1]。所有阶级花在服装上的支出很大一部分都是为了光鲜的体面,像左瑟朗母女那样宁可在生活的舒适上或必需品消耗上忍受相当程度的困苦,也绝不在穿戴上省钱的人可说是比比皆是。因而,早在大革命开始前的一两个世纪里,丝绸、锦缎、天鹅绒等以妇女为主要销售对象的服装原料,就已成为最典型的奢侈品;早期资本主义阶段,也是与服饰关系最为密切的丝绸工业、花边工业、镜子制造业等成为大规模资本主义方式经营发展中的先导行业,也就都顺理成章了。[2]服装也率先成为不等穿旧用坏就继续更新的商品——正如凡勃伦总结的那样,作为炫耀性消费商品的服装的三大原则就是:昂贵、不舒适和时髦。[3]

时髦不仅意味着衣服数量多,也意味着到一定时间就更换样式。季节、日子、钟点变了,服装也要跟着变;场合变了,服装自然也要相应改变。越是有钱有势,就越需要多的服装和快的更换频率。正如在"长时段"中考察资本主义的法国年鉴派史学家布罗代尔所说,"在西方,社会地位最细微的上升都要反映在服装上"[4],任何试图证明自己地位提升或是希望被人高

---

[1] 凡勃伦:《有闲阶级论》,第127页。
[2] 维尔纳·桑巴特:《奢侈与资本主义》,第169、189页。
[3] 凡勃伦:《有闲阶级论》,第128—129页。
[4] 费尔南·布罗代尔:《15至18世纪的物质文明、经济和资本主义》(第1卷),第367页。

看的人，会自然而然地在服饰上寻找模仿的对象，这样上一阶层或刚升入阶层的着装风格也就成为首选。德国社会学家西美尔在谈到时尚心理的问题时指出，时尚一方面满足了个体融入、依赖社会的需要，将个体引向某一共同的轨道之上，另一方面又因时尚的变化和个性化烙印，满足了差异和自我凸显的需要。如此一来，时尚也就总是阶层划分的产物。[1] 由于每个阶层都会把上一个阶层的时尚方式作为其理想境界去模仿和攀比[2]，较高阶层的人反过来也就会在较低阶层开始养成一种时尚时抛弃这种时尚，转向新的时尚，以此来排斥较低阶层，突出与他们之间的差别，所以"时尚的本质就在于，群体中只有一部分人领导时尚，整个群体不过是跟风而已"[3]。

这样一来，时尚也就成了"变"与"常"的矛盾统一体：为了彰显某一阶层的身份共性，它需要相对稳固的一致性，而为了不断和其他阶层区分开来，它又总处在变化之中。若借用叶隽"仿易四义"来理解时尚的问题，上述规律就可谓模仿与学习过程中最根本的规律，亦即"仿简"；而较低阶层不论如何模仿，往往还是难以摆脱自身财力、地位等深层原因的制约，总是会被较高阶层转换的新时尚抛在后面，从而并未真正实现地位的提升，则是"仿常"之所在。在对时尚的模仿中，也往往包含着从器物到秩序再到观念的三个层次，较低阶层模仿较高阶层、新晋成员模仿同一阶层时，可谓"仿变"，这种模仿往往首先从最易习得的器物层面，如服饰开始，目的则是最大限度地与相对秩序化的时尚、礼仪规则保持一致；久而久之，模仿者就会与上一阶层或新结识的同阶层人之间产生新的人际关系，甚至进而产生观念层面的质性变化，可谓"仿交"。

西美尔认为，追随时尚的行为在女性这里尤为明显，与男性相比，她们的"社会学本质在于缺乏差别，在于相互之间更大的相似性，在于受到社会平均化更为强烈的制约"，这一判断至少在19世纪中后期的女性身上是适用的；正因如此，她们会更加强烈地追求个体相对的个性化和引人注目，从而时尚，尤其是时装为当时的女性提供了这样的结合："一方面是普遍模仿的范围，在最宽阔的社会航道中畅游，另一方面是个体人身的显眼、

---

1 《时尚心理的社会学研究》，见西美尔：《金钱、性别、现代生活风格》，第94—95页。
2 凡勃伦：《有闲阶级论》，第67页。
3 《时尚心理的社会学研究》，见西美尔：《金钱、性别、现代生活风格》，第95—96页。

强调和个性化的打扮。"[1]

随着在宫廷和大资产阶级中蓄养情妇之风愈演愈烈,引人效仿的"时尚教主"也就越来越远离宫廷,没有蓬巴杜、杜巴丽那般貌似拥有高贵头衔的文雅情妇或高级妓女也在社会生活中崛起,甚至引得有产者的妻子在时尚和兴趣上,尤其是在服饰方面不自觉地追随她们。因为在越来越多的社交场合,男人们开始用更具夸耀作用的情妇替代原配妻子,这些"品行端正"的女士如果不自我调整,与那些情妇展开竞争,很可能就会渐渐从社会生活中消失了。[2]

而到了第二帝国时期,娜娜这样出生成长在小酒店,做过巴黎的卖花女郎、街头妓女,曾经只能在商店的橱窗前徘徊做梦的高级妓女,在普遍奢靡的社会环境和足够财富的支持下,也照样能显示出"对一切优雅的东西样样精通",令她新公馆的建筑设计师都大吃一惊,仿佛"她是生来注定要过穷奢极欲的生活的"(《娜》:268)。一跃成为巴黎"最有名望的风流女人,人人皆知的最会挥霍金钱的人物"之后,她那些看似随意穿戴、漫不经心,实则出众的、优雅的精巧服装,更令她显得是"既目空一切又充满叛逆精神,像一个具有至高无上权力的女主人,把巴黎踩在脚下。时髦的款式由她定调,高贵的夫人模仿她的时装"(《娜》:266)。

这看似惊人的逆转,也许是因为对于娜娜这样意欲在大城市提升自己地位、享受更好生活的单身女性来说,在通过充当情妇的方式获得财力支持之后,很可能会在最初短暂的模仿、熟知各种奢侈、优雅之物之后,更加迫切地寻求在服饰、居住环境上彰显自身的个性。类似的逻辑也许同样适用于蓬巴杜和杜巴丽,虽然据称二人背后都有一股财团或政治派系的支持,但她们一个出身中产阶级,一个则曾是高级妓女,也都因出身令宫廷贵族们唾弃,也许正是这种急需证明自己的需要,激发她们不断标新立异。

而当原配妻子开始模仿情妇,高贵淑女开始模仿"堕落女子"时,两者之间原本就有人为构造成分的界限也就越发模糊了。正如赛马场原本绝对禁止妓女进入的贵宾席,坐着的本是宫廷贵族和上流妇女,但当娜娜握

---

[1] 《时尚心理的社会学研究》,见西美尔:《金钱、性别、现代生活风格》,第98—99页。
[2] 维尔纳·桑巴特:《奢侈与资本主义》,第74页。

着旺德夫尔伯爵的手时，却能轻易地踏进这块禁地，这种禁忌的打破看似是下层女性靠自身的美貌攻破身份的壁垒，前述的模仿也看似是由高向低的反向仿变，但考虑到女性不过是替其男主人执行越位消费，彰显他的地位和财力，这里战胜以血统、官位为本位的等级制度的，其实是背后逐渐抬头的金钱本位，是新的质性变化产生于人与资本逻辑的"仿交"之中，与"良家妇女"和情妇/高级妓女之间被构造出的二元对立关系并不大。

时装上模仿往往是打开奢侈的闸门，在这种看似中，不论是大革命之前的贵族和大资产者家庭主妇，还是第二帝国时期中产阶级家庭主妇，都不乏疯狂挥霍的人，在疑似的"逆向"仿变背后，是家庭、道德观念的转变。《娜娜》中，萨比娜女伯爵就是这种转变的代表人物，其家中的陈设正折射了这种转变：从开始房间里大都是婆婆的旧家具，只有一把软绵绵的大红绸椅子，到旧有的家具全部被淘汰更换，居室由原本的肃穆变为奢华，连那把象征享乐的长椅也仿佛愈发扩大了；在被情人福什里抛弃后，她更是愈发放纵，最后更是与一家大百货店的部门主任私奔了。虽然小说中的男性甚至左拉本人都有将萨比娜与娜娜类比的倾向，可并没有实际的证据证明这种转变是前者在模仿后者。而当丈夫无法满足自己的需求，就转而通过私通的关系向情人索取，这样去做的不仅仅是萨比娜女伯爵。《家常事》中，贝尔特仅仅为了奢侈的礼物就与其实并不喜欢的慕雷一次次偷情；《妇女乐园》中，居巴尔夫人更是在百货商店的阅览室得到了比贝尔特更好的幽会地点，尽管她很少在商店中自己花钱购物，却并不妨碍她在勃夫伯爵身上榨取金钱和她所能有的享乐。玛丽·安托瓦内特曾经所代表的噩梦，开始在一个又一个上流贵族和中产阶级的家庭中重演，勤俭持家的美德也早已成为时尚不堪一击的对手。与其说这是情妇们造成的不良影响，不如说这是资本语境对所有女性无形的改变。

而随着巴黎女性在以服饰为主的时尚方面投入越来越大，巴黎女性和时尚之间紧密联系，在19世纪中后期也逐渐获得了世界的认同。1867年的一位女评论家曾这样写道："很难将时尚与巴黎女性这两个词分开，它们之间互为补充；若执意单独使用它们，意义就不完整了。如果不承认女性的品位与任性为这座城市对全世界施加巨大影响而做出了相当大的贡献，则无法去研究巴黎；在巴黎，一半女性是依靠时尚而生活，一半女性是为了时尚而生活……"¹所以慕雷才可能得以在马赛的印花布公司工作时，用甜言蜜语和谄媚的目光赢得女人的心，并成功向当地的妇女们推销出一批积压在地窖两年的印花布，让她们像着了魔一样你争我夺地抢购，由此为自己赚取了闯荡巴黎的5000法郎本钱（详见《家》：12—13）；在曾经主营绸缎等布料的店铺基础上发展出妇女乐园这样的百货商店，并且仍以服饰及其原料为最主要的销售商品，更因此得以成为日进百万法郎的商业帝国。

  时尚看似造就了巴黎女性千姿百态的美，然而高跟鞋、长裙、不切实用的系绳女帽、束腰衣等等一系列女性时装元素，对穿戴者舒适感的普遍忽视程度，其实和中国清朝女性的裹脚布一样畸形，本质上还是女性不宜从事生产活动，需要在经济上依赖男性的明证。²而袒胸露背的束胸衣，以及假发髻、装饰物对女性身体夸张怪异的渲染，这些诱惑与禁锢的奇怪组合，背后其实正是当时男性对于妇女之美强烈约束力的体现。³对于许多资产阶级妇女，社会环境似乎向她们传达着这样的信息——"她们生活中的任务就是保持容貌美丽"⁴。而在不断追求这种所谓的美的过程中，女性愈发被客体化，与婚姻、家庭的玩偶式教育融合在一起，催生出许多贝尔特一样用灵魂和肉体交换婚后丈夫的供养，只知道追逐金钱和物质享乐，拼命地在对物的占用中感受自己存在的妻子，她们成为小说中朱以拉医生所抨击的"七情六欲失去了常态"的女性（《家》：421）；即便经济实力足够优厚，也不过是家中的花瓶娇妻。借用凡勃伦的话说，也许巴黎的妇女"是时尚的主人，却并非自身的主人"⁵；时尚彰显的美感并不真正源自她们自身，真正成就的也不是女性的崛起，而是"规定了商品拜物教所要求的膜拜仪式"⁶，百货商店则为时尚提供了一个新的动力策源地，以及和剧院、咖啡厅等处所相似的展示空间。

---

1 转引自帕特里斯·伊戈内：《巴黎神话：从启蒙运动到超现实主义》，第122页。
2 凡勃伦：《有闲阶级论》，第135页。
3 同上书，第111页；艾瑞克·霍布斯鲍姆：《资本的年代》，第318页。
4 菲利浦·阿利埃斯、乔治·杜比：《私人生活史4》，第163页。
5 凡勃伦：《有闲阶级论》，第134页。
6 瓦尔特·本雅明：《巴黎，19世纪的首都》，第43页。

三、百货商店：资本语境之"势"的缩影

在《妇女乐园》中，左拉这样评价百货商店："为了把它们的营业提高十倍，为了使奢侈品大众化，它们成了可怕的消费机构，破坏了许多家庭，造出了各种无聊的时髦货色，永远是一次比一次更贵重。如果说女人在店铺里是一个皇后，弱点外露，受人崇拜，受人阿谀，被殷勤的款待包围起来，那么，她的统治也像是一个多情的皇后，她的臣民在她身上坐着买卖，她每一次的恣意任性都付出了她的一滴血的代价。慕雷……给女人造了一座庙宇，用一大群店员向她焚香礼拜，创造出一种新的宗教仪式。"（《妇》：65）关于这种宗教的类比，书中曾出现多次，比如"这些女装像是在为赞美女性的典雅而建立的礼拜堂"（《妇》：3），又如"在这小礼拜堂似的背景上，那些时装分外显得突出"（《妇》：23）。不难看出，作为女性消费天堂的百货商店，已俨然成为一种拜物教的圣地——"他的创造带来了一种新信仰，那些教堂，逐渐受到摇动，人迹稀少了，从此一些无所用心的灵魂，被他的大百货商店吸引住了。女人到他的店里度过那些空闲的时间，度过她们从前在礼拜堂里所度过的发着寒噤和忧虑不安的那些时间：这是对消耗的一种神经质的热情的需要，这是跟丈夫对抗的一个斗争，这是超越了美的神圣性的肉体不断革新的礼拜。如果他关了他的店门，马路上将会发生一场叛乱，人们将会发出绝望的呼喊，仿佛被人禁入忏悔室和圣坛去的信徒们那样。他看见她们在十年以来逐渐增长的奢侈里，不问时间地，固执地穿过了巨大的金属建筑的骨骼，沿着悬空的楼梯和浮桥"（《妇》：372）。而这拜物教的朝祭中献祭的，正是从女人的血肉里唤起的欲望。

这种欲望的内容是颇为复杂的。凡勃伦认为："任何现代社会民众中的大多数人之所以在支出上超出其物欲舒适所需的程度，与其说是刻意在有形的消费上以奢华傲人，倒不如说是出于一种欲望：想在所消耗财货的数量和等级方面，实践习俗所认可的礼节标准。"[1] 但问题在于，人们往往对自身所处的财力和地位等级并没有清楚的认识，或是虽然心下明白，却还是有逾越自身层级的消费和攀比的冲动。

但更多的时候，奢侈的欲望还是来自感官的快乐。比如《妇女乐园》

---

[1] 凡勃伦：《有闲阶级论》，第80页。

中就这样描写被丈夫控制支出的德·勃夫夫人:"钱包里只有坐车的钱,可是为了享受看一看摸一摸的快乐,偏偏叫人把各种花边一板一板地取出来……她把手伸进高高堆起的镂空花边……里去,心里的欲望使手指发抖,一种肉欲的快感渐渐烧红了脸。"(《妇》:94—95)在这里,手指间的触感与肉欲的快感联系到了一起。而桑巴特对于日用品奢侈消费曾有过这样一番令人联想到弗洛伊德理论的论述:"任何使眼、耳、鼻、舌、身愉悦的东西都趋向于在日常用品中找到更加完美的表现形式。而且恰恰是在这些物品上的消费构成了奢侈。归根到底,可以看到,我们的性生活正是要求精致和增加感官刺激的手段的根源,这是因为感官的快乐和性快乐在本质上是相同的。不容置疑,推动任何类型奢侈发展的根本原因,几乎都可在有意识地或无意识地起作用的性冲动中找到。由于这种原因,凡是在财富开始增长而且国民的性要求能自由表达的地方,我们都发现奢侈现象很突出。"[1]

也许将一切归结于性冲动的确是容易惹来争议的,但上述各种欲望的面向中,无论是夸耀或攀比,贪图便宜以让自己获得优越感,还是感官甚至性冲动上的代偿,它们都关乎"自我"的满足,这其实是与《人权宣言》之后19世纪"个体"意识、个人身份意识的不断清晰化相关的,不论是在思想观念,还是在道德观念中,个人主义逐渐开始占据了上风,尽管它极易随着周围的环境和场所发生改变,越来越多的人宣称需要更多自己的时间和空间,相信自己有权利去追求他们认为合适的幸福。"对于这一权利,民主主义给予其合理性,市场刺激着它,而移民也推动着它的发展。"[2]往往总是跟着现实后缓缓前行的法律,最开始只是一步步确定了男性的相关权利,但退回到居室之内,有了自己掌管空间的女性,其实也同样开始产生对这一权利的渴望。百货商店包容各阶层的民主外表,更给了女性在其中追求幸福的合理性,让她们在这些妆饰物品上"感到那么一种快乐,以致被埋葬在里面生活着,仿佛是在她们生存所需的温暖空气里一样"(《妇》:64)。从而女性自我、个体意识的需要成就着百货商店,而百货商店又反过来进一步刺激着这些需要以欲望的形式不断勃发,鉴于欲望的本质其实

---

[1] 维尔纳·桑巴特:《奢侈与资本主义》,第81页。
[2] 菲利浦·阿利埃斯、乔治·杜比:《私人生活史4》,第386页。

恰恰不是真正得到充分满足，而是在不断寻觅、延宕的循环运动中。繁殖无法填满的匮乏、空无本身，建立在欲望需求之上的商品市场，也就得了源源不绝的最充足供应。即便物品的供应有限，但只要学会如何刺激、构造个体的欲望需要，就永远不愁没有生意。

虽然消费，甚至过度消费的挥霍也许是一种有损于人的恶习，却绝对有利于贸易。桑巴特在《奢侈与资本主义》当中多次强调奢侈在推动现代资本主义发展过程中扮演的重要角色，奢侈贸易推动了相关工业的资本主义组织形式发展，间接助推了工业革命的兴起；作为奢侈品消费者的顾客，对最精致商品、最完善服务的不断渴求，也迫使商人们摆脱了手工业者曾经特有的闲散，走上了资本主义生长的道路。[1] 他甚至认为："奢侈，它本身是非法情爱的一个嫡出的孩子，是它生出了资本主义。"[2] 百货商店的出现，不过是奢侈催生、推动资本主义发展中的其中一项重要革新而已。

从布罗代尔的长时段研究来看，在1700年以前，时尚的统治远不像20世纪这样"专横"。以服饰为例，12世纪初欧洲人的服装仍与高卢、罗马时代一模一样，妇女穿的长袍拖到脚面，男子穿的长可及膝，也就是说几个世纪都处在相对的"常态"中，即便是十字军带来的丝绸和奢侈的皮裘，也没有从根本上改变12、13世纪的服式。但是进入18世纪之后，一切都加快了起来。[3] 不过此时的时尚展示空间还基本上仅限于宫廷周围，远不比政局风云变幻和技术革命飞速改变世界的19世纪。在百货商店这种资本语境的"势境"之中，商品的展示和女性顾客着装的展示，无疑都会较之以往更快地令中产阶级的家庭主妇了解、仿效上流社会或时髦人物的时尚风格，形成一种"仿变之势"，而家庭主妇角色相应的种种职责就像一条纽带，让女性获得"自我"认可或满足的需要，与时尚的仿常之间不断寻找一种"合法"的关联和中介。而当较低阶层对较高阶层的仿变开始不断加速时，为避免被他们赶上而丧失地位上的优越感，引领时尚的上流社会或领军人物也就自然会加快时尚更新的速度。世界资本主义经济的大势发展越快，百货商店一类的具势也就会不断扩张、升级，时尚从常态到变化的

---

1 详见维尔纳·桑巴特：《奢侈与资本主义》，第150、154—155、168—169、175—176页。
2 同上书，第215页。
3 费尔南·布罗代尔：《15至18世纪的物质文明、经济和资本主义》（第1卷），第373—374、380页。

速度也就越来越快，资本的增值也就因此更加突飞猛进。

百货商店的出现，巩固了"将女性作为消费者"的经营观念，并将这种观念像产品一样推销给了越来越多的人，进而让这种"变"渐渐固化为一种"常"，并使得"由女性决定消费，由商家构造女性的需要"，成为一直延续至今的基本策略。在电影产生之前的几十年内，妇女对于如何生活、着装、布置家居的信息，亦即如何进行消费，大多都是来自百货商店以及与之利益相关的时尚杂志。[1]

从而，正如米卡·娜娃在《现代性所拒不承认的：女性、城市和百货公司》一文提出的那样，百货商店为女性提供了一个体验和创造现代性的场所。与许多理论家将19世纪晚期和20世纪早期的现代性定义为一个女性被排除在外的公众时期不同，她认为女性极其重要地参与了现代性体验的形成，事实上，女性的体验可以被解释成是现代性构成的典型要素。[2] 只不过她们的体验方式是与大多数男性略有不同的消费而已。

结　语

家庭主妇的职责、主要消费群体的变化，乃至服饰的样式，这些看起来都是十分寻常，为什么要去关注呢？布罗代尔在提到将日常生活纳入历史研究范围的用处和必要时提到的话，似可解答一二："日常生活无非是些琐事，在时空范围内微不足道。愈是缩小观察范围，就愈有机会置身物质生活的环境之中；大的观察通常与重大史实相适应，例如远程贸易、民族经济或城市经济网络。当你缩短观察的时间跨度，看到就只是个别事件或者种种杂事：历史事件是一次性的，或自以为是独一无二的；杂事则反复发生，经多次反复而取得一般性，甚至变成结构。它侵入社会的每个层次，在世代相传的生存方式和行为方式上刻下印记。"[3]

主要消费群体的变化，在短期内也许不过是难寻章法的偶发迹象，只有商家和经济学家会去关注，但若置于"长时段"中，在资本语境的大势

---

[1] 参见米卡·娜娃：《现代性所拒不承认的：女性、城市和百货公司》，收入罗钢、王中忱主编：《消费文化读本》，第184页。

[2] 同上书，第168—171页。

[3] 费尔南·布罗代尔：《15至18世纪的物质文明、经济和资本主义》（第1卷），第27页。

之下细察深究，就不难梳理出消费目标群体上的不断延伸，比如对成年人有着极大影响的儿童，医疗水平提供人类平均寿命增长后希望延年益寿的老年人，以及都市化进展加快生存压力增加之后幼稚化的成年人——事实上，《妇女乐园》中就已经显现了当时的百货商店开始有意识地通过吸引、招徕儿童，来对作为母亲的主妇产生消费上的影响——这一次次延伸、变化不但关乎商家的盈利，更是与交易场所的变革、城市空间的重构、人际关系的改变、观念的质变、家庭社会教育的重心移动，甚至新的社会秩序、世界格局的出现相关。比如法国的服装从17世纪开始略占上风，18世纪确立了统治地位，借小小的"法国玩偶"传遍启蒙时代的欧洲[1]，百货商店的纷纷兴起，更是进一步奠定了巴黎时尚之都的地位，如今已成为全世界时装的风向标之一。

从小说中亦真亦假的慕雷到现实当中马云的时代，这之间交易场所从百货商店到超市到购物中心，又到淘宝网店、微博微信的各种微商的革新，闲逛的道路从曾经的拱廊街到林荫大道再到百货商店的过道走廊，最后到今天的网络信息、社交平台，资本语境的"具势"不断发生变化，从而引发了越来越多人的迁移、人与人之间的模仿，以及由此引发的种种移变、仿变，变化中总有相对恒定的规律，而有些质变又慢慢成为新的常态；资本语境的大势和具势之下，变与常的相互流转也就越来越快。

而文学作品，尤其是带有"现实主义"风格的文学作品，往往正是以描写日常生活中看似"家常琐事"为主的，由于小说虚构的特性，文学世界自然不是忠实、完整的历史记录，然而人物、情节可以虚构，渗透在人们衣食住行当中润物细无声的结构性印记，乃至观念变化的过程及背后的种种成因，却往往是无法虚构的。从这一点看，文学也许往往可以成为社会、文化史的一种补充，或是与史家形成互证，资鉴于今世，有助于理解和反思当下的许多处境问题。

凡勃伦认为，随着经济社会发展，炫耀性消费将会越来越比炫耀式休闲更适宜显示人的财力和地位[2]，这与面对面的社交生活不断减少有着密切

---

[1] 费尔南·布罗代尔：《15至18世纪的物质文明、经济和资本主义》（第1卷），第377页。
[2] 凡勃伦：《有闲阶级论》，第80页。

的关系。几十年后，当德莱塞的嘉莉妹妹们走进百货商店时，就已经能够迅速从服装这一符号体系中判断出城市女郎、女店员的社会地位，以及自己与她们之间的差距了。时尚流行体系在未来越来越近似符号系统，商品也渐渐演变成物体系，如今我们是什么样的人，已经不再取决于我们的教育、职业，而慢慢地变成我们消费了这一物体系上哪一层级的商品。这一系列曾经在法国和美国上演的进程，某种意义上也与我们当下面临的种种问题相似。

当我们忙不迭地将拜金主义、败坏人心的指责加诸《小时代》一类以二三线城市年轻女性为主要阅读群体的小说时，似乎丢弃了以往信奉的"文学是现实反映"的信条，更忘了消费主义、奢靡之风不是纯粹无形的精神传染病，类似观念的生发、固化、转化，往往发端、体现于衣食住行的寻常事之中的，修正甚至扭转某些不良观念、作风自然要靠严明的法律规定，但探究其产生的资本语境，也是十分重要的。

下 篇
多维视域的"资本现象"

第四章

资本语境与词语观念

第一节 19世纪法国的经济转型与金融现象——法国信贷理论嬗变

/ 李 征 /

信贷在当下随处可见，这种借贷行为所关涉的东西远远超出债权人与债务人之间的关系本身，它涉及从个体到整个社会的方方面面。在这一点上，19世纪的法国文学巨匠已经有过相当深刻的认知与体察。"在5000年前，远在货币出现之前，人类已经在使用复杂的信用体系来进行商品交易"[1]，而现代意义上的法国信贷体系主要是在19世纪建立起来的，通过对19世纪法国信贷理论的把梳以及对该世纪不同时代人对利息、财产、借贷问题在观念上的转变的考察，可以更加透彻地理解19世纪法国文学作品中广阔的社会图景与复杂的写实内涵。

一、法国式信贷体系的提出

信贷自由化、体系化的提出在法国可以追溯到18世纪，在重农主义者的影响下，有息借贷的相关法律在18世纪变得更为灵活，特别是路易十五的宫廷御医、政治经济学体系的先驱魁奈（François Quesnay），作为重农学派创始人及领袖，在其著述《经济表》（1758）中提出经济平衡观念，并

---

[1] 大卫·格雷伯：《债：第一个5000年》，孙碳、董子云译，北京：中信出版社，2012年，封二。

倡导实行自由放任的经济政策，他的经济蓝图强调了借贷在经济流通中的作用。此外，重农学派的另一位重要代表人物、路易十六的财政总监杜尔哥（A. R. J. Turgot）在推行经济和行政改革期间也主张货币借贷自由化。

一个国家信贷的运转依赖其经济的实际发展程度。19世纪法国工业从30年代起增长稳定，然后加快速度直到60年代，此后速度逐渐放慢，这中间尤其经历了19世纪中叶的法国工业最迅速的增长阶段以及早期的工业化过程。由于经济的快速发展和现金的缺乏，使得债务在19世纪的法国无处不在[1]。放高利贷者像幽灵一般出没在城市与乡村，当铺发放抵押贷款给小商人等穷困人士，而大量的小商人则由于赊账给顾客却收不回钱导致破产，司法档案显示"在1869年至1910年间，巴黎美丽城与食品、商品供给相关的诉讼占所有案卷的比例从17%升至23%"[2]。

法国在19世纪现金与信贷的缺乏有着多种历史与现实原因。事实上，法国人对信贷的反感由来已久。一方面，民众对借贷的态度受到天主教教会的直接影响，另一方面1716年约翰·劳在法国实践他的银行改革计划，成立了中央银行，由中央银行印行纸币，以纸币取代金银在市面上流通，后来他实施的投机性经济彻底失败，约翰·劳逃离法国，这使得法国民众对政府发行的纸币产生不信任。而1789至1796年法国大革命期间，作为通货发行的纸币——"指券"由于过度发放促发极度的通货膨胀，致使法国人对政府直接发放的纸币、信贷心有余悸。法国历史学家费尔南·布罗代尔与法国经济史学家恩斯特·拉布鲁斯（Ernest Labrousse）在著述中认为，法国人在传统上显示了对信贷的怀疑，他们或者对其使用过度，或者使用不足。

1800年法兰西银行创建，在波旁王朝复辟时期（1815—1830）及1835至1838年间，省级发行银行在政府的许可下在鲁昂、南特、波尔多、里昂、

1　See Jean-Claude Farcy, *Guide des archives judiciaires et pénitentiaire, 1800-1958,* Paris: CNRS Editions, 1992, http://criminocorpus.org; Philip T. Hoffman, Gilles Postel-Vinay, Jean-Laurent Rosenthal, *Des marchés sans prix. Une économie politique du crédit à Paris, 1660-1870,* Paris: Editions de l'EHESS, 2001; G. Postel-Vinay, *La Terre et l'argent: L'Agriculture et le crédit en France du XVIIIe au début XXe siècle,* Paris: Albin Michel, 1998, in Isabelle Rabault-Mazière, «Introduction. De l'histoire économique à l'histoire culturelle: pour une approche plurielle du crédit dans la France du XIXe siècle», *Histoire, économie & société,* 2015/1 (34e année), p. 5.

2　Gérard Jacquemet, «Belleville ouvrier à la Belle Epoque», *Le Mouvement social,* n°118, janvier-mars 1982, p. 67.

马赛、图卢兹、奥尔良、勒阿弗尔与里尔纷纷建立,使得各大区的银行家也可以开发、利用大城市的金融需求。其中,法兰西银行从一开始就具备其他竞争者无法比拟的实力。法国政府赋予其发放纸币的特权,在1806年其资本就已达到9000万法郎,它提供期票的再贴现业务,而且还为国家某些大型发展项目提供垫款,但是其过度谨慎的纸币发放政策及其对信贷的限制遭到了广泛的、不断上升的谴责。法兰西银行同英格兰银行一样,都在纸币发行与银行信贷上谨小慎微,并努力地将纸币与金币相链接,避免机器超速运行而失去控制。在法国,有一些前卫的银行家,这些人分析、思考国民经济增长的货币条件,能够预见工商业的各种需求,因而被称为"主动的银行家";同时也存在着"被动的银行家",他们跟随着这场金融运动,为之担忧战栗,他们胆小怕事、危言耸听,想阻止这一运动,法兰西银行的领导者恰恰属于后者[1]。法兰西银行将巴黎主要的银行家集合起来,弥补了民众对国家直接发放的纸币的不信任,但是其过于保守的方针政策大大限制了纸币的发行,并对发行纸币的其他银行的发展造成障碍[2]。而且,小额纸币相比大额纸币更加短缺。法兰西银行在1840年前没有发放过小于500法郎(相当于19世纪初大多数法国人一年的收入)的小额纸币,而低于50法郎的纸币则要等到1870年才出现,因为银行的小额纸币主要预留给大商人以及一些重要的交易,而不是普通民众。贵金属的不足、纸币发行的延迟与有限性以及大革命时期融资机构的崩溃使得法国社会遭受信贷的缺乏[3]。现金不流通、闲置资本过剩、信贷普遍缺乏成为19世纪法国社会的重要问题。

在这种情况下,当时的法国企业在商业交易中往往缺乏可靠的保证,难以调动资金,既缺少流动资金——正如巴尔扎克文本中常常出现的那样,亦缺少储备资金,而且也不能进行必要的分期偿还,法国企业的这种脆弱性使其一遭受风雨便摇摇欲坠。为筹措资金,"法国的企业,常常不切实际

---

[1] See Jean Bouvier, «Pour une analyse sociale de la monnaie et du crédit: XIXe-XXe siècles», in *Annales, Histoire, Sciences Sociales,* 29e Année, No. 4 (Jul.-Aug., 1974), p. 818.

[2] See A. Plessis, *La Banque de France sous le Second Empire*, Droz, 1982-1985; B. Gille, *La banque et le crédit en France de 1815 à 1848*, Paris: PUF, 1959 ; G. Jacoud, *Le billet de banque en France (1796-1803), de la diversité au monopole,* Paris: L'Harmattan, 1996.

[3] See P. T. Hoffman, G. Postel-Vinay, J.-L. Rosenthal, *Des marchés sans prix: L'économie politique du crédit à Paris, 1670-1870,* Paris: EHESS, 2001, p. 26.

地依靠自己解决资金问题"[1],其获得的资金大多来源于私人机构。在巴尔扎克的小说《赛查·皮罗托盛衰记》中,主人公投资时遇到"14万法郎的资金缺口"[2],采用的融资方式是"我(指皮罗托)可以签几张票据,交给银行老板克拉帕龙办贴现,利息扣得少些"[3]。此后,他的经济状况在经历了一系列资金周转的失误后陷入窘境,最后虽然"资产总额很可观,而且也很有出息,但是眼下却不能兑现。在一定的期限里,必垮无疑"[4]。

这里涉及金融领域的四个重要概念:"票据""贴现""利息"和"兑现"。票据是一种"代货币",是借贷关系的凭证,在19世纪主要包括汇票与期票等,都是"以书面形式写成的证明,约定在未来某一时期或在不同地区支付或命人支付一定数额的货币"[5]。信贷通过票据实现了货币的虚拟化,票据的使用促进了商品流通,加速资本的周转。票据作为中世纪的金融工具并不是19世纪的一项发明,但是却在19世纪上半叶出现了票据滥用的情况。数据显示,"19世纪前期,法国城市小资产者无力还清债务,以致巴黎的到期票据总值达到2100万法郎,外省为1100万"[6]。当时没有到期的票据想要兑现,需要请银行或个人对商业票据预垫款项,扣除从垫款那日起至到期以前的利息,这个过程就是贴现。票据持有者有时不等到债务人归还欠下的债务就将票据转手来支付自己的消费,这样就涉及"再贴现"。票据持有人在票据转让时要在其背面签字,称为"背书",如发票人将来不能偿付,背书人就负担付款责任。正如巴尔扎克在《欧也妮·葛朗台》中所说,"既然金钱是一种商品,那么代货币自然也是一种商品,既是商品,就免不了价涨价跌。票据签上了这个人或那个人的名字,就也像别的货物一样,由市场……决定价格的高低"[7],票据的价值实际上是不确定的。这种代货币作为一种商

---

1 卡洛·M.奇波拉主编:《欧洲经济史》第三卷《工业革命》,吴良健等译,北京:商务印书馆,1989年,第227页。

2 Honoré de Balzac, *César Birroteau*, in Balzac, *La Comédie humaine*, édition Castex, tome VI, Paris: Gallimard, "Bibliothèque de la Pléiade", 1977, p. 46.

3 Idem.

4 Idem., pp. 249-250.

5 让·巴蒂斯特·萨伊:《政治经济学概论》,赵康英等译,北京:华夏出版社,2014年,第231页。

6 郭华榕:《1789—1879年法国政治危机浅析》,载《史学月刊》1998年第6期,第60页。

7 Honoré de Balzac, *Eugénie Grandet*, in Balzac, *La Comédie humaine*, édition Castex, Paris: Gallimard, "Bibliothèque de la Pléiade", 1977, tome VII, p. 138.

品，被编号、估价、缩减为一个代数量值，通过创造责任的强制体系，可以在签发人或背书人不知情的状态下流通，并逐渐贬值，甚至变得一文不值。票据不是普通的货币，在影响它的价值的主要因素中，不仅包含票据本身，更包含这一器物的签发人、背书人，他们的信用成为衡量这一既虚假又真实的货币的重要尺度，可以说，人的因素发挥了更大的决定性作用。

在《赛查·皮罗托盛衰记》中，皮罗托的伙计兼准女婿包比诺为挽救皮罗托破产的命运而开出五万法郎的票据，却被经验老到的叔叔皮勒罗夺下票据并付之一炬，原因是："你（指皮罗托）连一个钱的信用都没有了……每个人都料定包比诺会开出期票，认为你帮他（指包比诺）开店纯粹为了利用他滥开票据……你知道凭你手上这五万法郎的票据最大胆的贴现商愿意给你多少现钱吗？——两万！两万！"[1]而信用的建立与维护是一件很艰难的事，"在巴黎，扩大信用范围的过程是十分缓慢的，可如果让人起了疑心，信用范围的缩小速度却会非常之快"[2]。在金融家那里贴现，不是被暴力盘剥，就是被不理不睬，而要在法兰西银行贴现就更难了："法兰西银行的贴现一直要遵守严格的规则，这种规则阻碍了贴现的发展……实际上票据贴现只限于大商人和再贴现人。"[3]在如此严苛的信贷环境下，理性的信贷组织机构的短缺导致了非正常的短期金融信贷运作，使信贷模型在文本中更多地显示出其具有强制性的一面。信贷秩序的混乱、现金的长期不足、票据的通货膨胀使复辟期的法国商业陷入深重的危机。"1826年，法国在该年度的最后一个季度拒绝承兑八百万法郎的票据"[4]，这种情况的持续人为地导致了大批工商企业的破产，皮罗托的破产仅仅是当时法国万千中小型零售商经历的一个缩影。

18世纪末19世纪初，亚当·斯密的《国富论》被译介入法国，在法国获得巨大成功。受其影响，法国人对财产、税收与公共信贷（即国家借债，其核心是政府的公债）的观点发生改变，认为税收常常建立在不平等的基

---

1 Honoré de Balzac, *César Birroteau,* in Balzac, *La Comédie humaine,* édition Castex, tome VI, p. 252.
2 Idem., p. 201.
3 弗朗索瓦·卡龙：《现代法国经济史》，吴良健、方廷钰译，北京：商务印书馆，1991年，第49—50页。
4 Honoré de Balzac, *César Birroteau,* in Balzac, *La Comédie humaine,* édition Castex, tome VI, p. 30.

础上,它攫取了穷人之必需,而公债则只是拿走富人多余的东西。1816年法国地籍皇家专员埃内(Albert-Joseph Hennet)在其论著《公共信贷原理》中提出应建立公共信贷机制:逐渐归还利息与本金,同时在每次债务到期时,减少利息部分并提高本金部分。他认为对于国家的发展而言,信贷不仅能够刺激经济发展,还可以增强财富流通,而且法国具备发展公共信贷的土壤。虽然16世纪金融家弗朗索瓦·达奥(François d'O)使法国人头税翻倍并提高了间接税与通行税,17世纪马萨然任法国首相时期的国家财务总监戴梅雷(Michel Particelli d'Emery)提高了入市税,但这些国家政策上的混乱并没有削弱法国人把金钱存放在政府手中的信心。

复辟时期的大量文本都谈到公共信贷以及利息的合法性问题,而此时教会的态度亦发生改变。1745年教皇本笃十四世打开了触及补偿性利息的道路后,修道院院长巴哈代(Baradère)在1816年出版了《论如何确定高利贷的犯罪性以及在何种情况下可以符合道德地收取利息》(*Dissertation où l'on détermine en quoi consiste le crime de l'usure, et dans quels cas on peut recevoir des intérêts en sûreté de conscience*),1822年修道院院长巴赫那(Baronnat)亦在其著述《揭示高利贷以及被民事当局和教会当局证明是合法的有息贷款(即资金投资)的秘密》(*Le Prétendu Mystère de l'usure dévoilé, ou le placement d'argent connu sous le nom de prêt à intérêt démontré légitime par l'autorité civile et par l'autorité ecclésiastique*)中为有息贷款的合法性辩护。无论是神学家还是金融家,都主张将高利贷与合理合法地收取利息的信贷区别对待。

从这一时期开始至19世纪中叶,与信贷相关的各种文本大量出版,而且信贷问题所围绕的主题不断变化。这些文本的作者多为关注经济问题的政论家,因为从这时起,信贷问题开始关乎政治力量之间的激烈角逐。在复辟期,地产仍然在财富中处于支配地位,尤其在外省贵族的财产中。为了加入钢铁冶金、铁路桥梁等大区项目的投资,外省贵族与工业、企业家结盟,坚决要求信贷的地方分权。在七月王朝时期(1830—1848),对公共信贷的关注长期持续,信贷专业化的诉求日趋显著。1839年,法兰西银行副行长谈到"法国国内市场无论在货币(含信用货币与银行货币)还是信贷上均未达到统一,全面的流通一直没有形成"[1]。金融学家玛丽·奥日埃

---

1 Jean Bouvier, op.cit., p. 817.

（Marie Augier）在其著述中强调公共信贷对于共和政体国家的重要性，她认为共和政体国家通过政府借贷来获得财源，而君主政体国家与极权国家则通过武力与专制来获得（影射到税收）[1]。奥日埃分析了国家的社会机构与其信贷体制之间的各种联系，并为法国信贷的缺乏、现金的流通不畅感到担忧："虽然法兰西银行已在各省开设了10家分行，闲置于法兰西银行的资本仍然是过剩的。"[2] 她对国家过于严苛的信贷监管持反对态度，同时也反对给予银行无限制的自由放任，认为"法国所需要的，不是美国银行那种无限制的自由，也不是英国采用的国家与银行之间的联合"[3]，而是在自由放任主义与国家干涉主义之间达成的一种恰到好处的平衡。这一法国式信贷体系的构想对于今天的法国来说具有深刻的意义，它在许多国家的银行体系的建构中都被认为是不可或缺的。奥日埃所提出的国家与金融家之间的关系在七月王朝时期就已经被理论化，一批银行计划与信贷机构计划在这时出现，将公共权力与私人金融结合起来。

二、信贷正式化

在19世纪40年代，信贷更加广泛地渗透到法国社会的各个角落。"现代社会如果没有信贷就无法生存下去"[4]，直到那时，信贷的统一化与现金的流通仍远远未达到相应标准，大额信贷只面向大工业家或大商人，而要想获得小额信贷只能求助于公证人、当铺或各种金融中介人以及放高利贷者，经济停滞的恶性循环一日甚过一日[5]。

1　See Marie Augier, *Du Crédit public et de son histoire depuis les temps anciens jusqu'à nos jours,* Paris: Guillaumin, 1842, p. 89.

2　Idem.

3　Idem.

4　Victor de Mars, «Chronique de la quinzaine», 14/03/1848, in Isabelle Rabault-Mazière, «Introduction. De l'histoire économique à l'histoire culturelle: pour une approche plurielle du crédit dans la France du XIXe siècle», *Histoire, économie & société,* 2015/1 (34e année), p. 5.

5　See Alphonse Esquiros, «Le Mont-de-Piété», *Revue de Paris,* année 1843, t.18, pp. 98–102; Yannick Marec, *Le Clou rouennais: Du Mont-de-piété au Crédit municipal, contribution à l'histoire de la pauvreté en province,* Rouen, Editions du P'tit Normand, 1983, in Isabelle Rabault-Mazière, «Introduction. De l'histoire économique à l'histoire culturelle: pour une approche plurielle du crédit dans la France du XIXe siècle», *Histoire, économie & société,* 2015/1 (34e année), p. 6.

巴尔扎克的小说利用这样的历史背景凸显出真实的效果，例如他的晚期作品《农民》(1855)就集中谈到乡村的高利贷。该小说是巴尔扎克最后一部小说，也是巴尔扎克成熟时期最重要的小说。作家在1850年去世时并未全部写完，是后人根据他的草稿在五年后续写完成的。《农民》中指出，农民为了购得土地用于耕种，往往需要求助于放高利贷者，因而在不知不觉中，他们成为放高利贷者（如小说人物里谷）的"白种黑奴"。里谷"几乎不用花费什么钱。他的这些白种黑奴为他砍柴、耕作、捡拾干草、把麦子入仓。对于农民来说，出体力算不上什么，尤其可以把到期的利息延缓一下。如此，里谷一面要借方出些小钱才答应他们晚几个月付利息，一面又压榨他们做些体力活。他们也愿意替他做实实在在的劳役，觉得没付出什么，因为没有从他们的口袋里掏出任何东西。这样，他们给里谷的利息有时比借贷的本金还要多"[1]。过去农民受到贵族领主的剥削，大革命之后，由于贵族阶级的经济力量被削弱，高利贷资本家在乡村经济战场上贵族、资本家与农民的三方角力中占了上风，"他们用小额信贷来剥削农民，并且使农民成为靠他们过活的人"[2]。

伴随着二月革命，信贷问题在1848年终于全面爆发，经济问题与政治问题在法国空前紧密地扭结在一起。这一时期产生了大量与信贷相关的著作，其中可以看到过去几十年中讨论过的问题重新出现，也有与工作组织等问题联系在一起的对信贷问题的新思考，如阿尔冯斯·埃斯基罗斯（Alphonse Esquiros）的《工作权、信贷体制改革下的工作组织》（le Droit au travail. De son organisation par la réforme des institutions de crédit）、约翰·卡斯帕·彼勒威尔德（Johan Casper Bijleveld）的《优化信贷体制下的工作组织》（de l'Organisation du travail par un meilleur système de crédit）、达什维尔（H.-B. Dasseville）的《工作组织、工业组织与信贷组织》（Organisation du travail, de l'industrie et du crédit）。这些反思与建议不仅涉及经济状况的严重问题，而且还涉及社会主义者与自由主义者之间日益增长的二元对立的政治分歧，信贷成为二者之间产生冲突的焦点问题。虽然发展信贷体系的必要性与紧

1　Honoré de Balzac, Les Paysans, Paris: Gallimard, coll. «Folio», 1975, p. 289.
2　卢卡契：《卢卡契文学论文集（二）》，中国社会科学院外国文学研究所外国文学研究资料丛刊编辑委员会编，北京：中国社会科学出版社，1981年，第168页。

迫性在双方达成共识，但是在与信贷紧密相连的利益、财产问题上，二者的意见却呈现两极化，具体表现为工作收益与资本收益之间的分歧。与奥日埃提出的"应给予财产永远的尊重"[1]迥然不同，社会主义者蒲鲁东（Pierre-Joseph Proudhon）认为如果财产的所有者榨取了使用它、利用它的承租人的工作收入，那么该财产就是不道德的，这里的财产包括地产与现金资本。因而蒲鲁东对各种定期利息、地租、房租——这些损害劳动者利益而得来的收益——均持反对态度，他要求直接减少地租、房租与利息。对于蒲鲁东来说，社会问题的解决要经过一场深刻的革命，该革命的结果应是利息的废除。他建议为了达成这一目标，发行一种不再以黄金或白银担保的货币，而是以工作契约担保的一种货币，建立互助信贷。通过互助信贷，工作者成为自己的债权人，并可以获得自己所需的生产资料。

蒲鲁东的这些观点的产生受到圣西门主义者的影响。圣西门在19世纪20年代表明反对财产继承，并主张取消利息，认为它是工业家支付给资本家的封建性质的租金。圣西门主义者之所以在现代信贷体系的建设上发挥出巨大作用，很大程度上是得益于他们在社会主义者与自由主义者之间达到了一种综合以及他们此前就已经对经济学家产生的重大影响。虽然法国在1848年后建立起一套资本主义银行体系，但是社会主义者及社会经济学的其他拥护者都力图落实互助信贷。圣西门主义者中虽然有一些成为大资产阶级，但其中仍有许多人未改变为改善为数众多的贫穷阶层服务的初衷，他们向往着通过互助信贷来实现这一理想。银行家米歇尔·古德绍（Michel Goudchaux）是温和的共和主义者，他在1848年6月15日的制宪会议上这样阐明互助信贷可能的美好未来：如果您给予劳动者们必要的教育与信贷，您将拥有一个必不可少的体系，这一体系将给予劳动者们直到现在从未获得过的平等地位。

蒲鲁东早期的思想从圣西门主义者的观念中孕育而来，而阿夫黑勒（V. Avril）则将蒲鲁东的思想加以推进，并通过其论著《信贷哲学史》（1849）将蒲鲁东对信贷的观点永久地载入史册。阿夫黑勒注意到1807年开始实行的一项法律规定：商业借贷利息率限定为6%，个人借贷利息率限定为5%[2]，因为当时地租为5%。阿夫黑勒在其《信贷哲学史》中谈到，正是地

---

1 Marie Augier, *Du Crédit public et de son histoire depuis les temps anciens jusqu'à nos jours*, préface.
2 1807年9月3日颁布施行，后来被1966年12月28日 n° 66-2010法律废止。

产决定了利息率，并使工业劳动者求助于商业借贷时要支付相当高利息率的高利贷，"在共和国自由的机构中，拿破仑一世的体制继续存在，魁奈的属于应被推翻的君主政体性质的理论残余还在。正是在那里，值得思考与改革，正是在那里应该剥夺土地贵族的统治权，他们的经济主义武装了他们。只要有合法的、以土地收益确定的利息，就没有共和政体；只要有掠夺尤其有掠夺工业劳动的高利贷，就没有自由！1807年的法律就是对财产专制主义的接受"[1]。阿夫黑勒认为利息与共和精神相悖，亦与平等自由精神相悖，因而他反对任何一种形式的利息。

在阿夫黑勒的信贷观念里，封建时代虽然谴责有息贷款却走向无限制的高利贷，资本主义所有制时代作为过渡时代，则存在受限制的高利贷与受限制的信贷，未来的社会应结束高利贷，而且得益于流通的发展，取消利息，人们通过劳动获得财产，劳动者既不依赖国家，也不依赖房地产业主，而是拥有信贷的互利，即互助信贷，使信贷成为达到经济与社会解放的有力工具，成为建立真正民主的工作组织的支柱，成为完成一场伟大社会改革的有效手段和保证社会与政治协调一致性的纽带。使信贷成为推动历史发展的原动力的这一愿景与同时代历史哲学中的愿景是一致的，它预示了马克思主义历史唯物论的诞生。"在马克思那里，向社会主义过渡，然后达到共产主义，开启了超越资本主义自身固有原则的自由空间。"[2]

在1848年左右的各种文本中，除了像蒲鲁东、阿夫黑勒反对所有利息的声音之外，还有主张将信贷与高利贷相对立的声音，认为信贷是良好的信贷，而高利贷是走上邪路的信贷[3]。此外还有人明确提出没有任何良好的债权人形象存在，认为放高利贷者时刻窥伺猎物，他们的生存建立在人类的苦难之上，这些人如吸血鬼一样，卑鄙肮脏，没有任何社会用途，什么

---

[1] V. Avril, *Histoire philosophique du crédit*, Guillaumin, 1849, p. 180.

[2] Jérôme Lallement, «Trois économistes face à la question sociale au XIXe siècle», in *Romantisme,* n°133 (2006-3), p. 57.

[3] See Martin Nadaud, *Mémoires de Léonard, ancien garçon maçon,* Bourganeuf Duboueix, 1895; Alain Corbin, *Archaïsme et modernité en Limousin au XIXe siècle, 1845-1880,* t. I [1975], Limoges (France): Presses universitaires de Limoges, 1998, pp. 163-173, in Isabelle Rabault-Mazière, «Introduction. De l'histoire économique à l'histoire culturelle: pour une approche plurielle du crédit dans la France du XIXe siècle», *Histoire, économie & société,* 2015/1 (34e année), p. 5.

也不能生产，他们导致道德败坏、社会毁灭；同时还认为应停止将银行家视作诚实的信贷专业人士，这些人不过是一群见风使舵、尔虞我诈的投机分子。但是时代在变，社会在变，随着经济的加速发展，资本需求变得日益迫切。19世纪中叶蒲鲁东与巴师夏（Frédéric Bastiat）在利息合法性上的公开大辩论将19世纪信贷问题的讨论推向顶点之后，对信贷的道德审判开始弱化，人们开始更加关注社会、经济视角下对信贷的思辨。随着正式信贷的大力发展、银行家内化作用的实现，过去长期存在的贵族与其被保护人之间的信贷关系、放高利贷者与借高利贷者之间的信贷关系——这些被历史学家称作"人际信贷"的现象逐渐被银行信贷边缘化。

三、信贷民主化

在19世纪法国社会主义者提出的大量与信贷有关的计划中，人民银行无疑是其中取得了最大成功的一个计划。它融合了蒲鲁东主义者、圣西门主义者以及傅里叶主义者这些社会主义者对信贷的不同观念。法国空想社会主义者卡贝（Etienne Cabet）、法国圣西门经济学派专家勒鲁（Pierre Leroux）等社会主义者都在该银行管理层占有重要席位。尤其勒鲁将金融发展置于他的乌托邦社会主义的理想中，强调信贷发展应以人类的协同、合作为前提。而且他的这一观念具有宗教色彩，认为"人与人之间的联系并非来自一种抽象的规约，而是来自他们之间天然的相互依赖，在这一点上，是神的意志将人与人联系起来，神的意志将人创造出来，而且他对人类物种的创造先于对人的个体的创造"[1]。勒鲁对当时经济学家认为利己主义是源于生产的人类的天性的观点予以否定，认为财富的生产源于整个人类，人与人之间在生产过程中基于或支配或合作的关系形成联合，生产出的产品来自人类的联合。所以，应该将产品、财富公平地分割给每个人一份[2]。他关于全世界人类联合的理念也见于圣西门的《新基督教》（1825）中。

---

1 Pierre Leroux, «Discours sur la doctrine de l'humanité» (1847), in *Pierre Leroux (1797–1871), A La source perdue du socialisme français*, Bruno Viard, Desclée de Brouwer, coll. «Sociologie économique», Paris: 1997, p. 385.

2 Pierre Leroux, *Le Carrosse de M. Aguado,* Boussac, imprimerie de P. Leroux, Paris: Librairie de Gustave Sandré, 1848, p. 16.

虽然从1849年2月开放到同年4月被迫关闭，仅仅存活了几个月，但是人民银行赢得了1.3万次个体的加入以及50多家劳动者协会的加入。正如蒲鲁东本人所说，他所着手的这件事情是前无古人的。信贷发展的脚步并未因清除人民银行而就此止步，在19世纪下半叶随着信贷体系更加稳固，利息率一点点降低，信贷问题危机逐渐得到缓解，信贷的无偿性开始成为司空见惯的事情，在它被当作激进主义者们的旗帜之后，信贷的无偿性开始成为保守派们赢得大众欢迎的一种方式。一批大型信贷银行迅速发展起来，如1863年里昂信贷创立、1865年兴业银行创立。佩雷尔兄弟、谢瓦利耶、希塔尔兄弟（les frères d'Eichthal）等圣西门主义者参与了法国诸多银行与信贷机构的创建与管理。圣西门基于将财产置于具有使财产带来最大收益能力的人的手中的意愿，认为假定资本是永恒不变的，它应该从拥有它的人的手中流向更懂得使用它的人的手中，正是在这里信贷的作用出现了：在一个社会里，一些人拥有工业器物，却没有使用它们的能力或意愿；而另有一些人，并不拥有劳动工具，却懂得利用它们，圣西门主张信贷应该以最便捷的可能方式将第一类人手中的这些器具转移到第二类人手中。圣西门的这一观点在自由主义者与社会主义者那里都得到了认可。对于前者来说，他们在信贷的这种实用性上看到了使私有财产增值的机会；对于后者来说，通过信贷，各种特权有可能被终结。在这两种情况下，信贷都能够发挥促进经济发展的作用。

19世纪末20世纪初，合作社运动获得惊人的发展，推动了互助信贷之梦的真正实现。合作社社员的数量从1890年的140万升至1914年的530万，1893年建立的产业工人合作银行链接的产业工人协会从1885年的40个升至1914年的120个。蒲鲁东的互助信贷理论在贝吕兹银行等金融机构中得以存续。这一时期出现工人通过借助银行信贷来进行消费的现象[1]，银行信贷从

---

1 See Anaïs Albert, *Consommation de masse et consommation de classe. Une histoire sociale et culturelle du cycle de vie des objets dans les classes populaires parisiennes (des années 1880 aux années 1920)*, thèse soutenue à l'Université Paris 1, 2014, Chapitres 4 et Chapitre 6, tome I; Anaïs Albert, «Le crédit à la consommation des classes populaires à la Belle Epoque», *Annales, Histoire, Sciences Sociales*, 4/2012, pp. 1049−1082; Isabelle Rabault-Mazière, «Introduction. De l'histoire économique à l'histoire culturelle: pour une approche plurielle du crédit dans la France du XIXe siècle», *Histoire, économie & société*, 2015/1 (34e année), p. 8.

旧时大贵族、大资本家的特权逐渐成为各个社会阶层普遍拥有的基本权利，走向信贷民主化。第一次世界大战以前，信贷银行网络已经纵横交错遍布整个法国，现代银行体系在法兰西得到确立与不断完善。

综上所述，19世纪信贷模型转变不是线性发展的，也不是规律性地螺旋式上升，而是在危机中通过不断解决困难缓慢成长。19世纪法国信贷理论转变实际上是一系列的体制改革，国家干涉主义与自由放任主义之间的平衡原则在今天的法国金融体制中依然未变。单纯从金融角度对货币、信贷发展的反思自2008年全球金融危机后已经得到相当的重视，而文学作为反映另一种历史真实的巨大源泉，尚有广阔空间有待开发、阐释，从文学的角度进入文本去观看金融世界的变迁是一个具有意义的视域。

第二节　19世纪英国的社会转型与文人的词语焦虑

/ 乔修峰 /

一、词语焦虑的表现

"词语焦虑"并非19世纪英国文人独有的现象，但在这一时期，随着工业社会的逐步形成、科学的发展和学科的分化、历史意识对英语的影响，以及浪漫主义语言观的延续，文人的词语焦虑带有了明显的转型时代特征，并突出地表现在以下三个方面。

首先，文人们意识到很多人都在按自己的认识和意愿使用词语，不仅加剧了词语的混乱状态，还阻碍了他们之间的对话。卡莱尔经常批评当时政治、宗教、道德和文艺评论的用词日渐空洞，言不指物，导致"空话"泛滥，有人甚至口说空话而不自知，出现了"真诚的空话"。[1] 罗斯金也经常提醒读者注意当时政治话语的混乱，如他在《手拿钉子的命运女神》开

1　Thomas Carlyle, *On Heroes, Hero-Worship and the Heroic in History*, ed. by Henry Duff Traill, London: Chapman and Hall, 1893, p. 122.

篇所说:"现在一切关于政府的流行言论,都只可能是荒谬的,因为缺少对术语的界定。"[1]他们意识到词语的能指和所指之间出现了一种无序状态,尝试寻求权威的或者能够共享的意义框架,如马修·阿诺德所说:"我们得在所用术语的意义上达成一致才行。"[2]他在《文学与科学》中解释"文学"一词时,不厌其烦地批驳赫胥黎(T. H. Huxley)对他的误解——"他说的是……他想让我说……我的意思是"[3],这种句式很有代表性地体现了词语焦虑对写作的影响。

其次,文人们意识到词语的混乱不仅会阻碍他们之间的对话,还会给社会带来危害。维多利亚时代的英国正经历着政治、经济、宗教、文化等领域的变革,如何理解、表述这些新体验?许多新词语或旧词新义,常令尚未摆脱"前工业社会"生活和思维习惯的人感到不知所措。在乔治·艾略特的《弗洛斯河上的磨坊》(1860)中,那位乡间磨坊主就有这样的感受:"现如今这世道太乱了,到处都是让人稀里糊涂的字眼。"[4]文人们对"文化与社会"领域的许多关键词的意义变化尤其感到不安,不仅意识到这些变化使他们很难确切表达自己的意图,而且担心这些变化如果不为世人关注,很有可能会潜移默化地瓦解整个价值体系,因为词语变化不仅反映了社会变化,还反映了看社会的方式的变化。于是,他们反复强调自己所用的词义,重新给词语下定义,通过考证词语的源流谱系来批驳他人的用法或流行的意义,有时甚至故意歪解词语以表达自己的主张。

霍洛韦曾在《维多利亚时代的圣哲》中说,卡莱尔不像纽曼(John Henry Newman)那样严格地使用词语的习常意义,而是喜欢使用"新颖的、出人意料的、悖论的或极富想象力的意义"[5]。卡莱尔也因此饱受指摘。例如,安东尼·特罗洛普虽然承认卡莱尔那些打破常规的用词具有摄人心魄的力量,却看不惯他那种天马行空的文风,在《巴彻斯特养老院》(1855)中嘲讽他为"悲观的反空话博士",用"无比怪异的语言"来表达思想,居

---

1 John Ruskin, *The Works of John Ruskin*, vol. 27, ed. by E. T. Cook and Alexander Wedderburn, Cambridge: Cambridge University Press, 2009, p. 14.
2 Matthew Arnold, *Discourses in America*, London: Macmillan, 1912, p. 90.
3 Ibid., pp. 90−92.
4 George Eliot, *The Mill on the Floss*, ed. by A. S. Byatt, Harmondsworth: Penguin, 1979, p. 69.
5 John Holloway, *The Victorian Sage*, New York: Norton, 1965, p. 41.

然也能让大众趋之若鹜。[1]威廉·汤姆森（William Thomson）的指责更为严厉，认为卡莱尔在《论英雄与英雄崇拜》（1841）中"滥用"词语："离经叛道的人如果不敢直言，自然会捡起一样武器，即竭力颠倒词语的旧有用法，通过混淆正确思维和错误思维的界限，为错误思维铺平道路。"[2]实际上，重新给词语下定义是卡莱尔等"圣哲"常用的论述方式。当时的《伦敦评论》上就有文章讽刺罗斯金，说他喜欢给词语下定义，可就是不懂什么是定义。[3]这在表面上看是文风问题，但实际上还有更深层的原因。

一方面，卡莱尔等人觉得一些关键词语的习常意义已经发生变化，有的甚至变得毫无意义，无法表达他们的思想；另一方面，他们也在尝试用这种文风抵制科学发展与学科分化对宗教信仰和思维方式的负面影响。19世纪的科学发展对宗教形成了巨大的冲击，达尔文的《物种起源》（1859）只是众多的火药桶之一。对当时的绝大多数人来说，宗教不只涉及信仰问题，还影响着社会生活和伦理体系。卡莱尔对"劳动"的强调，乔治·艾略特关于"责任"的论述，都是在信仰危机中尝试通过重构意义来挽救道德。这种重构既是他们焦虑的表现，也是他们抵制焦虑的手段。科技发展带来的新概念和新术语，不仅影响着词汇的构成，也改变着思想观念，在丰富人文学者修辞和想象的同时，也不可避免地挤压了词语的神秘空间。自然科学的日渐强势，也将其思维方式渗透到了人文社科领域，社会学、经济学等"新兴"学科就深受自然科学和数学语言的影响，为追求专门学科或精密科学的地位，经历了"去神秘化""去道德化"的过程，压缩了词语的神性和伦理维度。社会科学又与自然科学一道，将其观念和词语扩张到人文空间，潜移默化地影响人们的思维方式。纽曼指责政治经济学插手伦理问题，卡莱尔批判机械思维侵权越界，都是这种焦虑的表现。

最后，文人的词语焦虑还表现在他们对自身角色和词语功用的认知上。乔治·艾略特认为："任何发表作品的男性或女性都必然起着教师的作用，影响着公众的思想。"[4]当时很多文人都意识到，一些颇有影响力的理论思潮不仅

---

[1] Anthony Trollope, *The Warden*, London: Oxford University Press, 1952, p. 194.
[2] Jules Paul Seigel ed., *Thomas Carlyle: The Critical Heritage*, New York: Barnes & Noble, 1971, p. 188.
[3] J. L. Bradley ed., *Ruskin: The Critical Heritage*, London: Routledge & Kegan Paul, 1984, p. 294.
[4] George Eliot, *Essays and Leaves from a Note-Book*, Honolulu, Hawaii: University Press of the Pacific, 2004, p. 278.

改造了词语，还通过这些词语影响了公众的思考。在他们看来，词语绝非思想的外衣，而是思想的化身。词语问题既在词语之中，又在词语之外，人们的思考很容易在不经意间遭到词语"绑架"。要想正本清源，就得守护词语。

这种认识还受到了以下两个方面的影响。一是历史意识对英语的影响。这与19世纪英国民族意识的进一步增强、历史学和语言学的发展（尤其是语文学的崛起）关系密切。值得一提的是特伦奇（Richard Chenevix Trench）。他曾担任伦敦大学国王学院神学教授、都柏林大主教，但更有意义的是他在19世纪60年代作为语文学家的一系列著述。他的《论我国英语词典的若干不足》（1857）直接催发了后来《牛津英语词典》的编纂。[1] 这部19世纪中叶开始编纂的大词典也的确贯彻了他所要求的"历史原则"，揭示了词语承载的历史，是一部名副其实的"英语史"。他之前发表的系列演讲《论词语研究》（1851）已经明确提出要研究英语语言的历史，主张了解词语的用法、源头和差别，因为词语是"历史或伦理的化石"，"承载着历史事实或人类的道德常识；即便道德感走入歧途，它们也能观察并记录下来"。[2] 他还向同代人提出，不仅要了解词语的历史，还要关注词语的现状："一个时代的性格和道德状况，经常体现在这个时代新出现的词语或旧词语的新用法之中。"[3]

另一方面是浪漫主义语言观的影响。约翰逊博士（Samuel Johnson）在谈17世纪诗人考利（Cowley）的用词时说过一句名言："语言是思想的外衣。"[4] 这种观点不仅疏远了语言与思想的关联，还设定了二者的主次关系。而19世纪初的浪漫主义语言观则强调"整体""有机"，将语言与思想看作同一事物在不同维度的存在形式，如卡莱尔在《旧衣新裁》中所说："人们说语言是思想的外衣，但实际上更应该说，语言乃是思想的躯体，是思想的肉身。"[5] 可以说，卡莱尔的语言观是语言、思想、现实的"三位一体"。

---

[1] 西蒙·温切斯特：《万物之要义——〈牛津英语词典〉编纂记》，魏向清译，北京：商务印书馆，2009年，第57—59页。

[2] Richard Chenevix Trench, *On the Study of Words*, London: John W. Parker and Son, 1851, p. 3, p. 5.

[3] Ibid., p. 52.

[4] Samuel Johnson, *Lives of the English Poets: A Selection*, Oxford: Oxford University Press, 2009, p. 48.

[5] Thomas Carlyle, *Sartor Resartus*, ed. by Kerry McSweeney and Peter Sabor, Oxford: Oxford University Press, 1987, p. 57.

也即说，改变语言，就会改变思想，也自然会改变社会。这样的语言观必然会引起文人对自己时代语言状况的担忧。

二、词语焦虑的原因

词语焦虑的直接原因是文人们觉察到词语的无序状态可能会带来种种破坏。这种无序状态最突出的表现就是符号与意义（或能指与所指）的关联出现了松动甚至断裂。路易斯·卡罗尔（Lewis Carroll）的童话《走到镜子里》就暗示过这种状况。故事中有位叫昏弟敦弟的语文学家，他提出了词语的意义到底应该由谁来做主的问题。[1] 这个问题不仅涉及谁掌握着话语权，还涉及整个语言符号体系的有效与否。约翰·洛克（John Locke）曾指出，词语的意义需要"普遍使用，大众认同"，不可能随心所欲地创造新词，因为词语与观念之间长期稳定的关联已经让人觉得"形同天然"。[2] 洛克在《人类理解论》（1689）中解释自己为什么要专门拿出一卷来讨论词语："如果考虑一下各种知识、论述和谈话，是怎样因草率、含混的用词而纷争不断、混乱不止，也许就会觉得深究一番还是很有必要的。"[3] 他在该书中分析了种种"滥用词语"的情形，认为人们在讨论道德时尤其爱用毫无意义的词语。但如伦理学家麦金泰尔（Alasdair MacIntyre）所言，道德词语的有效使用是有标准和规则的，这些规则又是"由社会确立、为社会共享"[4]。而19世纪的英国文人恰恰意识到，不管是"大众认同"还是"为社会共享"都已经很难做到，同一词语在不同文人笔下经常有不同的所指，更不用说原本就指涉复杂观念的伦理词语了。用什么来讨论道德？怎样说才能让大家听懂？这些问题令他们格外焦虑。词语的无序状态加剧了约翰·斯图亚特·穆勒所担忧的"知识无政府状态"[5]，或卡莱尔所说的"巴别

---

1 Lewis Carroll, *The Annotated Alice: The Definitive Edition*. New York: Norton, 2000, p. 213.
2 John Locke, *An Essay Concerning Human Understanding*, ed. by Roger Woolhouse, London: Penguin, 2004, p. 366.
3 Ibid., p. 392.
4 Alasdair MacIntyre, *A Short History of Ethics*, London and New York: Routledge, 1998, p. 24.
5 J. S. Mill, *The Spirit of the Age, On Liberty, The Subjection of Woman*, ed. by Alan Ryan, New York: Norton, 1997, pp. 7–9.

塔似的众声喧哗"[1]。

巴别塔无疑是当时文人思考词语状况时的突出意象。穆勒就曾将学界各种难以沟通的话语称作"方言"。[2] 不过，也应注意，巴别塔这个比喻虽然生动，却也有一定的欺骗性。当时的文人有时并不像这个典故所暗示的那样自说自话，无法沟通。在混乱的表象背后，往往能够看到潜在的对话。当文人们在批评他人对词语的"误用"时，实际上已经意识到了他人所指的意义，这时的词义之争往往也就成了观念或思想的对话。马修·阿诺德的《文化与无政府状态》（1869）就是一个明显的例子，他不仅在书中不断回应某某先生或某某报刊，还时刻注意词义的共享范围。当他谈到希伯来精神和希腊精神有着不同的表述语言时，他会说用"我们最熟悉"或"我们最容易理解的词语来说"[3] 是如何如何。显然，这里的"我们"在他看来是有可以共享的意义框架的。也只有这样，言谈才能有意义。更何况，文人有时故意借词语的多义性来"误读"他人的著述，打破原作者试图建立的词义共识。因此，维多利亚时代的"词语无政府状态"，也即能指与所指关系的松动、断裂和重生，带有双重维度，既受社会变革的被动影响，也受文人主动重构意义体系的影响，并不是一个完全被动的过程。

词与物、词与观念之间关联的松动甚至断裂，不仅加剧了维多利亚时代饱受非议的虚伪话语，还使人更容易被罗斯金所说的"假面词语"所蛊惑。罗斯金认为，"词语若不加看管，有时会带来致命危害"，欧洲人就已经被一些假面词语给操纵了，"没有人理解它们，但人人都在用，绝大多数人还会为之战斗、生活甚至牺牲，以为它们指的就是对他们很重要的这种、那种或其他事物"[4]，从而造成了不可估量的破坏。在罗斯金看来，现实中这样的例子不胜枚举。而穆勒最担心的是能指与所指的关联断裂后，消失的不仅是词语的意义，还有词语所维系的情感和信念："用来承载观点的那些

---

[1] Thomas Carlyle, *Critical and Miscellaneous Essays*, vol. 3, ed. by Henry Duff Trail, Cambridge: Cambridge University Press, 2010, p. 33.

[2] J. S. Mill, *Collected Works of John Stuart Mill*, vol. 18, ed. by J. M. Robson, London: Routledge & Kegan Paul, 1977, p. 6、p. 13.

[3] Matthew Arnold, *Culture and Anarchy*, ed. by Jane Garnett, Oxford: Oxford University Press, 2006, p. 96.

[4] John Ruskin, *Sesame and Lilies, Unto This Last and The Political Economy of Art*, London: Cassell, 1907, p. 24.

词语不再表达意义，或者只能表达一小部分原有意义。原本生动的观念和富有生命力的信念，沦落成了死记硬背的词语；如果说意义还没有完全死去，那也只剩下了空壳和外皮，精华已经消失殆尽。"[1] 在他看来，无论是说者还是听者，此时都不再关心那些关键词语的内涵或外延，他们只是需要用词语的空壳或这个空壳所能引起的日渐模糊的联想，来维持原来的社会活动。这自然会打消人们思考的动力和胆量，思想变得懒惰甚至麻木。能指与所指关联的断裂对情感和精神生活是一种极大的威胁，甚至会瓦解个人与社会的信仰和价值体系。毕竟，语言不仅是思考的工具，更是思想的载体。词语在很大程度上决定着思考的内容、方式和范畴，一如维特根斯坦（Ludwig Wittgenstein）的那句名言："我语言的边界也就是我世界的边界。"[2]

狄更斯更关注这种关联的断裂导致的"词语暴政"和"对词语的暴政"。能指与所指关联的含混或断裂，不仅减弱了人们对词语暴政的防御能力，而且便利了人们对词语施加暴政，如狄更斯在《大卫·科波菲尔》（1849—1850）中所说，"我们爱说词语的暴政，但我们又何尝不喜欢对词语施加暴政"[3]。狄更斯经常描写人们如何对词语实施"暴政"，也即任意改变词语的所指，进而借这些词语形成对他人的"暴政"。《马丁·瞿述伟》（1843—1844）中的佩斯匿夫"是一位有道德的人，一个道貌岸然的人，一个情操高洁的人，一个言谈高尚的人"[4]，但实际上是个伪君子，爱用冠冕堂皇的道德词语为自己谋利或欺压他人。当他说要尽自己"对社会的责任"时，他俨然已经把自己当成了社会权威，要"替天行道"，所谓的"责任"不过是个借口而已。当时有语文学家将这种现象称为"词语的不道德"，也即"用高尚的词语来命名可耻的行为；为了让罪孽不受谴责，有时甚至给罪孽披上美德的外衣，即便不这么做，至少也要掩盖罪孽的丑陋"[5]。

1　J. S. Mill, *The Spirit of the Age, On Liberty, The Subjection of Woman*, p. 71.
2　Ludwig Wittgenstein, *Tractatus Logico-Philosophicus*, trans. by C. K. Ogden, Mineola, New York: Dover, 1999, p. 88.
3　Charles Dickens, *David Copperfield*, New York: Everyman's Library, 1991, p. 754.
4　Charles Dickens, *Martin Chuzzlewit*, ed. by Patricia Ingham, London: Penguin, 2004, p. 23.
5　Richard Chenevix Trench, *On the Study of Words*, p. 45.

三、词语焦虑与道德重构

词语的无序状态让维多利亚时代的文人倍感焦虑，他们认识到不仅要指出能指与所指之间的断裂，更要重构二者之间的关联。如乔治·艾略特所言，词语有名无实，就像让体衰力竭之人强承旧重，会带来更大的危害；生活中无视这种词义变化，就会造成思想对现实的误读，甚而会"颠覆社会的准绳，也即对善恶的判断"[1]。这种重构意义体系的过程，也是道德重构的过程。

虽然19世纪英国的伦理观念总体上没有出现"革命性"变革，但一些原为道德许可的行为已经不再顺理成章，新社会所需要的某些德性得到了格外的强调，而构成原有道德体系的许多概念开始引发争议，部分伦理术语甚至失去了其社会指代。这种变化很容易导致社会的价值失范和权威真空。维多利亚时代的文人对此格外警觉，反复考辨那些重要概念，界定表述那些概念的词语，探索词语的使用规则，进而把握概念在语言和社会生活中的作用。穆勒就很反感当时流行的各种"模糊的概括"，主张明确界定词语的"边界"，并在主编《伦敦与威斯敏斯特评论》时竭力保持边沁和他父亲"那种值得尊敬的文风，讲求表述精准、意义明确，反对华而不实的辞藻和模糊的概括"[2]。

文人们开始反思、讨论并重新界定伦理术语的意义，说明他们认为道德出现了问题。而且，他们对道德、宗教、政治领域关键词语的分析，即便只是学理层面的探讨，也常暗含着对社会甚至权威的批评，而这些批评又无不带有建构的意图。例如，卡莱尔重新界定"社会"概念，不只在探索新社会需要哪些基本原则来维系，还包含着对资本主义制度的批判和对中世纪社会理念的倡扬。他并不是要回归中世纪，而是主张现代社会应该延续中世纪那些更有人情味的社会理念，或毋宁说，是他根据现代社会的弊病从古代文化中建构出来的一种理念。因此，考察他们的词语焦虑，也可以管窥他们是如何为新社会建构道德的。

1　George Eliot, *Impressions of Theophrastus Such*, ed. by Nancy Henry, Iowa City: University of Iowa Press, 1994, p. 135.
2　J. S. Mill, *Autobiography*, ed. by John M. Robson, London: Penguin, 1989, p. 164.

第四章 资本语境与词语观念

诚然，维多利亚时代英国虽然经历了工业革命，却没有发生政治、道德、文化领域的"革命"，相比欧洲大陆，似乎走了一条平稳渐进的变革之路，史学家们常用"改革的年代""改善的年代""平衡的年代"之类的说法来命名这段历史。不过，我们不能因此就说当时的社会没有经历大变革。评价社会变革的剧烈程度，除了要看参照物，很多时候还取决于将镜头拉近还是推远。当时的许多文献都凸显了关于变革的焦虑。穆勒就认为那是"一个充满变革的时代"，是人类历史上的"大变革时代之一"，包括人们思想和"整个社会构造"的变化。[1] 穆勒在长文《时代精神》(1831)中解释说："人们的思想已经发生了变化。这个变化被让人难以察觉的渐变给掩盖了，而且悄无声息，早在被普遍感知之前就已经发生了。当事实突然显现的时候，成千上万的人仿佛从梦中惊醒。他们不知道别人脑子里发生了怎样的变化，甚至不知道自己脑子里发生了怎样的变化……"[2] 于是，以"anarchy"为首的表示混乱的词语成了19世纪英国文人的常用词语，用来描述政治、伦理、宗教、知识等各方面的"无政府状态"。该词源自古希腊语"anarchos"，意指"没有领袖"。16世纪进入英语后，既指没有政府或政治上的混乱状态，也泛指各种缺乏权威的状态，如道德、精神、情感、语言等领域的混乱。到19世纪，这个词甚至成了文人的一种修辞手段，用来描述让他们心神不宁而又无法言说的混乱，借以表达重构权威与秩序的迫切要求。

维多利亚时代的文人试图将政治、社会和伦理价值体系从混乱无序中拯救出来，而词语就是他们用来抵制或抑制那些焦虑的重要手段。诚如当代作家艾丽丝·默多克（Iris Murdoch）所言：

> 词语构成了我们道德存在的最根本的构造和材料。这是因为，我们要借助符号体系来表述自己的存在，而词语不仅是最为普遍使用和理解的符号，也是最精炼、最雅致、最细腻的符号。我们成了使用文字的动物，也就成了有精神的动物。只有借助词语才能做出最根本的

---

[1] J. S. Mill, *The Spirit of the Age, On Liberty, The Subjection of Woman*, p. 3.
[2] Ibid.

区别。词语就是精神。[1]

维多利亚时代文人在巴别塔下重构意义体系的过程，也是道德重构的过程。只是，这种重新建构并非推倒重来，而是面对前所未有的新情况不断调整，用卡莱尔和穆勒的说法就是"旧衣新裁"或"旧衣新织"。他们意识到词语的混乱无序不仅阻碍了他们的交流或对话，还潜移默化地影响着个人和社会的思想，如果不加看管，会带来更大的破坏。我们从他们的焦虑中不仅可以看到符号体系的重塑过程，还能看到文化如何调整自身以适应并影响社会变化。

第三节　资本语境的德国变型与知识人的观念之惑
　　——以二元关系和1914年理念为中心

/ 叶　隽 /

一、资本语境的德国变型——资本支配—现代性危机—德意志道路

或者，还是应该从德国语境本身的争论开始说起。"二战"之后，西方思想界普遍认为希特勒的国社党及其德国浩劫乃是德国近代历史文化的必然产物，卢卡奇（Georg Lukács）尤其强调"一些特殊的条件使德国成为非常适合于非理性主义的土壤"，"非理性主义不仅反对资产阶级的进步概念，而且反对社会主义的进步概念"[2]；而梅尼克（Friedrich Meinecke）则反驳此种论调，强调德国道路的偶然性[3]。这种非常明显的针锋相对，或许不仅是一种简单的学术争论，有着更丰富的社会史、政治史和精神史意义；

1　Iris Murdoch, *Existentialists and Mystics: Writings on Philosophy and Literature*, ed. by Peter Conradi, New York: Penguin, 1999, p. 241.
2　卢卡奇：《理性的毁灭》，王玖兴等译，济南：山东人民出版社，1997年，第13页。
3　参见梅尼克：《德国的浩劫》，何兆武译，北京：生活・读书・新知三联书店，2002年，《译序》第17页。

第四章　资本语境与词语观念

倒是希特勒提出了一个非常有意思的现象，他认为马克思建立理论的初衷在于"准备一切基础以使得国际金融资本与股票资本能实现统治"[1]，说到底就是以人数多寡决定世界命运，最终归之以犹太人的金融资本的世界统治。按照这样一种逻辑推断，正是宗教二元导致了国族竞胜，之所以要掀起各个国族之间的竞争局面，乃归因于希氏为马克思设想的犹太教借助其金融资本之力量统治世界的目的。即便不是"以小人之心度君子之腹"，但希氏在这里过于"强人以就己"。对于理解德国史进程来说，强调"德意志特殊道路"（Deutscher Sonderweg）并不稀奇，但如果脱离了西方现代性（大概念）的整体背景则难求正解，因为问题的根源显然仍在于资本驱动，而非其他。这点马克思的认识是非常深刻的："资产阶级除非对生产工具，从而对生产关系，从而对全部社会关系不断地进行革命，否则就不能生存下去。反之，原封不动地保持旧的生产方式，却是过去的一切工业阶级生存的首要条件。生产的不断变革，一切社会状况不停地动荡，永远的不安定和变动，这就是资产阶级时代不同于过去一切时代的地方。一切固定的僵化的关系以及与之相适应的素被尊崇的观念和见解都被消除了，一切新形成的关系等不到固定下来就陈旧了。一切等级的和固定的东西都烟消云散了，一切神圣的东西都被亵渎了。人们终于不得不用冷静的眼光来看他们的生活地位、他们的相互关系。"[2]这种变与不变的关系，如果按照《易经》思维

1　Ich begann wieder zu lernen und kam nun erst recht zum Verhältnis des Inhalts des Wollens der Lebensarbeit des Juden Karl Marx. Sein "Kapital" wurde mir jetzt erst recht verständlich, genau so wie der Kampf der Sozialdemokratie gegen die nationale Wirtschaft, der nur den Boden für die Herrschaft des wirklich internationalen Finanz-und Börsenkapitals vorzubereiten hat. [Adolf Hitler: *Mein Kampf*: zwei Bände in einem Band: ungeküerzte Ausgabe. Erster Band, Eine Abrechnung; Zweiter Band, Die nationalsozialistische Bewegung. Muenchen: Zentralverlag der N.S.D.A.P., 1936, S.234] 这段德文的首句比较含混不可解，英译本将其简化了："I was beginning to learn afresh, and only now came to a right comprehension of the teachings and intensions of the Jew, Karl Marx. Only now I did understand his *Capital*, and equally also the struggle of Social Democracy against the economics of the nation, and that its aim is to prepare the ground for the domination of the truly international capitals of the financiers and the Stock Exchange." [Adolf Hitler: *My Struggle*. London: Paternoster Library, 1938, p. 96]

2　Die Bourgeoisie kann nicht existieren, ohne die Produktionsinstrumente, also die Produktionsverhältnisse, also sämtliche gesellschaftlichen Verhältnisse fortwährend zu revolutionieren. Unveränderte Beibehaltung der alten Produktionsweise war dagegen die erste Existenzbedingung aller früheren industriellen Klassen. Die fortwährende Umwälzung der Produktion, die ununterbrochene（转下页注）

197

来观照之，其实并无大碍；但问题的关键则在于：这种"促变"的因素，究竟在多大程度上是合理的？因为按照这种论述，其实"变革手段"多少有点类似"饮鸩止渴"，不是为了某种正义的目的而去变革，更多是出于求生本能而求变革，这两者有本质之分野；这种"求毒攻毒"的结构性规定，使得资本主义的周期性经济危机不断，而世界市场的形成更使得全球一体，概莫能外。所以我们必须意识到的是，资本语境的形成不是孤立的，不是从天而降的，更不是孤立在一个民族国家语境下就能解释和解决的。

就德国思想对资本问题的重视而言，或许从席勒、歌德开始就已经敏锐地意识到了。譬如哈贝马斯将所有的现代性问题都归结到席勒处，他说："最初，或者在18世纪末，曾经有过这样的知识和时代，其中预设的模式或者标准都已经分崩离析，鉴于此，置身于其中的人只好去发现属于自己的模式或标准。"他由此将现代性首先看作是"一种挑战"[1]。哈贝马斯之论席勒的《审美教育书简》，确实有独到的判断："席勒用康德哲学的概念来分析自身内部已经发生分裂的现代性，并设计了一套审美乌托邦，赋予艺术一种全面的社会—革命作用。"如此席勒不但超前于谢林、黑格尔、荷尔德林等人，而且更重要的是提出了一种替代信仰的范式："艺术应当能够代替宗教，发挥出一体化的力量，因为艺术被看作是一种深入到人的主体间性关系当中的'中介形式'（Form der Mitteilung）。"[2] 相比较席勒的哲性思考，歌德无疑更倾向于用感性的认知来感触世界。譬如在借助家庭纺织业领导人物苏姗娜之口描述田园诗般的旧式社会的消亡时，歌德明显表现出一种依依惜别之感："这一切都将烟消云散，经过若干世纪的努力，这片荒原曾

（接上页注）Erschütterung aller gesellschaftlichen Zustände, die ewige Unsicherheit und Bewegung zeichnet die Bourgeoisepoche vor allen anderenA8 aus. Alle festen eingerosteten Verhältnisse mit ihrem Gefolge von altehrwürdigen Vorstellungen und Anschauungen werden aufgelöst, alle neugebildeten veralten, ehe sie verknöchern können. Alles Ständische und Stehende verdampft, alles Heilige wird entweiht, und die Menschen sind endlich gezwungen, ihre Lebensstellung, ihre gegenseitigen Beziehungen mit nüchternen Augen anzusehen. [Marx/Engels: *Manifest der kommunistischen Partei.* Marx/Engels: *Ausgewählte Werke*, S.2616-2617 (vgl. MEW Bd. 4, S.465), http://www.digitale-bibliothek.de/band11.htm] 马克思、恩格斯：《马克思恩格斯全集》第4卷，北京：人民出版社，1972年，第469页。

1 《现代性的地平线——哈贝马斯访谈录》，李安东等译，上海：上海人民出版社，1997年，第122页。
2 《论席勒的〈审美教育书简〉》，载哈贝马斯：《现代性的哲学话语》，曹卫东等译，南京：译林出版社，2004年，第52页。

勃勃生机、人丁兴旺，但不久它就要退回到原始的孤寂中去了。"[1]对于机器大生产时代对人性的戕害，对于现代性以一种狂飙方式袭来有着相当清醒的认识，借苏姗娜夫人面对机器生产威胁职业的生存恐惧可以看得明白："机器的剧增使我又惊又怕，它如山雨欲来，虽然速度缓慢，却方向已定，不容抗拒。"[2]所以也难怪在时人的心目中："歌德的整个创作好像就是一幅自身陷入分裂的世界的动荡之图像。"[3]

如果说这里提供了一种由诗人思想洞烛客观语境的微妙画卷，那么，学者的睿智则为我们深入理解问题的根源所在提供了更为明确的理论资源。在德国学术史上，通过马克思—西美尔—韦伯的相继深入，形成了一组非常明确的"资本天问"，马克思一针见血地指出："如果按照奥日埃的说法，货币'来到世间，在一边脸上带着天生的血斑'，那末，资本来到世间，从头到脚，每个毛孔都滴着血和肮脏的东西。"[4]其本质则是："资本主义制度却正是要求人民群众处于奴隶地位，使他们本身转化为雇工，使他们的劳动资料转化为资本。"[5]而西美尔则以"货币哲学"的视角提供了另一种观察资本和

---

1 wie das nach und nach zusammensinken absterben, die Öde, durch Jahrhunderte belebt und bevölkert, wieder in ihre uralte Einsamkeit zurückfallen werde. [Werke: *Wilhelm Meisters Wanderjahre*. Goethe: *Werke*, S.7635 (vgl. Goethe-HA Bd. 8, S.430), http://www.digitale-bibliothek.de/band4.htm] 此处中文为作者自译。

2 Das überhandnehmende Maschinenwesen quält und ängstigt mich, es wälzt sich heran wie ein Gewitter, langsam, langsam; aber es hat seine Richtung genommen, es wird kommen und treffen. [Werke: *Wilhelm Meisters Wanderjahre*. Goethe: *Werke*, S.7635 (vgl. Goethe-HA Bd. 8, S.429), http://www.digitale-bibliothek.de/band4.htm] 此处中文为作者自译。

3 Goethes ganze Dichtung ist fast nur das Bild der Zerrüttungen einer mit sich selber in Zwiespalt geratenen Welt. [Karl August Varnhagen von Ense: Im Sinne der Wanderer, in Karl Robert Mandelkow (hg.): *Goethe im Urteil seiner Kritiker-Dokumente zur Wirkungsgeschichte Goethes in Deutschland*. Band II. München: C.H.Beck, 1977, S.28]

4 Wenn das Geld, nach Augier, ,mit natürlichen Blutflecken auf einer Backe zur Welt kommt', so das Kapital von Kopf bis Zeh, aus allen Poren, blut- und schmutztriefend. [Marx: *Das Kapital*. Marx/Engels: *Ausgewählte Werke*, S.4440 (vgl. MEW Bd. 23, S.788)] 马克思、恩格斯：《马克思恩格斯全集》第23卷，第829页。

5 Was das kapitalistische System erheischte, war umgekehrt servile Lage der Volksmasse, ihre eigne Verwandlung in Mietlinge und Verwandlung ihrer Arbeitsmittel in Kapital. [Marx: *Das Kapital*. Marx/Engels: *Ausgewählte Werke*, S.4385 (vgl. MEW Bd. 23, S.748)] 马克思、恩格斯：《马克思恩格斯全集》第23卷，第788页。

货币的方式,提出了更为系统的理论建构[1],他认为"货币经济这一特别现象带有的心理能量是理智,不同于人们通常所谓的感情或情感这样的能量,在那些尚未由货币经济决定的时期和利益范围的生活中,后面这些能量更为突出"[2]。这就非常清楚地告诉我们,金钱—货币经济(资本)—理性之间是有一条内在的逻辑线索的,这非常重要。或者可以说,货币经济现象就是理性的产物。他进一步指出了货币的致命弱点:"金钱处处都被当作目标,并因此迫使特别多的、真正带有目标本身特征的东西,降格为纯粹的手段。但是金钱自身无论在哪里都只能成为手段,这样,存在(Dasein)的内容就被安置在一个庞大的目的论关联中。在这种关联中,没有什么目标位居首位,也没有目标奉陪末座。因为金钱用残酷的客观性衡量一切事物,这样确定的价值尺度决定了事物之间的联结,产生了涉及一个由客观的和个人的生活内容编织在一起的网,连续不断地结合在一起,具有严格的因果性,在这些方面,它与符合自然规律的宇宙很类似。这个网被充斥一切的货币价值粘连在一起,就像自然被赋予一切生命的能量粘贴在一起一样,能量和货币价值一样有千万种形式,但是通过它自身本质的一致性和对于任何形式的可转换性,将每一件东西都同别的东西联系在一起,使任何一样东西都成为别的东西的条件……"[3]到了韦伯,则明确地以"理性"(Rationalismus)为西方文明的基础,提出"资本主义精神"(Kapitalistischer Geist)的命题,在他看来,"资本主义更多地是对这种非理性欲望的一种抑制或至少是一种理性的缓解"[4]。他指出:"获利的欲望,对营利、金钱(并且是最大可能数额的金钱)的追求,这本身与资本主义并不相干",因为道理很简单,"这样的欲望存在于并且一直存在于所有的人身上","可以说,尘世中一切国家、一切时代的所有的人,不管其实现这种欲望的客观可能性如何,全都具有这种欲望"。[5]这是

---

1 Georg Simmel: *Philosophie des Geldes*. Quelle: www.digbib.org/Georg_Simmel_1858/Philosophie_des_Geldes, Erstellt am 26.01.2005.西美尔:《货币哲学》,陈戎女等译,北京:华夏出版社,2002年。

2 《货币与现代生活风格》,载西美尔:《金钱、性别、现代生活风格》,第18页。

3 同上书,第21页。

4 Kapitalismus kann geradezu identisch sein mit Bändigung, mindestens mit rationaler Temperierung, dieses irrationalen Triebes. [Max Weber: *Vorbemerkung*. Max Weber: *Gesammelte Werke*, S.5290 (vgl. Weber-RS Bd. 1, S.4)] 马克斯·韦伯:《新教伦理与资本主义精神》,第8页。

5 Und so steht es nun auch mit der schicksalsvollsten Macht unsres modernen Lebens: dem *Kapitalismus*. »Erwerbstrieb«, »Streben nach Gewinn«, nach Geldgewinn, nach möglichsthohem Geldgewinn(转下页注)

基本事实，同时也提醒我们，对于物欲的理解必须有一个较为公正的尺度，否则很可能物极必反，将问题推到一个极端上去了。

当然，如果追溯源头，这样一种资本潮现象，是在大航海时代之后出现的，"正是在16世纪中，某种建立在资本主义生产方式基础上的欧洲的世界经济体开始出现。这一资本主义早期阶段最奇怪的方面，是资本家没有在世界面前炫耀他们的旗帜。占支配地位的意识形态不是自由企业制度，也不是个人主义或科学主义或自然主义或民族主义。作为世界观，以上这些都要到18或19世纪才能成熟。似乎能达到盛行程度的意识形态就是国家统制主义（statism），即国家利益至上"[1]。这给我们揭示了一种很重要的现象，就是"表象与实质"的张力维度，甚至是背道而驰的。至今为止，我们仍在民族国家为主导的政治制度之中，但这与资本要求的器物层面的统一性其实有自相矛盾的一面。

或者按照汤因比（Arnold Toynbee）的判断就是："自15世纪由于中国人、葡萄牙人和西班牙人掌握了航海技术而使人类文明世界连为一个整体以来，民族国家的政治理想一直是某种经济上的时代错误。"[2] 也就是说，在政治制度层面一直停留在民族国家的政府组织上，就是一种落后乃至错误的表现，至少不是与时俱进的。而其目标则应指向一个世界政府，"人们需要某种形式的全球政府来保持地区性的人类共同体之间的和平，来重建人类与生物圈其余部分之间的平衡，因为这种平衡已被作为工业革命结果的人类物质力量的空前增长所打破"[3]。而这种要求确实与时代发展密切相关，

（接上页注）hat an sich mit Kapitalismus gar nichts zu schaffen. Dies Streben fand und findet sich bei Kellnern, Aerzten, Kutschern, Künstlern, Kokotten, bestechlichen Beamten, Soldaten, Räubern, Kreuzfahrern, Spielhöllenbesuchern, Bettlern: – man kann sagen: bei »all sorts and conditions of men«, zu allen Epochen aller Länder der Erde, wo die objektive Möglichkeit dafür irgendwie gegeben war und ist. Es gehört in die kulturgeschichtliche Kinderstube, daß man diese naive Begriffsbestimmung ein für allemal aufgibt. [Max Weber: *Vorbemerkung.* Max Weber: *Gesammelte Werke*, S.5290 (vgl. Weber-RS Bd.1, S.4), http://www.digitale-bibliothek.de/band58.htm] 马克斯·韦伯：《新教伦理与资本主义精神》，第7—8页。

1 伊曼纽尔·沃勒斯坦：《现代世界体系》第1卷《十六世纪的资本主义农业与欧洲世界经济体的起源》，尤来寅等译，北京：高等教育出版社，1998年，第79页。

2 阿诺德·汤因比：《人类与大地母亲》，徐波等译，上海：上海人民出版社，2001年，第517—518页。

3 同上书，第523页。

因为我们也要注意到："中古时期欧洲的政治经济体制，大体可说是孕育于一种反映小国寡民政治单元的小规模空间。"[1] 政治与经济的互动意义在于："当小规模政治单元日益受到中央集权国家君王扩大领土野心的冲击，那种能够将货物吸纳到更广泛流通范围的更大规模的商业网络也便日渐发展。等到更大规模市场层级能够穿透各地村落而将众多农村居民与小镇市民融入于较大城市的商业交换网络，位于商业网络之中的领土国家也便得到进一步的发展。"[2] 所以归总言之，"资本主义世界经济体的鲜明特征是：经济决策主要面向世界经济体的竞技场，而政治决策则主要面向世界经济体内的有法律控制的较小的组织——国家（民族国家、城市国家、帝国）"[3]。其后果就是："经济和政治的这种双重导向，也可称之为'差别'，是各个集团在表明自己合适身份时的混乱和神秘化的根源，这种身份是集团利益合情合理的、理性的表现形式。"[4] 一方面是出自低端的物质层面的制度性诉求，另一方面则是源自高端文化层面的制度性诉求，这就很可能造成"文明的冲突"不仅表现在异质文化之间，也显现出内部结构性矛盾面相。

如果我们进一步区分细部，会发现即便是在欧洲内部，也呈现出不同的发展模式。作为"另一种西方"的德国，就曾因其"特殊道路"而被视为与英、法相异的另类。考察资本语境下的德国变型，也就必然涉及物器层面的经济变化所导致的制度、文化层面的连锁反应，马克思讲得很清楚："商品流通是资本的起点。商品生产和发达的商品流通，即贸易，是资本产生的历史前提。世界贸易和世界市场在十六世纪揭开了资本的近代生活史。"[5] 资本语境和世界市场的呈现，既是面对东方他者的方式，也是对

---

1 卜正民：《中国与历史资本主义——汉学知识的系谱学》，格力高利·布鲁主编，古伟瀛等译，北京：新星出版社，2005年，第273页。
2 卜正民：《中国与历史资本主义——汉学知识的系谱学》，第273—274页。
3 伊曼纽尔·沃勒斯坦：《现代世界体系》第1卷《十六世纪的资本主义农业与欧洲世界经济体的起源》，第79页。
4 同上。
5 Die Warenzirkulation ist der Ausgangspunkt des Kapitals. Warenproduktion und entwickelte Warenzirkulation, Handel, bilden die historischen Voraussetzungen, unter denen es entsteht. Welthandel und Weltmarkt eröffnen im 16. Jahrhundert die moderne Lebensgeschichte des Kapitals. [Marx: *Das Kapital*. Marx/Engels: *Ausgewählte Werke*, S.3524 (vgl. MEW Bd. 23, S.161)] 马克思、恩格斯：《马克思恩格斯全集》第23卷，第167页。

西方内部一体化的加强性措施。所以，对德国这样一个后发国家而言，资本语境的逐渐形成乃是迫使其应对时势的重要背景，而德国变型则既是结果，也是方式。我们可以看到，"资本支配—现代性危机—德意志道路"几乎构成一个三位一体的立体过程。在充分意识到器物层面支配的基础上，我们将目光主要关注到德国知识精英的理念层面，因为他们向来具有普适性的世界胸怀，考察他们在日益严峻的资本语境下是如何选择应对的方式并调试自家安身立命的理念，从歌德"一体二魂"式的二元分裂到黑塞笔下精神之狼的"人狼两性"并存，既表现出德国精英对元思维模式的持续追问，也充分映射出18世纪开始的机器化过程到20世纪现代性压抑的愈演愈烈。

二、从"二元分裂"到"精神之狼"的出现

物质层面的困惑，必然导致从精神层面寻求解答。同样作为物质语境中的存在物，作为精神阶层主要载体的知识人也不可能对客观环境视若无睹。

这种二元分裂关系在文学史、思想史上都有非常明显的体现，在歌德那里是浮士德的"一体二魂"，"啊！两个灵魂居于我的胸膛，/它们希望彼此分割，摆脱对方/一个执着于粗鄙的情欲，留恋这尘世的感官欲望/一个向往着崇高的性灵，攀登那彼岸的精神殿堂！"（Zwei Seelen wohnen, ach! in meiner Brust, / Die eine will sich von der andern trennen; / Die eine hält, in derber Liebeslust, / Sich an die Welt mit klammernden Organen; / Die andre hebt gewaltsam sich vom Dunst / Zu den Gefilden hoher Ahnen.）[1]在黑塞处则变成了荒原狼式的哈里的"人狼两性"，道理很简单，"在他身上，人和狼不是相安无事，互助互济，而是势不两立，专门互相作对。一个人灵魂躯体里的两个方面互为死敌，这种生活是非常痛苦的。……在感情上，他和一切混杂生物一样，忽而为狼，忽而为人。但有一点与他人不同，当他是狼的时候，他身上的人总是在那里观察、辨别、决断，伺机进攻；反过来，当他

---

[1] Werke: *Faust. Eine Tragödie.* Goethe: *Werke*, S.4578 (vgl. Goethe-HA Bd. 3, S.41), http://www.digitale-bibliothek.de/band4.htm. 此处为作者自译。《浮士德》中译本参见歌德：《歌德文集》第1卷，第34页。

是人的时候,狼也是如此。比如,当作为人的哈里有一个美好的想法,产生高尚纯洁的感情,所谓做了好事时,他身上的狼就露出牙齿,狞笑,带着血腥的嘲弄口吻告诉他,这场高尚的虚情假意与荒原狼的嘴脸是多么不相称,显得多么可笑,因为狼心里总是清清楚楚,他感到惬意的是什么——孤独地荒原上奔驰,喝血,追逐母狼;从狼的角度看,任何一个人性的行为都是非常滑稽愚蠢和不伦不类的。反之也一样,当哈里狼性大发,在别人面前龇牙咧嘴,对所有的人以及他们虚伪的、变态的举止和习俗深恶痛绝时,他身上的人就潜伏一边,观察狼,称他为野兽、畜生,败坏他的情绪,使他无法享受简单朴素、健康粗野的狼性之乐"[1]。归根到底,这就是所谓的荒原狼的两种本性"人性和兽性"[2],其实这与歌德所谓的"一体二魂"如出一辙,但其不同则在于前者似乎更多还停留在理念层面,而到了黑塞时代,已经转化为行动的现实了。或者更直接地说,人类精神的德国变型,正表现出更多地向着"狼性"方面转化的倾向,而且两者之间的关系表现的不是"互助论",而是"竞存论",即更多是丛林法则的相互竞争、角逐,甚至势不两立。

黑塞其实努力在开辟出一条新路,无论是对歌德的感谢,还是对德国传统的自觉承继意识,都体现出他作为德意志精神谱系中核心人物的本色,他在《感谢歌德》一文中开宗明义地表示:"在所有的德国作家之中,歌德是我最深具谢意,也是我最常尚友、困惑、受启,迫使我想成为其后继者或挑战者的那一位。"[3] 而在我看来,这种承继自觉,首先是表现在思想

---

[1] 赫尔曼·黑塞:《荒原狼》,第37页。

[2] 同上。

[3] Unter allen deutschen Dichtern ist Goethe derjenige, dem ich am meisten verdanke, der mich am meisten beschäftigt, bedrängt, ermuntert, zu Nachfolge oder Widerspruch gezwungen hat. Er ist nicht etwa der Dichter, den ich am moisten geliebt und genossen, gegen den ich die kleinsten Widerstände gehabt habe, o nein, da kämen andere vorher: Eichendorff, Jean Paul, Hölderlin, Novalis, Mörike und noch manche. Aber keiner dieser geliebten Dichter ist mir je zum tiefen Problem und wichtigen sittlichen Anstoß geworden, mit keinem von ihnen bedurfte ich des Kampfes und der Auseinandersetzung, während ich mit Goethe immer wieder Gedankengespräche und Gedankenkämpfe habe führen müssen. [Dank an Goethe (1932), in Hermann Hesse: *Dank an Goethe – Betrachtungen, Rezensionen, Briefe mit einem Essay von Reso Karalaschwili*. Frankfurt am Main: Insel Verlag, 1975, S.9] 值得注意的是,此文是黑塞应罗曼·罗兰之邀,为《欧洲》(*Europa*)杂志的"歌德专号"(Goethenummer)所撰。

史路径的"古典思脉"的继承,即努力延续古典和谐的道路,在传统的浪漫—启蒙之间,选择中间道路。然而调和终究是易于表述,难以实行。所以,黑塞的意义,与其说他是开辟了某种新路,还不如说他表现了德国知识精英的这种"寻道苍茫"的努力和失败,因为就其思想构建来说他也远未超过歌德,而他所身处大时代的资本支配力量与困境则远非歌德时代可比,这才是更有价值的问题。其关键或在于体现出,知识人的观念之惑所表达的问题要求我们思考的,乃是如何回应西方现代性强势迫来和资本那只"看不见的手"的精神窘局。其实,如果我们借助二元三维的侨易思维,就可以明显发现,在德国这个具体语境(无论其另类与否)中所体现的资本支配下的现代性场域,其"二元结构"日益显示出规定性的特征,而缺少"第三维"的有益平衡。如果从歌德、席勒那代人努力构建作为第三维的"古典思脉"开始算起,德国知识场域的二元三维结构基本已成雏形,虽然时势迁移,主要仍是浪漫—启蒙两大思脉为中心运动,但基本结构不变。最困难的是试图把握中道的"古典思脉"中人,他们往往身当二元分裂之苦,而难得二元归一之道。知识人的变动,必然导致政治人和经济人的同时变动,也许时间上有差距,但其结构性链性变化是必然的。这也就自然不仅关涉传统延续的问题,也导致了文化迁移的制度、器物层面的影响,从而构成了整个文明结构的立体性变迁。

"一体二魂"其实符合二元结构,而且更重要的是,我们可以看到一种内外之间互通的张力,即在外部是二元,在内部依然构成一种二元。我要特别强调的是,这种"二元分裂"乃是理解德意志民族的一把金钥匙,是打开他们精神之门的"阿里巴巴秘诀"。他们的所有民族性特点,譬如仆从性乃至奴性的特征,譬如对责任的强调、对秩序的过度寻求,甚至总结性观念表述——1914年理念,都可以从中寻出蛛丝马迹。

三、秩序何以可能?——1914年理念的资本语境问题

德国人会特别强调自家的1914年理念(Die Ideen von 1914),即所谓的"责任、秩序、公正"(Pflicht, Ordnung, Gerechtigkeit)。在20世纪早期的时候,这一组理念随着德国国势的兴盛,曾一度成为主导性的"思想旗帜"。时当"一战"爆发之际,德国知识阶层(包括历史学家、哲学家和文化批

评家等）满怀民族自负与未来憧憬，他们在黑格尔的"扬弃"（Aufhebung）概念意义上来对待法国人的1789年理念，从而提出了1914年的德国理念。它虽然包含着关于国家与民族（Staat und Volk）的反自由、反民主与社团主义的概念，但通常缺乏对这种情绪的具体化辨析。一般而言，它被认为是针对英国自由主义、法国民主博爱的"德国性"（Deutschtum）的表现。特罗尔奇（Ernst Troeltsch）在其《1914年理念》的演讲中有很清楚的表述[1]。此外，如托马斯·曼（Thomas Mann）与纳尔托普（Paul Natorp）等知识精英也都有所论述。

虽然这并非简单的一种观念或口号式表述，可它确实也在某种意义上表现出一种群众性运动的特点。1914年10月23日，3000名德国大学教师签署了"德意志帝国大学教师宣言"（Erklärung der Hochschullehrer des Deutschen Reiches）；貌似这仅是一种轰轰烈烈之精神运动，但其中牵涉甚广，非三言两语能简化之，更重要的是，这涉及一种本质性的理念之别，诸如"文化"（Kultur）与"文明"（Zivilisation）、"共同体"（Gemeinschaft）与"社会"（Gesellschaft）等[2]。这种理念的提出，当然有其特殊的时代背景和历史语境，与其仅仅将其视作为一种简单的口号宣传或政治策略，还不如将其视作体现了德意志民族文化心理积淀的理念表述。所以笔者这里更着重于理念本身可以阐释的意义，超越一时一地一执着的狭隘，即结合其思想史背景尤其是文学话语的特点来加以理解。

按照席勒的观念："唯有经过道德修养之人，方能获致自由。"（Der moralisch gebildete Mensch, und nur dieser, ist ganz frei.）[3]在我看来，德国特征就是"责任式自由"的标识，这在1914年理念中表现得是清楚的。1914年理念的三个内容分别可以指向文明结构的三层次：对高端文化层次要求"责任"，对中端制度层次要求"秩序"，对低端物器（社会实际运作）层

---

1 参见Die Ideen von 1914 (Rede, gehalten vor der Deutschen Gesellschaft), in *Die neue Rundschau* 27 (1916), S.605-624。

2 详细论述，此处不展开，可参见Rudolf Kjellén: *Die Ideen von 1914-Eine weltgeschichtliche Perspektive*. Leipzig, 1915；Johann Plenge: *1789 und 1914-Die symbolischen Jahre in der Geschichte des politischen Geistes*. Berlin, 1916。

3 "Über das Erhabene", in Friedrich von Schiller: *Gesammelte Werke*. Band 8. Berlin: Aufbau-Verlag, 1955, S.499.

次要求"公正"。这种"责任式自由"的指向,既对于人类文明史中最大公约数的寻求是有特殊价值的,也是资本语境德国变型的重要收获。至今为止,我们仍没有对此给予充分重视,这不仅是对精神资源的一种明珠暗投,更是对资本语境的熟视无睹。按照马克思的话来说:"资产阶级,由于一切生产工具的迅速改进,由于交通的极其便利,把一切民族甚至最野蛮的民族都卷到文明中来了。它的商品的低廉价格,是它用来摧毁一切万里长城、征服野蛮人最顽强的仇外心理的重炮。它迫使一切民族——如果它们不想灭亡的话——采用资产阶级的生产方式;它迫使它们在自己那里推行所谓文明,即变成资产者。一句话,它按照自己的面貌为自己创造出一个世界。"[1]这种创造,不仅停留于物质世界的新塑造,而且也包括了精神观念的重大变型。希特勒显然也是要创造一个新世界的,他是产生于资本语境并且对抗了这个资本语境的,但他更多的是德意志精神的"西格弗里"的英雄记号,因此一旦他不符合资产阶级的需要,就必然为资产阶级所颠覆。希特勒更多是文化的符号,而非资本的佣仆。他是按照强烈的"艺术意志"和古老的"民族意志"行事的,虽然过犹不及,但确实是试图对抗资本的。希特勒现象,就是狼性的表现,而且明显属于精神之狼性,即他是可以有狼性,也是可以有人性的。

或者,我们需要追问的是:从本质而言,这个世界究竟是"文明的冲突"还是"资本的奔逐"?这个问题是极为关键的。资本奔逐必然导致对世界的资本驱动,资本如同机器,是由人发明的,但最终将无法为人所控制;而文明毕竟只是人类的整体性发展概念,与其说是"文明的冲突",倒不如说是逼向"文化的冲突"。在理念层面我们试图按照人的理性,用

---

[1] Die Bourgeoisie reißt durch die rasche Verbesserung aller Produktionsinstrumente, durch die unendlich erleichterten Kommunikationen alle, auch die barbarischsten Nationen in die Zivilisation. Die wohlfeilen Preise ihrer Waren sind die schwere Artillerie, mit der sie alle chinesischen Mauern in den Grund schieß, mit der sie den hartnäckigsten Fremdenhaß der Barbaren zur Kapitulation zwingt. Sie zwingt alle Nationen, die Produktionsweise der Bourgeoisie sich anzueignen, wenn sie nicht zugrunde gehn wollen; sie zwingt sie, die sogenannte Zivilisation bei sich selbst einzuführen, d.h. Bourgeois zu werden. Mit einem Wort, sie schafft sich eine Welt nach ihrem eigenen Bilde. [Marx/Engels: *Manifest der kommunistischen Partei*. Marx/Engels: *Ausgewählte Werke*, S. 2618–2619 (vgl. MEW Bd. 4, S. 466), http://www.digitale-bibliothek.de/band11.htm] 马克思、恩格斯:《马克思恩格斯全集》第4卷,第470页。

金子一般的心灵去塑造世界；可在器物层面，那些貌似"百姓日用而不知"的物质生活本身，却很可能蕴藏有"一统世界"的力量，或许这正是我们理解科幻文学中那些忧虑机器人（智能人）能够操纵乃至统治人类的钥匙吧？这样一种"为物所役"的悲哀结局，可能才正是人类这个物种的悲哀之处。我们究竟向何方安置我们的身体和灵魂？从这个意义上来说，德国人民族性中的"仆从"特征并不是很突兀的东西，而1914年理念所暗含的"责任式自由"理念，更值得再三体味。

或许我们还是该回到歌德的元思维探索中去，在歌咏《银杏》（*Gingo Biloba*）的时候歌德表现出明显的形而上学意味，他这样描绘银杏叶：

它是一个有生命的物体，	Ist es *ein* lebendig Wesen,
在自己体内一分为二？	Das sich in sich selbst getrennt?
还是两个生命合而为一，	Sind es zwei, die sich erlesen,
被我们看成一个整体？	Daß man sie als *eines* kennt?[1]

这段对"二"与"一"关系的辨析相当精彩，而且借助诗人的手笔将哲人的阐述之难似乎抹平了。其实这是一个极为重大的认知史元命题，即"一""二"和"三"的关系。在我看来，1914年理念的核心仍是如何处理好这个"一""二""三"的关系问题，即以责任为核心，以注重秩序建构、公正寻求为两翼，注意与法国理念的调和，即取"责任式自由"为依归。这或许是德国人给寻求最大公分母的世界理念所做出的最大贡献。因为有差异才有冲突，有差异才有互补，有差异才能刺激创新。所以就本质而言，有差异是好事情，它可以推动人的进步。当器物层面不断地走向一统的时候，保护文化层次的差异性无疑极为必要。但从另一个角度来看，人类实际上是给自己设置了一种悖论，即统一必然是立体结构的，不可能孤立发生，所以当物质大一统格局真正形成之日，却恰恰是文化多元走向终结的

---

[1] Werke: *West-östlicher Divan*. Goethe: *Werke*, S. 1961 (vgl. Goethe-BA Bd. 3, S. 90), http://www.digitale-bibliothek.de/band4.htm.《西东合集》，载歌德：《迷娘曲——歌德诗选》，杨武能译，桂林：广西师范大学出版社，2003年，第291页。

标志。问题是，世界市场已经形成，世界政府和世界文学究竟该如何应对？在我看来，关键或许不是后者的应对，而是重新反思世界市场的设计模式究竟该是怎样的。它不应当是绝对划一的，而是应考虑形成二元结构，如此才可能求得一种动态平衡。不幸在于，资本对世界市场实现了大一统式的支配。既要寻求最大公分母，又要保持二元三维结构，这是人类自设的难题，但或许又是不二之道！

在这种理念中，其实最根本的还是"秩序"，因为只有秩序存在，才有可能实现整个人类的和平共处、不断发展。所谓责任，所谓公正，前者属于个体品质，后者则属于理想诉求，都不能构成最核心的东西。而最根本的仍是秩序建构。比较而言，1789年理念对于"平等"有要求，2005年理念则凸显了"和谐"的因子[1]；它们或侧重于间性关系，或侧重于总体维度，但都过于理想化，反而不如"秩序"诉求之简洁有力且有可行性。当然在"秩序"这样一个严肃的词语下，也透露出德国人的民族性来，而且稍不谨慎，就可能滑向极端专制的边缘。要知道，德国人曾经就走向了几乎是万劫不复之路，1914年理念不但没有赢得战争，而且搭进去了几乎是全民族的"身家性命"。

从歌德"一体二魂"式的二元分裂到黑塞笔下精神之狼的"人狼两性"并存，既表现出德国精英对元思维模式的持续追问，也充分映射出18世纪开始的机器化过程到20世纪现代性压抑的愈演愈烈。相比较1789年的法国理念（自由、平等、博爱），1914年德国理念（责任、秩序、公正）的出现，不仅是民族性的表现，说到底更是资本语境下德国变型的产物。1914年理念既有特殊时代背景下的对策成分，也不妨将其视作德国历代精英人物荟萃的"理念宣言"。

精神狼性说到底是资本语境下人性的必然变型，只不过德国人以他们的理性实践给世界提供了一面必须借鉴的镜子。问题在于，我们在何种程度上能够驾驭和控制这种狼性？一方面，这可能是人类与生俱来的天性软肋；另一方面，客观语境的营造也是知识人必须面对和承认的文化责任。当下技术快速进步，可人类社会却日益现出迥途陌路迹象，"世界治理"已

---

[1] 叶隽：《2005年理念：不朽、和谐、仁义》，载《中华读书报》2011年7月6日。

是当务之急，可如何引领，却有待各阶层精英的良性互动。周辅成说："我希望人类终有一股正气来让人类能安静地生活下去，可能这也只是希望，但比较合理一点。"[1] 从这个意义上来说，我们重归资本语境的德国变型之路，重温一流知识人当此大变局中的观念之惑，指向文明史问题的元观念与元思维，也非全然是"纸上谈兵"。

---

[1] 《周辅成致赵越胜信》，转引自赵越胜：《燃灯者——忆周辅成》，第139页。

第五章

罗斯金的财富观与资本主义伦理批判

/ 乔修峰 /

第一节 "财富"的词源系谱考证

一、罗斯金的词语系谱学

随着工业革命的深入和政治经济学的传播,"财富"逐渐成为19世纪英国文人话语和习常语言中的热词。现代学者更多关注"财富"自18世纪中叶以来所有的"国民或国家集体财富"的含义,而19世纪的很多英国文人关心的却是该词日渐消弭的古义,尤其是自13世纪起就有的"幸福康乐"和15、16世纪间所有的"精神康乐"之义。这两层含义本是《牛津英语词典》"财富"词条的前两个义项,却均已成为"废失之义"。当时文人对这一词义变迁的讨论,主要源自他们在变革社会中对知识话语体系的反思。约翰·罗斯金在19世纪60年代写作的核心便是重新诠释财富概念。他的"原富"针对的是推究"国民财富性质及其原因"的政治经济学话语,最终目的却是通过追溯该词系谱来重构价值观念,挽救世道人心。

罗斯金在写作时经常考证词源,追溯词语的初始含义,比较古今词义异同,借以管窥社会关系与道德风习的嬗变。但他的考证通常带有批判甚至颠覆意味,与尼采的《道德系谱学》风旨相类,不妨称之为"词语系谱学"。这个说法罗斯金没有用过,却也不违他本意。他在著名的讲演《国王的宝藏》中指出,所谓"文人",就是精通文字之人,能分辨词语的血

211

统、身世和功用。这篇讲演的第十八段是罗斯金的得意之作（他后来多次提醒读者参考），将词语比作人，把词源学比作考究家系血统的学问：

> 要养成细究词语的习惯，厘清词义。弄清楚每一个音节，不，每一个字母。正是因为承担符号功能的是字母而不是音节，对书的研究才被称作"文学"，精通此道的人才被称作"文人"（man of letters）而非"书生"（man of books）或"词匠"（man of words）。各国情形无不如此。"文人"这个说法虽是偶然形成的，但我们仍能由此联想到一个千真万确的原则：你如果寿命够长，或许能够读遍大英博物馆的藏书，却仍是个彻头彻尾的"文盲"，是个没有受过教育的人；但如果有一本好书，你只读了十页，却是逐个字母地读，也就是说读得很准确，那么，在某种程度上，你就永远是一个受过教育的人。衡量一个人是否受过教育（仅限智识方面），只有一个标准，就是看他是否达到了这种准确程度。一个受过良好教育的绅士，也许并不兼通多语，也许只会说母语，也许只读了少量的书，但不管他懂哪种语言，他都把握得很准确，不管他说什么词，他都说得很准确。更可贵的是，他还熟稔词语的门族系谱，一眼就能看出哪些词是血统古老的贵族正裔，哪些词只是现代的黔首愚民；他能记得词语的整个世系，从不同家族的通婚、关系最远的亲戚，一直到何时何国归属何门、担任何职。[1]

罗斯金认为，了解词语系谱，既可增强表述的准确性，提高思辨能力和对社会变革的敏感度，又能警惕词语对思想的腐蚀。他发现18世纪中叶以来渐成显学的政治经济学不仅影响了整个知识话语，而且通过对习常语言的腐蚀，绑架了人们的思想。他在《现代画家》第五卷（1860）中谈到，他在1855至1860年间研读现代政治经济学理论时，就发现这些学说已经扭曲了人们的价值观念："当代政治经济学家说：'既然在当下世界只有魔鬼的法则切实可行，那么，我们也就只能追求野兽的欲愿。'信仰、慷慨、诚

---

[1] John Ruskin, *Sesame and Lilies, Unto This Last* and *The Political Economy of Art*, pp. 22-23.后文出自该书的引文，将随文在括号内标出该书简称（"*Sesame*"）和引文出处页码，不再另注。

实、热忱、自我牺牲之类的词语,都只能在诗文里见到,没有一样能在现实中指望得上。"[1]他在此后十多年里先后写出了《给那后来的——关于政治经济学基本原理的文章四篇》(1860—1862)、《报以灰尘——政治经济学散论》(1862—1863)、《芝麻与百合》(1865)、《野橄榄花冠》(1866)、《时与潮》(1867)等作品,集中探讨了政治经济学对词语的腐蚀。[2]

他在《报以灰尘》中指出,当今所谓的政治经济学,抛却了"政治"所含的国家、社会之义,只顾研究商业现象,与柏拉图、色诺芬、西塞罗、培根等先贤所说的政治经济学毫不沾边,误导了人们对一些词语的认识,如果放任不管,就会使人误读先贤们的思想。因此,他力图回归那些政治经济学词语的原初含义:

> 在这些文章中,我保留了所有重要术语的字面意义和初始意义,因为一个词最初因需要而被制造出来的时候,它的意义最为得宜。初始意义蕴含了该词在其青年时代的十足活力,后来的意义则经常被扭曲或日渐衰弱。而且,在一个被误用的词的背后,大都有一堆混乱的思想。因此,不管在谈论这个话题还是其他任何话题时,细心的思想家都必然会准确地使用词汇。我们要想理解他们的言论,首先就要明确地界定这些术语。(Ruskin 17:147-148)

这实际就是要厘清当时政治经济学对这些词语的"误用",回归最初那种"深刻而富有活力的意义"。

他认为,"价值、财富、价格、生产等术语都还没有很好地定义,公众尚不解其义"[3]。其中,又以"财富"最为重要。他在1871年为文集《报以

---

[1] John Ruskin, *Modern Painters*, vol. 5, London: J. M. Dent, 1907, p. xiii, p. 331.

[2] 《给那后来的》《报以灰尘》和《时与潮》被《罗斯金文集》的编者视为"政治经济学专论",收入文集第17卷,并在该卷绪论中分析了它们之间的内在联系。See John Ruskin, *The Works of John Ruskin*, vol. 17, E. T. Cook and A. Wedderburn ed., Cambridge: Cambridge University Press, 2010, pp. xix-cxv. 后文出自该卷的引文,将随文在括号内标出该书简称("Ruskin")、卷次和引文出处页码,不再另注。

[3] John Ruskin, *Unto This Last and Other Writings*, Clive Wilmer ed., London: Penguin, 1997, p. 204. 后文出自该著作的引文,将随文在括号内标出该书简称("Unto")和引文出处页码,不再另注。

灰尘》补写的序中说，他在发表那些文章时，还没有人界定过"财富的性质"（*Ruskin* 17:131）。他在写那些文章期间也曾致信友人说："（现今所讲的）政治经济学从其最基本的根基上来说，完全就是一个谎言……当今时代所有的邪恶都是这门'科学'做的孽……他们连金钱是什么都不知道，却在没有界定财富的情况下，把作为财富符号的金钱捧上了天。"（*Ruskin* 17:131）他要探究"财富"概念的系谱，表面上是批判政治经济学，但根本意图还在于纠正世道时风。

二、"财富"通俗定义的社会史考察

罗斯金在《艺术的政治经济学》序言中说，他不喜欢当代的政治经济学著作，只是在二十年前读过亚当·斯密。[1] 不过，他重点批判的却不是上一世纪的《国富论》，而是同时代穆勒的《政治经济学原理》（1848）。该书是当时这一领域名气最大的著作，其中的"财富"定义也是最广为接受的。[2] 穆勒在该书开篇提出，政治经济学只是新近才被看作是科学的一个分支，它研究的主题就是财富。虽然他也注意到财富概念的混乱曾使欧洲走向歧路（即重商主义学说误将财富看作只由货币或贵金属组成），但他无意做出精确定义，只求表达的概念足够明确，因而采用了"财富"一词的通俗用法。[3]

穆勒沿用通俗定义，除了认为这个定义没有太大问题，或许也是想与更多读者在基本概念上形成共识，便于展开讨论。而罗斯金却认为讨论的前提就是要明辨词义，含混的词义必然影响认知。他从词源上做了一个类比。从希腊语源头来看，"经济学"（*Oikonomia*/Economy）直译为"家律"（House-law），"天文学"（*Astronomia*/Astronomy）直译为"星律"（Star-law）。由是观之，经济学不严格定义财富，就如天文学不严格界定星的所指。星有发光的恒星与反射光的行星之分，财富也分"发光的财富"和"反射光的财富"。前者是内在固有的，有生命力，能照亮生活；后者却仅指"riches"（为行文方便，文中权译作"富"，以区别于"财富"），是前

---

[1] John Ruskin, *"A Joy For Ever": The Two Paths*, London: Oxford University Press, 1928, p. 12.
[2] 参见*OED*的"wealth"词条。
[3] 参见约翰·穆勒：《政治经济学原理》（上），赵荣潜等译，北京：商务印书馆，2009年，第13—14、66页。

者的符号体系（*Unto*: 161-162）。如果政治经济学家只研究如何致"富"，也就像只研究反射光而不顾发光源的星学家那样误入了歧途。

罗斯金曾在《给那后来的》手稿中指出，当时大多数人都将财富（wealth，构成个人幸福康乐的东西）等同于"富"（riches，构成个人对他人权力的东西），却不知这种混淆危害很大，因为"富"是一个相对术语，是相对"穷"而言的。如同"冷、暖"表示的只是一种相对而非实际的温度，"富"这个概念要想成立，就需要有"穷"这个概念。如果人人皆富，没有人穷，也就不存在所谓的"富"。由此推知，要实现这种"富"，就必须得有人"穷"；使自己致"富"之术，也就是使邻人不能脱贫之术（*Unto*: 340, 180, 181; *Ruskin* 17:160）。换言之，只追求这种"富"，也就不可能实现共同富裕。他还进一步指出，政治经济学如果只是"研究如何致'富'的科学"，自然也就名不副实。既然"政治"的词根是"polis"（国家、社会），政治经济学（political economy）就应追求增加国家或国民之富；如果只求个人致富，就应叫"商业经济学"，它不必然带来国家或国民之富（*Unto*: 180-181）。

罗斯金不满穆勒采用"财富"的通俗用法，恰恰在于他希望政治经济学能够改正这种用法，还原该词原有的道德和精神意蕴。大众将财富等同于这种"反射光的财富"或"商业财富"并趋之若鹜，固然是与社会的发展相随而至的，但这种风习如果不加遏制，就有可能形成一种反社会的力量。在罗斯金看来，这表面上是属于经济现象，但根本上还是伦理问题。他认为，人们求"富"，主要是因为它是一种权力。这并非罗斯金的创见，法国人托克维尔稍早曾在《美国的民主》（1835—1840）中说："生活在民主时代的人们有许多热望，绝大多数热望要么终结于对财富的渴求，要么来自对财富的渴求。不是因为人们的灵魂更加狭隘，而是因为在这样一个时代，金钱确实更为重要。当全体社会成员彼此独立或互无关系时，只有通过金钱支付才能得到彼此的合作。于是，财富的使用无限增多，财富的价值也增加了。"[1]这自然也适用于日趋民主化的英国社会，马克思和卡莱尔都曾探讨过"现金支付"对人际关系的影响。与托克维尔相反，罗斯金认为

---

[1] Alexis de Tocqueville, *Democracy in America*, trans. by Arthur Goldhammer, New York: The Library of America, 2004, p. 722.

这种财富追求恰恰源自灵魂狭隘，因为人们真正渴求的乃是对他人的权力。此权力的大小，与穷人数量成正比，与富人数量成反比。为获得更大权力，就不仅要使自己更"富"，还要尽量使更多的人变得更"穷"，从而形成对自己有利的最大不平等。也即说，一个人兜里的金币到底有多大力量，最终取决于他邻人兜里有没有（*Unto*: 180-182）。因此，财富根本上还是属于道德范畴。他在《报以灰尘》中提到，财富（wealth）、金钱（money）、"富"（riches）常被当作同义词，但实际上指的是完全不同的东西，属于不同学科的研究对象。"富"是一个相对术语，指某人或某社会之财产相对于其他人或其他社会财产的大小，属于道德科学，探究人与人在物质财产方面的关系（*Ruskin* 17:152-153）。而且，对它的渴求是没有止境的。美国经济学家凡勃伦曾描述过一种"嫉妒性对比"，即追求在财力上超越其他社会成员，若身处劣势便心存怨尤，但即便达到了本阶层的正常标准也不会满足，还会想着更上层楼。[1] 由此不难理解罗斯金为何认为这种"富"关乎道德和灵魂，因为唯有道德趣味和精神追求才有望抑制这种无尽的欲望。

从19世纪的文献中不难看到金钱权力的实际作用和影响。当时的英国仍然看重出身门第，但财富也日渐成为社会地位的象征。不过，在霍布斯鲍姆所说的"资本年代"，只靠勤劳，没有资本，仍然很难发迹。被罗斯金嘲讽为"商业抽奖"（*Ruskin* 17:277）的飞来横财（如获得遗产）改变了很多人的命运，加重了人们的投机心理，成了当时"英国梦"的一个重要组成部分。狄更斯的《远大前程》（*Great Expectations*）书名语带双关，因为这个词组在当时还指"在遗产方面大有盼头"。《牛津英语词典》甚至引此为例句，指出"expectations"作为复数，可指未来有望获得遗产或从遗嘱中获益。这种盼头一旦遂愿，往往能改变命运，尤其是社会地位。这也是维多利亚时代小说家们常用的叙事策略。《小杜丽》中杜丽一家从阶下囚变身上等人，靠的就是突如其来的遗产；《简·爱》中女主人公能感到独立，她叔父留给她的遗产功不可没。当然，这种盼头往往是可遇而不可求的。《名利场》中年轻的女主人公委身老朽，《米德尔马契》中镇长公子举债度日，都是因为强求酿造

---

[1] Thorstein Veblen, *The Theory of the Leisure Class*, Martha Banta ed., Oxford: Oxford University Press, 2007, pp. 26, 29. 后文出自该著作的引文，将随文在括号内标出该书简称（"*Theory*"）和引文出处页码，不再另注。

第五章 罗斯金的财富观与资本主义伦理批判

了悲剧。不过,他们会有这种心理,还是因为有他人成功的先例。可以说,正是由于金钱在资本年代拥有强大的权力,很多人才甘为其奴。

凡勃伦的《有闲阶级论》从人类学和社会发展史的角度探讨过财富。他认为财富起初是个人能力的证明,但后来变成了本身就值得赞扬的东西,具有了内在的荣誉性,能给持有者带来地位和声望(*Theory*: 24)。德国社会学家马克斯·韦伯认为,这种荣誉还得到了宗教伦理的支持。对于19世纪"资本主义精神"的代表人物,也即英国曼彻斯特那些白手起家的工业暴发户来说,挣钱不只为了说明自己混得不错,更是为了表明自己干得不错;挣钱已不仅是为了满足物质需要,更是人生的终极目标,是胜任"天职"的结果和表现。[1]在这种大环境下,财富也就在心理上改变了人们对自我和他人的认知。如凡勃伦所言,"一旦拥有财产在大众眼中成了尊荣的基础,它也就成了我们叫作自尊的那种满足感的必然条件"(*Theory*: 25)。

狄更斯善于描绘名利场中财富对心理的影响。从他的小说不难看到,很多人确实如罗斯金所说把金钱等同于财富。《董贝父子》(1848)中5岁的小保罗向父亲董贝提出了一个简单却又引人深思的问题:"钱是什么?"董贝先是说,"金、银、铜。几尼、先令、半便士",接着又说"钱可以做任何事",最后解释了"钱何以能使别人尊敬我们,害怕我们,看重我们,巴结我们,羡慕我们,能使我们在所有人眼里看起来都无比强大,无比荣耀"。[2]《我们共同的朋友》中有位伦敦金融城小职员的女儿,虽不慕虚荣,但仍无奈地说:"我爱钱,我想钱,想得发疯。我恨自己穷,穷得丢人现眼,穷得讨嫌生厌,穷得可悲可怜,穷得没有人样。"[3]而《艰难时世》中白手起家的银行家庞得贝之所以得意扬扬,很大程度上是因为他是自己和他人眼中的"成功人士"。毕竟,"对于并非生于贵族之家的人来说,其所追求的至善,便是成功"[4]。成功本有多种,但经济上的成功却被许多人当成了

---

[1] Max Weber, *The Protestant Ethic and the Spirit of Capitalism*, trans. by Talcott Parsons, London: Routledge, 2001, pp. 28–33, 18–19.

[2] Charles Dickens, *Dombey and Son*, Peter Fairclough ed., London: Penguin, 1985, pp. 152–153.

[3] Charles Dickens, *Our Mutual Friend*, Adrian Poole ed., London: Penguin, 1997, p. 45.

[4] Walter E. Houghton, *The Victorian Frame of Mind, 1830–1870*, New Haven and London: Yale University Press, 1957, p. 191.

唯一标准。不成功甚至等同于下地狱。托马斯·卡莱尔无奈地说："'地狱'这个词英国人还经常在用，但很难确定他们到底指的是什么。"他解释说，地狱通常指一种无尽的恐惧，基督徒怕自己在上帝面前被发现是罪人，古罗马人怕自己没能成为有德之士，而当代英国人怕的是"没能取得成功"，也即没能挣来钱，没能混出名，而且主要是没能挣来钱。[1] 罗斯金则揭示了这种成功背后的权力关系："（当社会由竞争法则引导时）成功总是指很大限度地战胜你的邻人，从而能够掌控他的劳动并从中渔利。这是所有横财的真正来源，没有人能靠自己的勤劳大发其财。"（*Ruskin* 17:264）

心理认知需要他者的目光。对"成功人士"来说，即便富过陶朱猗顿，如果只是衣锦夜行，也无法获得最大满足。他们需要向世人证明自己是个有钱人。按罗斯金的逻辑，炫富从根本上说就是炫耀权力，尤其是对他人的支配权力。凡勃伦认为，炫富的方法有两种，要么证明自己"有闲"，要么借助"炫耀消费"（*Theory*: 29, 59–60）。罗斯金比凡勃伦更早地谈到了"炫耀消费"，他在《芝麻与百合》中特意解释了"炫耀"一词。他说，当时的父母很关心孩子的社会地位，希望孩子能"出人头地"：

> 现在，实际一点说，"出人头地"指的就是要在生活中博取众人的眼球——获得一种在别人看来体面或荣耀的地位。一般来说，我们不认为这种出人头地单指挣钱，而是指让别人知道自己挣了钱；不是实现任何伟大的目标，而是让别人看到已经实现了目标。简言之，我们指的是满足我们对掌声的渴求。（*Sesame*: 13）

用他的例子说就是，水手想当船长，只是为了被别人叫作船长。他指出，真正的出人头地是逐渐拥有高尚的心灵，"是生活本身的升华，而不是生活外饰的升级"（*Sesame*: 55）。但在他看来，世人都受了死亡天使的蛊惑，拿生命去换荣华富贵，"渴望在生活中出人头地，却不知道什么是生活；渴望更多的马匹、男仆、财富和荣誉，却不要灵魂。而真正让人出人头地的，

---

[1] Thomas Carlyle, *Past and Present*, Henry Duff Traill ed., Cambridge: Cambridge University Press, 2010, pp. 145–146.

是心肠不断变软，血液不断变热，大脑不断变快，精神进入充满生机的平和"（*Sesame*: 56）。这种平和就是他所说的"野橄榄花冠"，不是珠光宝气的虚荣，而是真正的幸福。[1]这种幸福也正是财富的古义。

第二节 罗斯金的"财富"定义与政治经济学批判

一、"财富"的新义与政治经济学批判

罗斯金给财富下了一个新的定义："唯有生命才是财富（There is no Wealth but Life）。"不过，这里的"生命"不只是活着，而是活出一种完美的状态，带有明显的伦理意味："生命，包括了它全部爱、愉悦和倾慕的力量。能培养出最大数量高尚且幸福的国民，就是最富有的国家；而最富有的人，就是能将自己的生命发挥到极致，并通过其本人及其财产对他人的生命产生最为广泛的影响。"（*Unto*: 222）这便类似于伦理学家查尔斯·L. 斯蒂文森（Charles L. Stevenson）所说的"劝导性定义"[2]，重新定义人们熟知的术语，改变其描述意义，并使之具有褒扬性的情感意义。劝导正是罗斯金原富的目的，他道德重构的核心便是"人"，是要恢复业已被现代学者埋葬了的"人的经济学"。[3]他在《给那后来的》中语带双关地指出，"财富的脉络"是紫红色的，不是金矿石的纹理，而是人的血脉；制造财富，最终也就是制造"身体健康、目光明锐、心情愉悦的人"，而"我们现代的财富"却与此背道而驰，政治经济学家们并不把人看作于财富有益（*Unto*: 189）。他指出，对人来说，最重要的是情感和精神。人不是机器，人有灵魂，其燃料就是情感，而"政治经济学是史上最为奇怪、最不可信

---

1 John Ruskin, *Time and Tide* and *The Crown of Wild Olive*, London: George Allen, Ruskin House, 1907, p. 230. 后文出自该书的引文，将随文在括号内标出该书简称（"*Time*"）和引文出处页码，不再另注。

2 Charles L. Stevenson, *Ethics and Language*, New Haven: Yale University Press, 1945, p. 210, p. 214.

3 John Ruskin, *The Works of John Ruskin*, vol. 27, E. T. Cook and Alexander Wedderburn ed., Cambridge: Cambridge University Press, 2010, p. 14.

的谬论，它居然认为人的社会行为不受社会情感左右"（Unto: 170, 167）。

罗斯金将他的新定义放在政治经济学的话语体系中提出，不仅要揭示这门显学对"财富"的界定误导了世人，还想使它分担道德教化的责任。穆勒在《政治经济学原理》绪论中提出，"可将财富定义为一切具有交换价值的有用或合意的物品；换言之，所谓财富就是一切有用的或合意的物品，只要刨除那些不付出劳动或做出牺牲便可随意得到的物品"，"所谓富有，就是拥有大量有用的物品"[1]。罗斯金重点修正了"有用"一词，强调了两个必要条件：一是物品要有内在有用性，也即固有价值；二是物品要在适合的人也即勇者手中，才能有实际价值（Ruskin 17:153-154）。两者缺一不可，也即说，财富是"勇者拥有有价值的东西"（Unto: 211）。而且，"勇者"和"有价值"原本就是同源的，都与"生命"息息相关。《给那后来的》第四篇题为《论价值》（Ad Valorem），根据该词的拉丁语词源给出一个"真正的定义"："valorem"的主格是"valor（勇武）"，而"valor"来自"valere"，意为"强健"。指人，便是生命强健，或曰英勇（valiant）；指物，则应促进生命，或曰有价值（valuable）。因此，有价值也就是"能够全力促进生命"，这才是财富的真正内涵（Unto: 208-209）。

罗斯金的上述两点修正，第一个方面是批驳政治经济学对交换价值的强调，将价值从交换价值中解脱出来。斯密在《国富论》中已经指出："价值一词，有两个不同的含义，有时指某一物品的有用性，有时指因拥有该物品而具有的购买其他商品的能力。前者可称'使用价值'，后者则称'交换价值'。"[2] 19世纪的政治经济学家们并非不知道"价值"可以指"有用性"，只是认为从学科的角度来说研究的重点应该是交换价值而非使用价值。[3] 如穆勒所言，在政治经济学术语中，"价值"如果不加修饰语或限定词，通常就是指交换价值。[4] 随着政治经济学理论的传播，日常话语也渐

---

[1] 约翰·穆勒:《政治经济学原理》（上），第18、21页。

[2] Adam Smith, *An Inquiry into the Nature and Causes of the Wealth of Nations*, Edwin Cannan ed., New York: The Modern Library, 1994, p. 31

[3] John Tyree Fain, "Ruskin and the Orthodox Political Economists", in *Southern Economic Journal*, 10.1 (1943), pp. 5-6.

[4] 约翰·穆勒:《政治经济学原理》（上），第498页。

受影响，交换价值乃至其货币表现形式（价格）更多地被用作衡量标准，也就不乏王尔德（Oscar Wilde）讽刺的那种人——"知道一切物品的价格，却不知任何物品的价值"[1]。罗斯金的忧虑正在于此。他认为，有些物品对人有害，但仍可买卖，因而有交换价值，在经济学上是"有用的"；但真正有用的物品应促进人的生命，而且这种有用性是物品固有的，不因供需或交换价值而变。

第二个方面强调物品要在合适的人也即勇者手中。罗斯金认为，不能只是拥有，还得能用，而且不能滥用。例如，人皆有躯体，滥用则无法报效国家，只能苟延残喘，如同行尸走肉，也即希腊人所说的"idiotic"（个人或私人的），在英语中便成了"idiot"（白痴），用来指那些只顾个人利益的人（Unto: 210-211）。用得合理还不够，还得用得合度，"一个人不能同时住在两栋房子里"。过度则是"Illth"（罗斯金新造的与Wealth相反的词），会带来各种破坏和灾难。罗斯金希望时人能克制利欲，将精力用在更有价值的地方。他认为，关于财富的通俗观念混淆了财富的"保管"和"拥有"之间的区别。真正富有的人，并不是财产的拥有者，而是财产的保管者（Ruskin 17:168）。这种境界便是罗斯金所说的"勇"，也即"高尚"或维多利亚时代流行的"男子气概"，可以使人的灵魂摆脱世俗财富的奴役。

罗斯金修订的这两个方面——固有价值和实际价值，既涉及物品及其拥有者，又分别对应着生产和消费两个环节。他认为这两个环节均与道德有关，如他在《报以灰尘》中所说，从一国之民所产之物，可见其既往品性；从其消费方式，可见其未来品性（Ruskin 17:178）。罗斯金不断强调生产环节的道德因素，也是对维多利亚时代商品生产过程中弄虚作假、破坏环境的种种恶习的直接回应。如他所说，生产要保证质量，让民众"花了钱，买到的面包就是面包，啤酒就是啤酒，服务就是服务"（Unto: 164）。更重要的是他看到了资本主义经济制度的剥削性和消费趋向的误区。他《野橄榄花冠》序言中说："当今时代，资本的大部分获利性投资都是这样，即大众被诱劝去买无用之物，资本家则从这些物品的生产和销售中提成获

---

[1] Oscar Wilde, *Plays, Prose Writings and Poems*, New York: Everyman's Library, 1991, p. 465.

利；与此同时，大众却被蒙蔽，被诱导着认为资本家的这种提成收益乃是真正的国民收入，但实际上，这不过是从穷人钱包里偷钱，让富人的钱包鼓起来而已。"（*Time*: 219）理想的状况应该是厂主和商人真正起到引导良性消费的作用，帮助社会"生产"高素质买家（*Unto*: 164, 207）。同时，消费者也应提高自身的道德素质或罗斯金所强调的"品位"："经济学家至今尚未认识到，人的购物倾向完全属于道德范畴。也即说，你给一个人半克朗，他能变富还是变穷，取决于他的性情——看他是用这些钱来买疾病、堕落和憎恨，还是买健康、上进和亲情。"（*Unto*: 207）

正是考虑到了经济领域的诸多道德因素，罗斯金才对政治经济学提出了伦理要求："真正的政治经济学，就要教导国民去渴求并生产那些能够促进生命的东西，教他们鄙视并摧毁那些引向毁灭的东西。这才是一门真正的科学，不要把它和号称政治经济学的伪科学混为一谈，正如不要把医学和巫术看成是一样的，也不要把天文学与占星术当成一回事。"（*Unto*: 209）

二、政治经济学的伦理维度

关于罗斯金的政治经济学批判，学界历来存有争议。反对者从经济学角度揭示罗斯金经济思想的肤浅，如莱斯利·斯蒂芬（Leslie Stephen）就认为，罗斯金所抨击的实际上是政治经济学的"通俗版本"，穆勒等经济学家虽然也会像罗斯金一样对社会不公感到痛心疾首，但不会认同罗斯金的观点。[1] 这种评论没有切中要害，因为罗斯金批判的核心不是政治经济学的理论体系，而是它对当时的知识话语和思想体系的影响，以及它所忽略的更为急迫的社会问题。如他所说："我并不是说它的理论没道理，只是认为它用在现阶段的社会不太妥当。"（*Unto*: 168）支持罗斯金的学者，如弗·雷·利维斯，则认为他"对正统政治经济学的毁灭性批判是一项伟大而又高尚的成就"[2]。这显然是过奖了，罗斯金并没有想对政治经济学原理做"毁灭性批判"，反倒是想做建设性批判，试图恢复或增加这门学问的伦理维度，用"常识偏见"来改变当时对"财富"等关键词语的"学术偏见"，

1　See J. L. Bradley ed., *Ruskin: The Critical Heritage*, pp. 419–420.
2　F. R. Leavis, "Introduction", in F. R. Leavis ed., *Mill on Bentham and Coleridge*, London: Chatto & Windus, 1950, p. 36.

使政治经济学成为一种有助道德重建的力量。如他所言:"家庭经济学调整一家之行为习惯,政治经济学则调整一国或一社会之行为习惯,关乎其维继方式。政治经济学既非艺术,也非科学,而是建立在诸科学的基础之上、指导人文学科的一套行为和立法体系。而且,只有在特定的道德文化条件下才有可能。"(Ruskin 17:147)正是从这个意义上说,真正的政治经济学是伦理的而非商业的。他在《给那后来的》中提到,该书一是为了给财富下一个准确且固定不变的定义,二是为了说明财富的获取离不开一定的道德条件(Unto: 162)。

罗斯金的这番努力恰恰与政治经济学的发展形成了一种反动,如托马斯·卡莱尔所说,就像一场霍乱横扫了这门"沉闷的科学"[1]。政治经济学在18世纪后期逐渐成为一个明确的研究领域,19世纪初正力图成为一种"科学"或专门学科,因而有去伦理化的意图,要剔除宗教和道德因素的掣肘。穆勒说政治经济学无关道德[2],就是要把它当作一门独立学科,专门探究经济领域的"自然"规律。经济学也日趋注重微观层面,到19世纪末,"政治经济学"这个称谓变成"经济学",抹去了"政治"所含的社会、国家之意。[3]但实际上,经济学很难完全摆脱伦理而做到"客观中立"。在道德话语已成为呼吸空气的英国,也很难真正去道德化。况且,当时的学术分工尚未深化,学科壁垒也不够森严,斯密、穆勒、罗斯金等人都是跨学科的通才,他们的经济论述中都不乏道德思考的印记。经济学家熊彼得(Schumpeter)就认为斯密受道德哲学影响太深,未能实现将伦理学排除在经济学之外的目标。[4]但实际上,斯密一直没有中断其伦理研究,在写《国富论》的同时也在修订《道德情操论》,晚年更是在《道德情操论》第六版中专门增加了一章(即第一卷第三篇第三章),强调对财富和权势的崇仰会败坏道德情操,不如崇仰智慧与美德。[5]这也是他在《国富论》"去道

---

1 George Allan Tate ed., *The Correspondence of Thomas Carlyle and John Ruskin*, Stanford, California: Stanford University Press, 1982, p. 89.

2 参见约翰·穆勒:《政治经济学原理》(上),第497页。

3 See Robert L. Heilbroner, *The Worldly Philosophers: The Lives, Times, and Ideas of the Great Economic Thinkers*, 7th ed., London: Penguin, 2000, p. 176.

4 See Joseph A. Schumpeter, *History of Economic Analysis*, Taylor and Francis e-Library, 2006, p. 177.

5 See Adam Smith, *The Theory of Moral Sentiments*, Oxford: Oxford University Press, 1976, pp. 61-66.

德化"之后的一种"再道德化",可以说,这位政治经济学家始终是一位"道德哲学家"。后来的穆勒也没能完全抛开伦理维度,直到19世纪末,剑桥著名经济学教授马歇尔(Alfred Marshall)还在1890年出版的《经济学原理》(书名已不同于穆勒的《政治经济学原理》)开篇强调:"经济学一方面是研究财富;另一方面,也是更重要的方面,是属于对人的研究的一部分。"[1]或如有评论家所言,罗斯金与穆勒等人的根本分歧,不在于要不要伦理维度,而在于伦理侧重点不同,穆勒等人看重自由,而罗斯金看重的是正义、团结和爱。[2]显然,这种差异引起的辩论对经济学的发展大有裨益。如科克拉姆(Cockram)所言,罗斯金主要关心的是"资本主义社会中道德关怀的边缘地位",他对"财富"和"价值"的分析打击了古典经济学家的自满心态,迫使其重估经济学作为精密科学(exact science)的地位。[3]

尽管如此,罗斯金的经济学思想却一直没能引起学界的足够重视[4],对英国的社会政策及福利制度的现实影响也没有得到足够的考证[5]。不过,罗斯金原富的意义并不仅限于经济学和社会学领域,它还反映了当时的文人为消除知识话语领域混乱状态而做的努力。不妨先看两位传记作家对他的评论。弗雷德里克·哈里森(Frederic Harrison)认为,罗斯金的经济学评论《报以灰尘》是在"玩弄一个他几乎一无所知的学科",即新兴的社会学[6];蒂姆·希尔顿(Tim Hilton)认为,罗斯金用的是伦理和象征语言,与专业经济学家没有共同术语[7]。两人似乎认为罗斯金是社会学或经济学的"门外汉",但从当时的文化背景来看,经济学和社会学其实已经像达尔

---

1 Alfred Marshall, *Principles of Economics*, 8th ed., Philadelphia, Pennsylvania: Porcupine Press, 1982, p. 1.

2 James Clark Sherburne, *John Ruskin or the Ambiguities of Abundance*, Cambridge, Massachusetts: Harvard University Press, 1972, pp. 120-122.

3 Gill G. Cockram, *Ruskin and Social Reform: Ethics and Economics in the Victorian Age*, London: Tauris Academic Studies, 2007, p. 205.

4 See Willie Henderson, *John Ruskin's Political Economy*, London and New York: Routledge, 2000, pp. 23-24; Alan Lee, "Ruskin and Political Economy: Unto This Last", in Robert Hewison ed., *New Approaches to Ruskin*, London: Routledge & Kegan Paul, 1981, p. 68.

5 See Jose Harris, "Ruskin and Social Reform", in Dinah Birch ed., *Ruskin and the Dawn of the Modern*, Oxford: Oxford University Press, 1999, p. 9.

6 Frederic Harrison, *John Ruskin*, London: Macmillan, 1902, p. 103.

7 Tim Hilton, *John Ruskin*, New Haven and London: Yale University Press, 2002, pp. 296-297.

文的进化论一样，超越了各自的学科范畴，进入了"公共"话语空间，成为当时文人的共享知识，它们的很多专业术语也就自然地在文人笔下流淌（与罗斯金、狄更斯、卡莱尔一道评点政治经济学的"非专业人士"不胜枚举）。这就形成了一个矛盾现象：一方面，经济学要力争成为一个有自己独立疆域的学科；而另一方面，它的话语又渗透进了其他学科和公共领域，最终导致了"众声喧哗"的混乱状态。很多文人对此都深有感触并探寻拨乱反正的路径。约翰·亨利·纽曼指责政治经济学在财富问题上实际已经"越界"侵入了伦理领域，应该退回到它自己的学术范畴[1]；罗斯金则更为激进，试图借助词语系谱学来追本溯源，刮垢磨光，构建新的权威话语体系，让伦理回归经济学领域。

第三节　商人与国民性陶铸

19世纪的社会批评家喜欢三分社会，即贵族、中产阶级和下层民众；或从经济层面三分为地主、商人厂主和劳工。对于作为中产阶级重要力量的商人厂主，马修·阿诺德讽之为"非利士人"，卡莱尔盼其成为"工业领袖"，而罗斯金则用不带褒贬的"商人"统称之，并试图通过重新界定工商业的性质、明确商人厂主的责任，将这个阶层划入绅士行列，从而带动国民性建构，使之成为实现"共同富裕"理念的主要力量。这种建构涉及的核心问题就是：商人能被看作绅士吗？我们不妨先从当时英国社会商业化的程度和商人阶层的地位说起。

19世纪英国能否称作商业社会，主要得看商业在其经济结构中的比重以及对人们生活的影响程度。当时的生产和交换极大地增加了财富，提高了生活水平，改变了社会面貌，而消费对政治、经济和社会政策的影响也日渐凸显。但史学家阿萨·布里格斯却认为，虽然从1851年在伦敦水晶宫举办国际工业博览会到1867年第二次改革法案时属于维多利亚时代的盛期，

---

[1] See John Henry Cardinal Newman, *The Scope and Nature of University Education*, A. R. Waller ed., London: Dent, 1903, pp. 78–79.

社会安定，商业繁荣，商人财富大增，但英国并未成为商业社会。[1]其理由是：与商业相系的价值观念未能成为时代风尚的主导，商人的社会地位也没有高到令人艳羡的地步。虽然商业价值观有了较为广泛的渗透和影响力，但文化上的抵制力量也很强大，主要体现在中产阶级身上的商业精神自然会受到贬抑，与商业相系的价值观念在19世纪后半段甚至有了衰落之势。维纳（Martin J. Wiener）曾考证过与这个话题相关的工业精神，他的《英国文化与工业精神的衰落》一书里的主要观点就是：在19世纪后期和20世纪初期，文化上对工业革命破坏力的质疑增多，使数量迅速增加的中产阶级和中产阶级上层不再追求与经济革新相系的价值和态度；国民身份也不再像19世纪中期那样与工业主义、科技、资本主义、城市生活相系，而更多地与变化缓慢的乡村生活方式相连。[2]我们可以认为，19世纪的英国已经是实质上的商业社会，与商业相系的价值观念也确实潜移默化地影响了人们的世界观和人生观。

马修·阿诺德等文人对"非利士人"及其价值观念的批判，同样形成了一股强大的反商业精神的文化力量。狄更斯在《艰难时世》中刻画的庞得贝就是不依赖土地生财的"新富"，集"银行家、商业家、工业家"[3]于一身，弗·雷·利维斯认为他体现了维多利亚时代那种粗俗的个人主义，"满脑子想的只是自我炫耀、权力、物质上的成功，对理想或观念漠不关心"[4]。利维斯的这种观点在维多利亚时代非常普遍，很有代表性的马修·阿诺德就不满这些富得流油的"非利士人"缺乏文化、理念和公共精神。文化上的贬抑和文人宣扬的绅士理念的流行，无疑影响了商人的自我认识，导致一部分商人对自己赖以起家的价值观念也不甚热衷，反倒希望后人能洗去铜臭，跻身绅士阶层。罗斯金就是这种典型的"富二代"。他父亲是苏格兰人，白手起家，最后成了伦敦很有实力的葡萄酒商，却没有向自己的独

1　Asa Briggs, *Victorian People: A Reassessment of Persons and Themes 1851–1867*, Harmondsworth: Penguin, 1965, pp. 18–20.
2　Martin J. Wiener, *English Culture and the Decline of the Industrial Spirit, 1850–1890*, 2nd ed., Cambridge: Cambridge University Press, 2004, pp. xv–xvi.
3　Charles Dickens, *Hard Times*, p. 11.
4　F. R. Leavis and Q. D. Leavis, *Dickens the Novelist*, p. 253.

子传授经商之道,而是想把他培养成牧师,送他到牛津大学基督堂学院以高级自费生的身份学习。

罗斯金身为商人之后,在著述中不仅不宣扬商业价值观念,还试图用绅士理念来改造商人。尽管维多利亚时代中期的绅士概念相对模糊,但有一个突出的特点,那就是比一般人更有"为国尽责"的精神和意愿。[1] 商人难被看作绅士,很重要的一个原因就是,人们通常认为他们的职业天性与尽责奉献的精神相冲突。当时有一种担心,认为商人如果将其崇尚竞争、唯利是图的职业本性和狭隘心胸带到商业之外的领域,会对社会造成不良影响。罗斯金的策略是重新界定商业的性质和商人的责任,强调商人也是为国尽责,如其再能有奉献精神和仁爱之心,理应被看作绅士。

他认为时人对商业存有偏见,"商业"这个字眼通常暗示着"欺骗",但实际上,商人要想提供高质量的商品,不仅要有诚信,还要有一定的知识和品位,也算是从事智力职业。但在传统的智力职业中,商人的地位不如军人、律师、医生和牧师,主要是因为后四者长期以来体现了牺牲、正义、无私的精神,而公众却假定商人的行为是自私的,在人性上低人一等。其实,商人也有其基本、光荣的责任,如果履行了这些责任,也应受到敬重,只是世人对其责任还不明确。商人的责任不是挣钱,而是为国生产,就如军人保卫国家,牧师教育国民,医生守护健康,律师维护正义(*Unto*: 176-178)。罗斯金的这番论述不仅要把商人纳入传统的光荣职业,还要消除其与律师、医生、官员、记者、教授、文人等新兴的现代职业阶层的对立。他认为商人既然是为国生产,从事值得尊敬的智力职业,自然可与这些新兴职业群体共享绅士威望。

当然,罗斯金认为商人也应该让自己的行为符合绅士风范,改变人们的偏见。他在牛津大学的"艺术讲座"(1870)第一讲的草稿中,用不小的篇幅解释了绅士的另一种特质——仁慈。他认为,拉丁语"*gentilis*"和"*generosus*"在变成英语"gentle"和"generous"之后,也就由表示"纯正血统"变为表示道德品质。这种品德自然也是从高贵地位衍生出来的,

---

[1] W. L. Burn, *The Age of Equipoise: A Study of the Mid-Victorian Generation*, New York: Norton, 1964, p. 260.

其仁慈即是"致力于帮助、保护世人的生活",这也是统治阶级的责任。他因而建议牛津学生要上的第一个学堂应该是"绅士风范",觉悟并挑起大济苍生的重担。[1] 他后来又在《论战争》(1865) 一文中追溯"绅士"的词源:"慷慨"(generous)和"高雅"(gentle)二词最初都只是用来指"血统纯正",但由于慈善、慈爱与这种纯正血统不可分割,原本只是表示高贵的两个词也就逐渐成了美德的同义词(Time: 314-315)。罗斯金对商人的要求也正是基于这两个方面。他认为,商人在钱财方面不要吝啬,应不时地做出"自愿之损失",以博得声誉和尊重,因为,不知道何时该做出牺牲,也就不懂得如何生活(Unto: 176-177)。除了慷慨,还要有仁爱之心。对待离家来厂的雇工要像对待自己的子女一般,起到"家长"作用;遇到经济不景气,也应与雇工同舟共济,不抛弃,不放弃,像船长那样做最后一个离开的人(Unto: 178-179)。

不过,罗斯金也意识到,现实中的商人和他的期冀还有很大差距,现代商业精神也有悖古道,成了诸多社会问题的根源。他在演讲《交易》中对此做了集中的阐述,主要批判英国商人对"发迹女神"的崇拜导致的两大问题:一是将聚敛钱财作为全部目的,未尽为国生产之责;二是只顾剥削逐利,导致贫富分化,缺乏仁爱之心。

1864年4月21日,罗斯金应邀来到约克郡布雷德福市政厅,就该市要建的交易所(Exchange of Bradford)做了演讲。面对台下的商界人士,这位推动了哥特式建筑复兴的学者却说,自己没法给他们建议,因为建筑是一个民族的雄伟语言,建筑风格取决于信仰,而他们的信仰恰恰是有问题的(Time: 278-279)。他说,欧洲建筑有三大流派,分别对应着三大信仰,即古希腊崇拜的智慧与权力之神、中世纪崇拜的审判与安慰之神(基督教)、文艺复兴时期崇拜的自豪与美之神(快乐宗教)。但现在的英国人在拜一位新神。英国人有一种名义上的宗教,为之付出了十分之一的财产和七分之一的时间(按:指基督教的什一税和星期日去教堂礼拜),还为它争论不休;但英国人还有一种现实的宗教,为之付出了十分之九的财物和七分

---

1 John Ruskin, *The Works of John Ruskin*, vol. 20, E. T. Cook and Alexander Wedderburn ed., Cambridge: Cambridge University Press, 2010, pp. 18-19.

之六的时间,却对它毫无异义,这尊神便是"发迹女神"或称"不列颠市场女神"[1](*Time*: 278-279, 282)。英国的铁路、烟囱、码头、交易所都是为她而建,但她与古希腊和中世纪所崇拜的神祇有两大不同。一是持续时间。雅典娜的智慧,圣母玛利亚的慰藉,都没有止境,但发迹女神的钱能攒到什么时候?二是范围广度。智慧和慰藉是面向所有人的,但发迹却不是让所有人都发财,只是让一部分人发财(*Time*: 286-288)。

第一点批评发迹女神只重积累财富,不重消费,走上了歧路。罗斯金曾在《给那后来的》中将资本界定为"首,源,根"。他说,作为"根",只有生出果实,才算发挥作用,而果实又会再生根,所有富有生命力的资本都是这样繁衍。但如果资本只生资本,就如同根只生根,球茎只生球茎而不生郁金香,种子只生种子而不做成面包。欧洲的政治经济学迄今全部的精力都放到了如何增加球茎上,"从未看见,也从未想到过还有郁金香这种东西"(*Unto*: 218)。这里的果实指的是消费或分配。罗斯金反驳说,正统经济学家说单纯的消费无益,却不知道消费才是生产的目的,也是对生产的完善。因此,对一国之民来说,重要的问题不是"他们生产了多少",而是"他们用这些产品来干什么"(*Unto*: 218)。一个国家的富有程度,只能通过其消费来衡量,政治经济学的最终目的就是找到合理的消费方法,促成大量的消费。换言之,"使用一切事物,并高尚地使用"(*Unto*: 220)。生产是为了消费,消费则是为了生命。生命的绽放才是财富的终极目标。财富本有幸福之意,但对当时的很多英国人而言,幸福已经沦落为金钱方面的满足,以挣钱为人生主要目标,也就是罗斯金在《劳动》(1865)一文中所讽刺的,甘做魔鬼的仆从:

> 一旦金钱成为个人或民族生活的主要目标,金钱必定是取之无道,用之无道,而且无论是取得还是使用都有害处。(*Time*: 244-246)

他也在《国王的宝藏》中说过,一个民族如果只知道挣钱,是长久不了的,不能只顾贬低文学、科学、艺术、自然和同情,却被便士霸占了灵魂

---

[1] 不列颠女神是英帝国的拟人化称呼,以头戴钢盔手持盾牌及三叉戟的女子为象征。

（*Sesame*: 42）。马修·阿诺德也在《文化与无政府状态》中表达过类似的观点，认为唯有靠"文化"所树立的精神方面的完美标准来抵制对财富的过度渴求，才能使未来甚至现在不被"非利士人"也即中产阶级控制：

> 人们从来没有像现在的英国人那样，如此起劲地将财富视为追求的目标……我们叫做非利士人的，就是那些相信日子富得流油便是伟大幸福的明证的人，就是一门心思、一条道儿奔着致富的人。文化则说："想想这些人，想想他们过的日子，他们的习惯，他们的做派，他们说话的腔调。好生注意他们，看看他们读些什么书，让他们开心的是哪些东西，听听他们说的话，想想他们脑子里转的念头。如果拥有财富的条件就是要成为他们那样的人，那么财富还值得去占有吗？"文化就是如此让我们生出了不满情绪，在富有的工业社会中这种不满足感逆潮流而动，顶住了常人的思想大潮，因而具有至高的价值。[1]

罗斯金批评发迹女神的第二点指向了当时严重的贫富分化趋势。为了说明发财女神不会惠泽全民，他勾画了其信徒也即"英国绅士"心目中的理想生活：

> 生活在一个愉快舒适、微波荡漾的世界上，地下到处是煤和铁。在每座快乐的沙洲上，都矗立着漂亮的豪宅。豪宅两侧有厢房，还有马厩和车房，四周环绕着一个不大不小的园林，还有一个大花园和若干温室，赏心悦目的马车道从灌木林中穿过。大宅里住着发财女神所垂青的信徒，也就是那英国绅士，以及他淑雅的妻子，漂亮的孩子。他总能让妻子有一间自己的梳妆室，珠宝首饰应有尽有，总能让女儿们穿得上漂亮的舞会礼服，让儿子们有打猎骑的马，并给自己在苏格兰高地弄块狩猎场。沙洲底下就是工厂，长度不小于四分之一英里。四台蒸汽机，中间两台，两头各一台。一座烟囱高达三百英尺。厂里

---

1 Matthew Arnold, *Culture and Anarchy*, p. 39. 译文引自马修·阿诺德：《文化与无政府状态》，韩敏中译，北京：生活·读书·新知三联书店，2008年第二版，第14—15页。

常年雇佣着八百到一千工人，他们滴酒不沾，从不罢工，星期天总是去教堂，一开口就是体面的语言。(Time: 288-289)

罗斯金说，这幅景象从上面看如诗如画，从下面看却触目惊心；女神在保佑一家发迹的同时，也使千家不能发迹(Time: 289)。这种冰火两重天的景象，是维多利亚时代很多文人惯用的意象。罗斯金也像卡莱尔一样，希望雇主体恤雇工，延续中世纪那种"理想的"主仆情谊。他认为"现代基督教"有种不正义的逻辑，即把人推下沟，然后说"在这儿快快乐乐地呆着吧，这就是上帝给你安排的"(Time: 253-254)。不过，罗斯金比卡莱尔走得更远，他还深刻地认识到现代工商业的不正义的获利方式，也即利用各种不公平的手段牟利，主要是借助金钱或资本的力量来剥削获利(Time: 245-246)。他在《报以灰尘》中指出，没有人能够靠个人的勤劳大发其财：

> 只有找到某种剥削他人劳动的方式，才能博取豪富。资本每有增加，剥削力度就会增加，因为有了更多的资金来维持并管制更多的劳动者，侵吞其中的利润。(Ruskin 17:264-265)

发迹的绅士们会说，自古就有劳心与劳力之分，活总得有人干；但罗斯金反驳说，当劳动领导者无可厚非，但霸占全部劳动果实就不正义了(Time: 289)。

罗斯金认为，财富取之无道必然会带来毁灭，但现代人竞相逐之，危及到了民族的存亡(Unto: 190)。如果富人不顾穷人死活，总想着拥有相对于穷人的更多权力，而穷人也因为缺少关怀、遭受压迫变得日渐邪恶，人数与日俱增，那么，即便财富的权力范围扩大了，它的占有也会越来越不安全，直到这种不平等引发革命或内战，或被外国势力征服，这种道德堕落和工业疾病才会宣告结束(Ruskin 17:264)。罗斯金以预言家的语调说，这种局面不会长久，"变化注定要来"，但人们可以用自己的行动来选择这种变化是发展还是死亡(Time: 291)。所谓的发展，便是他在《交易》结尾处对商人提出的"共同富裕"(commonwealth)理念：

> 如果你们能够确切感受到什么才是真正值得追求的生命状态（那种生命不仅对自己有益，也对所有人有益），如果你们能够弄清楚某种诚实简朴的存在秩序，沿着已知的智慧之路（也即愉悦），寻觅她那幽僻的路径（也即平和），那你们也就将财富变成了"共同富裕"，你们的整个艺术、文学、日常劳作、家庭情感以及公民责任，都将合力聚成一个宏伟的和谐社会。（*Time*: 294）

这里所说的"共同富裕"沿用了他对财富的新定义，不仅指物质上的财富，更指心灵和精神上的财富，指整个社会达到和谐而又充满活力的状态。

第六章

布尔迪厄的"资本论"

/ 刘　晖 /

第一节 "资本引论":"资本"的再定义与扩展

布尔迪厄从马克思的"资本"出发,把资本从经济范围扩展到文化范围和象征范围,将其划分为经济资本、文化资本、社会资本和象征资本,并结合习性和场的概念,阐释文化实践经济的运行规律。与马克思坚持生产的逻辑不同,他强调再生产的逻辑,指出现代资本主义社会以文化再生产,尤其是学校教育再生产实现社会再生产。德国社会学家沃尔夫·勒佩尼斯(W. Lepenies)说:"布尔迪厄没有从习性、场、文化资本概念出发展示一种宏大的理论,但他用它们填充了一个工具箱,这个工具箱把他变成了现代社会科学的一个天才的修补者。"[1] 勒佩尼斯言之有理,因为布尔迪厄从来不相信所谓的理论创新,他喜欢一种类似于矛盾修辞法的说法:断裂中的连续,连续中的断裂。他谈到对马克思、涂尔干、韦伯的方法论和概念的吸收利用:"我与这些作者有着非常实用的关系:我求助他们就像求助于手工业传统意义上的'出师留用学徒',在困难的情况下我可以请他们助一臂之力。"[2] 但场、习性、资本不只是打补丁的,布尔迪厄以马克思的"资本

1　W. Lepenies, *Ernst und Elend des sozialen Lebens, Theorie aus Verantwortung, zum Tode von Pierre Bourdieu*, *Süddeustche Zeitung*, 25/01/2002, traduit par *Le monde*.

2　Pierre Bourdieu, *Choses dites*, Paris: Minuit, 1987, pp. 39-40.

论"为参照,利用这些概念创立了生成结构理论——他本人的"资本论"。

在《资本论》(1867)中,马克思确定了资本的性质,把资本定义为产生剩余价值的价值:"生产资料和生活资料,作为直接劳动者的财产,不是资本。它们只有在同时还充当剥削和统治工人的手段的条件下,才成为资本。"[1]所以,资本是一种生产关系,资本主义社会的生产关系。早在《雇佣劳动与资本》(1849)中,马克思就强调:"资本不仅包括生活资料、劳动工具和原料,不仅包括物质产品,并且还包括交换价值。所以,资本不仅是若干物质产品的总和,而且也是若干商品、若干交换价值、若干社会量的总和。"[2]换句话说,资本不只是物,还是以物为媒介的人与人之间的社会关系。马克思按照使用形式把资本分为货币资本、生产资本、商品资本、商品经营资本、货币经营资本、银行资本、信用和虚拟资本;按照资本的不同部分在剩余价值生产过程中所起的作用,把资本划分为不变资本和可变资本;按照资本的不同组成部分的价值的流通方式或周转方式,把资本分为固定资本和流动资本。通过论述资本的生产过程、资本的流通过程、资本的积累过程,马克思揭示了资本主义社会的经济运动规律和资本主义剥削原理,以及资本家利益和工人利益的不可调和的矛盾。布尔迪厄受到马克思的影响,将统治概念与资本概念,或更确切地说与资本积累相联系,他还在布罗代尔的启发下,将文化因素纳入了资本。布罗代尔的最大贡献是他重视资本主义的文化维度:"最大的错误莫过于硬说资本主义只是'一种经济制度'。其实,资本主义是社会组织的寄生物,它同国家这个始终碍手碍脚的庞然大物几乎势均力敌;资本主义还利用文化加固社会大厦而提供的全部支持,文化虽然并非为社会各阶层平均享受,而且其内部派别丛生和矛盾众多,但归根到底这是竭尽最大努力去支持现秩序;资本主义拥戴统治阶级,统治阶级在维护资本主义的同时,也就维护了自己。"[3]布尔迪厄把资本分为四类:经济资本、文化资本、社会资本和象征资本。经济资本由不同生产因素(土地、工厂、劳动)和经济财产组成,包括收入、

---

[1] 马克思:《资本论》第1卷,第835页。
[2] 马克思、恩格斯:《马克思恩格斯选集》第1卷,北京:人民出版社,1995年,第345页。
[3] 费尔南·布罗代尔:《15至18世纪的物质文明、经济和资本主义》(第3卷),施康强、顾良译,北京:生活·读书·新知三联书店,1992年,第725页。

财产、物质财富等。文化资本与学校传授和家庭传承的智力资质相关，以三种状态存在：被归并的状态，表现为身体的持久配置（比如口才）；客观的状态，表现为文化财产（比如古董、书籍）；制度化状态（比如学历）。社会资本主要是由一个人或一个群体拥有的社会关系构成的，持有这种资本意味着建立和维护社会关系的活动，比如宴会、娱乐等。社会资本不可简单归为其他资本，尤其是经济资本和文化资本，尽管能够提高它们的收益，但也不能独立于经济资本和文化资本。行动者以个人身份持有的资本总量会因为间接持有的资本的增值而扩大，而间接资本取决于他所在群体中每个成员的资本总量，以及他与群体的一体化程度。象征资本是布尔迪厄社会学的重要概念之一。这种资本指的是与名誉和认可相连的一系列仪式或惯例。"象征"一词有三个含义：主体建构活动，表象，区分方式。象征资本的积累由利益决定，意味着象征成本、投资和剩余价值。象征资本可转化为经济资本。反之，经济资本也可转化为象征资本，象征利益的满足要求物质牺牲。象征资本不是一种特定的资本类型，哪种资本需要得到承认时，它就转化为哪种资本。"鉴于象征资本不过是经济资本或文化资本，当后者被认识和认可时，当后者按照它强加的认识范畴被认识时，那么象征力量关系倾向于再生产和加强构成社会空间结构的力量关系。"[1]这种资本不局限于特定的场中，在所有社会空间都有效，可以说它代表了关乎人的存在理由的终极价值。布尔迪厄认为，上述资本构成了基本的社会权力。行动者在社会空间中的分布，首先按照拥有的不同种类的资本的总量，其次按照资本结构，也就是按照不同种类的资本在资本总量中的相对分量。不同种类的资本，既是权力工具又是权力斗争的赌注，拥有不同类型的资本意味着属于不同的阶级，不同类型资本的分配决定了在构成权力场的力量关系中的位置，与此同时决定了在斗争中有可能采取的策略。资本只有在场中才能发挥作用："资本是一种社会关系，也就是一种社会能量，这种能量只在它得以生产和再生产的场中存在和产生其作用，每个与阶级有关的属性都从每个场的特定法则中获得其价值和有效性。"[2]也就是说，每种资

---

[1] P. Bourdieu, *Choses dites*, op.cit., p. 160.
[2] 布尔迪厄：《区分》，刘晖译，北京：商务印书馆，2015年，第188页。

本在不同的场中并非同等有效，每个场的特定逻辑决定了在这个市场上通行的那种资本，只有这种资本是合理的和有效的，并在与场的关系中，作为特定资本且由此作为实践的解释因素发挥作用。行动者在一个特殊场中被分配的社会地位和特定权力首先依靠他们能够使用的特定资本。资本在场中是不平等分配的，因此就存在着资本雄厚的统治者与资本贫乏的被统治者之间的对立，他们为了占有合法资本或确定合法资本的定义而斗争。由此，布尔迪厄提出了不同种类资本的可转换性的公设，认为"不同种类的资本的转换比率是不同阶层之间斗争的基本赌注之一，尤其是为了占统治地位的统治原则（经济资本、文化资本或社会资本，最后一种资本通过声望和关系网的范围和质量与在阶级中的资历密切相连）的斗争的基本赌注之一，不同阶层的权力和权威与这种或那种资本有关，占统治地位的统治原则每时每刻都使得统治阶级的不同阶层互相对立"[1]。

我们看到，布尔迪厄突出了文化资本、社会资本、象征资本。经济资本只有转化为象征资本才能产生权力，于是，通过指出文化资本、象征资本、社会资本发挥的象征统治作用，他把严格意义上的经济逻辑扩展到象征财产，把经济实践换成实践经济，试图确定一种象征财产的经济并最终确定一种普遍的实践经济。他强调，统治并不像马克思所说的那样仅仅通过财富或劳动实现，而且温和地通过施加表象方式和概念模式实现。所以，我们尝试把马克思的"资本论"与布尔迪厄的"资本论"结合起来，不仅强调资本是一种生产关系，还强调资本是一种社会关系。资本不仅是赤裸裸的暴力统治工具，也是温和暴力的统治工具，是权力关系的体现。对布尔迪厄来说，"社会学的目的在于揭示构成社会空间的不同社会群体的最深层结构，以及倾向于确保社会空间的再生产或者变革的'机制'"[2]。由此，他提出了社会实践的总体发生公式：[（习性）（资本）] + 场 = 实践。这就意味着，布尔迪厄的"资本论"离不开"习性"和"场"这两个至关重要的概念。

布尔迪厄这样为"场"定义："按照分析术语，场可被定义为位置之间

1　布尔迪厄：《区分》，第202页。
2　布尔迪厄：《国家精英》，杨亚平译，北京：商务印书馆，2004年，第1页，有改动。笔者认为"noblesse d'Etat"一词，译为"国家贵族"比"国家精英"更符合布尔迪厄的原义，他通过这个词说明新贵族的内涵，即不同于血统贵族但带有贵族特征的国家官员。

的客观关系的一个网络或一个轮廓。这些位置的存在和它们为其占据者即行动者或制度规定的决定性,客观上由它们在不同种类的权力(或资本)的分配结构中的现在的和潜在的状况来确定,与此同时,由它们与其他位置的客观关系(统治、服从、同源性等)确定,拥有不同种类的权力(或资本)支配着在场中起作用的特定利益的获得。在高度分化的社会里,社会宇宙由这些相对自主的小社会宇宙组成,这些小宇宙即客观关系空间,是一种特定的逻辑和一种特定的必然的地点,这种逻辑和必然不可约简为支配其他场的逻辑和必然。比如,艺术场、宗教场或经济场遵循不同的逻辑。"[1] 这段话指出了"场"的一般特征。布尔迪厄强调了场的存在与表象性质:"社会世界的分化过程导致自主的场存在,这个过程既涉及存在,又涉及认识:通过分化,社会世界产生了关于世界的认识模式的分化;与每个场对应的是一个关于世界的基本观点,这个观点创造了自己的对象并在自己身上找到了适合这个对象的理解和解释原则。"[2]

由布尔迪厄的定义可知,场是社会劳动分工产生的社会空间中的若干自主的小空间,比如权力场、艺术场、文学场、政治场等。每个场是由占据特定位置的行动者构成的一个特定空间,这些位置依赖在场中有效的资本的总量和结构以及两者在时间中的变化,每个位置都被与其他位置的客观关系决定且与之相关联。每个场拥有其特定的游戏规则和特定的赌注,与其他场不同。比如艺术场特有的法则,并不是经济场和社会场的法则。每个场有特定的利益,这种利益不可约简为经济利益,如布尔迪厄所说:"任何一个场,作为历史产物,都引起了作为其运行条件的利益。这对经济场本身而言是确实的,经济场作为一个相对自主的空间,遵循自身的法则,具备特定的、与一种独特的历史相关的公理体系,产生一种特定形式的利益,这是利益可能形式的空间的一个特例。"[3] 象征财产生产场则不同于经济场,这个场中不进行货币交换,明确的金钱计算是禁忌,行动者要做到不计利害。这就是说,每个场都有其特定的信念(doxa),也就是一整套认识和评价前提,不同的场要求不同的前提。所有投身于场的人,都赞同相同

---

1 P. Bourdieu avec L. J. D. Wacquant, *Réponse ... Pour une anthropologie réflexive*, Paris: Seuil, 1992, p. 72.
2 布尔迪厄:《帕斯卡尔式的沉思》,刘晖译,北京:生活·读书·新知三联书店,2009年,第110页。
3 P. Bourdieu, *Choses dites*, op.cit., pp. 125—126.

的信念，信念使他们互相竞争并规定竞争的界限。比如在经院场中就意味着为游戏而游戏和搁置日常生活的目标。在布尔迪厄看来，这种信念也是幻象（illusio）："幻象并非属于人们提出和捍卫的明确原则、论点的范畴，而是属于行动、陈规、人们做的事情的范畴，人们之所以做这些事情，是因为事情应该做，而且人们总是这么做。"[1]

场有一种相对的自主性，场中的斗争遵循内部逻辑，但是外部斗争结果可能影响内部力量关系，各个场之间并不是界限分明的，而是互相联结、互相渗透的。经济场的运行逻辑往往侵犯其他场。行动者在场中的位置也依靠他在社会空间中的位置，这是社会结构与场之间的同源性造成的。场只要遵循它固有的法则，就可完成外部社会功能，尤其是使一种社会秩序合法化的功能。统治者无须为自身利益而有意识地改变场的运行，就可以使社会世界的外部划分（统治者/被统治者）被承认或被忽略：场的自主性就是场的象征有效性的条件。一个场的固有逻辑虽然保证社会世界区分的再生产，但也会与建立在其他合法原则基础上的力量发生冲突（比如世俗权力与精神权力的冲突），所以场的自主性不是从法律上得到长久保证的状况，而是历史上存在的斗争的产物。任何统治位置都是暂时的，可能受到被统治位置和场中新来者的质疑。一个场中同时存在着自主的一极与非自主的一极，场中拥有菲薄资本的被统治者可能会到场外寻求另一种形式的资本用以兑换场内的资本，这样场就会完全丧失自主性。

作为可能性空间，场是集体活动积累的遗产，它作为一系列的可能限制呈现在每个行动者面前："这个可能的空间强加给所有进行内在化的人，他们把场的逻辑和必然性内在化为一种超历史性的东西，内在化为一个认识和评价的、可能性和合法性的社会条件的（社会）范畴系统……确定和限定了可设想的和不可设想的世界，也就是说在特定时刻可能被设想和被实现的潜能的有限世界的必然性——自由，又是要做的和要想的在其内部被决定的局限性系统。"[2] 这就是说，行动者把场内在化为其认识和评价模式，他能突破位置的必然限制，找到一种自由的客观余地，尤其在危机时刻，他能够利用操作余地采取策略，颠覆所有机会和收益的法定分配。不

---

1 布尔迪厄：《帕斯卡尔式的沉思》，第114页。
2 布尔迪厄：《艺术的法则》，刘晖译，北京：中央编译出版社，2011年，第211页。

过，在布尔迪厄看来，可能性系统的这个结构空白，并不存在于行动者的主观经验中，也无法被系统的自足倾向的神奇作用填补，只有"习性"概念才能解决必然与自由的这种关系。

习性概念的首要功能就是强调：行动的原则是实践意识不是理性算计。布尔迪厄指出，"实践意识（Le sens pratique）是允许恰当地行动（亚里士多德说，他做），既不提出也不实行一种'必须'即一种行为法则的东西"[1]，"它最适合表达这种脱离意识的哲学的意愿，而又不消除处于真实建设的实践者这一事实中的主体"[2]。在《实践意识》中，布尔迪厄给出"习性"的定义："与一个特定的生存条件的阶级相关的影响产生了习性，即持久的和可移植的配置系统，即准备作为建构的结构也就是作为实践和表象的生成和组织原则发挥作用的被建构的结构，这些实践和表象能够从客观上符合它们的目标，但不意味着有意识的目的企图和对于为达到目标必要的活动的有意支配；这些实践和表象在客观上是'有规律的'和'有规则的'，但丝毫不是遵守规则的产物，而且，与此同时，是集体上协调一致的，但不是一个乐队指挥的组织行动的产物。"[3]也就是说，首先，习性是一个由受到客观条件作用的个人内在化了的配置系统，这个系统作为无意识的行动、认识和思考原则（模式）发挥作用。其次，这意味着强调行动者具有更系统化的配置，即认识、感觉、行为、思考的态度和倾向："习性乃被归并的必然，它变成了配置，以产生合乎情理的实践和能够为由此产生的实践提供意义的认识，习性作为普遍的和可移植的配置，实现了一种系统的和普遍的应用，这种应用被延伸到直接获得的东西的界限之外，即学习条件固有的必然的界限之外：习性既使一个行动者（或成为类似条件产物的全体行动者）的全部实践既是系统性的，因为这些实践是相似（或可互相转换）的模式应用的产物，也使这些实践系统地区别于构成另外一种生活风格的实践。"[4]也就是说，习性不仅是判断力，左右着个人划分和看待社会世界的方式，也是一个发生公式，产生作为区分符号系统的个人实践。

---

[1] 布尔迪厄：《帕斯卡尔式的沉思》，第162页。
[2] 布尔迪厄：《艺术的法则》，第222页。
[3] P. Bourdieu, *Le sens pratique*, Paris: Minuit, 1980, pp. 88–89.
[4] 布尔迪厄：《区分》，第268—269页。

一个贵族之子与一个农民之子的习性是不同的。

习性是个人的位置和社会轨迹的产物。最初的习性由最早获得的最持久的配置构成，是童年时代在家庭中形成的。由于家庭在社会空间中占据一定的位置，个人获得的配置通过思想、言语、行动自动再生产学习时存在的社会关系，与父母在社会空间中的位置相关的属性被子女内在化了。行动者由此按照最初的习性认识新经验。后来的习性叠加在最初的习性之上，其中最重要的是学校教育习性。鉴于早期的习得影响后来的习得，习性也根据新的和意外的情形不断地调整和重构。这就意味着，一方面，习性的产生条件可能与其运用条件不符，行动者不再适应新的条件，可能做出不合时宜的举动，这就是说，他的实践符合他从前在位置系统中占据的地位，却不符合他在新系统中占据的地位；另一方面，习性可能按照行动者的社会轨迹也就是行动者的上升、停滞或下降的生活经验重构。所以，尽管习性具有自身的稳定性、倾向性和恒定性的力量，以及永久保存与其生产条件一致的结构的自发倾向，但习性可能是分裂的、与自身发生冲突并分离，产生惯性或滞后作用，最终变成障碍。堂吉诃德的习性就是这样。习性不仅意味着行动者的位置，还意味着导致他们占据这个位置的轨迹。所以，习性的时间性是相当重要的。习性不仅面对过去和现在，也面向未来。习性是与世界产生关系的特定而稳固的手段，它包含着一种预见世界进展的意识，直接面对世界和世界之将来，毫无客观化的距离。也就是说，习性以面向世界并关注世界的方式构造世界。

通过"习性"概念，布尔迪厄与社会学的传统对立决裂。作为客观结构与个人行为之间的中介，习性可以超越客观主义/主观主义的取舍。实践并不是简单地执行明确的规则，而是体现了行动者借助习性获得的一种游戏意识，即实践意识，也就是按照在社会空间中占据的位置、场的逻辑和实际情况行动的禀赋，但这并不意味着深思熟虑。任何法则都不能明确规定所有执行条件而不留任何阐释余地，这种余地就是留给习性的实践策略的。钢琴家的即兴演奏或体操运动员的自选动作更包含着某种实践思考，关于状况和行动的思考。实践意识也是被归并的习性，它在某种程度上变成了一种无意识的第二本性。所以，布尔迪厄反对意识与无意识的二分法，他以实践意识的概念超越意识与无意识的对立。但需要强调的是，习性概念并不能涵盖所有实践,"习性概念只涉及某种实践范畴,这些实践确实是社会生活中最多的、最典型的,既非机械地受到外因限制,也非深思熟虑的,或精心算计的"[1]。布尔迪厄并没有特地指出这一点。应该说,布尔迪厄并没有彻底排除有意识的深思熟虑。为了给行动、行动者和实践恢复名誉,他引入策略概念,但他强调策略是建立在对可能性的实践意识基础上,按照莱布尼茨的说法,"只有一种简单的实践而无理论;我们在我们四分之三的行动中是只靠经验的"[2]。策略只有在习性、场、实践意识和资本的理论框架内才有意义,策略不是理性主体的有意识计算。策略是为了与结构主义的客观观点和无行动者的行动决裂,强调行动者与结构限制的主动的和创造的关系。由于行动者的策略与他们在场中的位置和拥有的资本密切相关,他们能够采取和设想的策略范围是非常有限的。由此,他在创造自由与结构限制两极之间不断游走,显示其思想的模糊暧昧。策略概念其实与习性差别不大,强调主体的创造性,而习性则强调主体所受的限制。策略不是布尔迪厄的基础概念,而是一个操作性的概念,能更好地应对符合经验领域的复杂多变。

与此同时,习性还可以超越个人/社会、个人/集体的对立:"正是习性概念的功能重新赋予行动者一种生成的和统一的、构建的和分类的能力,同时强调这种构建社会现实的能力本身也是由社会构建的,这种能力不是一个先验主体的能力,而是一个社会化的身体的能力。"[3]个人处在一个特定的社会空间里,社会空间被纳入到个人身上,在他的身体里:这就是"外在性的内在化与内在性的外在化"。在布尔迪厄看来,"相同的建构结构(生产方式),通过付出转换(retraductions)的代价产生了被建构的产物(行动结果),这种转换是由不同场特有的逻辑强加的,作为被建构的产物,同一个行动者的所有实践和作品在客观上彼此之间协调,根本无须有意地寻求一致,而且在客观上与同一阶层的所有成员的所有实践和作品配合,根本无须有意识地商讨"[4]。这就是说,习性的原则能够建立实践的协调一致,如同无指挥的交响乐团的完美配合一样。习性赋予集体实践和个

---

[1] S. Chevallier et C. Chauviré, *Dictionnaire Bourdieu*, Paris: Ellipses, 2010, p. 74.
[2] 布尔迪厄:《帕斯卡尔式的沉思》,第191页。
[3] P. Bourdieu, *Un art moyen, essai sur les usages sociaux de la photographie*, Paris: Minuit, 1965, p. 23.
[4] 布尔迪厄:《区分》,第271页。

人实践以一致性和统一性。一方面，拥有相同习性的人，自发地以相同的方式行事，按照个人趣味，在选择职业、配偶或家具方面达成一致，而且他们之间很容易达成默契并互相认可，但这不是有意识的约定，而是一种实践上的相互理解，这就构成了特定群体的存在方式。另一方面，习性具有个人的和系统的可移植性，不同的习性，有可能通过简单的转移用于千差万别的领域。[1]布尔迪厄将习性比喻成一个人的特定"笔法"，一个人的笔迹总是相同的，无论书写材料和书写工具是什么，无论字体在大小、内容和颜色方面有何差别，但总是以风格或手法的方式，表现出一种可直接识别的相似性。比如处于上升的小资产阶级的习性，表现为审美上的苦行主义、道德上的严格、语言上的过分矫正、政治上的保守主义、在学校教育上的巨大投入、经济和文化上的积累。

布尔迪厄通过对"场""习性""资本"这些概念的区分构建了自己的生成结构理论，并在此基础上形成了自己的生产和再生产理论。

第二节 文化生产

对马克思而言，资本的循环、流通和周转都离不开生产过程。生产的逻辑是马克思分析资本主义社会的基本逻辑。在《资本论》中，马克思阐述了简单再生产和扩大再生产，其中简单再生产是生产过程在原来规模上的重复，扩大再生产是以资本积累为特点的。资本主义生产的性质在于生产出尽可能多的剩余价值并把剩余价值转化为资本，因此简单再生产是理论构建的一个理想状况，扩大再生产才是生产现实："每一个社会生产过程，从经常的联系和它不断更新来看，同时也就是再生产过程。"[2]马克思强调生产的重要性和革命性："物质生活的生产方式制约着整个社会生活、政治生活和精神生活的过程。不是人们的意识决定人们的存在，相反，是人们的社会存在决定人们的意识。社会的物质生产力发展到一定阶段，便同

---

[1] 参见布尔迪厄:《区分》，第269页。
[2] 马克思、恩格斯:《马克思恩格斯选集》第1卷，第228页。

它们一直在其中运动的现存生产关系或财产关系（这只是生产关系的法定用语）发生矛盾。于是这些关系便由生产力的发展形式变成生产力的桎梏。那时社会革命的时代就到来了。"[1]由此可见，随着生产力的发展、经济基础的变更，上层建筑也或快或慢地发生变革，而生产关系的再生产也不会无限延续下去。由此，马克思以生产的进化论逻辑揭示了资本主义社会运行的过程，生产的逻辑就是革命的逻辑、批判的逻辑。

马克思的研究对象"首先是物质生产"，布尔迪厄则在马克思的物质生产理论基础上建立了文化生产的理论。文化生产作为生产的一部分，也受到物质条件的制约，同样存在着变革的可能性，存在着生产与分配、交换、消费之间的关系。这仍旧离不开他的场的概念。文化生产场（文学场、艺术场等）是相对自主的，如同经济场一样，也是组成社会空间的场之一。文化生产场是客观上区分性的位置空间，不同的文化生产企业，如不同的剧院、出版商、报纸、高档女时装店、画廊等，按照它们在生产场中的位置，提供客观上有差别的产品。产品按照它们在一个区别性的差距系统中的位置，获得的不同意义和价值，这些意义和价值符合权力场中同源位置的占据者（消费者）的期待。在这个空间中，布尔迪厄确立了两极之间的对立：一边是纯粹生产的一极，是为其同行也就是为场自身甚或为这个场的最自主部分生产的作家（或艺术家），他们在世俗上处于被统治地位、象征上居统治地位；另一边是大生产的一极，是为公众和为权力场的统治地区进行生产的人。纯粹生产从长远来看，只承认自身的需求，以象征资本的积累为目标，象征资本经历了从不被承认到被承认并合法化的过程，变成了真正的"经济"资本，最终能够提供"经济"利益。

"纯粹的"生产者谴责大生产者追逐商业行为和利益，但他们也不可避免地从其象征资本中取得物质利益。通过调查和统计分析，布尔迪厄看到，在权力场中，从世俗的被统治地位转向世俗的统治地位时，经济资本增加，而文化资本减少，而在文化生产场中，当从"自律"转向"他律"时，或从"纯粹"艺术转向"资产阶级"艺术或"商业"艺术时，经济利益就会增加，而特定的艺术利益减少。由此，布尔迪厄得出文化生产场的规则：

---

[1] 马克思、恩格斯:《马克思恩格斯选集》第2卷，北京：人民出版社，1995年，第32—33页。

"崇尚无私是奇妙的颠倒的根源，这个奇妙的颠倒使得穷困成为被拒绝的财富，因而成为精神财富。"[1]也就是说，物质财富的（暂时）匮乏可能通过象征资本的积累导向真正的经济财富。这是放弃物质利益和否定经济利益的文学或宗教事业的普遍模式：在初始阶段是象征资本的积累阶段，全部是苦行和放弃，随后是象征资本的开发阶段，它导致物质利益的保障和生活方式的改变，最后是象征资本的丧失和异端的成功。

在布尔迪厄看来，如同物质生产，文化生产也有其革命的逻辑和批判的逻辑。文化生产场按照人们持有的特定资本总量（以及与此相关的资历）构成，特定资本最富有的人与最缺乏的人、统治者与被统治者、把持者与觊觎者、资深者与新来者、正统与异端、后卫与先锋、恒定与变动互相对立，这些对立是同源的并且与组成社会阶级场（统治者与被统治者之间）的对立或统治阶级场（统治阶层与被统治阶层之间）的对立是同源的。他通过调查揭示出，在文化生产场内部，文化产品的相对稀缺性，也就是价值，在认可过程中逐渐降低，导致艺术作品的社会衰老。新来的异端，拒绝进入以"老人"与"新人"互相认可为基础的简单生产循环，对现行的惯例，也就是美学正统观念的生产和评价规则提出质疑，导致依据这些规则生产的产品过时。但文化生产场的内部革命不会由此自动产生。尽管内部斗争在原则上是独立的，但在起源上，总是依靠它与外部斗争（即权力场或社会场内部的斗争）的联系，先锋派的颠覆行动常常只能通过外部变化取得成功。外部变化为新型生产者及其产品提供了消费者，这些消费者在社会空间中占据的位置与生产者在场中的位置是同源的，因此他们的配置和趣味与生产者为他们提供的产品相符。

同样，文化生产也能对权力场产生革命作用。文化生产场在权力场中处于被统治地位，但文化生产者与被统治阶级和统治阶级的关系都是纠缠不清的。作家和艺术家在文化生产场中处于经济上被统治和象征上统治的地位。他们是资产阶级的穷亲戚、寄生者，萨特描述了他们与资产阶级的悖论关系："他既不能毫无保留地赞同资产阶级意识形态，也不能毫无保留地谴责他出身的阶级……诚然他不会为功利主义意识形态效力，他甚至将严厉地批

---

1 布尔迪厄：《艺术的法则》，第35页。

判这一意识形态，但是他将在资产阶级灵魂的温馨的暖房里发现他为心安理得地发挥他的艺术而需要的全部无所为而为性和全部精神性；他将不让自己和同行们独享他在十九世纪取得的象征性的贵族身份，而是由整个资产阶级均沾其惠。"[1]这是因为："我们出身资产阶级，这个阶级教会我们认识它的征服成果，诸如政治自由、人身保护等等的价值；由于我们的文化教养，生活方式和我们现有的读者群，我们仍然是资产者。"[2]文化生产者的主顾主要来自权力场，统治者需要作家尤其是艺术家为他们提供存在理由，对艺术的崇拜成为资产阶级生活艺术的重要内容，他们要与财产建立一种诗意的联系，他们需要"无关利害的""纯粹"消费，以滋养灵魂，与只满足于基本生活需要的被统治者区别开来，由此，作家和艺术家就得到了资产阶级的认可和随之而来的物质和象征利益。但是，由于位置的同源性，作家和艺术家与社会空间中经济和文化上的被统治者利害一致，因为他们都不甘心受压迫。这样，他们可以用他们的表述能力为民众的愤怒和反抗服务，在宗教或政治的颠覆运动中发挥重要作用。正如布尔迪厄所说："文化生产者能够生产社会世界系统的和批评的表现，尤其在危机时期为自身提供一种权力，他们能够利用权力，动员被统治者的潜在力量，帮助颠覆权力场的既定秩序。"[3]

第三节 从文化再生产到社会再生产

法国大革命推翻了王权，共和学校以自由、平等、博爱为旗号，致力于公民的精神和智力解放。教育成为社会阶层上升的主要途径。然而20世纪60年代大学的危机揭露了社会与学校关系的理想表象：由于大学生迅速增长，传统的资产阶级大学变成了中产阶级占支配地位的大学，旧大学的僵化体制无法适应"民众"高等教育的新需求。这些新学生对学业准备不

---

[1] 让-保罗·萨特：《萨特文学论文集》，施康强等译，合肥：安徽文艺出版社，1998年，第193—194页。

[2] 同上书，第265页。

[3] 布尔迪厄：《艺术的法则》，第300页。

足，对未来出路没有把握，感觉自身走向社会边缘化地位不可避免。学生通过教育改变社会地位的理想与现实之间的鸿沟似乎比以前变窄了，却加深了。在这种形势下，布尔迪厄对高等教育进行了比较深入的社会学考察。他在与帕斯隆合著的《继承人》（1964）和《再生产》（1970）中依靠调查研究、统计和图表的成果，从不同社会阶级接受高等教育的不平等状况出发，分析学业成功的不同因素，揭示民众阶级被淘汰的机制。《继承人》可以说是经验研究的必要阶段，《再生产》是《继承人》的理论综合。《国家贵族》（1989）则进一步揭示了学校教育再生产如何与家族再生产结合，制造出新的国家统治者——国家贵族。他指出，大学生数量的增加引起了就业机会的结构平移，同时维持了各个阶级之间的差距。教育系统虽然表面上保证学历与职位之间的对应关系，实际上却掩盖了已获学历与继承的文化资本之间的关系，它仅仅以形式平等的表象记录这种关系，为遗产继承提供了合法性。学校通过再生产文化资本的分配结构完成社会再生产的功能。社会再生产的机制由此发生变化，国家贵族代替了血统贵族。他揭露教育民主派的共和进步主义神话：尽管学校一直被认为是促进社会流动的民主工具，但它实际上具有使统治合法化的功能。他甚至把"救世学校"斥为人民的新鸦片，揭露教育制度维护社会等级制度的麻醉作用，因为教育制度可以通过自身的逻辑使特权永久化；为特权服务，无须特权人物主动利用它："学校是特别受资产阶级社会神正论重视的工具，它赋予特权者不以特权者面目出现这一最高特权。"[1] 由此，学校成了不言明的统治工具并实施象征暴力："作为象征暴力，教育行动只有在具备了强加和灌输的社会条件，即交流的表面化定义不包括的权力关系的时候，才能发挥自己的作用，即纯粹的教育作用。"[2] 这种在当时惊世骇俗的观点令等级的捍卫者不快、进步的拥护者难堪。这两本书在法国1968年5月学生运动的前后出版，恰逢其时。大学生们奋起反抗大学的压迫，反抗家长制和等级森严的官僚制度，反抗阻碍晋升的社会机制，对传统的阶级结构发出挑战，希望通过改造大学来改造社会。当时巴黎大学（索邦）大门口贴了一张大字报："当下这个革命不但质疑资本主义社会还要质疑工业社会。消费社会注定得暴

---

[1] 布尔迪约、帕斯隆：《再生产》，邢克超译，北京：商务印书馆，2002年，第225页。
[2] 同上书，第15页。个别处有改动。

毙。将来再也没有任何社会异化。我们正在发明一个原创性盎然的全新世界。想象力正在夺权。"[1]我们可以看到布尔迪厄在《继承人》和《再生产》中对大学生们的激进态度和要求的理解及回应。在他看来，问题的症结就在于，学校教育机构对文化资本的分配和社会空间结构的再生产起决定作用，成为垄断统治地位斗争的赌注，学校教育作为一种资本发挥作用。因此，在实证研究的基础上，布尔迪厄不可避免地要提出教育社会学理论。首先，他把教育社会学整合到他的总体社会学之中。也就是说，教育社会学不是社会学的一个分支，而是他的社会学理论在教育领域的应用。其次，教育社会学不是实用型的末流学科，用来推进教学的学科，而是知识社会学和权力社会学的重要组成部分："教育社会学构成了关于权力和合法性问题的普遍人类学的基础，因为它能引导人们探索负责对社会结构和心智结构进行再生产的'机制'的原则；无论从发生上来看，还是从结构上来看，心智结构都是与社会结构连接在一起的，因而它有助于无视这些客观结构的真实性，并因此认可它们的合法性。"[2]很明显，教育社会学的研究对象与大学生们反抗的对象是一致的，那就是社会结构的合法性。

　　布尔迪厄对教育系统的功能提出了质疑。学校通常被定义为所有保证文化传承的组织的或习惯的机制。他认为，这种理论把文化再生产从社会再生产的功能中分离出来，不考虑象征关系在权力关系再生产中的作用。学校不仅是文化再生产的工具，也是社会再生产的工具。为了实现社会再生产，学校配备了以否定这种再生产功能为基础的一个表象系统。首先是天才观念。作为共和学校的创立原则，天才观念认定学习成绩的好坏反映了天赋的差别，把低等阶级的淘汰归咎于他们不善于学习。布尔迪厄在这种天赋论中看到了韦伯所说的超凡魅力观念："隐藏在超凡魅力中的本质主义使社会存在论的作用成倍增加：因为学校中的失败不被视为与一定的社会环境有关，比如家庭中的智育氛围、家庭所用语言的结构和家庭所支持的对学校和文化的态度等，所以它自然归咎于天赋的缺乏。"[3]布尔迪厄则把

1　夸特罗其、奈仁：《法国1968：终结的开始》，赵刚译，北京：生活·读书·新知三联书店，2001年，第132页。

2　布尔迪厄：《国家精英》，第8—9页，有改动。

3　布尔迪厄、帕斯隆：《继承人》，邢克超译，北京：商务印书馆，2002年，第93—94页。

社会条件放在首位,认为学习成绩取决于习性。习性是一个由受到客观条件作用的个人内在化了的配置系统。在某种程度上,习性也是资本。这种资本可表现为智力资质,比如较高的领悟能力和沟通能力,也可表现为学习环境,很早就能接触书籍、艺术品、旅行等。这些有利条件培养了习性,并伴随着整个学习过程。高等阶级的子女拥有从家庭继承的这类文化资本,他们的习性对学校教育是非常适应的。与"继承人"不同,与学校教育制度疏远的学生几乎没继承什么文化资本,一切都要从头学起,同时要经历脱离自身传统文化的过程,他们的习性与学校教育并不契合。这是由学校的性质决定的,学校可以说具有脱离社会生活的中世纪经院特征:不同阶级出身的大学生生活在特殊的时间和空间里,暂时不受家庭和职业生活节奏的束缚。这种自由幻象使大学与社会相比,具有一定的价值和实践的自主性。这正是布尔迪厄所说的经院配置(习性)的形成条件:"这段脱离实践事务和考虑的时间是学校教育训练和摆脱直接需要的活动的条件,学校(也是学园)从这段时间中开发出一种享有特权的形式,即用于学习的娱乐,这些活动包括体育运动、游戏、创作和欣赏艺术作品以及除了自身别无目的的一切形式的无动机思辨活动。"[1]所谓的无动机思辨活动涉及特定的知识。在福柯看来,学校是组织知识的机构,它对知识进行"挑选、规范化、等级化和集中化"[2]。特定的知识就是这样来的:"大学通过事实上的垄断和权利来扮演挑选的角色,这使得不是诞生和形成于这个大致由大学和官方研究机构构成的制度领域内部的知识,不在这个相对浮动的限制之内的知识,在这以外诞生的处于原始状态的知识,一开始就自动地或者被排斥或者先验地被贬低。"[3]我们看到,由于出身环境的限制,民众阶级的学生对这种严肃游戏和知识颇为陌生,他们只对经济必然有切身体会,对实用知识有兴趣,所以他们需要在学校里逐步培养这种与世界疏离的习性,而资产阶级学生则倾向于否认社会世界和经济必然,所以更适应学校教育的这种无关利害的形式训练。但学校并不考虑学生习性差别,也就是社会差别,一律要求学生有良好的文化意愿,学校不传授的音乐或文学修养,这

---

1 布尔迪厄:《帕斯卡尔式的沉思》,第6页。
2 米歇尔·福柯:《必须保卫社会》,钱翰译,上海:上海人民出版社,1999年,第171页。
3 同上书,第173页。

些对统治阶级的习性非常有利的资质。习性也是一种语言资本。学校"不把语言视为一种工具,而是视为一个观照、享乐、形式探索或分析的对象"[1]。上流社会的礼节要求高雅地保持距离、有分寸的自如,资产阶级语言具有抽象化、形式化、委婉化和理智主义的特点,与学校教育规范相符,而民众阶级直截了当、不拘小节、不讲形式,他们的语言有很强的表现力和个人色彩,表现出具体的和不正规的特点,不符合学校教育规范。所以,为了在学校教育系统中生存,被统治阶级被迫学会另一种陌生的语言,一种学院语言。否则,就会被学校排除出去。教育更通过其灌输作用使对统治阶级有利的文化专断原则以习性的方式内在化。也就是说,学校通过习性规定这种文化专断,向被统治阶级灌输统治阶级的文化,让被统治阶级承认统治阶级的文化,却贬低自身的知识和技能。由此,学校选择它认为最有天赋的人也就是对学校最顺从并具有学校认可的最多特点的人,通过分离作用认可并强化他们的习性。"作为社会化了的有机体,行动者被赋予一整套的习性——其中既包含了进入游戏和玩游戏的癖好,又包含了进入游戏和玩游戏的天赋。"[2] 习性的重要性体现在两个方面:一方面,是结构上的,由于习性是生产最持久的学校和社会差异的本源,一个人与学校和学校传授的文化的关系,按照他在学校教育系统中生存的可能性,表现为自如、出色、吃力、失败。无疑,学校教育文化与合法文化之间的差别越大,学业成功的可能性越小。被统治阶级的文化与统治阶级的文化之间不存在同源性,被统治阶级很自然地就被淘汰了。另一方面,是建构上的,由于习性作为无意识的行动、认识和思考原则(模式)发挥作用,被统治阶级根据切身经验,按照他们的教育观念设想未来,不做非分之想,不把社会上升的希望寄托在教育上。只有继承人才会想到靠教育改变社会轨迹。无继承权的人甚至意识不到在文化上被剥夺,就把学校和社会命运的不济当成是天资缺乏或成绩不好的结果。所以说,学校对习性的要求体现了社会集团之间的力量关系。调查同样证明,大学里出身资产阶级的学生比出身低微的学生比例高,教育的民主化并没有改变各阶级进入学校教育系统的

---

[1] 布尔迪厄:《帕斯卡尔式的沉思》,第5页。
[2] 布尔迪厄:《国家精英》,第66页。

机会。由此，布尔迪厄得出结论：学校教育文化不是一种中立文化，而是一种阶级文化。教育行动无论从它施行的方式来看，还是从它灌输的内容和面对的对象来看，都符合统治阶级的客观利益，总是有助于阶级之间文化资本分配结构的再生产，从而有助于社会结构的再生产。由于没有看到教育和文化方面的社会不平等，天赋观念论者把学校教育不平等和社会不平等合法化了。学校以保证教育机会均等为借口，否定每个人的社会出身差别，把他们视为权利和义务上是平等的。悖论的是，"表面的机会均等实现得越好，学校就越可以使所有的合法外衣服从于特权的合法化"[1]。于是，学校教育等级成了被天赋观念掩盖的社会等级，学校教育遴选成了社会遴选。学校充当了社会不平等的合法化工具。但因为学校教育"可以把自己的权威委托给教育行动的集团或阶级，不用求助于外界压力，尤其是身体方面的强制，便能生产和再生产它在精神和道德方面的整合"[2]，学校教育并不是赤裸裸的暴力统治工具，而是温和的象征统治工具。经过这番论证，很难不同意布尔迪厄的观点：学校不是为一种普遍的和理性的知识服务并促进个人晋升的中立机构，而是文化和社会特权再生产的根源。这就是说，学校远非具有解放作用，而是起到维持民众阶级的被统治地位的保守作用。我们不难看到布尔迪厄的知识观念与福柯的权力—知识理论的某种契合，知识可充当权力意志的工具，知识的传授遵循统治策略，使人和世界被更好地统治。但若把知识视为客观性和中立性的伪装，就会陷入认识论的悖论，这是福柯和布尔迪厄都不愿意看到的。尽管福柯持反启蒙的立场，布尔迪厄批判学校规定的知识专断性，但是他们无意走向绝对的相对论，把文化当作纯粹的阶级力量。

文化与跟文化的关系

为了厘清文化传授在法国教育中的地位和作用，布尔迪厄以系谱学的和比较的方法审视了法国教育的发展状况。法国现代教育继承了耶稣会学校的人文主义传统，要求以贵族社交的高雅超然完成职业使命，因而把最

---

[1] 布尔迪厄、帕斯隆：《继承人》，第41页。
[2] 布尔迪厄、帕斯隆：《再生产》，第45页。

高价值赋予文学能力,尤其是把文学经验变成文学语言的能力,甚至把文学生活乃至科学生活变为巴黎生活的能力。正如托克维尔所说,法国教育的"主要目的是为进入私人生活做准备"[1]。勒南(Ernest Renan)批判了法国教育的宗教传统:"法国大学过多地模仿了耶稣会枯燥无味的高谈阔论和它们的拉丁文诗句,使人往往想到罗马帝国后期的演说家。法国的弊病是需要夸夸其谈,试图在演说中使一切发生变化。大学的一部分,还通过顽固地坚持轻视知识基础和只重视风格与天资,继续保持着这种弊病。"[2]由此,法国教育系统把口头传授和注重修辞放在首位。被学校鼓励和承认的那种与文化的关系,体现在不受学校束缚的知识分子的最无学究气的言辞中。而且,法国作文也是法国教育系统的产物。布尔迪厄把这种作文与中国八股文和英国大学随笔进行了对比。八股文是明清两代科举考试的专用文体,非常注重章法与格调。正如黎锦熙所说:"明初'八股文'渐盛,这却在'小众'的文坛上放一异彩:本来是说理的'古体散文',乃能与'骈体''辞赋'合流,能融入'诗''词'的丽语,能袭来'戏曲'的神情(清焦循《易余龠录》中的话),集众美,兼众长,实为最高希有的文体。"[3]英国大学随笔是散淡、轻松、幽默的。法国作文由生动而华丽地提出盖然判断的引言开始,不似随笔那般通俗和充满个性,与八股文托圣人之言,不发表个人观点相似。但它的知识分子抱负和文人情趣与八股文和随笔都是一致的。最后,学校贬低最有学校教育特点的价值,比如卖弄学问、学究气或死用功,而抬高自然、轻松的态度,学校厌恶专业化、技术或职业,欣赏令人愉悦的谈话艺术和高雅举止,如同韦伯所说的中国君子风范:"语带双关、委言婉语、引经据典,以及洗练而纯粹的文学知性,被认为是士绅君子的会话理想。所有的现实政治都被排除于此种会话之外。"[4]在布尔迪厄看来,学校暗中推崇这种高雅就是要求科学文化服从于文学文化(修养),文学文化(修养)服从于艺术文化(修养),而艺术文化(修养)无

---

1 转引自阿隆、贝尔:《托克维尔与民主精神》,陆象淦等译,北京:社会科学文献出版社,2008年,第168页。
2 布尔迪厄、帕斯隆:《再生产》,第183页。
3 黎锦熙:《国语运动史纲》,北京:商务印书馆,2011年,第57页。
4 马克斯·韦伯:《中国的宗教》,康乐、简惠美译,桂林:广西师范大学出版社,2004年,第195页。

限地推动高雅游戏。勒南指出，这是法国南特敕令的撤销（1598）在法国知识生活中产生的严重后果，从此科学活动受到遏制，文学精神受到鼓励。耶稣会教育进一步扩大了天主教国家与新教国家的知识分子精神气质的差异：新教偏重实验科学和文献考据，天主教偏重文学。[1]托克维尔在《美国的民主》中也指出了国民教育的这种弊端，强调现代教育必须是"科学的、商业的和工业的，而不是文学的"，才有利于社会流动性。[2]所以，法国制造的巴黎式文化不是知识，而是对文化的态度与文化的关系。这种文化可充当上流社会的装饰或社会成功的手段，使人在优雅的谈话或散漫的讨论中卓尔不群。

布尔迪厄还对法国考试选拔制度与中国科举制度进行了比较，发现两种制度都把社会选择的要求（分别是传统官僚制度的要求和资本主义经济的要求）变成纯粹的教育意向，以最大限度提高它们生产、控制和推进的职业资格和个人素质的社会价值。18世纪，耶稣会学校把考试竞争当作教育青年贵族的主要手段。在那个自我保护和自我封闭的环境中，"通过对竞争进行系统的、使之具有魅力的组织，通过在游戏和工作中都很流行的学习等级制度的建立，耶稣会制造了一种等级人，把贵族对'荣誉'的崇拜按先后顺序转化为在上流社会的成功、文学上的成就、学校里的荣誉"[3]。现代的法国考试（比如国家行政学院入学考试）也通过社会标志，如风度或举止、口音或口才、姿态或手势，以社会感觉的无意识标准对个人进行整体评价。口试被视为对"风度"的考察，重视形式超过实质："各种教育，尤其是文化教育（甚至科学教育），暗含地以一整套知识、本领，特别是构成有教养阶级遗产的言谈为前提。"[4]笔试也通过写作风格寻求相同的素质。用韦伯的话说，"教育的目标和社会评价的基础，不是'专业人才'，而是——用时髦的话讲——'有文化教养的人'"[5]。可见，体现在纯

---

[1] 布尔迪厄、帕斯隆:《再生产》，第183页。
[2] 阿隆、贝尔:《托克维尔与民主精神》，第170页。
[3] 布尔迪厄、帕斯隆:《再生产》，第161页。
[4] 布尔迪厄、帕斯隆:《继承人》，第24页。
[5] 马克斯·韦伯:《经济与社会》（下卷），约翰内斯·温克尔曼整理，林荣远译，北京：商务印书馆，1997年，第322页。

粹学校教育逻辑中的考试标准，暗中表达了统治阶级的价值观，主导着主考官的判断。由此可以推断，考生出身的阶级的价值观与统治阶级的价值观离得越远，考试难度越大，在不同学习阶段被淘汰的大部分人在考试之前就自我淘汰了，这些人的淘汰比率随着社会阶级的下降而增高。这就意味着，学习成绩的判断标准遵循社会等级标准。这是社会不平等在教育系统逻辑中的特殊形式。这样，学校教育系统就把社会优势转化为学业优势，而学业优势可再转化为社会优势，如此循环往复。既然统治者的资格更多建立在文化品格而非专业知识基础上，那么，法国教育系统不是在进行技术选择，而是在进行社会选择。同样地，儒家传统也通过考试强化文人理想。我们不难看到布尔迪厄对韦伯的《中国的宗教——儒教与道教》的参照。韦伯认为，中国科举制度培养了独特的学生精神——君子风范，即合于准则的圆满与完美。体现士人风骨的书法之好坏也是取士的关键。当然，韦伯并不认为治理国家仅靠这种沙龙教养，"但中国的官职受禄者却通过其文书形式之合于准则的正确性，来证明其身份特质，亦即其超凡魅力"[1]。但布尔迪厄看到，两种制度也有不同点。中国科举制度对考试的组织和制度化比对学校教育更重视，它彻底地等同于其选择功能，考试成绩的名次直接决定社会等级。法国教育系统与科举制度不同，学业价值的等级不能完全决定社会等级和全部价值等级，但与其他等级原则相比，它越来越占有决定性的优势。于是，布尔迪厄得出法国教育系统运行与阶级结构永存之间的关系：通过继承耶稣会对学业等级的崇拜，法国教育系统灌输自给自足的、脱离生活文化的有效手段，试图利用自身的运行逻辑达到永久存在的目的。而且，教育系统"通过掩饰以技术选择为外衣的社会选择，通过利用把社会等级变为学校等级从而使社会等级的再生产合法化，为某些阶级提供了这种服务"[2]。表面上，特权阶级把选择权力完全委托给学校，是把世代传递权力的权力交给了完全中立的机构，取消了世袭权力的特权。实际上，在一个以民主思想为基础的社会里，学校成了保证法定秩序再生产的唯一方式。有了学校实施的魔法作用和催眠功能，被统治者也就丧失了反抗能力。

---

[1] 马克斯·韦伯：《中国的宗教》，第195页。
[2] 布尔迪厄、帕斯隆：《再生产》，第165页。

教育系统的自我再生产与社会秩序的再生产

通过上面的论述，我们不要得出结论说，布尔迪厄认为学校只有保存和认可权力与特权的社会功能，而不具有生产和证明能力的技术功能。他只是强调前者是"被忽略的月亮的黑暗面"。也就是说，教育系统进行的技术选择和社会选择是密不可分的。由此，他反对学校功能的二元论观点。比如某些经济学家认为学校只担负社会赋予的技术意义上的功能，某些文化人类学家认为学校只担负社会赋予的文化意义上的文化适应功能。有些人不考虑不平等在教育系统的特殊形式，把它简化为社会不平等，有些人则把学校当作独立王国。这些二元论观点产生了常识性的和一知半解的学术分析：要么把产生所有不平等的罪责归于学校教育系统，要么要社会系统对学校教育系统的不平等负责。布尔迪厄既反对教育系统具有完全的独立性，也反对把教育系统视为经济系统的一种状况或整个社会价值体系的直接表现。在他看来，教育系统具有相对的独立性，它在独立和中立的外表下为外部要求服务，掩盖它完成的社会功能。由于教育系统的社会功能体现在学校教育系统与其他分支系统如经济系统或价值系统之间的客观关系上，必须把它与既定时刻社会阶级之间的权力关系结构联系在一起考察。但是，他并不因此就同意专家治国论者和韦伯的教育实用论。专家治国论者把教育民主化与经济合理化联系在一起，认为最合理的教育系统应以最小成本进行专门化教学，直接完成专门化任务，从而"以一种根据订货和时间限制按规格生产专门人才的教育，代替一种旨在培养雅士的文化教育"[1]，其错误在于没有对学校的功能系统和阶级结构进行分析。类似地，韦伯认为整个统治的官僚体制化促使向理性的求实性、职业化和专家化发展，对教育和培训方式产生了很大影响："我们大陆的、西方的教育机构，特别是高等教育机构：大学、高等技术学院、商贸学院、文理中学和其他中等学校，受到对那种'培训'方式需要的决定性影响，那种'培训'方式养成了对于现代官僚制度日益不可缺乏的专业考试制度。"[2]他把选择和招聘手续的合理化归因于官僚制度的发展，是过高估计了技术功能相对于教育系

---

1 布尔迪厄、帕斯隆：《再生产》，第196页。
2 马克斯·韦伯：《经济与社会》（下卷），第320页。

统或官僚系统的独立性。在布尔迪厄看来,官僚制度逻辑无法解释学校教育系统,它仅以分层来描述制度运行和行动者实践的特点,没有考虑到学校教育系统的相对独立性。因为国家高级官员的实践和价值观并不完全是名牌大学教育的产物,名牌大学系统虽然保证毕业生对国家机器的垄断,但毕业生也会把他们的态度与价值观带入国家机器。毕业生的态度和价值观不仅受到学校教育的影响,还受到其出身阶级的影响。比如,由于他们随意、无忧、慷慨的精神气质,出身上层的管理者可能与工作角色保持距离;而由于他们廉洁、细致、严格的精神气质,出身下层的管理者可能崇尚守时和照章办事。韦伯只看到了通过官僚化形式表现的合理化的一个方面,即明确分工和专门化而导致专家的出现,但他排斥了合理化的个人情感因素。所以,韦伯对官僚体制的特性的描述——"它成功地从解决职位上的事务中,排除爱、憎和一切纯粹个人的、从根据上说一切非理性的、不可预计的感觉因素"[1],无疑属于一种理想型。

在教育系统的功能上,涂尔干的教育理论为布尔迪厄提供了思考的途径。涂尔干强调教育系统的自我再生产倾向,他把教育系统的相对独立性设想为一种权力,它再现外部要求并受益于历史机遇,以实现自己的内部逻辑。他认为学校教育机构比教会更保守,因为教育的保守主义社会功能比教会掩盖得更好。但是,布尔迪厄也看到涂尔干的偏差:涂尔干没有分析灌输方式与灌输内容完美配合的传统教育之可能性的社会历史条件,他把学校教育的内部功能与外部功能的结合归于教育系统自身的功能,即保存从过去继承下来的一种文化。他没有意识到这种文化的接受条件被统治阶级垄断,这种文化被简化为与文化的关系,这种关系最极端的形式就是教育保守主义,它把保持自己的现状规定为教育系统的唯一目的:"教育工作,总具有保持秩序,即再生产各集团或阶级之间权力关系结构的功能。因为不管通过灌输还是排除,它都有助于把对主文化合法性的承认强加给被统治集团或阶级的成员,并且使他们在不同程度上内化约束和检查。只有当这些约束和检查具有自我约束和自我检查的形式时,它们才能如此出色地为统治集团或阶级的物质或符号利益服务。"[2]这就是说,与学校制度本

---

[1] 马克斯·韦伯:《经济与社会》(下卷),第298页。
[2] 布尔迪厄、帕斯隆:《再生产》,第50—51页。

身要求相关的实践在历史中反复出现，生产着被培养行动持续地、系统地改变的人，让他们获得共同的习性，即共同的思想、认识、评价和行动模式。于是，教育系统的灌输功能、保存文化功能和保持社会秩序功能达成了一致，教育系统相对于外部要求尤其是统治阶级利益的独立性完全是幻想。这种和谐若不被打破，教育系统就一直封闭于无限循环的圈子里，生产自己的再生产者。悖论由此而来："它一方面无视其他所有要求，只知道自我再生产，一方面又最有效地促进着社会秩序的再生产。"[1]也就是说，它只需服从自己的规则，就能同时且额外服从外部功能的要求，它通过文化资本的世代传递满足再生产社会关系的功能，通过它的绝对独立幻象完成掩盖保守功能的思想功能。

总而言之，若要正确理解教育系统与阶级结构之间关系的性质，就必须回到布尔迪厄的习性理论，把教育系统的内部和外部功能的特点与传授者或接受者的配置，也就是与行动者的习性相联系，习性受到社会条件的制约、阶级出身和属性的影响。"只有把习性看作外在的内化和内在的外化的场所的一种恰当理论，才能够说明实施社会秩序合法化功能的社会条件。"[2]习性把结构与实践联系起来，习性是结构的产物、实践的生产者和结构的再生产者。阶级关系结构是生产习性差别的原始条件。由此，布尔迪厄强调，思考习性与学校教育的关系必须认清两点：一是教育系统无法通过灌输全面承担有教养习性的生产，二是灌输起到的区分作用并不是简单地认可和强化在学校外面形成的阶级习性。鉴于社会秩序合法化完成的关系网络如此复杂，把教育系统的思想功能简化为单纯的政治或宗教灌输是很天真的。所以，把社会结构功能论和社会决定论分开来解释学校的作用，犯了简单化错误。

学校教育分类与社会区分

很明显，在资本主义社会中，资产阶级权力不再以公开的和直接的方式传承，现今的资产阶级特权继承人，既不能享受贵族天生的高贵，也不

---

[1] 布尔迪厄、帕斯隆：《再生产》，第213页。
[2] 同上书，第219页。

第六章　布尔迪厄的"资本论"

能享受祖先奋斗的光荣,只好求助于文凭,文凭既能表明他的天资,也能表明他的成绩。他们通过文凭的认可作用变成新的特权阶级——国家贵族。国家贵族是国家机构成员,经由挑选的机制招募,获得了类似旧制度下的贵族爵位。为了垄断权力和实行统治,国家贵族建构了现代国家的所有共和神话:能力论(méritocratie),救世学校,公共服务。

　　国家贵族的产生首先依靠从认识范畴、思维模式出发的学校教育选拔。如前所述,与学习过程的社会效果相比,教育的技术效果是次要的。学校教育选拔首先是社会挑选,教育不只产生技术效应,比如被灌输的知识和技能,还产生启示和认可的神奇效应。人文科学教育传统浸透了人道主义、人格主义和唯灵论色彩,与贬低学校教育价值、崇拜个人表达方式的教学传统一脉相承。这在精英学校,也就是在负责培养进入统治阶级的人才的机构中非常明显。布尔迪厄在调查中看到,在名牌大学的预备班或在名牌大学里,各种激励、限制和控制机制把学生的生活变成了无休止的学习活动,目的是获得一种"应急文化",即迅速开动脑筋的能力、得体地解决一切问题的本领。但这种本领不过是实用的算计和技巧,不求诚实和严密,不讲科学或艺术研究的方法和技术。所以,学校不重视取得知识的教育活动本身,赋予超凡魅力以特权,极力鼓吹早熟。早熟学生省去了普通学生认真学习、缓慢积累知识的过程,他们的有教养的自如,体现了获得知识的特别方式,即继承来的文化资本,这种"自由文化"("学校文化"的对立面)与通过家庭教育的熏陶获得的文化密切相关。同样,教师也不是按照严格的技术能力评价学生的能力,而是以文学和艺术评论的形式,考察学生是否符合某种不可定义的理想的综合能力。这种评价甚至把带有社会标记的体貌特征考虑在内,比如服饰、举止和仪表等,把它们视为个人品质和才能的标记。由此,学校教育分类学按照品质等级建立起来:被统治者(民众阶级)平庸、粗俗、笨拙、迟钝,中间阶级(小资产阶级)狭隘、平常、严肃、认真,统治者则真诚、丰富、自如、优雅。在布尔迪厄看来,这种中立化、委婉化的分类学是一种观念和区分原则系统,它通过对优良品质的模糊定义,把统治者的品质认定为优良的,认可他们的生存方式和地位。比如清晰、博学、严密、精确,从来都是占统治地位的品质的边角料,只有与后者结合才能获得完整的价值,只有后者才能弥补和拯救苦学的成果,博学只有以高雅为装饰,才能得到认可。这就是所谓的"社交家"对"学者"的胜利。[1]在学校教育系统中,所有的人进行分类,所有的人也被分类,被纳入最高级别的人为初入者分类,在中学优等生会考、巴黎高师入学考试、大中学学衔考试、博士答辩这个流程中,最高级别支配着所有的分类程序。由此,这种分类学显示了行动者的社会属性与学校教育位置之间的对应关系,学校教育位置按照教学、学校、学科或专业的等级被划分了等级,处在被分级的学校教育位置上的行动者将继承的资本转化为学校教育资本。分类像一架机器,不断把社会等级转化为学校教育等级。但正如布尔迪厄强调的,分类行动是在实践逻辑的指引下进行的,其根源不存在于结构中,也不存在于意识中。这是他与结构主义和个人主义的区别。结构主义赋予占统治地位的意识形态和国家意识形态机器以自足的动力,把行动者排除于结构再生产之外;个人主义重新引入行动者,却把他们简化为可互换的无历史的纯粹意愿。两者都忽略了实践活动的逻辑,这种逻辑正是在习性与从历史继承的客观结构的关系中形成的。

如前所述,我们看到,学校与教会的相似之处不可胜数。欧洲大学发端于神学院,无论建筑,还是课程目录、授课和辩论、考试、研修班、博士学位授予等制度,都堪称神学院的世俗样本。中世纪的理想讲堂在空气清新、环境幽静的房舍中,讲台最高处是授课者,优秀的学生集中在最尊贵的位置,贵族和上等人有其专属座位,每个人都有固定座位,不可变动。这个课堂反映的便是等级社会的理念。[2]无疑,这个讲堂既是一个布道场所,也是一个分离的场所,分离不仅体现在空间的隔离上,也体现在社会身份的差异上。所以涂尔干把学校比作广义上的宗教法庭,通过设立界限,学校把精心挑选的人与普通人区分开,并通过分离行为赋予这些人教士才有的特征。在布尔迪厄看来,学校的技术性活动与宗教上的制度仪式密切相关:"选拔就是'当选',考试即是'考验',训练就是'苦行',离群索居就是接受奥义传授时的避静,技能就是卡里斯玛资格。"[3]借助竞赛和考试

---

1 布尔迪厄:《区分》,第114—126页。
2 参见克拉克:《象牙塔的变迁——学术卡里斯玛与研究性大学的起源》,徐震宇译,北京:商务印书馆,2013年。
3 布尔迪厄:《国家精英》,第170页。

的学校制度仪式,类似于莫斯所说的社会魔法行为。学校通过这种分离与聚集的神奇活动产生被认可的精英集团并完成认可(或祝圣)功能。在末位中选者与首位淘汰者之间,仪式建立了本质差别。社会魔法行为改变了相关行动者,使他们知道并认可关于他们身份的预测,身份被转化为命运。社会身份就是社会差异,意味着被神奇界限分开的不同集团的不平等待遇。中选者不仅有权享受权力位置中的特定等级,还有权得到认可和尊敬,这是以获得普遍认可的称号为标志的。学校通过或多或少庄严的授予仪式颁发文凭、官方证书,影响制度话语的接受者对现实的表象,从而为被认可的行动者规定义务:是贵族就要行为高尚。如克拉克所说,"学位属于一种与骑士身份和教士圣品类似的司法—教会性卡里斯玛范畴。大学章程规定了学位拥有者必须具备的道德主体资格和法律身份"[1]。所以,从根本上来看,学校教育制度的有效性依靠其命名权:"证书,就是权力机构颁发的关于能力的证明,就是对证书持有者的技术能力和社会能力进行担保和认证的社会委任书,是以对发证机构的集体信仰为基础的信誉称号。"[2]文凭持有者成了某种社会品质或者某种能力的合法垄断者。但社会品质与能力往往并非严格对应,社会头衔相对独立于技术能力。最高等的文凭与其说是纯粹的技术能力证明,不如说是对良好名声和良好教育的保证。社会头衔同时意味着物质利益和象征利益,但象征利益未必与实际能力一致,而是与称号和称号保证的身份有关。所以,社会头衔不仅意味着有权入场,还是某种终身能力的保证。而技术能力可能因为过时或被遗忘而贬值。我们凭经验就可以感觉到,在官方分类中,随着社会等级的降低,行动者越来越被按照其所作所为定义,也就是按照其职称保证的技术能力来定义,随着等级的提高,行动者越来越不需要技术方面的保证。总之,在象征性与技术性之间、名与实之间,存在着或大或小的距离。很自然地,统治阶级总会采取各种策略,把自己掌握的能力规定为必要的合法能力,并把自己擅长的实践纳入优异的定义中。马克思说,"统治阶级的思想在每一时代都是占统治地位的思想"[3],同理,统治阶级的能力在每一时代也是占统治地位的能力。

---

1 威廉·克拉克:《象牙塔的变迁——学术卡里斯玛与研究性大学的起源》,第230页。
2 布尔迪厄:《国家精英》,第204页。
3 马克思、恩格斯:《马克思恩格斯选集》第1卷,第98页。

名牌大学的分化与统治的再分工

从布尔迪厄的社会调查中我们看到，法国大学入学率从20世纪60年代开始明显提高，对权力的新形式和社会秩序合法化的方式产生了影响。统治的条件随之发生了变化。在布尔迪厄看来，入学率提高是各个社会集团为了获得学校教育资本和利益而相互竞争的原因和结果，它的作用是改变了权力再生产策略。符合学校教育合法性原则的支配事物和思想的新方式出现了。统治者鼓吹智力和科学的力量，放弃了公开的父权主义和说教主义的方法，试图通过对被统治者的规训及其自律，把他们塑造成完美的服从者。

根据布尔迪厄的分析，高等阶级的不同阶层在大学里拥有符合其期待和利益的学科。学生按照社会出身和不同学校对学校教育资本的要求分布，这种分布是行动者（教师或学生）选择的结果。由于学校教育空间与社会空间之间的同源性，学校教育场的作用是非常隐秘的：学校教育系统在预先存在的社会差异基础上，生产并扩大原有的社会差异。它在学生中建立了两条鸿沟：一条隔开了普通大学的学生与名牌大学的学生，另一条隔开了不同名牌大学的学生。前者被通俗地说成"大门"与"小门"的对立。"大门"里的著名大学（国家行政学院、巴黎高等商学院、巴黎高等师范学校、巴黎综合工科学校等）招收出身统治阶层的学生，而"小门"里的普通大学的文学院和理学院、技术学院、工艺美术学校等招收的学生来自统治阶层的较少。按照这种对立构成的大学场，造成了社会秩序中的主要对立，即高级管理者与中等管理者、负责构想的行动者与负责实施的行动者的对立，更进一步，脑力劳动者与体力劳动者、理论与实践的对立。这些对立还在现实中和人的头脑里再生产出来。这样，来自出身或由学校进行社会加工的差异，就变成了被认可的能力或智力的差异，储存在人们的记忆中。最终，人为的差异就被当作本质的差异或天赋。不难看出，这种差异类似于旧制度下的贵族与生俱来的、与业绩无关的差异。社会世界就这样一分为二，一边是聪明能干的人，一边是愚昧无知的人。于是形成了这样的循环：社会确立的差别系统把优秀学生建构成被分离的群体，进而将他们建构成被社会认可的贵族，贵族反过来要投身于区分意识强制下的某些实践，这些实践又倾向于强化这种差异。

由此可见，权力场再生产的任务是由名牌大学承担的。在名牌大学场内的竞争是由这些大学的力量关系结构决定的，名牌大学为了保住或提高地位的策略除了依靠学校拥有的特定资本（包括社会资本和学校教育资本）的总量，还依靠特定资本的结构，也就是学校教育资本和社会资本的相对分量，学校教育资本的分量由学校担保的能力之稀缺性来衡量，而社会资本的分量与学校在校生或毕业生的现在或潜在的社会价值相连。在这场斗争中，对统治分工的重新定义构成斗争的赌注。随着第五共和国的建立，在纯粹学校等级中处于统治地位的巴黎高师和巴黎综合工科学校逐渐沦为培养教师和工程师的机构，而国家行政学院、巴黎高等商学院成为世俗等级中的成功者，占据了经济领域和政府机构的高级职位，尽管它们在纯粹学校教育等级中处于被统治地位。以往将巴黎高师与第三共和国联系在一起的伦理与政治关系，由专家治国论者与新国家贵族之间的同谋关系取代。巴黎高师和国家行政学院为了争夺文化生产的统治权并规定知识生活的方式而互相竞争。布尔迪厄敏锐地看到了这种变化对知识分子的影响：巴黎高师的在象征意义上的衰落体现了知识分子"无私""无偿"价值观的破灭，国家行政学院的胜利可能导致萨特为代表的独立知识分子消失。受巴黎政治研究学院和国家行政学院青睐的保守主义者雷蒙·阿隆则通过象征提升成了萨特的合法对手。阿隆的提升体现了专家治国论者的双重抱负：他们既要靠学校教育行使世俗权力，又要靠世俗权力行使知识权威。可以说，萨特与阿隆的冲突显示了20世纪七八十年代的政治转向，具体而言，就是阿隆对萨特、托克维尔对马克思、政治现实主义对知识分子乌托邦的反击，后果不言而喻："在文化生产场域内部，经济权力和政治权力的拥有者越来越被赋予了知识合法性的外表：他们在中间知识分子的支持下，在经济现实主义的迫切需要的名义下，凭着责任专家（通常为经济学家）按照美国模式发布的参数，说是要推行一种新的文化生产者的形象，这种文化生产者即使不会更实用，但肯定会更顺从。"[1]这就是克拉克所说的"象牙塔的变迁"，即官僚化和市场化引起了文化生产场的结构变化，大学甚至连韦伯所说的"价值中立"的表象都难以维系。

---

[1] 布尔迪厄：《国家精英》，第372—373页。

两种再生产方式

从布尔迪厄的场的理论，我们可以推导出，权力场是不同权力的持有者为了争夺权力进行斗争的领域，也是一个游戏空间，在这个空间里，行动者和机构共同拥有大量在各自场中占据统治位置的特定资本（尤其是经济资本和文化资本），这样他们通过维护或改变彼此力量关系的策略互相对抗。不同种类的资本是在差异化和自主化过程中形成的特定场中发挥作用的特定权力。这些资本具有不同的特性，既是王牌又是赌注。不同种类的资本本身也是斗争目标，斗争的目的是争夺对在不同场中发挥作用的不同权力的相对价值和权力的决定权，也就是争夺一种特定的资本，这种资本能产生一种针对资本的权力。这种以争夺统治原则为目的的斗争，也是为了争夺统治基础的合法再生产方式的斗争。所以，权力的合法性问题是处在实践状态的，意味着互相竞争的多种权力本身的存在，而这些权力就是不同种类的资本。这些资本的拥有者用以维护或扩大其资本的再生产策略，必然包含着使其统治基础合法化的象征策略。如韦伯所说，"并非所有的支配皆使用经济手段，更少是以经济利益为标的"[1]。也就是说，统治集团要培养和开发其合法性，通过社会正义论制造自己特权的"神正论"。布尔迪厄以象征资本补足了马克思的资本论，与韦伯的合法化理论相结合，发展出自己的统治社会学理论。在他看来，关于社会世界的观点都是趣味系统的产物，而趣味系统则是来自获利机会的结构的内在化。获利机会是人们持有的资本总量和结构中固有的，所以关于社会世界的观点按照需要合法化的资本种类及其在资本结构中的比例而分化，人们寻找各种理由为自己的合法地位辩护，比如封建贵族强调土地和血缘及其与暴发户的差别，新兴资产阶级精英则以才能与业绩对抗贵族的天赋与爵位。

布尔迪厄通过实证研究，按照法国当时的状况，提供了一个权力场结构图。不同场在权力场内的分布符合资本种类的客观等级，即从经济资本到文化资本的次序。这就是从经济场到艺术场的次序，行政场和大学场处于中间位置。权力场按照交叉结构排列：按照主要的等级化原则（经济资

---

[1] 马克斯·韦伯：《经济与历史·支配的类型》，康乐等编译，桂林：广西师范大学出版社，2004年，第298页。

第六章 布尔迪厄的"资本论"

本)的分布与根据次要的等级化原则(文化资本)的分布在某种意义上形成交叉。从结构上理解权力场,就会发现,权力场包含的每个场都是按照与它相对应的结构构成的,也就是一个极点上分布着经济上处于统治地位而文化上处于被统治地位的等级,另一个极点上分布着文化上处于统治地位而经济上处于被统治地位的等级。为了争夺统治权而斗争的逻辑因为两大变化而改变:一方面,与经济特性相比,学历的影响得到了加强,即使在经济场中也不例外;另一方面,技术头衔式微,为某些新头衔的发展提供了机会。这些变化影响了主要的再生产方式,在权力型学校构成的场和权力本身构成的场中都可看到。资本总量和结构与再生产工具之间关系的任何变化,以及获取利润机会的系统的任何变化,都会引起投资策略系统的调整。为了避免资产贬值,必须采取资本转换策略。在社会空间中,统治者必须不断转换资本种类才能保持资本价值,持有种类最完备的资本的行动者或群体最倾向于转换,也最有资格转换,而持有种类受威胁的资本的行动者或群体则倾向于绝望的保守主义策略,比如法国大革命前外省小贵族或1968年五月危机前的语法教师、古典语言教师、哲学教师。同时,家庭再生产策略也随之变化。家庭再生产策略,取决于家庭按照实际能力在各种作为生产工具的制度化机制(经济市场、婚姻市场或学校教育市场)中投资的预期利润的相对价值。这些策略包括生殖策略(通过节育、晚婚或独身控制子女数目)、继承策略(以最小代价确保家产世代相传)、教育策略(生产有能力、有资格继承集团遗产的社会行动者)、预防策略(保证群体的身体健康)、狭义的经济策略(确保经济遗产的再生产)、社会投资策略(建立或维持社会关系)、婚姻策略(确保群体的生物再生产并维持群体的社会资本)、社会公正策略(确保统治及其基础合法化)。无疑,策略在布尔迪厄的意义上,不是理性计算或战略意图,它是由一个特定空间中的游戏意识产生的,"策略,就是每时每刻,往往在未经思考的情况下,做社会游戏要求做的,以便留在游戏中。这就意味着一种永久的创造,以便适应无限变化、从未完全类似的情境,与机械地遵守规则或规范毫无关系"[1]。但在实践中,什么属于深思熟虑的意志以及什么属于习性的配置,

---

[1] Patrick Champagne et Olivier Christin, *Mouvements d'une pensée, Pierre Bourdieu*, Paris: Bordas, 2004, p. 233.

是很难分清的。似乎这种分别对布尔迪厄而言没什么意义。

鉴于经济资本在权力场中起着主导作用,布尔迪厄对经济场中两种再生产方式进行了考察。由于学校教育的普及,在经济场中,两种不同的、表面对立的财产传承方式出现了:一种是继承权由家族完全控制的传承,另一种是完全由学校(和国家)控制的某种终身权力的传承,这种权力以学历为依据,与财产证或贵族封号不同,不能通过继承得到。但布尔迪厄强调,为了论述方便而对两种生产方式的区分,并不是一条明确的分界线,因为它们同时存在于经济权力场内部,代表了这个场中连续的两个点。具体而言,代表大公司领导者属性的空间围绕国营企业家与私营企业家建构。国营企业家是与国家紧密相连的大型企业(大型工业公司和大银行)的首脑,私营企业家是与国家联系不紧密的私营工商业公司和银行的老板。前者一般出身于高级官员或自由职业者家庭,持有丰厚的学校教育资本和社会资本,社会资本来自他们继承来的社会关系或在国家官僚机构积累的社会关系,他们的学校教育和职业都打上了国家的烙印;后者是资产阶级大家族的继承者或商业手工业小资产阶级出身的暴发户,他们从水平不高的私立学校毕业,整个职业生涯都限于私营部门,通常是他们家族控制的企业;前者大部分担任过政府要职,并在权力型学校(国家行政学院、巴黎综合工科学校、巴黎政治研究学院)享有重要地位,往往是名牌大学的董事会成员,由于他们在权力场中的轨迹,以及他们制度化的和个人的特性,他们努力发展经济权力场与其他权力场的权力关系;后者地域色彩很浓,从未在经济场之外活动。但两种企业家有着千丝万缕的联系。从家族继承的社会资本在经济权力场的各个领域都在发挥影响。企业领导者的选择绝对不是只看学历,以及学历能够衡量的东西。这种遴选原则实际上就是资产阶级的资历,即家族再生产方式的典型形态。官僚主义化并不排斥特权的继承性移转,也不排斥任人唯亲。学校教育再生产方式很难抵御家族再生产方式的法定能力,家族继承权在企业领导者内部促成真正的"贵族之贵族"的特性。这种"贵族"具有几种特征:家族漫长的历史和声望、显赫的姓氏、高雅的举止。家族的历史和声望与其现有实业的历史联系在一起,而其实业的名声也靠资历和人际关系衡量。工商贵族的所有头衔与学历带来的荣耀产生了巨大力量,迫使别人在人际关系市场(人际关系市场就是协调个人行为方式、趣味、声调和举止的市场,个人的社会价值得到确定的地方)上接受他们的认识和评价标准所承认的统治。有个性的人就是场固有的实际要求和潜在要求的化身,也就是他在场中所占位置的固有要求的人格化。这个人若是企业老板,就是企业的代言人,他会把象征资本,即属于个人声望的东西,如信誉和荣誉、文化和修养、贵族称号和文凭,加入企业资本,他的个人特性为这些资源提供保证。因此,工商贵族能对企业和文凭新贵进行统治,比如加入他们的董事会,这种统治既包含象征统治的温和暴力,也包含经济权力的粗暴制约。所以,对工商贵族而言,一方面是职务的功能性,即职务的技术定义中包含的法定能力和技能,另一方面是通过象征行为叠加在职务上的东西,两者密不可分。由此,我们看到布尔迪厄对经济资本与象征资本关系的具体阐释。毫无疑问,正如马克思强调经济权力的特质地位,韦伯认为"在绝大多数的统治形式中……利用经济手段的方式决定性地影响着统治结构的方式"[1],布尔迪厄也承认经济资本的首要地位,但他强调,经济资本若要延续、永存并再生产,并不能单单通过时间的沉积作用(简单的原始积累),还需转换为更隐秘的资本,转化为象征资本(即认不出来但被认可的合法资本),这样才能发挥真正的统治效力。

与信任和认可有关的象征资本有不同于经济资本的积累法则。象征资本也是在时间中积累的。显然,贵族集团的所有评判原则是个人在集团中的资历,资历代表了一种再生产方式,把天生的卓越作为无法模仿的行为模式赋予它产生的所有实践活动,天生的卓越是所有自行遴选活动的基础。如同贵族,资产阶级的内部划分也离不开时间的作用。时间问题就是存在方式问题,存在方式是在时间中逐渐形成的,它以从容不迫为标准。房地产商的投机与银行家的缓慢积累财富的对立体现了一种时间观念。前者的暴富显示了经济关系中原始而粗暴的真理,后者把高度委婉化的手段用在经济关系中,掩盖了经济关系的真理。资产阶级生活艺术的信条包括拒绝炫耀性消费、谨慎、克制、作风正派、衣着俭朴等。资产阶级通过这些手段掩盖了自己的存在基础和权力基础。贵族之所以不喜欢暴发户,主要因

---

[1] 韦伯:《经济与社会》(下卷),第264页。

为暴发户成功过于迅速,他们的不择手段或炫耀成功的方式,暴露了作为原始积累根源的专断暴力。可见,资历在特权集团中发挥的作用至关重要。所以,时间对再生产方式的重要性不言而喻。资本的永存必然伴随资本与其持有者之间关系的变化:开创者的艰难和局促变为继承者的富裕和自如。

  由此,我们看到,即使学校教育生产方式能导向经济权力中的位置,但它仍受到家族再生产方式的冲击,在大官僚企业中也不例外,最古老的资产阶级家族特有的文化继承继续导向统治地位,此外,它还获得了特定形式的文化资本与社会资本,这两种资本无论有无经济资本相助,都构成了竞争的有利条件,使它们的持有者能够战胜拥有相同或更高文凭的竞争者。所以,布尔迪厄不同意韦伯把家族统治(其统治原则建立在传统基础上)和官僚体制(其统治原则是其专家的专业知识的不可或缺性)对立起来并把它们视为历史发展过程的两个连续阶段。[1] 在他看来,宣告家族企业必然灭亡、专家治国者必然战胜财产继承人的理论,不过把经济场中一直存在并起作用的对立归于不可逆转的进化逻辑。这就是以时间先后描述经济权力空间的两个极点,实际上,在两点之间进行的是政治斗争,政治斗争的赌注就是权力,它通过确定对各自最有利的政策来确定企业的两种统治方式和再生产方式的未来。这种进化论观点的错误在于把作为企业场结构和企业历史变革根源的力量关系的一种状态,描述为一个必然过程的一个阶段。也就是说,它把场的逻辑的某种客观趋势当成一场不可避免的进化,实际上,与进化有关的统计数据只记录了某个特定时间的政治斗争的结果。通过对力量变化的历时性分析,布尔迪厄得出结论:尽管学历对于获得经济场中最有利地位越来越必要,甚至对拥有法定继承权的人也不例外,但是与家族生产方式有关的企业家找到了绕过学校教育障碍的方法,他们的子女获得巴黎政治研究院、巴黎高等商学院、中央高等工艺制造学校的文凭增多,这些文凭在结构和功能上发挥了合法化工具的作用。

  大资产阶级及其统治者金融寡头表面把能力定为最高准则,视能力为效率和生产力的保证。但实际上他们采用的标准与专家治国论者宣扬的现代主义和理性主义前景相悖,在这个面向未来的精英集团中,真正的选拔

---

[1] 参见韦伯:《经济与社会》(下卷),第325页。

原则及其拥有特权的实际理由是基于现有权力的过去、历史和资格的。把权力场中的资历当作划分权力等级的原则，就是迫使新贵们完成一段必要的培养期，以适应经过熟习才能掌握的行为方式，并通过婚姻和社交关系等手段，吸收这些行为方式并使自己被同化。这就是培养贵族的习性。所以，历史、资格或法定的等级秩序为新贵们的同化设置了无法逾越的障碍。时间障碍是很难克服的，因为所有社会集团都用时间维护继承顺序。时间是社会秩序的组成部分，把既得者与觊觎者、拥有者与继承者、前任与继任分开。正是再生产方式与占有资本和利润的方式的转变，制造了资本民主化、大企业的社会主义倾向化和学校教育民主化的神话，以及现在的特别是未来的企业家表象：他们不再是坐享其成的财产继承人，而是最典型的白手起家者，他们的天赋和业绩决定他们靠能力和智力行使经济生产的权力。由于国营企业和私营企业互相介入，被自行遴选的逻辑修改的学校教育生产方式和家族生产方式共存，它们如今构成了一种高度委婉化、高度理想化的权力形式。在布尔迪厄看来，索邦大字报那样的空泛揭露因为没有触及这种权力形式的信念基础，所以不可能对它有所触动。

通过上述分析，布尔迪厄指出，学校再生产方式和家族再生产方式之间的划分源于学校教育生产方式的纯粹统计学逻辑："与权力持有者及其指定的继承人之间所有权的直接移转不同，学校进行的所有权的移转是以行动者个人或集体分散持有的股份在统计学上的集中为基础的，它能够确保整个社会阶层的财产的任何一部分都不被分割。"[1]这就是说，在学校教育生产方式中，所有"继承人"在理论上都有获得文凭的均等机会，但由于有文凭的"非继承人"数量不断增长，只有增加被统治阶级的不被淘汰者数量，这种淘汰才被接受和认可。于是文凭的生产过剩变成了结构恒量，逐步的、缓慢的、高代价的淘汰方式产生了。学校为了实现这部分人的再生产，就必须牺牲家族继承的再生产方式保护的那部分人的利益。但被牺牲的人不仅包括学业失败的资产阶级成员，还包括持有文凭但不属于资产阶级的人，后者缺乏社会资本，无法在市场上实现文凭的价值。如果说教育制度表面上对学生进行了最大限度的随意重组，以彻底消除他们的原始位

---

[1] 布尔迪厄：《国家精英》，第498页。

置与最终位置之间的任何对应,但教育制度介入之前把学生分开的那个差别空间仍然存在。教育制度可能只为一小部分家庭出身与名牌大学的社会地位不符的学生打开了通道,并把一部分生来就有这种资格的人淘汰出去。但是学校教育推行的轻微修正又被更改甚至消除了:"志向"逻辑促使出身低微的学生离开他们可能通过学业获得的权力位置,因为学校为他们建议的更现实的位置更有吸引力,而那些出身于经济资本雄厚家庭的学生则不断通过各种补偿策略,比如通过各种庇护性学校保持自己的权力位置,掩盖自己的学业失败,甚至把这种失败变成资本,最终恢复名誉、重返上层社会。旧制度的基础是父亲将家产直接而公开地传给儿子,而学校教育再生产方式则是再生产策略与再生产工具的组合。所以尽管学校教育制度表面上具有公正性,实际上它的作用相当接近通过直接继承所保证的作用。布尔迪厄要揭露的就是学校教育机构的深刻的二重性:学校以现代性和合理性的外表掩盖与最陈腐的社会联系在一起的社会机制产生的作用。

由此,布尔迪厄驳斥了救世学校的维护者。他们怀着对共和主义的崇拜,对学校制度的能力论消除旧制度的缺陷充满信心,但实际上这种能力论不过是乌托邦式的平均主义,所谓天赋和个人功绩的民主观念掩盖了出身和社会本质。归根结底,他们是以学校教育贵族反对血统贵族,赋予他们作为统治集团的所有特性,使他们也享有出身于贵族或本质高贵的人的特权。

从学校教育贵族到国家贵族

正如布尔迪厄所强调的,世俗学校起到的分离作用类似于骑士受封仪式以及其他制度化仪式,它也建立等级,即与普通人分开的被认可的集团。这个集团虽不同于种族、种姓或家族,但具有三者的某些属性。它行使类似家族的职能,但其再生产方式与家族不同;其成员的学历与贵族爵位接近,所以他们能够拥有受到国家保护的垄断权。但学历虽然也是一种特权,由于它不是可以交易和继承的财产,故与爵位不同,学历的获得和运用在不同程度上取决于专业技能。学历是国家魔法(magie d'Etat)的体现,因为颁发文凭属于证明或声明有效的行为,官方权力机构作为国家代理人,以此保证或认可事物的某种状态,也就是词与物、话语与现实之间关系的一致性。文凭是被公众认可的权力机关颁发的能力证明,但分辨这种能力的技术成分或社会成分是徒劳的。从权力意义上来说，特权或优先权的授予，以及学历给予其持有者的法定属性，如才能、文化等，都由于社会关系的自我超越作用而被赋予了普遍性和客观性，迫使所有人（包括学历持有者）都把这些属性视为社会保证的品质或本质中固有的，视为原本就包含了权利和义务的东西。所以，学校教育机构成为国家赖以垄断合法的象征暴力的法庭之一。既然学历与国家相关，学历是国家建立和保证的象征特权，那么，这种特权无论在历史发展还是运作过程中，都与国家有一定的联系。而且，学历是进入国家官僚机构的必要条件，这些机构有权保持学历的稀缺性并使学历持有者免遭贬值。

  布尔迪厄对法国官僚制度进行了历史溯源。从历史上来看，在穿袍贵族与佩剑贵族、王朝议员与骑士之间存在着对立。在他们的斗争中，官僚场的自主化出现了，统治集团通过把新的统治原则和统治合法化融为一体而构建起来："国家贵族是一种建构的产物；这种建构必须既具有实践性，又具有象征性；它的目的是建立相对独立于已经建立的物权与神权（如佩剑贵族、教士）的官僚权力位置，并且创立行动者的继承集团：凭借学校教育机构所确认的能力（这样的学校教育机构是专门用来再生产这种能力的），行动者们便有了占据这些位置的资格。"[1] 穿袍贵族这个群体通过创建国家创建自身，也就是说，为了建构自己，他们不得不建构国家，而且必须首先建构一整套关于公共事业的政治哲学。他们不像旧贵族那样把公共事业当成国王个人的，而是当成国家的或公共的事务，乃至以全体国民的共同目标为目标的无私活动。旧贵族的义务就是效忠于国王，旧贵族是命定的，是自然而然地被授予，无须选择和努力。而公共事业或效忠于国家不是简单地继承遗产，而是关于使命的深思熟虑的选择和有意识承担的职业，这种职业要求特定的习性和才能，以及通过学习获得的特殊技能。议员们通过斗争获得其群体的认可，他们表达了企图凭能力行使权力的群体的特殊利益。他们致力于创立公民责任的哲学体系，反对把公私分离的个人主义者。他们捍卫具有绝对政治意义的哲学：拒绝退入象牙塔，创立一整套符合以全民名义履行责任的人的公民义务，构建公共事业的官方表

---

[1] 布尔迪厄:《国家精英》，第674页。

象——无私地献身于全体人民的共同利益。比如达格索大法官（Chancelier D'Aguesseau，1668—1751）力图确立公共事业的自主性：以立宪主义传统获得相对于王权的自主性，以法学家的特殊技能获得相对于教会、世袭贵族乃至国家的自主性。1693年，另一位著名议员多尔梅松在"律师独立"的著名演讲中，试图通过赞扬公共事业建立一种新型资本和一种新的合法形式：public被设想为一个强大而抽象的单位，为法官的无私和法官行为的普遍性提供保证，这样法官能在一切实权面前证明其自主性。在布尔迪厄看来，多尔梅松的观点体现了专家治国论的雏形，集中了新的社会正义论的所有论题："功劳与天赋的结合，对贵族出身和惟利是图的批判，对智慧与科学的信仰，尤其是颂扬了大公无私和献身于根据完美的权力合理化原则创立的公共事业（public）。"[1] 现今的专家治国论者是穿袍贵族的结构上的继承人或后代。他们认为自己对众人利益之谋求是不可或缺的，他们确信，通过改革私营大企业的组织和决策程序，就能以管理革命取代所有权革命。他们觉得有责任思考社会前景，应该以国家行动者而不是商人的身份行动，以专家的中立性和公共事业的道德为依据做出决策。由此，为统治者利益提供长久庇护而又禁止资本继承的各个空间之间的关系，取代了简单的权力关系，这个过程导致了学校教育贵族与国家贵族的统治。

　　自主场的大量出现和权力场的多元化，消除了涂尔干所说的政治未分化状态和机械团结，以及把统治划分为少数专业职能的基本分工形式。权力不再通过个人，也不通过某些特定机构实现，只有在通过真正的有机团结联合的一系列场和权力场中，权力才能实现。也就是，权力的行使是以看不见的方式通过某些机制实现的，比如确保经济资本和文化资本的再生产的机制，也可以说通过行动者和机构网表面上混乱、实际上有一定结构的行动和反应实现的，行动者和结构都处于周期越来越长、越来越复杂的合法交换的循环中。狭义的政治斗争的赌注是争夺对国家、对根本法的权力，以及对所有重要程序的权力，这些重要程序能够决定并操纵权力场内的力量关系。无论对个人还是集团来说，甚至对于权力来说，都必须致力于自身的合法化。权力关系就是力量关系，任何真实的权力都作为象征权

---

[1] 布尔迪厄：《国家精英》，第683页。

第六章 布尔迪厄的"资本论"

力起作用,但象征权力的根源在于否认,也就是让人认识不到它的存在理由。制度与相关行动者之间所有涉及物质利益和象征利益的明证关系被遮蔽时,认可行为的主体会得到更多人的认可,象征权力的作用发挥到最大。任何象征权力只要被接受并被视为具有合法性的权力,同时还能掩盖其暴力基础,那么它就将其特有的暴力即象征力量添加到基础暴力中。

布尔迪厄的再生产理论引起了争论和质疑。有人认为学校进行再生产的观点是僵化的和反历史的,这种理论无法解释社会变化,过分强调学校教育文化的专断性和严格性,把统治阶级的文化视为永恒的和普遍的,没有看到学校遴选和成绩好坏的标准的变化。它局限于学校的功用问题并预先给了答案:在一个阶级社会里,学校只能忠实地再生产社会秩序及其不平等。但历史证明,学校也具有生产能力,小学教育的普及无疑促进了法国的文化一体化。有人认为再生产理论忽视了主体的角色,使得个人沦为社会逻辑的提线木偶。它无法解释主体的行为,不承认主体的自由。比如雷蒙·布东认为个人具有理性行动能力,解释社会现象只能依据个人及其动机和行动。再生产不过是个体之间的互动的可能情形之一,主体的行动可能依照情形不同进行社会再生产或产生一种新的社会现象。所以不必参照社会结构就可解释受教育行为,这是行动者的理性选择。由此,学校教育前途被视为一系列选择的结果。[1] 我们看到,布东的观点不过是方法论个人主义的变种,他没有看到理性选择的社会条件。布尔迪厄的习性概念可用作反驳的根据。因为在学校教育场的结构、运行和效用中发现的逻辑必然性是历史进程的产物,是逐渐形成的集体成果,不服从有意的规划,也不听从某种内在的理由。所以,既不能像功能主义那样,在无主体的神秘机能中寻找社会机制和作用的逻辑的根源,也不能把这种逻辑归为个人或群体的某些意愿。社会机制也是无数个人选择的产物,但选择是在制约中完成的。制约来自人们进行认识和判断的主观结构,也来自客观结构。任何被肯定的革新都应该符合客观结构,客观结构能够识别有能力在结构内部持续发挥作用的革新。这就需要对场的结构和原动力的实践把握,这种

---

[1] Cf. Patrice Bonnewitz, *Premières leçons sur la sociologie de Pierre Bourdieu*, Paris: Presses Universitaires de France, 1998, pp. 119–120.

把握以主观结构与客观结构之间的直接协调也就是习性为基础。吕克·费里则认为再生产理论无法证伪。人们无法证明再生产不存在。举个例子，如果在中学开设就业指导课程，有人就会从中看到公开的选择意图，因为这类课程的存在通过一种并非中立的指导规定了学生的前途。反之，如果没有就业指导课程，有人就会看到任由市场野蛮竞争宰割的企图，因为这种竞争有利于象征资本的最大受益者。由于无法被任何经验现实驳倒，布尔迪厄的话语只遵循其自身的逻辑，也就是意识形态的逻辑。这种话语带有意识形态的结构："带有社会选择功能特点的学校教育系统，无论主体的态度如何，都会再生产出来，而主体在这里不过是这个系统的无意识的和盲目的玩弄对象。"[1] 甚至，"这样一种话语的科学弱点，可能暗藏着一种非常巨大且令人担忧的政治力量"[2]。有人说《继承人》让教师们非常沮丧，因为社会文化差距给了人们不行动的借口：由于社会出身，某些孩子注定无法取得学业成功，教育行动对此无能为力。

应该说，布尔迪厄对不同社会等级入学机会的不平等的揭露，并不是悲观论的和宿命论的。社会学家强调有可能通过真正合理的教学方法弥补教育不平等，逐步遏制文化特权："真正民主的教育，其目的是无条件的，那就是使尽可能多的人有可能在尽可能短的时间内，尽可能全面地、完整地掌握尽可能多的能力，而这些能力构成既定时刻的学校教育文化。"[3] 这就是说，要努力把学校教育变成传授知识和能力的主要机制，以系统学习的方式减少造成文化特权的偶然因素。事实证明，他们的研究是一项无可争议的社会学成果，对教育家和负责教育系统管理的政治家产生了很大影响。在《继承人》1964年出版之前，教育问题在法国从未构成一个社会问题，也从未成为研究对象。从那之后，人们关于教育的看法和做法发生了转变："一个新的科学对象建立了，一种研究学校教育系统的新方式创立了，一个社会斗争的新场所开辟了，没人能忽略其政治意义。"[4] 学校采取许多措施帮

---

[1] Luc Ferry et Alain Renaut, *La pensée 68*, Paris: Gallimard, 1988, p. 262.

[2] Ibid., p. 263.

[3] 布尔迪厄、帕斯隆:《继承人》，第98页。

[4] Christian Baudelot et Roger Establet, «Ecole, La lutte de classes retrouvée», in Louis Pinto, Gisèle Sapiro, Patrick Champagne (dir.), *Pierre Bourdieu, sociologue*, Paris: Fayard, 2004, p. 192.

助成绩不好的学生，采用积极的教学手段因材施教，国家为下层阶级的子女创办优先教育区。与此同时，教育科学研究得到了很大发展，这就是社会理论对实践的指导作用。理论改变了世界。

布尔迪厄对于社会再生产机制的揭示不是为"存在的即合理的"辩护，而是出于同样的改变世界的目的："为了反对一些人在我对宿命般的社会法则的阐明中，寻找宿命论的或犬儒主义的弃绝之借口，应该强调科学的解释，提供理解的甚至辩解的手段，同时也提供改变的可能。"[1] 他认为，值得庆幸的是，无论出于何种理由，统治者之间的斗争必然会促进普遍理性。权力的分化导致的进步有助于抵抗专制。被统治者能在当权者之间的斗争中得到好处，因为统治者使用的最有力武器便是特殊利益的象征普遍化，而这种普遍化不可避免地推进普遍概念（理性、无私、公民责任等）。

---

[1] P. Bourdieu, *Homo Academicus*, Paris: Minuit, 1984, p. 14.

| 综论 |

世界文学里的资本语境与侨易空间

/ 叶 隽 /

一、世界文学及其作为资本语境的"诗性载体"

世界文学不仅可以作为一种理想,而且同时可被视为一种事实,即由各类文学文本所构成的一种超越性的"文学类型"。我们最耳熟能详的自然是歌德那句话:"民族文学在现代算不了很大的一回事,世界文学的时代已快来临了。现在每个人都应该出力促使它早日来临。"[1]这个判断因其过于著名而广为流传,但如果细加推敲的话,我们会意识到,这个概念并不自歌德而始。其实维兰德此前就已经提出了"世界文学"的概念,他认为:"罗马在其最美好的时代颇有首善之都的风格,这种风格可以用"文雅"(Urbanität)一词来概括,文雅指的是博学多才、世界知识和世界文学以及成熟的性格培养和良好品行的高雅趣味(diese feine Tinktur von Weltkenntnis u. Weltliteratur so wie von reifer Charakterbildung u. Wohlbetragen),这种高雅趣味是通过阅读最优秀的作家的杰作和与这个有教养的时代最文明和最

---

[1] Nationalliteratur will jetzt nicht viel sagen, die Epoche der Weltliteratur ist an der Zeit, und jeder muß jetzt dazu wirken, diese Epoche zu beschleunigen. [Mittwoch, den 31. Januar 1827, in Johann Peter Eckermann: *Gespräche mit Goethe-in den letzten Jahren seines Lebens*. Berlin und Weimar: Aufbau-Verlag, 1982, S.198] 中译文见爱克曼辑录:《歌德谈话录》,朱光潜译,北京:人民文学出版社,1978年,第113页。

杰出的人物的交往而不知不觉地形成的。"[1]但这并不妨碍是歌德而非维兰德的"世界文学"概念成为最重要的界定者，因为前者为世人所熟知与发生影响，后者则是后来才被挖掘出来的尘封史实。[2]

在现时代更因为全球化的一体态势，世界文学引起学者们的特别关注。譬如美国学者丹穆若什（David Damrosch）就撰专书讨论《什么是世界文学?》(What is World Literature?)，做了更为详尽的发覆。一方面他认为歌德提出的"这个词语融汇了一种文学视角和一种崭新的文化意识，令人初识正在兴起中的全球现代性"[3]，另一方面则要提出自己的理念：

> 在恰当的理解下，世界文学根本不会命里注定似地沦为不同民族传统在相互冲突中变成的大杂烩；另一方面，它也不一定非得让简妮·阿布－鲁戈浩（Janet Abu-Lughod）称为"全球杂音"（global babble）的白色噪音（white noise）给吞没了。我认为，世界文学不是一个无边无际、让人无从把握的经典系列，而是一种流通和阅读的模式，这个模式既适用于单独的作品，也适用于物质实体，可同样服务于经典名著和新发现作品的阅读。本书旨在探寻这种流通模式，也旨在厘清阅读世界文学作品的最佳方式。而必须从一开始就明确的是，正如从来没有单单一套被公认的世界文学经典，也没有单单一种阅读方式可以适用于所有文本，或不同时代中的同一个文本。变异性是世界文学作品的基本构成特征之一——当作品被完美地呈现和阅读时，这是它最强大的力量；而一旦被误用或挪用，这也就成了它的致命伤。[4]

他的论点也就相对清晰，即:（1）世界文学是民族文学在世界范围内的椭圆式折射;（2）世界文学是通过翻译而广泛流通的所有作品;（3）世界文学不是一

---

[1] Hans-J. Weitz: "'Weltliteratur' zuerst bei Wieland", in *Arcadia*. 22, Berlin: De Gruyter, 1987, S. 207. 中译文转引自贺骥:《"世界文学"概念：维兰德首创》,载《社会科学》2014年第7期，第177页。
[2] 参见贺骥:《"世界文学"概念：维兰德首创》,载《社会科学》2014年第7期，第177页。
[3] 大卫·丹穆若什:《什么是世界文学?》,查明建等译，北京：北京大学出版社，2014年，第1页。
[4] 同上书，第2—3页。

套固定的经典，而是一种阅读模式，即超越地接触自体时空之外的世界。[1]而比科洛福特（Alexander Beecroft）则将文本集合称作"文学的生态"（*An Ecology of World Literature*）。他认为既有的文学及其形成过程中的文化、政治、经济等"环境"之间构成了复杂的互动关系，在这种互动关系里穿过时空来考察世界文学的过去和当今则构成了6种文学生态格局，即：（1）非常狭小区域内的文学（epichoric, very local），或当地文学，包括古代的和现代的，属于一种只限于部落内交流、部落外无人能懂的文本。比如，美国或澳大利亚的部落文学，希腊早期城邦文学等。（2）跨区域文学（panchoric, translocal），因为政治和行政区域的设置而跨越了非常狭小的区域。主要是古代的，比如古希腊文学、玛雅城邦文学、中国战国时期文学等。（3）"四海为家"之"世界文学"（cosmopolitan），包括流散文学。（4）当地文学，区域文学，或方言文学（Vernacular）。（5）民族文学（National）。（6）全球文学（Global）。[2]

这些思路无疑都是卓有见地而启人深思的，关于世界文学的具体内涵我们还可以有各种立场和讨论，但在理论阐释的同时，我们也不可否认一个基本事实，按照豪泽尔（Arnold Hauser）的说法就是："在'世界文学'这个词作为一个概念出现之前，欧洲早就已经有了'世界文学运动'。启蒙运动时期的欧洲文学，包括法国启蒙思想家伏尔泰、狄德罗、卢梭的作品，还有英国的洛克、法国的赫尔威提乌斯（Helvétius）等人的作品，都已经是严格意义上的'世界文学'了。早在18世纪上半叶，欧洲范围内就已经掀起了一场跨国度的对话，源自不同文化的国家、民族都参与到这场盛况空前的文化对话中。"[3]这一判断之所以重要，因为它强调了在欧洲范围的诸家并起、列国争雄的客观历史场景。引入到全球史盛行的现时代，它显然也是适用的。

---

1 参见胡继华：《象征交换与文化的生死轮回——从"侨易"到"涵濡"》，载乐黛云主编：《跨文化对话》第33辑，北京：生活·读书·新知三联书店，2015年，第190页。

2 Alexander Beecroft: *An Ecology of World Literature: From Antiquity to the Present Day*. Verso, 2015, p. 157. 中译文转引自张华：《世界文学的侨易格局》，载乐黛云主编：《跨文化对话》第34辑，北京：生活·读书·新知三联书店，2015年，第113页。

3 Arnold Hauser: *Sozialgeschichte der Kunst und Literatur*. Muenchen, 1978, S.647f. 中译文转引自刘学慧编：《德国早期浪漫派的世界文学观》，北京：旅游教育出版社，2011年，第7页。

综论　世界文学里的资本语境与侨易空间

　　我在这里则想将其进一步和广阔的全球史、资本语境相联系，使得仿佛遗世独立的文学更立体地还原到其文明体结构中的客观位置，因为说到底"权力是文学合法性的根本条件：权力一方面是文学得以兴盛的原因，因为文学构成了一种符号资本或话语权力、意识形态权力；另一方面又是它走向终结或失去合法性的结果，因为伴随着它在表征领域里位置的急剧下降，文学被挤压到权力的边缘"[1]。在这样一种复杂的交互关系中，文学、资本、权力或能更清楚地意识到彼此的位置。当然，按照沃勒斯坦（Immanuel Wallerstein）的说法，"世界史根本是文化一体化趋势的反面；它毋宁是文化差异化的趋势，或文化精巧化、文化复杂化的趋势"[2]，此则更为深刻地接近了其中可能涉及的陷阱与无奈。

　　当然，马克思早以其锐利而智慧的目光将这两个仿佛遥远的概念，即"世界文学"与"世界市场"联系在一起，他说："资产阶级，由于开拓了世界市场，使一切国家的生产和消费都成为世界性的了。不管反动派怎样惋惜，资产阶级还是挖掉了工业脚下的民族基础。古老的民族工业被消灭了，并且每天都还在被消灭。它们被新的工业排挤掉了，新的工业的建立已经成为一切文明民族的生命攸关的问题；这些工业所加工的，已经不是本地的原料，而是来自极其遥远的地区的原料；它们的产品不仅供本国消费，而且同时供世界各地消费。旧的、靠本国产品来满足的需要，被新的、要靠极其遥远的国家和地带的产品来满足的需要所代替了。过去那种地方的和民族的自给自足和闭关自守状态，被各民族的各方面的互相往来和各方面的互相依赖所代替了。物质的生产是如此，精神的生产也是如此。各民族的精神产品成了公共的财产。民族的片面性和局限性日益成为不可能，于是由许多种民族的和地方的文学形成了一种世界的文学。"[3] 在这里，物质

---

[1] 朱国华：《文学与权力——文学合法性的批判性考察》，北京：北京大学出版社，2014年，第4页。

[2] Immanuel Wallerstein, "The National and the Universal: Can there be such a Thing as World Culture?", in Antoney King (ed.), *Culture, Globalization, and the World System: Contemporary Conditions for the Representation of Identity*, Minneapolis: University of Minnesota Press, 1997. pp. 97–105. 转引自大卫·丹穆若什：《什么是世界文学？》，第30页。

[3] Die Bourgeoisie hat durch ihre Exploitation des Weltmarkts die Produktion und Konsumtion aller Länder kosmopolitisch gestaltet. Sie hat zum großen Bedauern der Reaktionäre den nationalen Boden der Industrie unter den Füßen weggezogen. Die uralten nationalen Industrien sind vernichtet worden und werden noch täglich vernichtet. Sie werden verdrängt durch neue Industrien, deren Einführung eine（转下页注）

生产与精神生产是相互依存、难分彼此的关系,我们当然也就有理由进一步通过世界文学的镜射反观世界市场的形成。

二、文学世界里表现的家族史

无论是世界的文学,还是世界文学,乃至仅仅经典文学作品,都是非常宏大的概念和宏阔的领域,这里试图缩小范围,将关注点主要聚焦在家族史上。试图在个体与宏观之间,找到可以凭借支持的某种"介观"通道,能够上通下达,既见树木,亦见森林。家族(甚至是家庭)得到的关注不够,但其实却颇能反映出社会结构性的某种梯度。从具体的个体出发,好处是特别容易把握落实;但如果将家族作为一个观照的点,则可以联系起更为广泛的人与人、人与社会之间的某种脉络和管道,即接近于中观维度,同时又不失其小,不会虚无缥缈、难以把握。当然还必须进一步开掘家族史涉及的方方面面,譬如他们的社会地位和结构构成、他们的生存状况和经济来源、他们的文化品位和闲暇安排……虽然是一个小家族,但也必然通过细微琐事和日常生活与政治、经济、文化等方方面面的大背景发生关联。当然在"家族"这个概念下,还必须开掘出一系列的子概念,譬如家庭、支系、名人等相互关联、连接、支撑的关键词,这样就能构建出一个完整的家族体系来,其在社会中作为一个极为强有力的细胞单位是不容忽视的。

(接上页注)Lebensfrage für alle zivilisierten Nationen wird, durch Industrien, die nicht mehr einheimische Rohstoffe, sondern den entlegensten Zonen angehörige Rohstoffe verarbeiten und deren Fabrikate nicht nur im Lande selbst, sondern in allen Weltteilen zugleich verbraucht werden. An die Stelle der alten, durch Landeserzeugnisse befriedigten Bedürfnisse treten neue, welche die Produkte der entferntesten Länder und Klimate zu ihrer Befriedigung erheischen. An die Stelle der alten lokalen und nationalen Selbstgenügsamkeit und Abgeschlossenheit tritt ein allseitiger Verkehr, eine allseitige Abhängigkeit der Nationen voneinander. Und wie in der materiellen, so auch in der geistigen Produktion. Die geistigen Erzeugnisse der einzelnen Nationen werden Gemeingut. Die nationale Einseitigkeit und Beschränktheit wird mehr und mehr unmöglich, und aus den vielen nationalen und lokalen Literaturen bildet sich eine Weltliteratur. [Marx/Engels: *Manifest der kommunistischen Partei*. Marx/Engels: *Ausgewählte Werke*, S.2617-2618 (vgl. MEW Bd. 4, S.466), http://www.digitale-bibliothek.de/band11.htm] 马克思、恩格斯:《马克思恩格斯选集》第1卷,第254—255页。编者注中指出,这里的"文学"(Literatur)的概念乃是指包括了科学、艺术、哲学等方面的书面著作,所以"世界文学"在这里是个拓展性的概念,可以看作是人类精神产品的指称,但这里的德文概念"Weltliteratur"与歌德使用的是同一个词语,所以我倾向于将其翻译为"世界文学",而非"世界的文学"。

在这里，我们聚焦关注的是文学作品中反映的家族现象。文学作为一种诗性资源，尤其值得挖掘；而其提供的广阔空间不仅可以让我们回溯历史（诗史互证），而且更可能聚焦典型（经典再现）。我们可以列举出文学世界的诸多声势显赫的家族，譬如《红楼梦》里的贾、王、史、薛四大封建家族，《源氏物语》里的源氏家族等，均是文学世界里的"家族符号"，是必须要关注的。就西欧资本语境的形成来说，英、法、德各有其经济道路和制度建构过程，这在文学世界里也得到印证。法国文学史这点表现得比较明显，譬如巴尔扎克、左拉都是大家式的人物，构建出一个极为庞大的文学世界，完全可"自给自足"。相比较《人间喜剧》涉及多个家族、区域、行业，过于"百科全书"，那么《卢贡-马卡尔家族》作为左拉的标志性著作（包括20部长篇小说），体量虽可谓庞大，但聚焦尤为明显。尽管如此，这部副题为"第二帝国时期一个家族的自然史和社会史"1868至1869年的冬天开始构思，1893年完成，在历时25年的时间里才大功告成。英国则有狄更斯，《双城记》里的埃弗瑞蒙特家族值得关注。《双城记》描写埃弗瑞蒙特侯爵及其家族成员的生活特征，诸如贪婪、骄奢与跋扈等，显示出反动贵族的阶级性。譬如埃弗瑞蒙特兄弟的马车轧死小孩，只觉得"一点讨厌的震撼"，抛一个金币就认为足够抵偿。有人扔回金币，他们就扬言"要把你们从世界上统统消灭"。

我这里举三个文本来看德国文学史上的家族叙述，只是冰山一角。冯塔纳可能是比较有代表性的，因为他以少有的"长河小说"的气象与规模建构出一个19世纪柏林社会的众生相来。这里说他那部与《安娜·卡列尼娜》《包法利夫人》并列为欧洲三大女性长篇小说的《艾菲·布里斯特》。小说内容很简单，就是讲殷士台顿与艾菲的婚姻问题与悲剧故事。作为男方的殷士台顿，不但有男爵的头衔，还是海滨城市凯辛的县长，算得上是社会上有头有脸的人物；而作为女方的艾菲，其父亲布里斯特家族乃是容克贵族。这种配对，算得是门当户对，当然刻薄的话则是"名门攀旧户，乌龟爱王八"（牧师尼迈尔妻子语）[1]。可如果对一下年龄，就知道不匹配

---

[1] 转引自韩世钟：《关于冯塔纳及其〈艾菲·布里斯特〉》，载冯塔纳：《艾菲·布里斯特》，韩世钟译，上海：上海译文出版社，1980年，第8页。

了，殷君年近不惑，而艾菲则年方二八（17岁）；更糟糕的是，艾菲的母亲路易丝竟是殷君的昔日恋人，而当初之所以弃殷他嫁，也是"不为情郎单为财"。可怜的是，艾菲的路子竟然是重复了母亲的老路，但她却没有妈妈这样的幸福。因为，在这里，她遭遇了爱情。艾菲与殷君朋友克拉姆巴斯产生爱情，结果克君为了艾菲"提枪应战"却在决斗中被殷君所杀。艾菲不被原谅，不但远离夫女独居，而且不为母家所接纳。这里从家族史角度切入，艾菲的父亲布里斯特家族乃是容克贵族，按说也是有一定地位和身份的家世，但在这件事情上却是噤若寒蝉不敢言一字，不敢保护自己的女儿。为什么？在其时的历史语境中，容克乃是混杂贵族、官僚、军人等多种身份为一端的普鲁士的特殊阶层，是上层阶级的一种简称，譬如俾斯麦的出身就是容克。所以，艾菲与殷士台顿的关系虽然发生在资本主义社会，却并不反映典型的金钱式的资本主义关系。不过，这也正反映出俾斯麦时代的德国式资本主义道路的特殊性来。在历史发展的长河里，资产阶级的出现确实有其必然性，甚至还不仅仅是"生产方式和交换方式的一系列变革的产物"[1]，因为以资本为立身之本者并非前无古人，商人更是贯穿人类历史。但商人（资本家）之所以在现代社会里凸显出一种极为特殊的地位，乃在于资产阶级能应时所需，别出手眼，起到其他阶级、阶层无法替代的主导功用，应当注意到，"资产阶级在历史上曾经起过非常革命的作用"[2]。而德国的资产阶级又是相当不同的，这当然与德国的所谓"特殊道路"有关，因为德国自由主义的发展是非常不完备、不充分的。所以在这个故事中，传统社会的封建价值观占了上风，像"秩序"（Ordnung）以一种非常沉重而具体的方式出现在每个个体的正常生活中；其中"荣誉"（Ruhm）则是普鲁士价值的核心观念之一，对于殷士台顿这样的人物来说，他是高官，与俾斯麦等高层有着颇密切的关系，也有着很明朗的仕途前景，但他却不惜一战，以生命为代价，为的是捍卫自己的荣誉。这表现出传统社会的价值标准是有着强大势力的，在无

---

[1] Wir sehen also, wie die moderne Bourgeoisie selbst das Produkt eines langen Entwicklungsganges, einer Reihe von Umwälzungen in der Produktions- und Verkehrsweise ist. [Marx/Engels: *Manifest der kommunistischen Partei*. Marx/Engels: *Ausgewählte Werke*, S.2614 (vgl. MEW Bd. 4, S.464), http://www.digitale-bibliothek.de/band11.htm] 马克思、恩格斯：《马克思恩格斯选集》第1卷，第252页。
[2] 同上书，第253页。

综论　世界文学里的资本语境与侨易空间

声无息地统治着整个社会,家族势力作为社会结构的重要组成,必须遵循这些基本价值观,否则就会被社会淘汰。最后结尾,艾菲父母在其墓前自怨自艾,想是否是自己的"教育过错"[1]。

而托马斯·曼则相对更精英些,我颇为情有独钟的,是《布登勃洛克一家》中表现出的布登勃洛克—哈根施特罗姆的两大家族结构,两个家族在时代转折点上的此消彼长,反映出哈根施特罗姆家族失之于道德却胜之于商场的历史,即对布登布洛克家族的胜出[2]。布氏家族乃是德国北方城市吕贝克的望族,尤其是商业世家。虽然在时间跨度上不过四十年,但曼氏却以如椽巨笔描绘了四代人——老约翰—小约翰—托马斯—汉诺,但如果掐头去尾,即开头作为背景的旧式商人老约翰与结尾少年早殇的艺术家气质的市民汉诺,则首末两代人只是陪衬,实际上在本书中作为主角的是约翰与托马斯两代人。以1855年约翰突发心脏病死去为界限,实际上托马斯代表的才是俾斯麦时代的商人景观。作者浓墨重彩描绘的第三代人,也是以群像出场的。即不仅是作为掌家的有古风的托马斯,还有浪荡公子克里斯蒂安、虚荣靓女安东妮、小妹妹克拉拉等,他们构成了布氏家族的第三代主体。作为一个19世纪德国商人,托马斯是一个商人中的英雄,他体现了德国社会中传统商业伦理观,在世风日下、人心不古的资产阶级上升期,他秉承讲究信誉、良知的理念。这种理念在老约翰那代人一点都不稀奇,在小约翰那里也是正常的,因为老人要求下一代的就是:"白日精心于事务,但勿做有愧于良心之事,俾夜间能坦然就寝!"(Sey mit Lust bey den Geschaeften am Tage, aber mache nur solche, dass wir bey Nacht ruhig schlafen koennen!)[3]可到了第三代,且是对生意不甚感兴趣的托马斯,他仍然坚持了源自祖父那代人的理念,那就相当不容易了。如果再考虑到其时社会风气的裹挟之力,那么托马斯所表现出来的,就应该算是一个非常优秀的传统商人品格:

1　冯塔纳:《艾菲·布里斯特》,第381页。
2　关于其文本的具体分析,可参见叶隽:《文史田野与俾斯麦时代——德国文学、思想与政治的互动史研究》,北京:中国社会科学出版社,2013年。
3　Thomas Mann: *Buddenbrooks–Verfall einer Familie*. Scan: der Leser, K-Leser: Y fffi, 2002, S.161.托马斯·曼:《布登勃洛克一家》,傅惟慈译,南京:译林出版社,1997年,第158页。

281

由于他足迹广、见识多，也由于兴趣广泛，托马斯·布登勃洛克在他的周围一群人中头脑最不受小市民思想的限制，无疑是头一个感觉到他的活动范围狭小局限的人。但是在这个城市外面，在他祖国的辽阔的地域上，紧随着革命年代给社会生活带来的一阵繁盛之后，接踵而来的是一个萎靡不振、死气沉沉的倒退的时代，过于荒芜空洞，一个活跃的思想找不到可以依存寄附的东西。然而托马斯·布登勃洛克非常聪明，他把"人类一切活动只具有象征的意义"这句格言当作自己的座右铭，并且把他所有的意志、才能、热情和主动的精力都用在他的小小的社会事业上，用在他继承来的名誉和公司上。他在本市从事市政建设的一群人中已经成为名列前茅的人物；他野心勃勃，想在这个小世界做出伟大的事业，取得权力，但是他很聪明，他既懂得认真地看待他的野心，也懂得对它加以嘲笑。[1]

从这段评价中，我们可以看到托马斯所受到的时代语境之制约和影响。作家很明确地在这里点明了大时代背景，就是革命年代与倒退时代的交相承继。在塑造以托马斯为代表的传统商人形象的同时，作家也逐步呈现出作为对立面的新兴资本家形象，这就是哈根施特罗姆的崛起。哈氏家族是如何发迹的呢？虽然远不如布氏家族那么辉煌，但却也算是"盗亦有道"。作者这样叙述道：

---

[1] Dank seinen Reisen, seinen Kenntnissen, seinen Interessen war Thomas Buddenbrook in seiner Umgebung der am wenigsten bürgerlich beschränkte Kopf und sicherlich war er der erste, die Enge und Kleinheit der Verhältnisse zu empfinden, in denen er sich bewegte. Aber draußen in seinem weiteren Vaterlande war auf den Aufschwung des öffentlichen Lebens, den die Revolutionsjahre gebracht hatten, eine Periode der Erschlaffung, des Stillstandes und der Umkehr gefolgt, zu öde, um einen lebendigen Sinn zu beschäftigen, und so besaß er denn Geist genug, um den Spruch von der bloß symbolischen Bedeutung alles menschlichen Tuns zu seiner Lieblingswahrheit zu machen und alles, was an Wollen, Können, Enthusiasmus und aktiven Schwung sein eigen war, in den Dienst des kleinen Gemeinwesens zu stellen, in dessen Bezirk sein Name zu den Ersten gehörte, sowie in den Dienst dieses Namens und des Firmenschildes, das er ererbt ... Geist genug, seinen Ehrgeiz, es im Kleinen zu Größe und Macht zu bringen, gleichzeitig zu belächeln und ernst zu nehmen. [Thomas Mann: *Buddenbrooks–Verfall einer Familie*, S.337-338] 托马斯·曼：《布登勃洛克一家》，第329页。

综论　世界文学里的资本语境与侨易空间

毫无疑问，亥尔曼·哈根施特罗姆有自己的一群拥护者和崇拜者。他热心公众事业，施特伦克和哈根施特罗姆公司腾达发展的惊人速度，参议本人的奢华的生活方式，他的豪华住宅，他早餐吃的鹅肝馅饼，凡此种种，对他的声势都不无助长之功。这位商人身材伟岸，略有一些肥胖，浅红色的络腮胡子剪得短短的，鼻子稍有一些扁平地贴在上嘴唇上。他的祖父还是一个默默无闻的小人物，连他自己也不清楚祖父的生平。他的父亲由于娶了一个富有的、然而身份可疑的女人在社交界几乎还没有立足之地，然而他自己却仰仗着和胡诺斯家，和摩仑多尔夫家攀了亲，挤到本城五六家名门望族的行列里。他的姓氏居然能和这些高贵的门第并列，他自己也无可争辩地成了一个令人起敬的显赫人物。他性格中新奇的地方，同时也是他吸引人的地方，是他的自由和宽容的本性。也正是这一点使他和一般人不同，使他在许多人心目中居于领导地位。他那种轻易大方的赚钱和挥霍的方式，和他的一些同僚商人的勤俭谨慎、循规蹈矩的工作方法很不相同。他有自己的立脚点，不受传统桎梏约束，也不懂得尊奉旧习。……如果说哈根施特罗姆参议也遵奉什么传统，那就是从他的父亲，老亨利希·哈根施特罗姆那里继承下来的自由、进步、善于容忍和没有成见的思想方法，人们对他的崇拜也正建筑在这上面。[1]

1　Kein Zweifel, Hermann Hagenström hatte Anhänger und Bewunderer. Sein Eifer in öffentlichen Angelegenheiten, die frappierende Schnelligkeit, mit der die Firma >Strunck & Hagenström< emporgeblüht war und sich entfaltet hatte, des Konsuls luxuriöse Lebensführung, das Haus, das er führte, und die Gänseleberpastete, die er frühstückte, verfehlten nicht, ihren Eindruck zu machen. Dieser große, ein wenig zu fette Mann mit seinem rötlichen, kurzgehaltenen Vollbart und seiner ein wenig zu platt auf der Oberlippe hegenden Nase, dieser Mann, dessen Großvater noch niemand und er selbst nicht gekannt hatte, dessen Vater noch niemand und er selbst nicht gekannt hatte, dessen infolge seiner reichen, aber zweifelhaften Heirat gesellschaftlich noch beinahe unmöglich gewesen war und der dennnoch, verschwägert sowohl mit den Huneus als mit den Möllendorpfs, seinen Namen denjenigen der fünf oder sechs herrschenden Familien angereiht und gleichgestellt hatte, war unleugbar eine merkwürdige und respektable Erscheinung in der Stadt. Das Neuartige und damit Reizvolle seiner Persönlichkeit, das, was ihn auszeichnete und ihm in den Augen vieler eine führende Stellung gab, war der liberale und tolerante Grundzug seines Wesens. Die legere und großzügige Art, mit der er Geld verdiente und verausgabte, war etwas anderes als die zähe, geduldige und von streng überlieferten Prinzipien geleitete Arbeit seiner kaufmännischen Mitbürger. Dieser Mann stand frei von den hemmenden Fesseln der Tradition（转下页注）

这段叙述很重要，因为这里交代了哈氏成功的奥妙所在，他们是以一种怎样的方式而迅速跻身望族的，同时在此基础上更上一层楼的。我们再一次看到，联姻是一种非常重要的提升通道，这个祖父一代还是默默无闻之辈的哈根施特罗姆，通过父辈与富家婚姻而获得经济资本，接着又通过与名门联姻而获得社会地位。再加之个体生性的长袖善舞，使得他在大变局的时代脱颖而出，能够与时俱进地成为新时代资本家的代表。我们不应忽略，所谓"自由、进步、善于容忍和没有成见的思想方法"，正是启蒙思想以来占据文化场域主流的话语模式，同时它也进一步渗透到政治、经济与社会诸领域。很难说哈根施特罗姆究竟对这些理念有多少深刻的认知，但他无疑属于那种政治正确的资本家，也就难怪，他将来会在这样一种背靠整体场域的商业角逐中轻松胜出。

鲁格（Eugen Ruge）的小型家族史叙述，无疑独具匠心，而且营构细腻，处处见出智慧。《光芒渐逝的年代》通过对乌姆尼策家族四代——威廉（1899—）—库尔特（约在20世纪20年代）—亚历山大（1954—）—马库斯（1979—）命运流变的叙述，不仅反映了生命史的世代承续，更反映了历史的线性演进，反映出20世纪德国的另类兴亡史。作者选择了2001年作开篇，亦即21世纪的第一年，作为回首往事的一个出发点。确实是一个不错的年份，更重要的是，作者设置了一组以1989年为中心的对峙年份，即"十二年"（Zwölf Jahre）："十二年到底有多重？"（Was wogen zwölf Jahre？）"他觉得易帜前的十二年比易帜后的十二年长多了。1977——悠长得像永恒！1989——一下子滑走了，好比出门乘了一趟有轨电车。"（Klar, dass die zwölf Jahre danach. 1977 – das war eine Ewigkeit! 1989 dagegen – ein Rutsch, eine Straßenbahnfahrt.）[1] 作为第三代人的亚历山大似乎并没有太沉

（接上页注）und der Pietät auf seinen eigenen Füßen, und alles Altmodische war ihm fremd. ... Gewiß, wenn Konsul Hagenström irgendeiner Tradition lebte, so war es die von seinem Vater, dem alten Heinrich Hagenström, übernommene unbeschränkte, fortgeschrittene, duldsame und vorurteilsfreie Denkungsart, und hierauf gründete sich die Bewunderung, die er genoß. [Thomas Mann: *Buddenbrooks–Verfall einer Familie*, S.381-382] 托马斯·曼：《布登勃洛克一家》，第370—371页。

1　Eugen Ruge: *In Zeiten des abnehmenden Lichts – Roman einer Familie*. Reinbek bei Hamburg: Rowohlt, 2011, S.26. 欧根·鲁格：《光芒渐逝的年代》，钟慧娟等译，上海：上海译文出版社，2014年，第20页。

重的历史负担,他其实素来就有一种玩世不恭而又看破红尘的念头,按照作者的描述:"无所谓喽。都是身外之物,亚历山大想……不就是身外之物嘛。自己死了,对后人来说,无非是一堆垃圾而已。"[1] 如此心理的亚历山大,居然也是子承父业的历史学家。"欧根·鲁格的家族小说折射出民主德国的历史。他成功地将四代人五十多年的经验压缩在一个编排巧妙的布局中。他的书讲述的是社会主义乌托邦,其要求个人为之付出的代价以及它的逐渐熄灭。他的小说表现出极大的娱乐性和强烈的谐谑感。"[2](德国图书奖颁奖词)

这三部顺时演进的小说,反映了婚姻悲剧—商战兴衰—理想之灭每一种叙述都离不开个体,离不开家庭,甚至有更大的家族在存在,彼此发生二元交错关系,出现代沟冲突与变异,但这都离不开生存其中的社会生活、时代背景,但更具有强力意义的仍是隐在背后驱动的资本语境。《光芒渐逝的年代》或许恰好表明了某种象征符号,按照沃勒斯坦的说法:"创立资本主义不是一种荣耀,而是一种文化上的耻辱。资本主义是一剂危险的麻醉药,在整个历史上,大多数的文明,尤其是中国文明,一直在阻止资本主义的发展。而西方的基督教文明,在最为虚弱的时刻对它屈服了。我们从此都在承受资本主义带来的后果。"[3] 这是一种相当有水准和高度的表态,是对资本主义一针见血的否定,具有重要的学术史意义。随着时代的演进,背后资本力量的作用,仿佛无往而不利,沃勒斯坦可能没有意识到,资本主义的诞生、发展、衰落同样都是必然的,其实即便是标榜着"资本主义精神"的知识人又有多少意识到其背后的奥义所在呢?在这里要提出"资本域"的概念,就是说资本的发展进入到一种超出人力主控和主导的时代,进入某种集体无意识状态的"器物自运作"阶段,即形成了它自己内在生存、发展与维系的系统性功能。但舍却资本规定的一种系统考量,其实很难理解人类现代社会运作的某些根本特性。

1　Egal. Gegenstände, dachte Alexander ... Einfach bloß Gegenstände. Für den, der nach ihm kam, ohnehin bloß ein Haufen Sperrmüll. [Eugen Ruge: *In Zeiten des abnehmenden Lichts – Roman einer Familie*, S.17] 欧根·鲁格:《光芒渐逝的年代》,第12页。
2　《译者序》,载欧根·鲁格:《光芒渐逝的年代》,第413页。
3　伊曼纽尔·沃勒斯坦:《现代世界体系》第1卷,《中文版序言》第1页。

三、资本语境的器物符号与侨易空间的成立——在民族文学、家族文学和世界文学之间

以上我们分析的是德国资本语境的若干基本叙事模式,当然我们也有观察这些语境的特殊视角,不一定都是从情结结构、主题思想、社会生活考察,也可以就从具体的空间符号入手,也许同样可以得到别出心裁的观察角度。空间是文明结构的基本元素之一,这里仅就地理空间而言,除了可以被切分为大家都认可的不同文化体之外,也可以有进一步的单元意义区分。这里仅就和资本相关的一些概念稍做划分,譬如:

> 商业交易场所的名称:商铺、商店、百货商店、超市、大型购物中心
> 住房:廉租房、平房、楼房、别墅
> 机构:证券所、银行、法院
> 休闲场所:公园、俱乐部、咖啡馆、茶馆
> 路径:拱廊街、林荫路、马路、道路
> 商品分类:男装、女装、老年、婴儿用品

当然还有消费社会,还有交通分类,诸如公路、铁路、海运、空运等。它们对于海外殖民、资本社会的连接、全球市场的形成起着最为关键的大动脉作用。当这些资本语境里的空间符号被确认出来之后,侨易观念就自然发生作用了,因为正是在这些具有标志性的空间符号之间,发生着不间断的、各种类型、形式各异的侨易过程。

"二战"前的美国曾有一句经典之言:"民主党是属于摩根家族的,而共和党是属于洛克菲勒家族的……"其实尚缺一句,"而洛克菲勒和摩根,都曾经是属于罗斯柴尔德的!"罗斯柴尔德家族被巴尔扎克改名换姓放进作品,称为纽沁根男爵,这就是鼎鼎有名的人间喜剧中的一部《纽沁根银行》,相关的一部前史则是《赛查·皮罗托盛衰记》。

皮罗托本是乡下人,其第一重侨易过程,就是从乡土到都市,这里是到了巴黎——帝国之都。这种二元地域的变化过程,只是大的方面;具体

言之，则是进入了商铺。

　　赛查十四岁上便能读能写会算。他口袋里装着一个金路易，徒步去巴黎闯荡。图尔一家药房的老板介绍他进了拉贡夫妇的花粉店，当了一名打杂的学徒。那时候，赛查的全部家当是：一双铁钉掌底鞋子，一条扎脚裤，几双蓝袜子，一件花背心，一件乡下人穿的外套，三件厚实的土布衬衣，外加打狗棒一根。他剪了一个唱诗班式童花头，腰板十分结实，不愧是个都兰仔；他虽受过家乡懒散风气的影响，但发财致富的愿望把这个缺点弥补了；若说他缺少智慧和教育，却从母亲那里继承了正直的天性和办事认真的优点，因为按都兰人的说法，他母亲有着一颗金子般的心。赛查的一日三餐由店里供给，每月有六个法郎工钱，在阁楼上支一张破床，紧挨着厨娘的卧室。伙计们教他打包，送货，打扫街道和店堂。他们边教他干活，边拿他取笑。小商店都有这样的风气：师兄们传授技艺时，戏谑调笑是一门主课。拉贡夫妇像使唤小狗似的将他呼来喝去。小学徒在街上奔波了一天，累得双脚肿痛，肩膀像裂开似的，就是没有一个人体恤他的苦楚。人不为己天诛地灭这一信条，在各国京城被运用得如同金科玉律，使赛查深感巴黎生活的艰辛。晚上，他想起都兰便暗自流泪。在那里，农人种起地来怡然自得，泥瓦匠慢悠悠地砌上一块砖头，懒散和劳作结合得浑然一体。[1]

在这里虽然有都市—乡村比较的清淡一笔，但核心仍在于花粉店成了赛查的安身立命之地，他由学徒而店员，而出纳、领班，最后甚至盘下东家的铺子，自己当老板，完成了"从奴隶到将军"的转变，也就完成了都市侨易的最终过程。这样一种精神质变并不仅是简单的抽象的观念变化，而更接近于所谓"精神的经济政治社会史"，正是在具体语境的变化、涵濡、

---

[1]《赛查·皮罗托盛衰记》，见巴尔扎克：《巴尔扎克选集》第VI卷，艾珉主编，刘益庚、罗芃译，北京：人民文学出版社，2013年，第23页。后文出自该书的引文，将随文在括号内标出该书简称（《赛》）和引文出处页码，不再另注。

养成过程中，赛查完成了一个乡下小子到城市商人的转变，其梦想不过挣大家业、嫁出女儿、出盘商铺，进而衣锦还乡，回老家买一座小农庄。这种传统，在中国也有，所谓"致仕还乡"也。但幸与不幸，在更大的历史背景之中，其侨易过程仍在持续发生。在赛查，波旁王朝的复辟给他提供了一个机会，因年轻时卷入保王党暴乱而当了副区长。人总是利欲熏心的，赛查于是不安心经营他的小商铺，而向往大生意，结果卷入商海的尔虞我诈和残酷商战之中，被银行家蒂耶、公证人罗甘设局捕获，破产败灭。这时，小农庄的意象转换为豪宅舞会，但旋即因债主纷至而烟消云散。当然，如果仅仅如此简单，也低估了巴尔扎克的大手笔。作者将关注的目光投向了更深层的理念层次，为了"还清债务，恢复信誉"，赛查一家打拼不息，靠打工苦干奋斗三年，终于还清债务，取得"复权"资格（在法律上正式恢复市民的各项权利）。因为"在巴黎的正派商人看来，诚信为本永远是事业成功的前提，也是一个商人的尊严、荣誉和价值所在"[1]，这就塑造出了一个相当有深度的老派商人形象（有点像布氏家族），但在笔者看来，其经历则是相当有意味的"复杂侨易"过程，这其中既有直接的从乡村到都市的地理侨易，也有物境符域的虚拟侨易，譬如从小商铺到大事业、从花粉商到地产商，乃至到对大资产阶级的向往。这其中有有形的物境标志，譬如商店、豪宅等，也有无形的"情义无价"，譬如在困境中哥哥弗朗索瓦·皮罗托寄来的1000法郎和那封信：

> 亲爱的赛查，在你悲伤的时候别忘了：人生犹如过眼云烟，且充满了考验。为了上帝的圣名，为了神圣的教会，为了遵守福音书上的箴言，因积德而受苦受难，将来都会得到报偿；否则，世上一切事物都将变得毫无意义。我之所以重复这些箴言，是因为知道你虔敬上帝，心地善良。有些人像你这样遭受人间的风暴，卷入利益的惊涛骇浪而痛不欲生时，往往会说出亵渎神明的话。你可别诅咒伤害你的人，也不能诅咒有心在你的生活中洒下苦酒的上帝。不要总是望着尘世，要

---

[1] 艾珉：《译本序——传统商业的陷阱，银行家的乐园》，见巴尔扎克：《巴尔扎克选集》第Ⅵ卷，第3页。

> 举目遥望苍天：对弱者的安慰会从天而降；穷人的财富，富人的恐怖，也都在天上……（《赛》：233—234）

这么一番人生道理，当然是和他的牧师职业有关，但从另一个方面来看，实在是有振聋发聩之效，尤其是对于像赛查这些奔波逐利于资本语境之中而不能自拔者而言。这也对我们理解巴翁的神妙之笔有很大的助益，因为在如此精雕细刻般的巧匠之功后，显然他时刻未忘更大的关怀，让人们知道在现世的滚滚红尘和利益追逐之外还有更高的精神生活和身后世界。

那么，我们要继续追问的是，为什么要在这里使用"侨易空间"的概念？这就涉及我们如何理解文学世界里的时空变化过程，如何可以以一种较为有趣而轻松的方式来观察文本现象。这里提几点思路：

一是相关侨易概念的直接运用；譬如我们可以观察到非常典型的物质位移现象。譬如从南方到北方（盖斯凯尔夫人的《北方与南方》），从本土到异国（《印度之行》），从乡村到城市（威廉斯《乡村与城市》），都很有代表性。譬如这里看到的皮罗托从希农的乡村到大都市巴黎，还有像韦小宝从扬州到北京，不仅是大环境的变化，即城市风土之南北迁移，更是小环境的质变，从"妓院"到"皇宫"。

二是对物境拟符空间的考察。正是在这样一种空间侨易的过程中，我们可以更清晰地展现出资本语境得以具体型构的若干环节，使之得以"节点化"（Nodes）。这有些类似于坐标轴的功用，使得资本语境立体化和具象化，譬如下面这段简短描述提及的歌剧院休息室、交易所、纽沁根银行等，其实就是这些"势境节点"。这是我所谓的"筑势"，其关键在于"势境"的形成，这里可理解成资本语境作为一种整体强势的构境成型。资本势境是经由不同的管道建构而达成的，譬如网链六度（参考六度分割，Six Degrees of Separation）的概念就有意味，在《赛查·皮罗托盛衰记》中，那个原本不过是小伙计的蒂耶就通过人际网络的营构以及"移仿高桥"的变易过程，实现了他的野心：

> 做金融投机生意好比走钢丝，杜·蒂耶竟把平衡杆玩得稳稳当当。他把自己这副空壳子打扮得衣冠楚楚，俨然一个富家子弟。他一朝买

进了自备小马车，就一直坐下去。上流社会的人惯于在寻欢作乐中做买卖，歌剧院的休息室成了交易所的分号，那儿的人一个个都成了现代的杜卡莱；杜·蒂耶在这个圈子里居然站住了脚。在皮罗托家，他认识了罗甘太太，靠她的帮助，很快就结交上一帮金融巨子。至此，杜·蒂耶想发迹，已不是吹牛撒谎摆空架子了。靠罗甘的引荐，他和纽沁根银行建立了良好的关系，又很快跟凯勒兄弟和银行界高层搭上了关系。这年轻人从哪儿一次次调度到巨额资金，至今无人知晓，人们还以为他的成功靠的是聪明和诚实。(《赛》: 45)

如果在这段叙述基础上加以复原细节，我们可以清楚地看到这样的过程：先是"移变"，本来不过一家花粉店伙计的蒂耶敢于当于连，野心勃勃，厚颜无耻，不但贪污挪用款项，而且居然安然离开；其次是"仿变"，蒂耶可以通过自己的乔装打扮、易容变身，将自己伪装成一个富家子；而这就无形中给了他象征资本，让其能够在社交场合出入自如，不说是"往来无白丁"，至少是"谈笑有富人"，这就在某种意义上实现了"高变"；但最关键的则是"桥变"的过程。正是通过在社交网络中的勾连建桥，蒂耶将这些本来在社交场里很常见的人物编织到自己的"象征资本链"中，开始"空手套白狼"。具体的案例，就是他精心营构，借助这帮夹带人物完成了对皮罗托的"设套兑现"，让一个成功的商人破产，斩获他的财产。当然如果更深入分析，我们有更深刻和复杂的图景可以描绘出来，但仅就此段稍做延展，就已可展现无限风光。所以就蒂耶—皮罗托的主仆过招而言，整个的过程也不妨看作蒂耶一连串的颇为完整的"侨变"学。

当然资本势境可以是上面说到的抽象的银行、交易所等，也可表现得更具体一些，是一些地名："冬天的夜晚，圣奥诺雷街的嘈杂声只有片刻的休止；从戏院或跳舞会出来的车马刚过去，前往中央菜市场赶早市的菜贩又闹腾起来。这片刻的宁静在巴黎喧嚣的大交响乐中好比一个休止符，出现在凌晨一点左右。此刻，旺多姆广场附近开花粉店的赛查·皮罗托的太太刚被一个噩梦惊醒。"(《赛》: 5) 作为开篇首段，一个个地名的出现，其实也是筑境的符号确认，诸如圣奥诺雷街、中央菜市场、旺多姆广场各自都有着特定的内涵，各有意味却又统一在巴黎这座城市之中；而一个个场所意象的呈现,则意味着其特定的语境功能,像戏院、跳舞会、花粉店也相互配合,似乎想要呈现某种特殊的话语含义。正是在这种环境中衬托出赛查夫妇的悲剧命运,其实也是对结局故事的预兆和预告。所谓"草蛇灰线",所谓"事事有征",都在这里了。

三是侨易观念的元思维运用,这将更有助于我们将问题链接到一个更为开阔的大背景和大语境中,譬如立体结构、交叉系统、混沌构序等,当然最核心的还是二元三维。譬如我们讨论世界市场问题,就不仅需要就经济来论市场,而且也需将其放置在文明体结构中。在现实世界里,我们提出一个与文明结构三层次相呼应的概念,即世界市场、世界治场、世界知场。在最初级的器物层面,对应经济社会的是世界市场,这个场域的形成中利益最关键,尤其是以经济利益和收入为基本驱动力和原则的人类生活空间;在中级层面的制度层面,世界治场是一个很重要的概念,它相当于打通了的政府联合体,即构建一个世界的治理模式和制度架构,或者所谓的"全球治理"或"世界制度";在高端的文化层面,则是世界知场的构建,即人类的知识场域应该形成一个相通、相连、相融的整体性场域;这个层面相对于前两者来说,其实是最容易但也最难建构的。就人类求知而言,当然具有普适性,不管你使用的语言如何,你所在民族国家为何,如果承认知识的客观规律的话,那么就有一个大家公认的世界知场的存在。所以在人类文明的发展过程中,趋一是绝对不可回避的大势,但在具体的进程中,知识精英与普罗大众其实都可以找到相对一致的愿景,不管这种驱动力是来自理想情怀还是现实利益需求,但问题的关键将停留在中端层面,即权力精英的决策、观念和现实考量,他们的作为具有立竿见影的效果,因为通过对政治权力,尤其是民族国家政治权力(暴力机器)的掌握,他们有直接发言权。但政治精英的权力不是绝对的,不是不可改变的,虽然他们在短期内握有直接权力,但从长远来看起决定性作用的还是观念,所以一个纯粹以求知、真理、寻道为目标的世界知场的良性建构十分重要,它是人类文明真正的象牙塔。但如何通过制度驱动来实现这三者,即世界市场—世界治场—世界知场的结构成型,则是非常关键的问题。这里无法展开,可强调几点,通过二元三维的思维模式,我们会意识到,市场、治场、知场是整体结构。这段话或许更深刻地提醒我们上面彼此之间的关系:

"民族文学空间的建成是和民族的政治空间紧密相连的,这些民族文学空间反过来有助于政治空间的建立。但是在最具禀赋的文学空间里,资本的资历——必须以其崇高、威望、规模、世界上的认可为前提——将会带领整个空间逐步走向独立。"[1]这里当然不仅有资本、政治和文学的关系,还涉及本土、他者和世界。举一个简单的例子,德国虽是最早提出"世界文学"的民族,但其文学实践情况则是,"没有'他者',就不会有德意志文学的产生,源自古日耳曼异教传统的格言诗和英雄史诗早在中世纪便已失传,而来自地中海沿岸晚期的基督教传统塑造了德意志文学中最有生命力的部分。德意志文学从宗教型到诗意型的转变要归功于法国启蒙运动,归功于它偶然造成的一个副作用。在其他国家,文学很早便以令人深刻的方式促成了文化的进步,如果没有这些国家令人嫉妒的先例,德国知识界在法律或科学之外的语言表达便要局限于宗教忏悔,而不会有文学语言的产生。尽管奥皮茨和戈特舍德推荐的法国文学模式并不适合德国,无法终结德国文学落后的状态,他们还是成功地使德国人注意到了文学具有重要的社会功能,并激起了德国人的效仿之心。德国人只需找到更适合德国的榜样,博德默尔和莱辛发现了英国文学。对于18世纪的德国文学而言,没有一位德国作家的影响力可与莎士比亚、弥尔顿、杨恩和斯特恩相媲美。歌德嗅到了同时代文学作品(他自己也不例外)中的虔诚气味,并为此感到难堪,于是作为某种意义的祛魅者,他改拜外国作家为师,从荷马到拜伦成为他的榜样。如果存在一种德国文学,那它应该不仅仅是德国的文学"[2]。正是因为善于借镜,能从"他山美人"反思"镜中之我",也才有创造人类现代精神高地的德意志文化的成就。

我这里还想提及"家族史"的纽带和线索意义,正如39岁的皮罗托给妻子解释其冒险做房地产业的雄心壮志的说法:"我交上了好运,有着锦绣前程,总得再闯一闯。只要谨慎小心,我可以在巴黎市民中开创一个光荣的门第。这样的先例已经很多了,像凯勒、于勒·德马雷、罗甘、科香、纪尧姆、勒巴、纽沁根、萨亚、包比诺、玛蒂法,等等。他们在自己

---

[1] 帕斯卡尔·卡萨诺瓦:《文学世界共和国》,罗国祥等译,北京:北京大学出版社,2015年,第95页。

[2] H.史腊斐:《德意志文学简史》,胡蔚译,北京:北京大学出版社,2013年,第102—103页。

的地区里，有的早已出了名，有的正在出名。我皮罗托也能使这个姓氏成为名门望族的！别担心啦！这桩买卖肯定会像金子一样靠得住，否则……"（《赛》：17）在这里，不仅皮罗托的悲剧肇因于此；更重要的是，光荣门第、名门望族似乎成为一般市民阶层的价值标准，是一种理想梦，我们看到了社会的价值标准所在。而通过一个个具体的家庭与家族，我们可以看到市场是如何逐渐成型的，最后又如何由日益发达的交通工具连成一个世界市场。要知道，"资本主义并不限于某一国，而是存在于世界体系之中；既为世界体系，自然是超越国界的。假定此过程仅在某一个国家里发生，那么就无法避免国家权力的所有者侵占剩余价值，从而剥夺（至少是极大地削弱）企业家开发新产品的动力。另一方面，如果市场里完全没有国家，就无法形成准垄断。只有当资本家的活动范围扩展到'世界经济'，即有多个国家参与的经济时，企业家才有可能追逐无止境的资本积累"[1]。正是鉴于资本主义与资本语境型构的这种明显跨国性、国际性和流动性，运用侨易学的视域观察，或许可以提供相当有趣的角度。而文学世界所提供的那种在"诗与真"之间的模糊地带，或许多少沾染上可能第三维的"介观"特质，而家族史的承上启下、内外勾连、时间延续等方面的优势，正可为我们打开世界文学与资本语境的侨易空间之门！

---

[1] 伊曼纽尔·沃勒斯坦、兰德尔·柯林斯等：《资本主义还有未来吗？》，徐曦白译，北京：社会科学文献出版社，2014年，第14页。

主要参考文献

外文文献

Albert, Anaïs. *Consommation de masse et consommation de classe. Une histoire sociale et culturelle du cycle de vie des objets dans les classes populaires parisiennes (des années 1880 aux années 1920)*, thèse soutenue à l'Université Paris 1, 2014.

Altick, Richard D. *Victorian People and Ideas*, New York: Norton, 1973.

Arnold, Matthew. *Culture and Anarchy*, Jane Garnett ed., Oxford: Oxford University Press, 2006.

Augier, Marie. *Du Crédit public et de son histoire depuis les temps anciens jusqu'à nos jours*, Paris: Guillaumin, 1842.

Balzac, Honoré de. *César Birroteau,* in Balzac, *La Comédie humaine*, tome VI, édition Castex, Paris: Gallimard, "Bibliothèque de la Pléiade", 1977.

Balzac, Honoré de. *Eugénie Grandet,* in Balzac, *La Comédie humaine*, tome VII, édition Castex, Paris: Gallimard, "Bibliothèque de la Pléiade", 1977.

Balzac, Honoré de. *Les Paysans*, Paris: Gallimard, coll. «Folio», 1975.

Beecroft, Alexander. *An Ecology of World Literature: From Antiquity to the Present Day*. Verso, 2015.

Berlin, Isaiah. *Four Essays on Liberty.* Oxford: Oxford University Press, 1969.

Bonnewitz, Patrice. *Premières leçons sur la sociologie de Pierre Bourdieu*, Paris: Presses Universitaires de France, 1998.

Bourdieu, Pierre. *Choses dites*, Paris: Minuit, 1987.

Bourdieu, Pierre. *Homo Academicus*, Paris: Editions de Minuit, 1984.

Bourdieu, Pierre. *Le sens pratique*, Paris: Minuit, 1980.

Bourdieu, Pierre, avec L.J.D.Wacquant. *Réponse ... Pour une anthropologie réflexive*, Paris: Seuil, 1992.

Bourdieu, Pierre. *Un art moyen, essai sur les usages sociaux de la photographie*, Paris: Minuit, 1965.

Briggs, Asa. *The Age of Improvement*, London: Longmans, 1959.

Briggs, Asa. *Victorian Cities*, Harmondsworth: Penguin, 1968.

Carlyle, Thomas. *On Heroes, Hero-Worship and the Heroic in History*, Henry Duff Traill ed., London: Chapman and Hall, 1893.

Carlyle, Thomas. *Past and Present*, Henry Duff Traill ed., Cambridge: Cambridge University Press, 2010.

Carlyle, Thomas. *Sartor Resartus*, Kerry McSweeney and Peter Sabor ed., Oxford: Oxford University Press, 1987.

Carroll, Lewis. *The Annotated Alice: The Definitive Edition* New York: Norton, 2000.

Champagne, Patrick, et Olivier Christin, *Mouvements d'une pensée, Pierre Bourdieu*, Paris: Bordas, 2004.

Chevallier, S., et C. Chauviré, *Dictionnaire Bourdieu*, Paris: Ellipses, 2010.

Cockram, Gill G. *Ruskin and Social Reform: Ethics and Economics in the Victorian Age*, London: Tauris Academic Studies, 2007.

Craig, David. *The Real Foundations: Literature and Social Change*, London: Chatto and Windus, 1973.

Cruikshank, R. J. *Charles Dickens and Early Victorian England*. London: Sir Isaac Pitman & Sons, 1949.

Dickens, Charles. *A Christmas Carol and Other Christmas Writings*, intro. by Michael Slater, London: Penguin, 2003.

Dickens, Charles. *A Tale of Two Cities*, London: Penguin, 1970.

Dickens, Charles. *Hard Times*, New York: Norton, 1966.

Disraeli, Benjamin. *Sybil or the Two Nations*. Oxford & New York: Oxford University Press, 1981.

Eckermann, Johann Peter. *Gespräche mit Goethe-in den letzten Jahren seines Lebens*. Berlin und Weimar: Aufbau-Verlag, 1982.

Farcy, Jean-Claude. *Guide des archives judiciaires et pénitentiaire, 1800−1958*, Paris, CNRS Editions, 1992, http://criminocorpus.org

Eliot, George. *Middlemarch*, Cambridge, Massachusetts: The Riverside Press, 1956.

Eliot, George. *The Mill on the Floss*, A. S. Byatt ed., Harmondsworth: Penguin, 1979.

Ferry, Luc, et Alain Renaut, *La pensée 68*, Paris, Gallimard, 1988.

Gaskell, Elizabeth. *North and South*. New York & London: Norton, 2005.

Gille, B. *La banque et le crédit en France de 1815 à 1848*, Paris: PUF, 1959.

Gilmour, Robin. *The Novel in the Victorian Age*, London: Edward Arnold, 1986.

Goldberg, Michael. *Carlyle and Dickens*, Athens: The U of Georgia P, 1972.

Hauser, Arnold. *Sozialgeschichte der Kunst und Literatur*, Muenchen, 1978.

Hilton, Tim. *John Ruskin*, New Haven and London: Yale University Press, 2002.

Himmelfarb, Gertrude. *The Moral Immagination: From Adam Smith to Lionel Trilling*, 2nd ed., Lanham, Maryland: Rowman & Littlefield Publishers, 2012.

Himmelfarb, Gertrude. *The Roads to Modernity: The British, French and American Enlightenment*, New York: Vintage Books, 2004.

Houghton, Walter E. *The Victorian Frame of Mind, 1830–1870*, New Haven and London: Yale University Press, 1957.

House, Humphry *The Dickens World*, 2nd ed., London: Oxford University Press, 1942.

Heffer, Simon. *Moral Desperado: A Life of Thomas Carlyle*, London: Weidenfeld & Nicolson, 1995.

Heilbroner, Robert L. *The Worldly Philosophers: The Lives, Times, and Ideas of the Great Economic Thinkers*, 7th ed., London: Penguin, 2000.

Hoffman, Philip T., Gilles Postel-Vinay, Jean-Laurent Rosenthal, *Des marchés sans prix. Une économie politique du crédit à Paris, 1660–1870*, Paris: Editions de l'EHESS, 2001.

Holloway, John. *The Victorian Sage*, New York: Norton, 1965.

Jacoud, G. *Le billet de banque en France (1796–1803), de la diversité au monopole*, Paris: L'Harmattan, 1996.

Kjellén, Rudolf. *Die Ideen von 1914–Eine weltgeschichtliche Perspektive*, Leipzig, 1915.

Leroux, Pierre. *Le Carrosse de M. Aguado*. Boussac, imprimerie de P. Leroux, Paris: Librairie de Gustave Sandré, 1848.

Levin, Michael. *The Condition of England Question: Carlyle, Mill, Engels*, London: Macmillan, 1998.

Mann, Thomas *Buddenbrooks–Verfall einer Familie*, Scan: der Leser, K-Leser: Y fffi, 2002.

Mill, J. S. *The Spirit of the Age, On Liberty, The Subjection of Woman*, Alan Ryan ed., New York: Norton, 1997.

Nadaud, Martin *Mémoires de Léonard, ancien garçon maçon*, Bourganeuf Duboueix, 1895.

Plessis, A. *La Banque de France sous le Second Empire*, Paris: Droz, 1985.

Postel-Vinay, G. *La Terre et l'argent: L'Agriculture et le crédit en France du XVIIIe au début XXe siècle,* Paris: Albin Michel, 1998.

Rosenberg, John D. *The Darkening Glass: A Portrait of Ruskin's Genius*, London: Routledge & Kegan Paul, 1963.

Rosenberg, Philip. *The Seventh Hero: Thomas Carlyle and the Theory of Radical Activism*, Cambridge, Massachusetts: Harvard UP, 1974.

Ruge, Eugen. *In Zeiten des abnehmenden Lichts – Roman einer Familie*. Reinbek bei Hamburg: Rowohlt, 2011.

Ruskin, John. *Modern Painters*, vol. 5, London: J. M. Dent, 1907.

Ruskin, John. *Sesame and Lilies, Unto This Last* and *The Political Economy of Art*, London: Cassell, 1907.

Ruskin, John. *The Works of John Ruskin*, vol. 17, E. T. Cook and Alexander Wedderburn ed., Cambridge: Cambridge University Press, 2010.

Ruskin, John. *Time and Tide* and *The Crown of Wild Olive*, London: George Allen, Ruskin House, 1907.

Ruskin, John. *Unto This Last and Other Writings*, Clive Wilmer ed., London: Penguin, 1997.

Simmel, Georg. *Philosophie des Geldes*. Quelle: www.digbib.org/Georg_Simmel_1858/ Philosophie_des_Geldes, Erstellt am 26.01.2005.

Smith, Adam. *An Inquiry into the Nature and Causes of the Wealth of Nations*, Edwin Cannan ed., New York: The Modern Library, 1994.

Taine, Hippolyte. *Notes on England*, 6ed., trans. by W. F. Rae, London: W. Isbister & Co., 1874.

Thompson, F. M. L. *The Rise of Respectable Society*, London: Fontana Press, 1988.

Tocqueville, Alexis de. *Democracy in America*, trans. Arthur Goldhammer, New York: The Library of America, 2004.

Tönnies, Ferninand. *Philsophische Terminologie in Psychologisch-Soziologischer Ansicht*. Leipzig: Verlag von Theod.Thomas, 1906.

Veblen, Thorstein. *The Theory of the Leisure Class*, Martha Banta ed., Oxford: Oxford University Press, 2007.

Weber, Max. *The Protestant Ethic and the Spirit of Capitalism*, trans. by Talcott Parsons, London: Routledge, 1992.

Williams, Raymond *Culture and Society*, London: Hogarth, 1990.

Willey, Basil *Nineteenth-Century Studies*, Harmondsworth: Penguin, 1964.

Young, G. M. *Portrait of an Age: Victorian England*, Oxford: Oxford UP, 1977.

Albert, Anaïs «Le crédit à la consommation des classes populaires à la Belle Epoque», *Annales, Histoire, Sciences Sociales,* 4/2012, pp. 1049−1082., in Isabelle Rabault-Mazière, «Introduction. De l'histoire économique à l'histoire culturelle: pour une approche plurielle du crédit dans la France du XIXe siècle», *Histoire, économie & société,* 2015/1 (34e année).

Baudelot, Christian, et Roger Establet, «Ecole, La lutte de classes retrouvée», in Louis Pinto, Gisèle Sapiro, Patrick Champagne (dir.), *Pierre Bourdieu, sociologue*, Paris, Fayard, 2004.

Bohnenkamp-Renken, Anne. ",Der Zettel hier ist tausend Kronen wert.' Zur Papiergeldszene in Goethes Faust", in *Forschung Frankfurt*, 2/2012.

Bouvier, Jean. «Pour une analyse sociale de la monnaie et du crédit: XIXe−XXe siècles», in *Annales, Histoire, Sciences Sociales,* 29e Année, No. 4 (Jul.−Aug., 1974).

Boyer, George R. "The Historical Background of the Communist Manifesto", in *The Journal of Economic Perspectives*, Vol. 12, No. 4 (Autumn, 1998).

Classen, Albrecht. Mentalitäts−und Alltagsgeschichte der deutschen Frühneuzeit: Fortunatus, in: *Monatshefte*, Vol. 86, No. 1, Spring, 1994.

Corbin, Alain. *Archaïsme et modernité en Limousin au XIXe siècle, 1845−1880*, t. I [1975], Limoges (France): Presses universitaires de Limoges, 1998, p. 163−173., in Isabelle Rabault-Mazière, «Introduction. De l'histoire économique à l'histoire culturelle: pour une approche plurielle du crédit dans la France du XIXe siècle», *Histoire, économie & société,* 2015/1 (34e année).

Eisentrager, Ulrike. *Textsammlung zu Goethes „Faust" und das Geld. Begleitmaterial zur Ausstellung „Goethe und das Geld. Der Dichter und die moderne Wirtschaft" vom 14. September bis 31. Dezember 2012,* Frankfurt: Frankfurter Goethe-Haus, 2012.

Esquiros, Alphonse. «Le Mont-de-Piété», *Revue de Paris,* année 1843, t. 18, p. 98−102.

Fehr, Benedikt, and Holger Steltzner, „Josef Ackermann und Hans Christoph Binswanger: ‚Es fehlt das Geld. Nun gut, so schaff es denn!'", in *Frankfurter Allgemeine Zeitung,* Juni 2009, S. 30.

Hayek, F. A. "History and Politics", in *Capitalism and the Historians*, F. A. Hayek ed., 1954, London: Routledge & Kegan Paul, 2003.

Jacquemet, Gérard. «Belleville ouvrier à la Belle Epoque», in *Le Mouvement social,* n° 118, janvier-mars 1982.

Lallement, Jérôme. «Trois économistes face à la question sociale au XIXe siècle», in *Romantisme,* n° 133 (2006−3).

Leroux, Pierre. «Discours sur la doctrine de l'humanité» (1847), in *Pierre Leroux (1797−1871), A La source perdue du socialisme français,* Bruno Viard, Desclée de Brouwer, coll. «Sociologie économique», Paris: 1997.

Lubkoll, Kristine. "'Neue Mythologie' und musikalische Poetologie", in *Goethe und das Zeitalter der Romantik,* Hrsg. von Walter Hinderer, Königshausen-Neumann Verlag, 2002.

Marec, Yannick. *Le Clou rouennais: Du Mont-de-piété au Crédit municipal, contribution à l'histoire de la pauvreté en province,* Rouen, Editions du P'tit Normand, 1983, in Isabelle Rabault-Mazière, «Introduction. De l'histoire économique à l'histoire culturelle: pour une approche plurielle du crédit dans la France du XIXe siècle», *Histoire, économie & société,* 2015/1 (34e année).

Mars, Victor de. «Chronique de la quinzaine», 14/03/1848, in Isabelle Rabault-Mazière, «Introduction. De l'histoire économique à l'histoire culturelle: pour une approche plurielle du crédit dans la France du XIXe siècle», *Histoire, économie & société,* 2015/1 (34e année), p. 5.

Wallerstein, Immanuel. "The National and the Universal: Can there be such a Thing as World Culture?" in King, Antoney(ed.): *Culture, Globalization, and the World System: Contemporary Conditions for the Representation of Identity.* Minneapolis: University of Minnesota Press, 1997.

Weitz, Hans-J. "Weltliteratur" zuerst bei Wieland, in *Arcadia.* 22, Berlin: De Gruyter, 1987.

Salzer, Anselm & Tunk, Eduard von (Hrsg.): *Illustrierte Geschichte der deutschen Literatur.* Band 3.

中文文献

［以］埃利·巴尔纳维等主编：《世界犹太人历史——从〈创世记〉到二十一世纪》，刘精忠等译，北京：中国人民大学出版社，2007年。

［法］埃德加·莫兰：《反思欧洲》，康征等译，北京：生活·读书·新知三联书店，2005年。

［英］艾伦·麦克法兰主讲，清华大学国学研究院主编：《现代世界的诞生》，上海：上海人民出版社，2013年。

［美］艾瑞克·霍布斯鲍姆：《革命的年代：1789—1848》，王章辉等译，南京：江苏人民出版社，1999年。

［美］艾瑞克·霍布斯鲍姆:《资本的年代:1848—1875》,张晓华等译,南京:江苏人民出版社,1999年。

［德］爱克曼辑录:《歌德谈话录》,朱光潜译,北京:人民文学出版社,1978年。

［法］安东尼·德·巴克、弗朗索瓦丝·梅洛尼奥主编:《法国文化史Ⅲ——启蒙与自由:十八世纪和十九世纪》,朱静、许光华译,上海:华东师范大学出版社,2011年。

［英］安德鲁·桑德斯:《牛津简明英国文学史》下册,谷启楠等译,北京:人民文学出版社,2000年。

［法］巴尔扎克:《巴尔扎克论文艺》,北京:人民文学出版社,2003年。

［法］巴尔扎克:《巴尔扎克选集》,艾珉主编,刘益庚、罗芃译,北京:人民文学出版社,2013年。

［法］巴尔扎克:《幻灭》,郑永慧译,北京:国际文化出版公司,2005年。

［法］巴尔扎克:《赛查·皮罗托盛衰记》,艾珉主编,刘益庚、罗芃译,北京:人民文学出版社,2013年。

北京未来新世纪教育科学研究所编:《德国文学史话》上册,乌鲁木齐:新疆青少年出版社;喀什:喀什维吾尔文出版社,2006年。

［美］彼得·盖伊:《施尼兹勒的世纪:中产阶级文化的形成,1815—1914》,梁永安译,北京:北京大学出版社,2006年。

［波］尼古拉·哥白尼:《天体运行论》,徐萍译,北京:北京理工大学出版社,2017年。

［英］伯林:《反潮流——观念史论文集》,冯克利译,南京:译林出版社,2002年。

［英］伯林:《自由论》,胡传胜译,南京:译林出版社,2003年。

［加］卜正民:《中国与历史资本主义——汉学知识的系谱学》,格力高利·布鲁主编,古伟瀛等译,北京:新星出版社,2005年。

［法］布尔迪厄:《国家精英》,杨亚平译,北京:商务印书馆,2004年。

［法］布尔迪厄:《帕斯卡尔式的沉思》,刘晖译,北京:生活·读书·新知三联书店,2009年。

［法］布尔迪厄、帕斯隆:《继承人》,邢克超译,北京:商务印书馆,2002年。

布尔迪厄、帕斯隆:《再生产》,邢克超译,北京:商务印书馆,2002年。

［法］布尔迪厄:《区分》,刘晖译,北京:商务印书馆,2015年。

［法］布尔迪厄:《艺术的法则》,刘晖译,北京:中央编译出版社,2011年。

陈礼珍:《盖斯凯尔小说中的维多利亚精神》,北京:商务印书馆,2015年。

陈小滢、高艳华编著:《乐山纪念册1936—1946》,北京:商务印书馆,2012年。

陈寅恪:《陈寅恪集·寒柳堂集》,北京:生活·读书·新知三联书店,2001年。

程巍:《反浪漫主义:盖斯凯尔夫人如何描写哈沃斯村》,《外国文学》2014年第4期。

［美］大卫·丹穆若什：《什么是世界文学?》，查明建等译，北京：北京大学出版社，2014年。

［美］大卫·格雷伯：《债：第一个5000年》，孙碳、董子云译，北京：中信出版社，2012年。

［英］狄更斯：《艰难时世》，全增嘏、胡文淑译，上海：上海译文出版社，1978年。

［德］狄克·赫德：《交往中的文化——第二个千年的世界人口流动史》上册，王昺等译，济南：山东大学出版社，2013年。

董煊：《圣西门的实业思想与法国的近代工业化》，《中南民族大学学报》2004年第1期。

［英］杜普莱西斯：《早期欧洲现代资本主义的形成过程》，朱智强等译，沈阳：辽宁教育出版社，2001年。

［美］凡勃伦：《有闲阶级论》，李华夏译，北京：中央编译出版社，2012年。

［法］菲利浦·阿利埃斯、乔治·杜比：《私人生活史4：星期天历史学家说历史》，周鑫等译，哈尔滨：北方文艺出版社，2013年。

［法］费尔南·布罗代尔：《15至18世纪的物质文明、经济和资本主义》(第1、2、3卷)，顾良等译，北京：生活·读书·新知三联书店，1992年。

费孝通：《乡土中国》(修订版)，刘豪兴编，上海：上海人民出版社，2013年。

［德］冯塔纳：《艾菲·布里斯特》，韩世钟译，上海：上海译文出版社，1980年。

［法］弗朗索瓦·卡龙：《现代法国经济史》，吴良健、方廷钰译，北京：商务印书馆，1991年。

［英］弗朗西斯·惠恩：《马克思〈资本论〉传》，陈越译，北京：中央编译出版社，2009年。

［奥］弗里德里希·希尔：《欧洲思想史》，赵复三译，桂林：广西师范大学出版社，2007年。

［法］伏尔泰：《路易十四时代》，吴模信等译，北京：商务印书馆，1982年。

［英］盖斯凯尔夫人：《南方与北方》，主万译，北京：人民文学出版社，1987年第二版。

［德］歌德：《浮士德》，董问樵译，上海：复旦大学出版社，1983年。

［德］歌德：《歌德文集》第1卷，绿原译，北京：人民文学出版社，1999年。

［德］歌德：《迷娘曲——歌德诗选》，杨武能译，桂林：广西师范大学出版社，2003年。

［德］歌德：《少年维特的烦恼·赫尔曼和多罗泰》，杨武能等译，北京：人民文学出版社，2003年。

［德］歌德：《斯泰封插图本浮士德》，郭沫若译，长春：吉林出版集团有限责任公司，2009年。

辜振丰：《布尔乔亚——欲望与消费的古典记忆》，长沙：岳麓书社，2004年。

谷裕：《现代市民史诗——十九世纪德语小说研究》，上海：上海书店出版社，2007年。

顾永棣编：《徐志摩全集·诗歌卷》，杭州：浙江人民出版社，2015年。

郭宏安：《从阅读到批评——"日内瓦学派"的批评方法论初探》，北京：商务印书馆，2007年。

郭华榕：《1789—1879年法国政治危机浅析》，《史学月刊》1998年第6期。

《郭沫若全集》文学编第6卷，北京：人民文学出版社，1986年。

［德］哈贝马斯：《交往行动理论》第一卷《行动的合理性与社会合理化》，洪佩郁等译，重庆：重庆出版社，1994年。

［德］哈贝马斯《现代性的哲学话语》，曹卫东等译，南京：译林出版社，2004年。

［英］F.A. 哈耶克编：《资本主义与历史学家》，秋风译，长春：吉林人民出版社，2003年。

［德］海涅：《论德国宗教和哲学的历史》，海安译，北京：商务印书馆，1974年。

［德］汉娜·阿伦特编：《启迪—本雅明文选》，张旭东、王斑译，北京：生活·读书·新知三联书店，2008年。

和建伟：《马克思人文精神与西方经典作家关系研究——以但丁、莎士比亚、歌德、巴尔扎克为中心》，北京：中国致公出版社，2019年。

贺骥：《"世界文学"概念：维兰德首创》，《社会科学》2014年第7期。

［德］黑格尔：《精神现象学》（上），贺麟等译，北京：商务印书馆，2009年。

［德］黑塞：《荒原狼》，赵登荣、倪诚恩译，上海：上海译文出版社，1998年。

胡继华：《象征交换与文化的生死轮回——从"侨易"到"涵濡"》，载《跨文化对话》第33辑，北京：生活·读书·新知三联书店，2015年。

黄仁宇：《资本主义与二十一世纪》，北京：生活·读书·新知三联书店，1997年。

［法］吉尔·德勒兹：《福柯·褶子》，于奇智、杨洁译，长沙：湖南文艺出版社，2001年。

［美］杰里米·里夫金：《欧洲梦》，杨治宜译，重庆：重庆出版社，2006年。

［意］杰奥瓦尼·阿瑞基：《漫长的20世纪——金钱、权力与我们社会的根源》，姚乃强等译，南京：江苏人民出版社，2001年。

［英］卡尔·波普尔：《通过知识获得解放》，范景中等译，杭州：中国美术学院出版社，1998年。

［美］卡罗琳·韦伯：《罪与美：时尚女王与法国大革命》，徐德林译，北京：商务印书馆，2013年。

［意］卡洛·M. 奇波拉主编：《欧洲经济史》（第三卷），吴良健、刘漠云、壬林、何亦文译，北京：商务印书馆，1989年。

［德］克里斯汀·舒尔茨·赖斯：《那是谁——作家和思想家》，刘捷等译，北京：科学

普及出版社，2013年。

老舍：《骆驼祥子》，北京：人民文学出版社，1962年。

［英］雷蒙·威廉斯：《乡村与城市》，韩子满等译，北京：商务印书馆，2013年。

［美］雷纳·韦勒克：《近代文学批评史》第8册，杨自伍译，上海：上海译文出版社，2006年。

黎锦熙：《国语运动史纲》，北京：商务印书馆，2011年。

［德］里德：《德国诗歌体系与演变——德国文学史》，王家鸿译，台北：商务印书馆，1980年第二版。

［美］理查德·利罕：《文学中的城市：知识与文化的历史》，吴子枫译，上海：上海人民出版社，2009年。

［美］丽贝卡·索尔尼：《浪游之歌：走路的历史》，刁筱华译，北京：新星出版社，2013年。

刘明厚主编：《艺术化与世俗化的突围》，上海：上海百家出版社，2010年。

刘学慧：《德国早期浪漫派的世界文学观》，北京：旅游教育出版社，2011年。

柳鸣九主编：《法国文学史（第二卷）》(修订本)，北京：人民文学出版社，2007年。

［匈］卢卡奇：《理性的毁灭》，王玖兴等译，济南：山东人民出版社，1997年。

［匈］卢卡契：《卢卡契文学论文集（二）》，中国社会科学院外国文学研究所外国文学研究资料丛刊编辑委员会编，北京：中国社会科学出版，1981年。

［苏］卢那察尔斯基：《卢那察尔斯基论文学》，蒋路译，北京：人民文学出版社，1978年。

［苏］卢那察尔斯基：《卢那察尔斯基论文学》，蒋路译，北京：人民文学出版社，1978年。

［德］鲁道夫·希法亭：《金融资本——资本主义最新发展的研究》，福民等译，北京：商务印书馆，1994年。

吕凤子学术研究会主编：《吕凤子研究文集》第1辑，丹阳，2000年。

吕去疾、吕去病主编：《吕凤子画册》，天津：天津人民美术出版社，2008年。

罗钢、王中忱主编：《消费文化读本》，严蓓雯译，北京：中国社会科学出版社，2003年。

马采：《哲学与美学文集》，广州：中山大学出版社，1994年。

［美］马丁·威纳：《英国文化与工业精神的衰落：1850—1980》，王章辉等译，北京：北京大学出版社，2013年。

马克飞、林明根：《一个跨世纪的灵魂——哈代创作述评》，海口：海南出版社，1993年。

主要参考文献

［德］马克思:《资本论》第1卷，北京：人民出版社，1975年。
［德］马克思、恩格斯:《共产党宣言》，北京：人民出版社，1997年。
［德］马克思、恩格斯:《马克思恩格斯全集》第4卷，北京：人民出版社，1972年。
［德］马克思、恩格斯:《马克思恩格斯全集》第2卷，北京：人民出版社，1957年。
［德］马克思、恩格斯:《马克思恩格斯全集》第25卷，北京：人民出版社，1974年。
［德］马克思、恩格斯:《马克思恩格斯全集》第23卷，北京：人民出版社，1972年。
［德］马克思、恩格斯:《马克思恩格斯全集》第3卷，北京：人民出版社，2002年。
［德］马克思、恩格斯:《马克思恩格斯选集》第1、2卷，北京：人民出版社，1995年。
［德］马克斯·韦伯:《经济与历史·支配的类型》，康乐等编译，桂林：广西师范大学出版社，2004年。
［德］马克斯·韦伯:《经济与社会》（下卷），约翰内斯·温克尔曼整理，林荣远译，北京：商务印书馆，1997年。
［德］马克斯·韦伯:《新教伦理与资本主义精神》，于晓、陈维刚等译，北京：生活·读书·新知三联书店，1987年。
［德］马克斯·韦伯:《中国的宗教》，康乐、简惠美译，桂林：广西师范大学出版社，2004年。
［美］马歇尔·伯曼:《一切坚固的东西都烟消云散了——现代性体验》，徐大建等译，北京：商务印书馆，2003年。
［法］米歇尔·福柯:《必须保卫社会》，钱翰译，上海：上海人民出版社，1999年。
缪朗山:《缪朗山文集》第9册《古希腊的文艺理论·德国古典美学散论》，北京：中国人民大学出版社，2011年。
缪朗山:《西方文艺理论史纲》，北京：中国人民大学出版社，1985年。
［印］穆茨班·雅尔:《卡尔·马克思的诱惑》，齐闯译，天津：天津人民出版社，2019年。
［俄］尼·布哈林:《食利者政治经济学——奥地利学派的价值和利润理论》，郭连成译，北京：商务印书馆，2002年。
［俄］尼·布哈林:《食利者政治经济学》，郭连成译，北京：商务印书馆，2002年。
［德］尼采:《尼采散文选》，钱春绮译，天津：百花文艺出版社，1995年。
［英］尼尔·弗格森:《货币崛起：金融如何影响世界历史》，高诚译，北京：中信出版社，2009年。
［英］尼亚尔·弗格逊:《金钱关系——现代世界中的金钱与权力》，蒋显璟译，北京：东方出版社，2007年。
聂珍钊:《悲戚而刚毅的艺术家——托玛斯·哈代小说研究》，武汉：华中师范大学出版社，1992年。

305

［德］诺贝特·埃利亚斯:《文明的进程》，王佩莉、袁志英译，上海：上海译文出版社，2009年。

［美］诺夫乔伊:《存在巨链——对一个观念的历史的研究》，张传有等译，邓晓芒等校，南昌：江西教育出版社，2002年。

［德］欧根·鲁格:《光芒渐逝的年代》，钟慧娟等译，上海：上海译文出版社，2014年。

［法］帕斯卡尔·卡萨诺瓦:《文学世界共和国》，罗国祥等译，北京：北京大学出版社，2015年。

［法］帕特里斯·伊戈内:《巴黎神话：从启蒙运动到超现实主义》，喇卫国译，北京：商务印书馆，2013年。

［法］皮埃尔·米盖尔:《法国史》，桂裕芳、郭华榕等译，北京：中国社会科学出版社，2010年。

（宋）普济辑:《五灯会元》下册，朱俊红点校，海口：海南出版社，2011年。

［法］乔治·杜比主编:《法国史（中卷）》，吕一民等译，北京：商务印书馆，2010年。

（清）纪昀:《阅微草堂笔记：注释本》，沈清山注，武汉：崇文书局，2018年。

［法］让·巴蒂斯特·萨伊:《政治经济学概论》，赵康英、符蕊、唐日松译，北京：华夏出版社，2014年。

［法］让·波德里亚:《消费社会》，刘成富等译，南京：南京大学出版社，2000年。

［法］萨特:《萨特文学论文集》，施康强等译，合肥：安徽文艺出版社，1998年。

［英］以赛亚·伯林:《俄国思想家》，彭淮栋译，南京：译林出版社，2001年。

［日］山崎正和:《社交的人》，周保雄译，上海：上海译文出版社，2008年。

［美］苏珊娜·卡森编:《为什么要读简·奥斯丁》，王丽亚译，南京：译林出版社，2011年。

邵义:《过去的钱值多少钱——细读19世纪北京人、巴黎人、伦敦人的经济生活》，上海：上海人民出版社，2010年。

［法］圣西门:《圣西门选集》（第二卷），董果良译，北京：商务印书馆，1982年。

［法］圣西门:《圣西门选集》（第三卷），董果良、赵鸣远译，北京：商务印书馆，1985年。

［法］圣西门:《圣西门选集》（第一卷），王燕生等译，北京：商务印书馆，1979年。

［奥］施蒂弗特:《布丽吉塔》，张荣昌译，桂林：漓江出版社，1992年。

［奥］施蒂弗特:《布丽吉塔》，张荣昌译，桂林：漓江出版社，1992年。

［德］施托姆:《施托姆小说选》，关惠文等译，北京：人民文学出版社，2000年。

［德］H. 史腊斐:《德意志文学简史》，胡蔚译，北京：北京大学出版社，2013年。

寿猛生编著:《百年巨匠、一代宗师——吕凤子》，杭州：中国美术学院出版社，2016年。

苏树厚:《中国劳动力市场研究》,天津：天津人民出版社,1996年。
孙凤城编选:《德国浪漫主义作品选》,北京：人民文学出版社,1997年。
[英] 汤因比:《人类与大地母亲》,徐波等译,上海：上海人民出版社,2001年。
[德] 托马斯·曼:《布登勃洛克一家》,傅惟慈译,南京：译林出版社,1997年。
[法] 瓦尔特·本雅明:《巴黎,19世纪的首都》,刘北成译,北京：商务印书馆,2013年。
[德] 瓦尔特·本雅明:《单向街》,陶林译,南京：江苏文艺出版社,2015年。
[德] 瓦格纳:《瓦格纳戏剧全集》下册,高中甫、张黎主编,北京：中国文联出版公司,1997年。
王建革:《农牧生态与传统蒙古社会》,济南：山东人民出版社,2006年。
王秋荣编:《巴尔扎克论文学》,北京：中国社会科学出版社,1986年。
[德] 维尔纳·桑巴特:《奢侈与资本主义》,王燕平等译,上海：上海人民出版社,2000年。
魏家国译析:《德国抒情诗》,广州：花城出版社,1990年。
[德] 西美尔:《货币哲学》,陈戎女等译,北京：华夏出版社,2002年。
[德] 西美尔:《金钱、性别、现代生活风格》,顾仁明译,上海：学林出版社,2000年。
郗戈:《〈资本论〉与文学经典的思想对话》,载《文学评论》2020年第1期。
[德] 席勒:《审美教育书简》,载冯至:《冯至全集》第11卷,石家庄：河北教育出版社,1999年。
(梁)萧统编:《昭明文选》上册,中国戏剧出版社,2002年。
雅克·阿塔利:《卡尔·马克思：世界的精神》,刘成富等译,上海：上海人民出版社,2018年第二版。
[法] 雅克·德里达:《马克思的幽灵——债务国家、哀悼活动和新国际》,何一译,北京：中国人民大学出版社,1999年。
叶隽:《变创与渐常：侨易学的观念》,北京：北京大学出版社,2014年。
叶隽:《救亡启蒙与文化转移——比较视域里的中国留学史与东方现代性问题》,《文史知识》2011年第2期。
叶隽:《2005年理念：不朽、和谐、仁义》,《中华读书报》2011年7月6日。
叶隽:《"侨易二元"的整体建构——以"侨"字多义为中心》,叶隽主编:《侨易》(第二辑),北京：社科文献出版社,2015年。
叶隽:《史诗气象与自由彷徨——席勒戏剧的思想史意义》,上海：同济大学出版社,2007年。
叶隽:《文史田野与俾斯麦时代——德国文学、思想与政治的互动史研究》,北京：中国社会科学出版社,2013年。

[英]伊莉莎·玛丽安·巴特勒:《希腊对德意志的暴政——论希腊艺术与诗歌对德意志伟大作家的影响》,林国荣译,北京:社会科学文献出版社,2017年。

[美]伊曼纽尔·沃勒斯坦、兰德尔·柯林斯等:《资本主义还有未来吗?》,徐曦白译,北京:社会科学文献出版社,2014年。

[美]伊曼纽尔·沃勒斯坦:《现代世界体系》第1卷《16世纪的资本主义农业与欧洲世界经济体的起源》,尤来寅等译,北京:高等教育出版社,1998年。

余匡复:《德国文学史》,上海:上海外语教育出版社,1991年。

[法]余莲:《势:中国的效力观》,卓立译,北京:北京大学出版社,2009年。

[法]雨果:《悲惨世界》,李丹等译,北京:人民文学出版社,1992年。

[英]约翰·穆勒:《政治经济学原理》(上卷),赵荣潜等译,北京:商务印书馆,2009年。

张华:《世界文学的侨易格局》,乐黛云、钱林森主编:《跨文化对话》第34辑,北京:生活·读书·新知三联书店,2015年。

张介明主编:《外国小说鉴赏辞典》第3册,上海:上海辞书出版社,2010年。

张君劢:《西方学术思想在吾国之演变及其出路》,《新中华》第5卷第10期,1937年5月。

赵蕾莲:《德国作家让·保尔幽默诗学与幽默叙事研究》,北京:中国人民大学出版社,2022年。

赵蕾莲:《弗里德里希·荷尔德林和谐观研究》,北京:中国人民大学出版社,2017年。

赵蕾莲:《双影人主题透视的现代危机——以让·保尔和克莱斯特的作品为例》,载《学术交流》2019年第9期。

赵炎秋:《狄更斯长篇小说研究》,北京:社会科学文献出版社,1996年。

赵越胜:《燃灯者——忆周辅成》,长沙:湖南文艺出版社,2011年。

周颖:《乡关何处是?——谈〈南与北〉的家园意识》,《外国文学》2013年第2期。

朱国华:《文学与权力——文学合法性的批判性考察》,北京:北京大学出版社,2014年。

朱虹:《英国小说的黄金时代:英国小说研究(1813—1873)》,北京:中国社会科学出版社,1997年。

[法]左拉:《巴黎的肚子》,金铿然、骆雪涓译,北京:文化艺术出版社,1991年。

[法]左拉:《妇女乐园》,侍桁译,上海:上海译文出版社,2003年。

[法]左拉:《家常事》,刘益庾译,北京:人民文学出版社,1989年。

[法]左拉:《娜娜》,郑永慧译,北京:人民文学出版社,1985年。

索 引

A

阿里吉（Arrighi, Giovanni） 30, 31
阿诺德（Arnold, Matthew） 83, 116, 188, 192, 225, 226, 230
埃利亚斯（Elias, Norbert） 2
艾森斯塔特（Eisenstadt, S.N.） 8
奥斯丁（Austen, Jane） 90, 100–103
奥斯曼大道 13, 138, 152
奥威尔（Orwell, George） 83, 86, 116

B

巴尔扎克（Balzac, Honoré de） 14, 49, 63, 65, 76, 77, 102–104, 122, 137, 139–142, 144, 177, 178, 182, 279, 286–288
百货商店 13, 120, 121, 123, 125–127, 129–139, 141, 143, 145–149, 151–155, 157, 159–161, 163, 165–172, 286
波德里亚（Baudrillard, Jean） 2
本雅明（Benjamin, Walte） 33, 61, 62, 63, 139, 140, 141, 145–147, 153, 160, 166
变 9, 13, 135–138, 140, 144–146, 149–153, 157, 159–163, 165, 169–171, 197, 290
变易 136, 137, 151, 289
波德莱尔（Baudelaire, Charles Pierre） 139, 141, 142, 148
波普尔（Popper, Karl） 9, 10
伯林（Berlin, Isaiah） 32, 49, 50, 105

不易 136
布尔迪厄（Bourdieu, Pierre） 14, 233–273
布罗代尔（Braudel, Fernand） 30, 121, 123, 134, 135, 137, 138, 162, 169–171, 176, 234

C

财富 5, 13, 26, 28, 29, 63, 65, 66, 80, 81, 109–111, 119, 123, 124, 127, 143, 152, 156, 157, 164, 168, 180, 185, 211, 213–232, 234, 236, 244, 265, 289
差序格局 90, 91
长时段 68, 89, 134, 135, 137, 162, 169, 170
场域 34, 42, 57, 78, 103, 104, 151, 205, 261, 284, 291
常 9, 138, 140, 150, 161–163, 169–171
陈寅恪 5, 15
城市 14, 24, 26, 43, 47–49, 53, 85, 88–90, 92–96, 99, 100, 117, 120–123, 125, 129, 131, 133, 137–141, 143, 144, 146, 147, 149–154, 157, 162, 164, 165, 170–172, 176–178, 202, 226, 279, 281, 282, 288–290
冲突 9, 10, 13, 14, 42, 65, 66, 82, 88, 92, 93, 97, 100, 103, 104, 107, 116, 158, 182, 202, 207, 208, 227, 238, 240, 261, 275, 285

词语　13, 14, 35, 95, 175, 187–196, 209, 211–213, 222, 225, 275

D

达尔文（Darwin, C.R.）　129, 130, 189

丹纳（Taine, Hippolyte）　85, 117, 130

道路　13, 36, 39, 44, 48, 61, 67, 98, 138–140, 144–146, 149, 151–153, 159, 169, 171, 180, 189, 196, 197, 202, 203, 205, 279, 280, 286

迪斯累利（Disraeli, Benjamin）　93, 95

E

恩格斯（Engels, Friedrich）　6, 7, 20, 29, 57, 60, 64, 77, 81, 85, 103, 107–117, 119, 198, 199, 202, 207, 234, 242, 243, 259, 278, 280

二元对立　11, 96, 153, 165, 182

二元三维　13, 14, 47, 50, 72, 88, 97, 104, 106, 205, 209, 291

F

凡勃伦（Veblen, Thorstein B.）　134, 139, 142, 148, 151, 157, 158, 161–163, 166, 167, 171, 216–218

仿变　140, 151, 157, 161–163, 165, 169, 171, 290

仿常　140, 161, 163, 169

仿简　163

仿交　140, 151, 163, 165

放任自由　107, 111, 116

费希特（Fichte, Johann Gottlieb）　72, 75

冯塔纳（Fontane, Theodor）　32, 279, 281

伏尔泰（Voltaire）　3, 276

浮士德　20, 21, 23–29, 33, 51, 57, 59, 61–66, 69, 71, 72, 74–78, 203

G

盖斯凯尔夫人（Gaskell, Elizabeth）　13, 14, 81, 88–90, 93, 96–98, 100, 103, 117, 289

盖伊（Gay, Peter）　81, 82

歌德（Goethe, Johann Wolfgang von）　12, 13, 19–30, 32–37, 41–43, 49, 51, 56–61, 63–66, 69, 70, 72–75, 78, 101, 105, 198, 199, 203–205, 208, 209, 274, 275, 278, 292

工业革命　45, 46, 52, 107, 119, 121, 122, 125, 132, 143, 157, 169, 178, 195, 201, 211, 226

功利主义　116, 117, 244

拱廊街　13, 134, 138, 139, 141–143, 145–148, 151–153, 159, 160, 171, 286

观侨取象　106

H

哈贝马斯（Habermas, Jürgen）　98, 198, 303

哈耶克（Hayek, F. A.）　45, 46, 52, 53, 80–82, 84

豪泽尔（Hauser, Arnold）　276

货币　3, 7, 8, 12, 20, 25–30, 53, 56, 60, 62, 63, 65–67, 83, 105, 106, 124, 131, 133, 135, 142, 175–180, 183, 187, 199, 200, 214, 221, 234, 237

霍布斯鲍姆（Hobsbawm, Eric）　120–123, 130–133, 143, 148–150, 157, 166, 216

J

机器　20, 21, 41, 44, 52, 98, 105, 106, 115, 117, 118, 125, 129, 177, 199, 203, 207–209, 219, 255, 258, 291

家庭主妇　148, 154–156, 158–161, 165, 169, 170

家族史　14, 278, 280, 284, 292, 293
简易　136
交易　136, 138-140, 151, 153, 159
教育　21, 35, 36, 50, 87, 102, 105, 138, 166, 171, 172, 183, 198, 212, 227, 233, 240, 242, 245-261, 263, 264, 266-273, 281, 287
节点　14, 64, 91, 99, 289
金融　13, 19, 21, 22, 25, 26, 29, 30, 31, 33, 54, 55, 60, 62, 63, 92, 123, 125, 128, 133, 134, 136, 137, 138, 149, 151, 155, 175, 177-181, 185-187, 197, 217, 266, 289, 290
金斯利（Kingsley, Charles）93
进化论　129, 130, 225, 243, 266
经济资本　14, 233-236, 243, 262, 264-266, 268, 270, 284
精神质变　6, 7, 25, 42, 44, 100, 135, 139, 140, 287

K

卡莱尔（Carlyle, Thomas）13, 81, 105, 107-117, 119, 187-191, 194, 196, 215, 218, 223, 225, 231
康德（Kant, Immanuel）35, 36, 72, 75, 198
空间　12, 25, 33, 47, 84, 101, 103-106, 120, 131, 135, 136, 140, 144, 151-153, 160, 166, 168, 169, 171, 184, 187, 189, 202, 225, 235-238, 240, 241, 243-245, 247, 248, 258, 260, 262-264, 266, 268, 270, 279, 291, 292
　　公共空间　146-150, 155, 159
　　侨易空间　9, 14, 100, 274, 286, 289, 293
　　私人空间　146-150, 155, 156, 159
孔德（Comte, Auguste）130

L

浪荡子　141, 142
勒佩尼斯（Lepenies, W.）233

里夫金（Rifkin, Jeremy）5, 6
理性　10, 11, 20, 21, 26, 32, 36, 54, 58, 61, 67, 69, 72, 78, 82, 98, 103, 105, 109, 123, 130, 132, 133, 168, 179, 196, 200, 202, 207, 209, 239, 241, 250, 254, 255, 263, 266, 268, 271, 273
列斐伏尔（Lefebvre, Henri）150
流通　8, 26, 27, 53, 67, 69, 122, 132, 133, 136, 145, 150, 152, 175-181, 184, 202, 234, 242, 275
卢卡奇（Lukács, Georg）196, 304
罗斯金（Ruskin, John）13, 82, 115, 187, 189, 192, 211-231
洛克（Locke, John）191, 276

M

马克思（Marx, Karl）6, 7, 19, 20, 29, 33, 46, 50, 55, 57-70, 72-78, 95, 101, 103, 108, 110-114, 117, 184, 197-199, 202, 207, 215, 233, 234, 236, 242, 243, 259, 261, 262, 265, 277, 278, 280
麦考利（Macaulay, T. B.）119
麦克法兰（Macfarlane, Alan）82-84
梅尼克（Meinecke, Friedrich）196
梅西耶（Mercier, L. S.）143
民族主义　4, 201
魔鬼　21, 24, 29, 52, 57-61, 63, 69-71, 76, 212, 229
莫兰（Morin, Edgar）4, 102
莫里斯（Morris, William）115
默多克（Murdoch, Iris）195
穆勒（Mill, J. S.）105, 117, 191, 192, 194-196, 214, 215, 220, 222-224

N

纳尔托普（Natorp, Paul）206
尼采（Nietzsche, Friedrich）1, 22, 25, 49,

311

75, 77, 78, 105, 106, 211

P

仆人　87, 95, 114, 146, 156, 158, 159, 162

蒲鲁东（Proudhon, Pierre-Joseph）183—185, 186

Q

启蒙　8, 11, 34, 61, 72, 73, 75, 82, 84, 128, 137, 142, 144, 145, 160, 166, 171, 205, 250, 276, 284, 292

器物　2, 8, 22, 27, 47, 51—53, 56, 62, 66, 76, 103, 106, 121, 125, 130—132, 134—136, 157, 163, 179, 186, 201, 203, 205, 208, 285, 286, 291

乔治·艾略特（Eliot, George）64, 107, 188, 189, 194

侨动　89, 156

侨系　140, 153

侨像　13, 88, 104

侨移　56, 97, 139

侨易　6, 9, 14, 40, 56, 63, 74, 76, 97, 100, 106, 140, 150, 157, 159, 205, 274—276, 286—289, 291, 293

　　侨易学　8, 10, 12, 25, 42, 50, 104, 135, 136, 138—140, 150, 151, 157, 293

侨易个体　136

侨易群体　136

桥变　13, 138, 140, 144—146, 149, 151—153, 159, 160, 290

桥交　140, 146, 151, 153, 159

清教　86

权力　21, 24, 26, 28—30, 50, 54, 55, 71, 84, 101, 104, 127, 143, 150, 157, 164, 181, 215—218, 226, 228, 231, 235—238, 245—247, 250, 253—257, 259—271, 273, 276, 277, 282, 291, 293

权力场　235, 237, 243—245, 261—264, 267, 270

全球史　7, 89, 276

R

容克　279, 280

S

桑巴特（Sombart, Werner）123, 124, 134, 143, 159, 161, 162, 164, 168, 169

商人　13, 43, 53, 76, 86, 89, 96, 122, 127, 132, 141, 144, 155, 169, 176, 177, 179, 181, 222, 225—228, 231, 270, 280, 281—283, 288, 290

商业　13, 25, 52, 53, 76, 97, 99, 111, 121—124, 128—133, 136, 146, 147, 149, 151, 155, 166, 177—179, 183, 184, 202, 213, 215, 216, 223, 225—228, 231, 243, 252, 264, 281, 284, 286, 288

奢侈品　86, 124, 125, 134, 141, 142, 146, 154, 160—162, 167, 169

社会资本　14, 233—236, 261, 263, 264, 266, 267

绅士　123, 142, 155, 212, 225, 226—228, 230, 231

生产　14, 20, 21, 30, 33, 46, 52—54, 61, 62, 65, 66, 69, 98, 104, 105, 110, 111, 125—128, 136, 138, 142, 145, 148, 150, 152, 155, 160, 166, 183, 185, 197, 199, 201, 202, 207, 213, 221, 222, 225, 227—229, 233—238, 240—247, 249—256, 258, 260—273, 277, 278, 280

圣西门（Comte de Saint-Simon）126—128, 133, 136, 183, 185, 186

时装　142, 163—167, 171, 243

市场　53—55, 83, 84, 96, 122, 123, 125, 130—134, 144, 145, 149, 153, 168, 169, 178,

180, 198, 202, 209, 229, 235, 261, 263–265, 267, 272, 277, 278, 286, 290, 291, 293

世界文学　14, 35, 36, 79, 103, 209, 274–278, 286, 292, 293

势　7, 8, 12, 13, 97, 100, 150, 151, 167, 169, 171, 289, 290

斯密（Smith, Adam）　82, 179, 214, 220, 223

T

汤因比（Toynbee, Arnold）　201

特罗尔奇（Troeltsch, Ernst）　206

涂尔干（Durkheim, Émile）　233, 255, 258, 270

托克维尔（Tocqueville, Alexis de）　118, 215, 251, 252, 261

托马斯·曼（Mann, Thomas）　206, 281, 282, 284

W

万国博览会　131, 135, 145, 152, 160

韦伯（Weber, Max）　10, 11, 67, 118, 122, 123, 124, 155, 199, 200, 201, 217, 233, 247, 251–255, 261, 262, 265, 266

维兰德（Wieland, Christoph Martin）　42, 274, 275

维特根斯坦（Wittgenstein, Ludwig）　193

文化交域　13, 88, 100, 104, 106

文化资本　14, 233–236, 243, 246–248, 250, 256, 257, 262, 263, 266, 270

沃勒斯坦（Wallerstein, Immanuel）　277, 285

物境　7, 8, 14, 288, 289

物质位移　14, 25, 135, 138–140, 151, 289

X

西美尔（Simmel, Georg）　7, 105, 163, 164, 199, 200

希尔（Heer, Friedrich）　11, 12

希法亭（Hilferding, Rudolf）　30

希梅尔法布（Himmelfarb, Gertrude）　82, 88

习性　233, 236, 239–242, 248, 249, 256, 258, 263, 267, 269, 271, 272

席勒（Schiller, Friedrich）　31, 32, 35–37, 61, 65, 72, 75, 105, 198, 205, 206

闲逛者　140–142, 146, 148, 152, 160

现代性　1, 3, 6, 8, 11, 12, 20, 22, 31, 33, 69, 75, 76, 78, 93, 97, 128, 131, 133–136, 148, 149, 150, 151, 154, 156, 170, 196–199, 203, 205, 209, 268, 275

乡村　14, 43, 48, 88–90, 92–96, 121, 176, 182, 226, 287–289

相对位移　97, 100

象征资本　14, 233–236, 243, 244, 262, 265, 272, 290

消费　2, 9, 13, 65, 66, 120, 122–125, 127, 131, 134, 135, 141–146, 148–151, 153–155, 157–162, 165, 167–172, 178, 186, 218, 221, 222, 225, 229, 243–246, 265, 277, 286

信贷　13, 52, 66, 121, 133, 135, 136, 143, 175–187

信用　53, 66, 124, 149, 175, 179, 180, 234

休闲　142, 143, 148, 151, 157, 158, 171, 286

学校　127, 145, 160, 233, 234, 240, 242, 245–261, 263, 264, 266–272

Y

移变　95, 140, 151, 171, 290

移交　140, 151

饮食　162

余莲（Jullien, François）　8

元物质　105

313

Z

再生产 14, 136, 150, 233, 235, 236, 238, 240, 242, 243, 245–247, 250–256, 258, 260–273

责任 4, 5, 42, 76, 84, 86, 87, 102, 104, 111, 116, 148, 157, 178, 179, 189, 193, 205–209, 220, 225, 227, 228, 232, 261, 269, 270, 273

张君劢 106

政治经济学 7, 13, 19, 55, 129, 175, 178, 189, 211, 212–215, 219, 220, 222–225, 229

知场 291

治场 57, 237, 291

制度 2, 11, 22, 29, 30, 43, 45, 46, 52–56, 65, 68, 80, 81, 92, 101, 106, 109, 113, 115, 116, 121, 123–127, 132, 134, 136, 139, 142, 151, 161, 165, 194, 199, 201, 202, 205, 206, 221, 224, 234, 235, 237, 246, 248, 252–255, 257–260, 263, 264, 267, 268, 269, 271, 279, 291

制序现象 136, 137

秩序 4, 42, 63, 80, 102, 103, 111–114, 123, 133, 134, 143, 156, 163, 171, 179, 195, 205, 206, 208, 209, 232, 234, 238, 245, 253–256, 260, 267, 271, 280

中产阶级 43, 81, 82, 86, 101, 104, 108, 109, 112, 124, 130, 149, 154–157, 159–162, 164, 165, 169, 225, 226, 230, 245

主体 7–9, 11, 12, 44, 55, 91, 98, 105, 136, 138, 143, 154, 198, 231, 235, 239, 241, 259, 271, 272, 281

资本语境 1–3, 6–9, 11–15, 34, 51, 56, 88, 102–106, 120, 121, 124, 134–136, 150, 151, 159, 165, 167, 169, 170–172, 175, 196, 198, 202, 203, 205, 207, 209, 210, 274, 276, 279, 285, 286, 289, 293

资本主义 4, 10–13, 15, 22, 30, 33, 41, 45, 46, 50, 52–56, 61, 65–70, 76, 80–84, 88, 95, 101, 109–111, 115, 119, 121, 123, 124, 131, 134, 135, 137, 138, 143, 150–153, 159, 161, 162, 164, 168–171, 183, 184, 194, 198–202, 211, 217, 221, 224, 226, 233, 234, 242, 243, 246, 252, 256, 280, 285, 293

资产阶级 39, 46, 68, 92, 96, 97, 101, 111, 112, 116, 123, 125, 130, 134, 143, 147, 150–152, 155, 157, 164, 166, 183, 196, 197, 207, 242–246, 248, 249, 256, 257, 262, 264, 265–267, 277, 280, 281, 288

左拉（Zola, Émile） 120, 121, 125, 126, 128–130, 133, 137, 139, 140, 144, 145, 147, 154, 155, 161, 165, 167, 279

说明：本索引按照拼音顺序排序；本索引仅抽取正文中页码，目录之前及后记等不记入。

后　记

　　我不知道是否该给这部书写一个后记，因为我知道这是一个远谈不上成功的尝试，但确实也是一个学术理想的"断简残篇"。至少看着目录，感觉不错。人文学术，是一个来不得急功近利的事业，当然也是功业，但这种"功"，毕竟不是那种仕途官道的功名利禄。是否该以团队的方式实现之，需要打个问号，但在我看来，尝试总是不错的。

　　这本书究竟该归入到怎样一个谱系中去，我也说不清，或许应该是欧洲学吧，但其本质和基础仍应算是德国学！当初曾对促成各学科互动的德国研究有很大的兴趣，不但参与了北京大学德国研究中心的早期筹建（主要是学术层面和实际主持《北大德国研究》集刊编辑），对建构德国学颇为冲动，甚至动手写了一本学术史和理论建构方面的专著。据说也引起过各学科不同程度的关注，譬如范捷平教授说"没有料到他已经把'德国学'的理论构想在方法论上完成了一次探索实践"；顾俊礼研究员认为"呈现在读者面前的这本关于构建现代中国的'德国学'专著，不只是叶隽研究员近年来关于'德国学'这一科学概念的理论思维的有益记录，而且还象征着中国的德国研究发展到了构建现代中国'德国学'的新阶段"；而邢来顺教授也强调指出，"中国的'德国学'乃中国学界研究德国的学问。这在中国学界尚属全新的学术概念"。

　　说来应有三本书了，《德国学理论初探——以中国现代学术建构为框架》（上海外语教育出版社，2012年）、《文史田野与俾斯麦时代——德国文学、思想与政治的互动史研究》（中国社会科学出版社，2013年）、《德国教养与世界理想——从歌德到马克思》（教育科学出版社，2023年）。如果说前一本是理论构基，那么后面两本显然可以称之为在实践层面的"牛刀小试"。虽说不上成功，但确实可以算是努力向学的。

　　对于欧洲问题素来关心，当然还是出于一种通识求知的水到渠成。能够和欧洲连接在一起,应该是一个学人的骄傲,因为这毕竟代表了现代世界最值得骄傲和尊敬的文化源流。虽然我也意识到北美的重要性,对美国的功业心存敬意,但却始终生不出亲近之感。欧洲则不一样,或许是因为自己研究的根系所在和文化心理上的认同感的缘故,始终似有内在的心灵呼应。我的留欧三部曲至今也只完成了两部,即《异文化博弈——中国现代留欧学人与西学东渐》(北京大学出版社,2009年)、《中国现代留欧学人与外交官、华工群的互动》(福建教育出版社,2012年),第三部为《留欧学人与西诗东渐》,至今仍在襁褓之中,好在虽断断续续,但一直在做。一部理论性的著作则是我十分想完成的,即《欧洲学建构与"典范欧盟"》。在我,试图通过以有效学域切入的方式,在实践和理论层面都同时有所推进。

"致敬伟大的欧洲",尤其是当其花果飘零、危机重重的时刻,我想以我的方式向欧洲致意——发自内心的伟大敬意。这不仅是因为我在欧洲的切身经验,感受到了这个伟大的土壤所包孕的人类精神的可能性,而且也因为欧洲文明实在是关乎人类文明史的未来与命运。我想作为学人,最好的方式还是"在学论学",能写出优秀的著作,就是对我伟大的致敬对象最好的敬意。

此书关注的核心内容是资本语境,说到底是现代性问题,但聚焦于具体产生现代性问题的社会空间和场域形成的根本推动力,则能别具只眼。而资本语境在现代欧洲的兴起,说到底就是西方现代性如何凸显为历史主潮流的过程。由于专业的缘故,我们选择了以文学史为切入线索,展现出一种与经济学专业略有不同的风景。文学世界是一个取之不竭的知识资源,它所能蕴含的矿藏和可能都是无限的;而"资本语境"的呈现,给我们提供的是一条迥异于寻常思想史的路径,它要求我们能静下心来,重新审视我们自以为美好和完善的现实世界。

2011至2016年的五年光阴是一段值得记忆的日子。职称评定以后,按说该是轻松潇洒的了,可以不用在意那些苛刻的考评制度;按照我的既定计划,本来可以潇洒去写小说的,当然还有写剧本——德国古典时代那批精英的"言传身教",但偏偏碰上了"创新工程"并担任首席研究员,做了一段大不同以往的学术研究兼管理的工作。五年的共同研究,得此一部书稿,不由得不感慨万千,这既是一种自己所亲历的历史真实,也在某种程度上反映了我们所处的时代的语境。借助这个项目，我们推动了侨易学的发展，使得这个刚孕育的理论有了长足发展的可能性。我衷心地感谢参与这项事业的同行、同道与朋友，尤其是那些青年学子。2012 年，在北京大学主办的北京论坛上，举行了由北京大学德国研究中心和德国学术交流中心（DAAD）主办的"德国、欧洲、中国：不同视角下的世界——自我与他者的理论和实践"国际研讨会，第一场的主题发言由柏林自由大学的克劳内教授、洪堡大学的韩友耿（Juergen Henze）教授和我依次报告，我做了 Der „Ich" im Spiegel und die Schönheit im anderen Berg–Die Konstruktion der Deutschlandstudien im Rahmen der chinesischen Gelehrsamkeit und ihre theoretischen Ressourcen der Kiao-Iologie（《"镜中之我"与"他山美人"——中国之德国学建构及其侨易学理论资源》）报告，这或许是侨易学首次在国际学界的亮相，现场反响很是不错，余凯思教授当场点评说，我们都说要运用中国的传统文化资源，但怎么做一直是个问题，叶隽的研究是很有意义的进路；2016 年，在由对外经贸大学主办的洪堡论坛上，首次设立了侨易学分论坛，由悉尼大学语言文化学院的吕一旭教授和我分别担任国际、国内主席，在"文学、知识与思想的侨易空间——以德华二元为中心"的主题下，十余位学者深度讨论了相关的论题。

这五年社科院的岁月，以美好的"田园牧歌"式的学院生活终究不再而告终；2016 年 8 月转就同济大学任职似乎开启了另一段深层理解"资本语境"的亲历式体验。就此而言，在这个崭新的学术命题上这只能算是万里征程的第一步；我仍旧保持最初的学术理想，希望能开拓新的学术疆域，那种求知的过程又是如何的快乐呢！

我要感谢参加项目组的各位同仁，刘晖、李征等女士各有所长，都结合自己的兴趣承担了相关章节；而乔修峰、王涛两位从一开始就参与项目，投入颇多，尤其是王涛在组织事务方面擅长而有贡献，修峰则承担了这部书稿的具体统稿事宜；李川君参加最晚，所以也就没有具体介入此书的写作，但我们之间的讨论仍是很愉快的记忆。在这个过程中，虽然也难免磕碰，但大家都是以学术为中心，相信并不曾"有负如来"。随着自己工作单位的转换，曾经的往事都已变为对过去的美好记忆，而与同仁之间的辩驳问难则昭示了我们在这个时代可以前进的方向和努力的步伐。

虽然也是学术机构，但大学的体制其实是非常不同的，尤其在现如今的中国大学，某位前辈教育学者有言，中国高等教育的状况恐怕在世界范围也是独一无二的，在根本问题上尤其如此。原来感受不是很深刻，亲历之后才知其洞察入骨，是智者之识。不过既然选择了以学术为业，就无论前途苍茫，还是坎坷荆棘，只能是坚守初心、守住寂寞、风雨兼程，做一个能经得起学术史考验的学者。需要略做说明的是，此书的部分内容在我授课时也列入了研究生课程进行试讲；考虑到现在的学术出版难，为了出版而申请了同济大学的教材出版资助，虽然经费微薄，但终是聊胜于无。

完成与出版这部书稿，或许也是对13年社科院生活的一种纪念方式，那曾经拥有的宁静和祥和，终究是一去不返的了。

叶 隽

2016年8月6日起笔于京中陋室，酷暑日

2021年12月10日完稿于沪上同济，冬至日

2022年3月31日定稿于北京